LES SAISONS DE L'ESPÉRANCE

Catalogage avant publication de Bibliothèque et Archives nationales du Québec et Bibliothèque et Archives Canada

Gougeon, Richard, 1947- , auteur
Les saisons de l'espérance / Richard Gougeon
Sommaire : t. 2. Le désenchantement
ISBN 978-2-89431-571-2 (vol. 2)
I. Gougeon, Richard, 1947- . Désenchantement. II. Titre.
PS8613.O85S34 2017 C843'.6 C2017-940713-9
PS9613.O85S34 2017

Illustration de la couverture : Sybiline

Les éditions JCL bénéficient du soutien financier de la SODEC et du Programme de crédit d'impôt du gouvernement du Québec.

Financé par le gouvernement du Canada | Canada

Édition
LES ÉDITIONS JCL
jcl.qc.ca

Distribution au Canada et aux États-Unis
MESSAGERIES ADP
messageries-adp.com

Distribution en France et autres pays européens
DNM
librairieduquebec.fr

Distribution en Suisse
SERVIDIS/TRANSAT
servidis.ch

Suivez Les éditions JCL sur Facebook.

Imprimé au Canada

Dépôt légal : 2018
Bibliothèque et Archives nationales du Québec
Bibliothèque nationale du Canada
Bibliothèque nationale de France

RICHARD GOUGEON

LES SAISONS DE L'ESPÉRANCE

★★ Le désenchantement

LES ÉDITIONS JCL

Du même auteur
aux Éditions JCL

Les saisons de l'espérance

1. *L'innocence*, 2017

Notre désenchantement inévitable nous avertit
que nos destinées sont plus sublimes.

CHATEAUBRIAND

Chapitre 1

Le gros doigt de Yann Lamontagne glissait lentement sous les phrases rebelles du roman que Charlemagne avait dérobé à la bibliothèque de l'école à Rougemont. Histoire de soulager furtivement un rayon de livres à l'insu de Marguerite Després, vénérable institutrice, suppléante sortie du placard, louchant de son œil gauche et se méfiant du droit.

L'enfant s'apprêtait à passer la porte de l'appartement avec Aristote, sénile saint-bernard boitillant. Son père s'en aperçut.

— Où c'est que tu vas, Charlot ? proféra-t-il.

Sans se retourner, Charlemagne s'immobilisa.

— C'est pas de tes affaires ! rétorqua-t-il, sèchement.

Puis il défroissa le papier chiffonné que l'inséparable Félix lui avait remis, afin qu'il puisse se rendre chez lui rue Jeanne-Mance, à Montréal, et traversa le seuil.

Jusqu'à tout récemment, à la fin de l'année scolaire, Félix et Charlemagne demeuraient dans la campagne rougemontoise. Depuis un certain temps, il était d'ores et déjà acquis que Florence emménagerait dans l'appartement de Yann, père biologique de leur enfant, paraplégique barbu débordant de son fauteuil d'impotent. Il lui semblait que son ex réclamait sa présence, d'autant plus que son amour pour Manuel Bourguignon, prof bedonnant dans la quarantaine, écrivailleur à ses heures, s'était peu à peu évanoui jusqu'à disparaître dans l'indifférence. Mais l'incendie allumé « distraitement » par Charlot avait donné le coup de grâce pour faciliter le déménagement.

Depuis la mort tragique de son père, Félix habitait chez sa mère, à quelques rues de chez Yann. Sonia avait décidé de le prendre en charge et de parfaire son éducation. En faisant de son mieux, à sa manière et en le prévenant par une sorte d'ultimatum qui se voulait aussi une exhortation à bien se comporter et qui se résumait, dans cette capsule aux racines psychologiques peu profondes, à : « Toé, mon p'tit verrat, t'as besoin de filer doux, sinon tu vas avoir affaire à moé ! »

À l'aube de la vingtaine, Sonia Bécotte s'était amourachée du père de Félix. La femme aguichante devint bientôt enceinte. Dès la naissance de Félix, elle l'abandonna à Rosaire, prétextant qu'elle était trop jeune pour s'occuper de son enfant, qu'elle n'avait pas la fibre maternelle et que, bref, elle préférait refaire sa vie. Cependant, elle exerçait un bien curieux métier. De nébuleuse manière, elle avait expliqué à Félix que le travail de péripatéticienne lui permettait de soulager les corps et de redonner de la joie de vivre à ses clients. Pendant quelques années, elle avait offert ses charmes sur la rue à Toronto puis, plus récemment, à Montréal. Maintenant dans la trentaine, elle avait drainé une partie de sa clientèle dans son logement de la rue Jeanne-Mance. Sonia travaillait à son compte, au noir et sur rendez-vous, à l'abri du fisc, des intempéries et, si possible, des regards obliques des voisins et des passants inquisiteurs.

Au bas de l'escalier en colimaçon qui menait au logis, casquette de travers, Charlemagne confronta l'adresse de son bout de papier à celle qui figurait au-dessus de la porte, se tourna vers Aristote comme pour solliciter son approbation, et monta. Le galopin appuya sur le bouton de la sonnette dont le timbre se répercuta dans le cinq pièces et demie. On entendit des retentissements de talons hauts sur le plancher du passage. Quelqu'un entrouvrit. Une tête rougeâtre apparut :

— Ah ! C'est toé, Charlot ! Comme t'es mignon aujourd'hui, affirma-t-elle, un verre de rhum à la main, contemplant le visage du garçon. Mais on dirait que t'as gardé ton air d'enterrement, déclara-t-elle, sans délicatesse aucune.

— C'est vrai que je suis malheureux depuis la mort de Rosaire, avoua Charlemagne, candidement.

Avec son haleine avinée, l'ivrognesse, qui délaissait parfois l'alcool pour une tasse de thé à la bergamote, déplut à Charlemagne. Elle détailla la salopette aux genoux avachis et remarqua la pièce d'étoffe au cou du jeune visiteur.

— Tiens ! Toi aussi, tu portes un foulard rouge. En l'honneur de Rosaire, je suppose.

— On le met chaque jour, ça nous fait penser à lui.

— Comme c'est original ! Ton gros toutou aussi en a un de la même couleur. Comment tu l'appelles ?

— Aristote, madame, se ragaillardit Charlemagne, s'étonnant des paupières frangées de cils recourbés, mais ne devinant pas à son âge les seins plantureux de la mère de Félix.

— Appelle-moi Sonia, comme mes amis et mes clients, insista-t-elle.

— OK. Sonia, acquiesça Charlemagne, en songeant au métier de péripatéticienne dont Félix lui avait parlé au téléphone.

— J'ai pas peur des chiens, mais je préfère qu'Aristote reste sur le balcon.

— Il te mangera pas !

— Non, mais ça fait beaucoup de poils, une grosse bête de même.

— Félix va être content de le voir. Il doit bricoler dans le hangar ?

— Rentre, mais Aristote devra attendre dans le vestibule, d'accord ?

— C'est sûr, patente à gosse ! jura Charlemagne, le plus sérieusement du monde. « Patente à gosse » ! Rosaire disait souvent ça, ajouta-t-il. C'était un bon gars, Rosaire. Pis un bon père pour Félix.

La chevelure rougeâtre de Sonia s'abaissa comme pour encenser les paroles de l'enfant. Sa tête colorée se releva, fit tournoyer les glaçons qui s'entrechoquèrent dans son verre et ramena la porte vers elle.

Sur ces entrefaites, on entendit un claquement en arrière du logement.

— Félix ! s'écria Charlemagne, en voyant son ami à l'extrémité du passage.

Au nom de Félix, Aristote s'élança du vestibule vers le corridor en aboyant d'une joie exubérante. Une séance de câlins et de léchage s'ensuivit, mais la mère eut tôt fait de s'interposer :

— Le chien sur le balcon, j'ai dit ! rappela-t-elle, en exécutant trois pas sur ses talons aiguilles.

— Trop tard, m'man !

Aristote avait déjà traversé plus de la moitié du logement :

— C'est pas grave, m'man. J'vas leur montrer mon atelier, poursuivit Félix.

— Pis toé, t'es ben sale. Regardez-moé-le donc, dit-elle à la cantonade, t'es pas pour rester de même. Va te changer au plus sacrant !

— Ça vaut pas la peine, j'vas me salir encore, rétorqua Félix.

— T'es ben comme ton père !

Sonia Bécotte toléra l'animal, grognant toutefois contre l'insoumission de son fils. Mais c'était peine perdue. Son p'tit verrat avait déjà franchi le seuil.

Comme on soulève avec ostentation le couvercle d'un coffre au trésor, Félix ouvrit la porte grincheuse du hangar, qui donnait également accès à la cour arrière et à la ruelle par un escalier d'une excessive étroitesse que sa mère n'empruntait jamais. Charlemagne et Aristote pénétrèrent religieusement dans l'atelier de Félix, sorte de sanctuaire à demi éclairé où s'entassait déjà un certain nombre d'objets disparates rapportés du rang La Grande-Caroline à Rougemont. La vieille Chevrolet tirant l'indispensable remorque avait servi pour la brocante et avait échoué dans la cour. Avec ingéniosité, le fils du brocanteur-réparateur avait bricolé un établi et disposé quelques outils.

— Qu'est-ce que t'en penses, Charlot ?

— Rosaire aurait pas fait mieux, patente à gosse…

Les deux larrons s'esclaffèrent, mais les paupières de Félix s'humectèrent. Il arrondit ses mains poisseuses pour assécher ses yeux.

— Félix, qu'est-ce que t'en dirais si on essayait de retourner sur les lieux du crime pour régler le compte de l'assassin ?

— T'es fou !

— Pas si on demande de l'aide.

— De qui ? Veux-tu ben me le dire ? Certainement pas de ton père. C'est un handicapé…

— On dirait que tu l'aimes pas, mon père. Yann est en fauteuil roulant, c'est vrai, mais on pourrait demander à Raphaël ou à Grizzly. Tu te souviens de Grizzly, le gros patapouf qui était tombé dans le feu de camp chez nous.

Aristote sur les talons, Charlemagne s'en retourna chez lui. La moue vindicative, le pas déterminé, il ressassait les images de sa rencontre avec la mère de Félix, la découverte de son atelier qui lui rappela étrangement la campagne rougemontoise. Sur Jeanne-Mance, progressant vers le nord, il obliqua à droite, passa devant le Collège français, s'immobilisa à la hauteur de Fairmount Bagel pour humer la délectable senteur de pain chaud, poursuivit, traversa la rue au coin de Saint-Urbain et atteignit l'immeuble qui abritait le logement de ses parents, rue Saint-Dominique. Avant de rentrer avec Aristote, il s'arrêta sur le pas de la porte. Interdit, il détourna les yeux vers la coccinelle orange de sa mère où, quelques jours auparavant, la guimbarde de Rosaire-le-brocanteur avait terminé sa course. Puis il se prit à émettre des conjectures sur les lieux où se trouveraient les criminels qui avaient injustement fauché la vie du père de son ami.

— Bonjour, mon amour. Viens voir maman et lui raconter ta journée.

— J'ai affaire à p'pa, maugréa-t-il.

— Viens au moins m'embrasser, mon Charlot, insista-t-elle.

Afin de se débarrasser d'une requête qui l'exaspérait au plus haut point, Charlemagne consentit à déposer un baiser furtif sur la joue de Florence et s'approcha de son père :

— Yann, j'ai besoin de ton aide. Il faut trouver le coupable, annonça-t-il sentencieusement.

— Tu veux parler du père de Félix, je suppose. La police s'en charge, mon fiston. Arrangé comme je suis, comment tu penses que je peux vous être d'une quelconque utilité ?

— En demandant à Raphaël. Il est grand, fort, et peut sûrement écrabouiller le portrait du meurtrier. C'est Fabien Bournival qui lui a planté un couteau dans le ventre. Rosaire lui-même nous l'a dit. Avant de quitter les lieux du crime, crois-le ou non, on a vu passer le camion des Entreprises Maison Nette. Noir ! Je me souviens, il était noir, le camion…

— J'veux rien savoir de Raphaël, mon gars, m'entends-tu ?

— Pourquoi ?

— Parce que c'est lui qui me fournissait la drogue que t'as consommée avec Félix quand vous avez réalisé que Rosaire était mort : vous vouliez mourir avec lui ! s'irrita le père, serrant les accoudoirs de son fauteuil roulant en montant le ton d'un cran. C'est comme ça que vous vous êtes ramassés à l'hôpital. C'est-tu assez clair, ça ? J'veux pus en entendre parler !

— Grizzly, d'abord ? Il est fort comme un ours.

— Ni Grizzly ni Raphaël ! J'ai besoin de Grizzly qui continue de me promener dans mon *side-car* ou dans ma jeep. J'ai pas envie qu'il lui arrive un malheur.

— Que fait la mère de Félix dans la vie ? demanda doucement Florence, dans une tentative de diversion pour détendre l'atmosphère qui régnait dans la pièce.

— Paripa…té…ticienne, une affaire de même, bégaya Charlemagne.

— Ah, bon ! réagit Florence.

Lamontagne roula jusqu'à son dictionnaire, le feuilleta avec une certaine aisance :

— Trouve pas !

— Ah, non ! Péri...patéticienne, souffla enfin Charlemagne, se réjouissant de la qualité de sa mémoire.

— Péri, péri..., ânonna Lamontagne. Ah ! Je l'ai, soupira-t-il de satisfaction : « re-la-tif à la doc-tri-ne d'A-ris-to-te ; qui en est par-ti-san. » Probablement que la mère de Félix fait partie d'une secte... C'est drôle ! Aristote, comme ton chien ! laissa tomber Yann en guise de conclusion.

Florence jeta un regard interrogateur en direction de Lamontagne, mais ne releva pas l'incertitude qui régnait autour du mot qui avait peut-être un autre sens. En s'absorbant dans la préparation du souper, elle se souvint de la tête rougeâtre de Sonia Bécotte au salon funéraire et à l'église. La péripatéticienne, femme aux mœurs légères mal embouchée, accoutrée pour attirer les hommes, avait d'ailleurs raconté à qui voulait l'entendre, en empruntant un ton qui annonçait de grossières gaillardises, qu'elle œuvrait dans les médecines douces. Ce qui avait, bien évidemment, déclenché une cascade de rires chez son auditoire, en particulier chez les Poitras, qu'elle considérait comme des parvenus mal éduqués crachant sur l'existence marginale du désormais bienheureux Rosaire et à qui, pour rien au monde, elle n'aurait confié l'éducation de son fils unique. Un des frères Poitras avait même poussé la raillerie jusqu'à demander à Sonia de réciter un chapelet pour Rosaire. Toute la famille savait qu'elle s'empêtrerait au fil de la dizaine à s'en rendre ridicule, et que des paroles si pieuses et si invocatrices ne convenaient pas dans la bouche d'une grue de métier.

Le téléphone se fit entendre :

— Charlot, c'est pour toi !

Félix voulait connaître le bilan des démarches auprès de Raphaël et de Grizzly. En se retirant dans sa chambre avec l'appareil, à voix basse, Charlemagne dévoila à son ami qu'ils en étaient au point mort, qu'il faudrait songer à un autre moyen de contacter les deux hommes et que, finalement, il était impératif qu'ils se voient en soirée en possession de leur numéro de téléphone.

Après le souper, carnet en poche, Charlemagne retourna chez Félix, flanqué d'un Aristote restauré et repu, auquel la douce fraîcheur du soir redonnait du souffle et atténuait les malaises de sa carcasse vieillissante. Rue Jeanne-Mance, pendant que Sonia semblait occupée avec un client hilare et détendu derrière une porte close, Félix et Charlemagne s'installèrent au téléphone. Charlemagne réussit à joindre Raphaël, qui se montra très intrigué sur les raisons de l'appel, mais qui promit de collaborer. Ce n'est que plus tard en soirée que Charlemagne atteignit Grizzly. Il fut convenu que le lendemain, après le souper, Félix et Charlemagne rencontreraient les deux émissaires dans un *fast food* afin d'exposer leur dessein.

***

Le lendemain, à la fin du repas, Charlemagne s'esquiva pendant que Florence desservait la table, en racontant ses démêlés avec garde Manger au sujet d'une patiente qui sonnait au moins quinze fois par jour pour des insignifiances. En apportant le plat de carrés aux dattes sur la table, elle s'aperçut que Charlemagne s'était éclipsé de l'appartement.

— Il est encore parti chez Félix ! supposa-t-elle. Dommage ! Un de ses desserts préférés…, soupira-t-elle, ignorant les intentions secrètes de son fils.

— En tout cas, cet enfant-là a pas l'air de s'ennuyer en ville, si tu veux mon avis, Flo, concéda Yann, sachant qu'il le rejoindrait dans l'heure. D'ailleurs, en consultant le dictionnaire, j'ai appris que la mère de Félix est une partisane d'Aristote, un philosophe grec de l'Antiquité ?

Florence, tout en quadrillant le plat de dessert, ne releva pas cette information qui la faisait sourire, persuadée qu'il valait mieux ne pas s'étendre sur le sujet.

De fait, le fils Lamontagne avait choisi de s'esquiver avec Aristote pour éviter les explications. Il savait pertinemment que ses parents n'en feraient pas de cas et il supposait qu'au retour, comme à l'accoutumée, ils lui demanderaient s'il avait passé une belle soirée avec son ami, auquel cas il ne répondrait assurément pas par l'affirmative. Bientôt, il déboucha dans la ruelle entre Jeanne-Mance et de l'Esplanade. Des jappements de chiens au bout de leur corde ou séquestrés sur des terrains exigus retentirent. Un chat de gouttière provoqua un insupportable pépiement d'oiseaux effrayés. La main sur la toison d'Aristote, Charlemagne déambula lestement, fasciné par les hangars superposés en tôle et par les minuscules fonds de cour où résistaient parfois des gazons clairsemés, de petits coins de fleurs odorantes ou les légumes d'un potager jalousement protégés par une clôture dissuasive. Fidèle à ses habitudes, il lorgnait les objets exposés à sa vue, s'arrêtant çà et là pour en estimer la valeur, lorsqu'il aperçut la fameuse remorque attachée à la guimbarde crème et rouille de Rosaire stationnée derrière l'immeuble qui abritait le logement de Sonia Bécotte et de Félix.

Soudain, de l'embouchure de la ruelle surgirent des motocyclettes roulant avec élégance et en douceur et surmontant un incontournable dos d'âne. Des vrombissements assourdissants se répercutèrent avec fracas sur les murs des immeubles en brique et sur les hautes palissades de bois. Pas moins d'une douzaine de rutilants véhicules, chacun transportant deux passagers, motardes ou motards, s'engouffrèrent dans le couloir étroit et sale, puis s'immobilisèrent près de la Chevrolet du regretté Rosaire. À la fois apeuré et émerveillé, sans même avoir remarqué qu'un *side-car* devançait la nuée de motos, Charlemagne se réfugia sur la galerie du locataire du rez-de-chaussée avec Aristote. Au même moment, Félix et sa mère étaient sortis en catastrophe sur le balcon du deuxième. Charlemagne reconnut Raphaël, qui descendait de sa monture. Lorsqu'il chercha Grizzly du regard, il réalisa que l'ours s'adressait à quelqu'un qui était assis dans le panier du *side-car*. Il fit un geste de la main, comme pour manifester sa présence et leur signifier qu'il était au rendez-vous, et comprit que Yann était du nombre pour l'opération. D'abord étonné, il haussa les épaules pour montrer son indifférence, puis il se tourna vers Raphaël :

— Je suis prêt ! s'écria-t-il.

Aussitôt, Félix dévala l'escalier avec la clef de la Chevrolet et se joignit au groupe, le sourire aux lèvres, sous le regard médusé de sa mère, qui se cramponnait à deux mains à une tasse de porcelaine anglaise.

— C'est qui, c'te *gang* de trimpes-là, Félix ? Rentre à la maison !

Grizzly achevait d'enlever son casque de motocycliste.

— C'te *gang* de trimpes-là, madame, s'en va à la chasse aux assassins qui ont éliminé Rosaire, vociféra Grizzly. Tu viendrais pas avec nous autres, bébé ? ajouta-t-il, en remarquant la tenue affriolante de Sonia Bécotte.

Yann reconnut la mère de Félix. On lui avait, bien sûr, présenté Sonia au salon funéraire, mais secoué par les tristes événements qui avaient failli emporter son propre fils, il l'avait tout bonnement ignorée. Celle qu'il avait d'abord classée dans le rang honorable des philosophes s'apparentait davantage, de toute évidence, aux *pin-up* dont il avait jadis admiré ou bénéficié des charmes au gym ou dans les boîtes de nuit.

Depuis l'invective de Sonia Bécotte, d'autres portes s'étaient ouvertes sur la ruelle, et les langues en profitèrent pour cracher leur venin sur celle qui semblait mener une vie peu vertueuse et qui paraissait attirer maintenant de la racaille dans le quartier paisible : des motards sans doute peu recommandables, des repris de justice, consommateurs et revendeurs de drogues qu'il faudrait avoir à l'œil, surtout pour qu'ils évitent de contaminer la jeunesse du voisinage. Sous le conseil de Charlemagne, pour confondre les agresseurs de Rosaire et pour attiser leur haine, Raphaël revêtit un sarrau bleu marine et s'installa au volant de la Chevrolet. Ses deux jeunes acolytes se glissèrent sur la banquette arrière, de part et d'autre d'Aristote qui reniflait les odeurs du défunt brocanteur. La voiture recula avec sa remorque et, guimbarde en tête, le convoi s'ébranla vers Notre-Dame-de-Grâce.

Les motocyclettes stationnées en bordure du parc Benny, Grizzly et Yann attendaient patiemment avec leurs amis le signal pour intervenir. La Chevrolet s'était engagée en territoire étranger, ratissant les rues secondaires du quartier, à la recherche du camion noir des Entreprises Maison Nette. Avec un peu de chance, on apercevrait le véhicule des malfaiteurs avant la brunante. Félix, Charlemagne et Raphaël scrutaient minutieusement les alentours, sans l'ombre d'un camion qui pouvait ressembler à celui des truands. Après une bonne demi-heure de recherche attentive, rien. Toujours pas de boîte noire en vue. Bien que persuadé de la légitimité de la demande des enfants qui l'accompagnaient, le conducteur de la Chevrolet commençait à remettre en question son engagement dans cette délictueuse affaire. Était-ce un bon soir ou, au contraire, s'était-il embarqué dans une machination vouée à l'échec ? Au fond, l'objectif était louable, et l'agresseur du père de Félix méritait d'être épinglé, sinon apostrophé, mais certes pas laissé impunément en liberté pour une sauvage agression mortelle. Par sympathie pour Charlemagne, et aussi pour réparer un peu le tort qu'il lui avait causé par la drogue le jour du meurtre, Raphaël décida de continuer à sillonner les rues jusqu'au moment où Félix aperçut, rue Harvard, le camion noir au tournant de Monkland, avant de revenir sur Oxford et de s'immobiliser devant des résidences cossues. La Chevrolet se gara avec son gréement devant le fourgon, à trois longueurs de voiture. Raphaël ordonna aux enfants de verrouiller les portières, de se tapisser dans le fond en se cachant sous la couverture, et de ne quitter l'habitacle sous aucun prétexte. Il empoigna le téléphone cellulaire dans la poche droite de son sarrau et composa le numéro pour joindre ses camarades qui, du reste, se distrayaient à voir déambuler les passantes aux formes plantureuses. Sur ces entrefaites, à l'intérieur du camion, le chauffeur s'adressa à son passager :

— Ça parle au diable, Fabien. Un survivant ! J'pensais qu'on lui avait réglé son compte, à celui-là.

— Poitras fera pas vieux os longtemps encore ! Amène-toi, Alfred !

Les mâchoires serrées, les deux crapules descendirent de leur camion, un couteau dissimulé dans leur pantalon, à la hauteur de la ceinture. Son nez busqué accentuant sa mine patibulaire, Fabien fonça vers la Chevrolet et s'arrêta à la portière du conducteur pendant que l'autre gredin se tenait à côté du camion. Raphaël détourna la tête, pour étirer le temps et exacerber la colère du vaurien, en attendant l'arrivée du renfort. Fabien Bournival sonda la poignée, sans succès. Enragé, il siffla en direction de son frère, en lui faisant signe d'apporter le matériel de circonstance. Alfred disparut quelques instants à l'arrière du camion des Entreprises Maison Nette et rapporta une pince-monseigneur, qu'il tendit à Fabien. Au moment où celui-ci s'apprêtait à s'en servir, les motocyclettes de la bande se distribuèrent entre la remorque et le camion. Alertés par le vacarme et n'en pouvant plus de se camoufler sous la couverture, Félix et Charlemagne regardèrent à l'extérieur :

— C'est lui qui a tué mon père ! tonna Félix, en pointant Fabien du doigt.

Réalisant qu'ils étaient victimes d'une sournoise combinaison, Alfred et Fabien Bournival n'opposèrent aucune résistance à la vue des motocyclistes qui les encerclèrent rapidement. Raphaël émergea de la Chevrolet et intima l'ordre d'amener les deux crétins dans la boîte du camion. Pour ne pas trop attiser les soupçons du voisinage, une fois à l'intérieur seulement, on bâillonna les deux bandits, leur ligota les mains derrière le dos, et on les enferma à clef. La Chevrolet en tête, Lamontagne à bord du camion conduit par Grizzly ensuite, la caravane fermée par la horde de motocyclettes, et le *side-car* piloté par une motarde de confiance, s'ébranla avec fébrilité en direction du mont Royal.

Sur le chemin Côte-des-Neiges, le cortège fit une halte devant les immenses portes grillagées qu'un membre de la bande avait tenues verrouillées, après avoir menotté le portier au moment où il s'affairait à les fermer pour la nuit. Le cortège s'engouffra dans le cimetière Notre-Dame-des-Neiges, sillonna plusieurs allées avant de s'immobiliser devant un monument funéraire, lieu d'inhumation de Rosaire Poitras, le brocanteur. Un calme serein emplissait l'air du soir. Cependant, dans la boîte du camion, les deux truands devisaient sur la façon de se tirer de ce guet-apens. Avec l'éclairage discret d'une lampe de poche, on les fit descendre et suivre les cônes de lumière qui guidèrent leurs pas jusqu'au monument.

Plongés en plein roman policier, Félix et Charlemagne observaient la scène, persuadés qu'Alfred et Fabien Bournival passeraient un bien mauvais quart d'heure. Raphaël avait choisi de ne pas divulguer le plan qu'il avait élaboré de concert avec Grizzly et transmis à Yann. Le père de Charlemagne se doutait bien qu'il ne s'agissait pas d'une simple balade, mais avait accepté d'emblée l'invitation de Grizzly à se joindre au groupe dont il avait fait partie avant l'accident qui l'avait rendu paraplégique.

— Ça vous rappelle des souvenirs ? questionna Raphaël, s'adressant à Fabien et à Alfred.

Les deux hommes ligotés et bâillonnés murmurèrent indistinctement quelques paroles. Empressé de passer à l'étape suivante,

Grizzly les empoigna par le collet, demanda à quatre collaborateurs de descendre le pantalon des prisonniers et les obligea à s'agenouiller, face contre terre, immobilisés dans l'herbe à proximité du monument à la mémoire de Rosaire. Indignés, Fabien et Alfred se tordirent comme des vers qu'on écrase, persuadés que l'état de prostration auquel on les contraignait n'avait rien à voir avec un quelconque rite incantatoire ou une prière destinée à faire ressusciter le défunt.

— Maintenant, apportez-moi l'instrument, commanda l'homme à la barbe en broussaille à un cinquième motard, un ricanement dans la voix.

Le motard commissionnaire se rendit à la Chevrolet et, comme un chien rapporte avec fierté une balle à son maître, en revint rapidement avec un allume-cigare, petit dispositif cylindrique avec un embout chauffant, cette fois destiné à d'autres fins. Félix, Charlemagne, Aristote et Yann – transbordé dans son panier –, qui ne voulaient rien manquer du spectacle, s'étaient approchés du monument et attendaient avec impatience que le bourreau passe à l'action. L'ours s'empara du dispositif, se pencha vers Alfred et lui apposa le sceau sur une fesse dont le propriétaire poussa une longue tirade d'un cri plaintif. Le petit rond d'un brun aux reflets dorés ne devait hélas constituer que le premier d'une série ininterrompue de petits cercles isométriques juxtaposés, de façon à former la lettre R comme Rosaire. Sur la seconde fesse dégarnie, la lettre P comme Poitras ne nécessitait, heureusement pour le martyr, qu'une séquence moins longue de marques. Entre l'écriture des deux lettres, Alfred s'était effondré sous les rires des spectateurs, inconscient. Fabien Bournival savait ce qui l'attendait, qu'il ne pourrait échapper à la vengeance sadique de la bande.

— À ton tour, mon écœurant! ragea Raphaël, en prenant l'allume-cigare pour relayer Grizzly.

Les lettres mordorées s'inscrivirent de la même manière artisanale sur le postérieur de Fabien Bournival qui résista moins longtemps aux brûlures, cependant. Peu après, on attacha les captifs au monument. La Chevrolet quitta les lieux, suivie par la horde de motocyclettes, abandonnant les deux hommes au postérieur buriné à la lune et libérant le portier de ses menottes, avant de déserter le cimetière.

Le cortège s'engouffra bientôt dans la ruelle, derrière chez Félix, attirant les regards surpris des locataires. Cette fois, Sonia n'apparut pas sur le balcon, entièrement sollicitée par les soins à prodiguer à un client désireux de profiter des bienfaits d'une médecine alternative. Charlemagne refusa l'offre de Grizzly de retourner à la maison en *side-car* avec Yann. Il déclara qu'il allait rentrer à pied avec son saint-bernard, qu'il n'était pas question d'abandonner Aristote à la ruelle.

Quand il arriva à l'appartement, Florence ironisa sur la soirée que Charlemagne croyait passer sans la compagnie de son père. Visiblement, Yann avait raconté sa promenade en *side-car* sans divulguer les véritables motifs de Grizzly. D'abord réticent à l'idée de revoir Raphaël, il s'était vite réconcilié avec lui puisqu'il n'avait pas été question de drogue, mais bien de la mémoire de Rosaire. L'opération «calcination de postérieurs» était désormais inscrite au feuilleton. L'idée de vengeance ne lui avait pas particulièrement plu, mais il se considérait seulement comme un acteur dans cette sordide affaire. Aussi, Sonia-la-philosophe ne représentait pas pour lui une bonne fréquentation pour son fils. Mais pouvait-il lui interdire de fréquenter Félix?

Dans le *Journal de Montréal* du lendemain, on titrait en première page:

ALFRED ET FABIEN BOURNIVAL:
2 BANDITS RECHERCHÉS PAR LA POLICE
MENOTTÉS À UNE PIERRE TOMBALE

Chapitre 2

Depuis son arrivée en ville, Félix rêvait de suivre les traces de son père. Le fils de Rosaire ressassait des idées sur la façon de devenir riche le plus rapidement possible, en contournant l'étouffante instruction obligatoire qui lui avait déjà enlevé, d'ailleurs, des journées éminemment précieuses. Afin que ses affaires prospèrent, il songeait à augmenter son stock de bric-à-brac. Cela supposait d'abord qu'il explore son quartier d'adoption pour en estimer le potentiel. Ainsi, il bricola une espèce de voiture en bois qui roulait avec des roues à larges pneus provenant de bicyclettes de montagne volées. Pour la caisse et les ridelles, il trouva chez des locataires du voisinage quelques planches de palissades qui bordaient la ruelle. Afin de camoufler ses objets et de les mettre à l'abri, une toile beigeâtre imperméable tendue par de solides montants conférait à la charrette l'allure d'un chariot bâché. Il ne resterait qu'à atteler Aristote entre des brancards de fortune.

Le wagon avait déambulé plusieurs soirs dans des enfilades de ruelles sombres et humides, à prospecter les fonds de cour sans qu'un quelconque objet puisse intéresser les deux vagabonds. Il n'était pas rare que des chiens errants sans malice s'agglutinent derrière eux. Des passants les observaient, jetant des regards soupçonneux aux miséreux affublés d'un foulard rouge. Dans le quartier, les jeunes portant un morceau d'étoffe colorée à la tête avaient très mauvaise réputation. On connaissait deux bandes rivales : les Rouges et les Bleus. Florence en avait aperçu quatre qui se battaient sous sa fenêtre ; elle s'inquiétait pour Charlemagne.

Parfois le cortège empruntait la rue, progressant sous les auréoles naissantes des réverbères, et aboutissait au parc Saint-Michel, coin Laurier, avant de revenir au bercail. À un moment donné, avant de croiser la rue Fairmount, un chartreux traversa la ruelle en pourchassant une chatte de gouttière chamoisée. Le chat à pelage gris bleuté s'immobilisa un instant devant une équipée aussi insolite et disparut derrière des poubelles cabossées. Les yeux de Félix fouillèrent l'obscurité. Malgré le temps maussade, le long d'un mur de brique peinturluré de grossiers graffitis verts, roses et mauves, une nana du quartier se faisait peloter par d'entreprenantes mains baladeuses. Enfiévré, Félix stoppa le chariot, les paupières rivées sur la poitrine dénudée de la jeune fille, qui ne se formalisait pas du passage des inconnus.

Un bon soir, un calme sinistre régnait dans le logis de Lamontagne. Florence repassait une manche de chemisier émeraude, enfilée sur une jeannette posée sur la table, en observant Yann du coin de l'œil, absorbé dans une revue de culturistes. Quelle pensée pouvait traverser l'esprit de l'ex-vedette du gym, habitué de voir des soupirantes lui tournailler autour de la charpente ? Florence s'évertuait à réprimer les réminiscences, souvenirs pourtant heureux qui affleuraient à sa mémoire. Comment son amour pour lui pouvait-il renaître, maintenant qu'elle savait qu'aucune relation sexuelle n'existerait entre eux ? Des doutes commençaient-ils à l'envahir et à se loger insidieusement dans son cœur d'amante, alors qu'elle était certaine que pas une seule des anciennes groupies ne souhaiterait même pousser son fauteuil d'impotent ? Elle songea à s'en éloigner quelques jours.

Florence n'avait pas fermé l'œil de la nuit. Elle regardait fixement le plafond de la chambre à coucher. De temps à autre, elle se roulait du côté de Yann, qui dormait comme une bûche et qui ronflait comme un ours en période d'hibernation. Une culpabilité croissante assiégeait ses pensées. L'atmosphère du logis devenait progressivement intolérable. Florence suspectait que son fils soit mêlé aux gangs de rue. On l'avait peut-être recruté déjà! Yann supportait de plus en plus difficilement le petit, qui frayait sans doute avec des jeunes peu fréquentables. En fait, depuis quelque temps, Charlemagne et Félix songeaient à abandonner leurs tournées dans les ruelles. La ville n'était pas la campagne! Le hangar s'embourbait, et Félix reconnaissait qu'il ne pourrait écouler son stock de cossins comme à l'époque du marché aux puces de Carignan.

Pendant la nuit, qui porte prétendument conseil, Florence avait élaboré divers scénarios allant du changement de quartier à l'abandon définitif de Yann. Et qu'adviendrait-il d'Aristote? Le brave saint-bernard n'était pas un chien de garde et n'aurait pas fait de mal au matou le plus détestable du quartier. Du reste, il passait pour le vénérable patriarche qui avait rapidement acquis ses lettres de noblesse auprès des représentants de la race canine et des petits félins de ruelles. À cinq heures, elle était debout, immobile dans la cuisine, balayant de son regard inquiet les pièces du logis. Elle n'osa se regarder dans le miroir qui lui renverrait une image qui la décevrait et la vieillirait d'au moins dix ans: le teint crayeux, les cernes d'insomnie, la bouche manifestant un état d'hébétude qu'il lui déplaisait souverainement d'observer chez les autres. Et cette fatigue excessive qui l'abattait et dont elle subodorait les conséquences? Et les cheveux défaits? Qui plus est, en bataille et en broussaille! Elle avait l'air d'une ressuscitée qui cherche encore à comprendre ce qui vient de lui arriver…

La journée de travail l'attendait. Florence Beauséjour, infirmière, gagne-pain de famille bizarrement constituée, ingurgita une tasse de café bien corsé, puis une deuxième pour se donner de l'allant, et résolut de réveiller Charlemagne. Aristote, écrasé à côté du lit, n'avait pas frémi d'un poil. Il s'était contenté d'entrouvrir paresseusement l'œil gauche. Florence secoua son fils comme si elle lui annonçait que le bateau dans lequel ils voguaient tous allait s'échouer sur des récifs et qu'il fallait le quitter séance tenante. Le petit répondit par de longs bâillements qui sollicitèrent la compassion de sa mère.

— On s'en va chez grand-maman Sabourin, mon chou, lui susurra-t-elle à l'oreille. Tu y resteras pendant quelques jours.

— Laisse-moi dormir, m'man! marmotta-t-il, d'une voix ankylosée.

— Habille-toi au plus vite, tu déjeuneras chez ta grand-mère, insista-t-elle.

Quinze minutes plus tard, Florence remorquait son garçon hors du logement.

Pendant toute la durée du trajet, à demi réveillé, la tête appuyée sur l'épaule, Charlemagne se laissa conduire sans protester, essayant tant bien que mal de se raccrocher aux rêves de sa nuit interrompue, alors que sa mère l'entretenait sur la gravité des événements. Florence gara sa coccinelle devant le dépanneur d'Elphège Sabourin, rue Ontario. Sous la recommandation de sa nouvelle compagne, le marchand avait acquis une propriété pour une bouchée de pain. Ce qui lui permit de déménager dans l'immeuble qui comportait un dépanneur au rez-de-chaussée et un logis à l'étage. Mais, étant donné ses ambitions mercantiles, il conserverait son commerce de la Rive-Sud et augmenterait ainsi son chiffre d'affaires.

— Pourquoi tu me traînes ici à matin, m'man? Je serais ben mieux à la maison.

— T'es assez grand pour comprendre ce qui se passe dans le quartier: je veux t'éloigner des gangs de rue. Même Yann pense que tu ferais mieux de pas côtoyer ces jeunes-là. Puis moi, bien, je vais aller coucher chez mon amie Guylaine.

— Veux-tu dire que ça va pas ben entre papa et toi?

Le regard de Florence se déroba. Elle laissa répondre le silence et prolonger le doute chez son fils.

En montant à l'étage, Charlemagne se prit à penser à la main endiamantée de grand-mère Sabourin, qui exerçait sur lui une irrépressible fascination. Il ne se souvenait que trop de l'épisode du fameux collier de perles volé par son grand-père, dans le but de le liquider au marché aux puces de Carignan. Cette fois, Charlemagne avait subi les foudres accusatrices de sa grand-mère, jusqu'à ce qu'elle récupère ledit bijou d'un vendeur qui assurait le tenir d'un homme d'âge mûr qui répondait à la description de Fernand Beauséjour lui-même. Gracié par sa femme, Beauséjour avait manifesté le ferme propos de ne plus recommencer, son état dépressif étant en bonne partie responsable de sa faute. À la suite de cela, douce vengeance, Charlemagne avait décidé de subtiliser une des montres de sa grand-mère. Cette fois, Beauséjour fut formellement accusé de vol par sa femme sans possibilité de rédemption, et quitta la maison de campagne de Manuel Bourguignon.

En entrant au logis avec son sac de vêtements, Charlemagne fut accueilli par les cris et les battements d'ailes d'une perruche ondulée en furie. Enfermée dans sa cage de bambou, la sentinelle emplumée virevolta à plusieurs reprises pour s'opposer à l'intrusion de l'envahisseur, en répandant sur le plancher une bonne quantité de sable nacré du fond de sa cage. Il fut attiré vers la chambre des maîtres du logis. La seule vue du coffre à bijoux reposant sur le bureau de Madame l'excita au point où il ne put s'empêcher de l'ouvrir ; il le referma aussitôt. Le moment n'était pas propice pour subtiliser une pièce. D'ailleurs, la main couverte de richesses de grand-mère Sabourin l'interpellait davantage. À ses yeux, elle représentait une plus grande valeur marchande.

Avant de téléphoner à Félix, comme la faim tenaillait son estomac creux, le visiteur ouvrit la porte du garde-manger, choisit une boîte de céréales truffées de raisins secs. Après, il tira au hasard sur une porte d'armoire, puis sur une autre. Ensuite, il se hissa sur le bout des orteils pour saisir un bol qu'il déposa sur la table, fouilla dans le réfrigérateur, en sortit le carton de lait. Dans son bol, il versa une grande quantité de céréales dont le trop-plein se déversa sur la table. Il arrosa copieusement les flocons. Ne restait plus qu'à prendre une cuillère pour attaquer.

La perruche faisait encore des siennes, la tête éperdue, becquetant sans relâche son os de seiche ou son bloc iodé, et battant sans cesse des ailes dans sa baignoire. Harcelé par les turlupinades de l'oiseau, Charlemagne se leva prestement et ouvrit la porte de la cage. La perruche comprit que son espace prenait de l'expansion, qu'il venait de faire une formidable poussée de croissance. Elle déploya ses ailes et, en peu de temps, repéra les bornes de son nouvel univers. Affolée, ivre de tant de liberté soudaine, comme un aigle sur sa proie, elle cingla sur Charlemagne qui saisit à deux mains son bol de céréales et s'engouffra dans la chambre à débarras.

Quelques minutes plus tard, une accalmie régnait dans le logement. Charlemagne entrouvrit doucement la porte de la chambre, la retenant par la poignée, balaya la pièce du regard et leva les yeux vers l'oiseau, qui avait grignoté les grains de céréales sur la table et qui s'était perché sur le réfrigérateur. *C'est le temps !* réfléchit Charlemagne, qui émergea de sa cachette. Il empoigna le téléphone et se replia dans sa forteresse.

— T'aurais pu appeler plus tard, Charlot. Ma mère est encore couchée.

— Ça pouvait pas attendre ! J'suis chez grand-mère Sabourin, pis je voulais te demander de soigner Aristote.

— J'ai l'impression que tes parents veulent pus me voir…

— C'est des idées que tu te fais, Félix. Mes parents t'aiment ben, mais je pense qu'ils ont peur avec les gangs de rue. Faudrait peut-être trouver un autre moyen de faire de l'argent.

— Je vas penser à ça ! En attendant, je vas m'occuper d'Aristote. Entre amis, on peut ben s'entraider...

De la fenêtre de la chambre, Charlemagne contempla le chêne majestueux qui ombrageait la cour arrière et lui masquait la vue sur la ruelle. Sa condition de séquestré n'était pas sans lui rappeler ses quelques jours de maladie infantile passés à la maison, fiévreux et couvert de pustules, alors que les autres continuaient à fréquenter l'école qu'il dédaignait, pourtant. Il détourna le regard vers la porte de la chambre et décida de s'allonger sur le lit. Peu après, il s'endormit.

Vers la fin de l'avant-midi, quelqu'un entra au logis et réveilla l'enfant. « Ah non ! Pas ça ! Le chenapan ! » s'exclama la grand-mère à travers les battements d'ailes de la perruche. « Du sable et des déjections malpropres sur le plancher ! » Des pas se pressèrent vers la chambre. Charlemagne faisait semblant de dormir. La porte s'entrebâilla, puis se referma doucement. *Le p'tit s'est levé tôt ce matin. Il s'est endormi après son méfait*, crut Madeleine Sabourin. Elle retourna dans la cuisine et remarqua les grains de céréales et les raisins secs parsemés qui décoraient la table, et le carton de lait tiède, qu'elle s'empressa de remettre au froid. Intrigué par la présence de sa grand-mère, Charlemagne entrouvrit la porte à son tour et s'amusa de la scène qui allait se dérouler devant lui.

Engoncée dans son plumage lisse et soyeux, la perruche dominait à présent sa petite geôle de bambou, glorieuse, provocante et fière de son escapade matinale. Cependant, Madeleine Sabourin ne l'entendait pas ainsi. Se voûtant le dos, elle s'avança vers la cage en prononçant d'une voix aigrelette des paroles mielleuses de duperie, des « pit-pit-pit » et des « cui-cui » insignifiants qui dévoilèrent son secret dessein. Immobile, mais prête à s'envoler, étudiant de son œil pointu le geste de l'humaine, la perruche demeura de marbre jusqu'à ce que la main endiamantée, vive et hypocrite de Mme Sabourin, s'ouvre et se referme brusquement sur elle-même, comme dans un inutile claquement de pinces de homard.

L'oiseau sentit alors qu'il devait profiter de ses derniers moments de liberté, décolla de son promontoire et atterrit en douceur dans l'amas de grains sur la table. Avec une grande impatience, mais se contenant tout de même, Mme Sabourin décrocha la prison de son support et la posa sur le lieu de prédilection de la bête emplumée en éparpillant les grains de céréales qui restaient à l'intérieur de la cage. Détournant le regard, elle s'approcha du four pour régler la température et le mettre à chauffer. Puis, elle sortit un plat du réfrigérateur et l'enfourna avec une fébrilité qui amusa Charlemagne.

Le temps pressait. La conjointe de Sabourin devait retourner au dépanneur, dont elle avait verrouillé temporairement la porte. Elle remonterait un peu plus tard pour dîner en compagnie de son chenapan-qui-dormait-mais-qui-ne-perdait-rien-pour-attendre. Soudain, comme si elle avait compris que le petit jeu ne pouvait plus durer et qu'on ne peut se moquer impunément d'une vieille dame, la représentante de la famille des psittacidés réintégra sa cabane en bois rond. Aussitôt, Mme Sabourin se précipita pour en refermer avec succès la porte, heurtant son oignon sur une patte de chaise. « Outch ! » s'écria-t-elle, en enlevant sa chaussure et en s'assoyant sur le siège. Après quelques minutes de répit, la douleur s'estompant au gré des bienfaisantes frictions, la malheureuse regagna son poste au rez-de-chaussée.

Claquemuré depuis trop longtemps, le petit visiteur estima qu'il était temps de sortir de son antre et de passer à l'action. À voir sa grand-mère traiter la perruche de Sabourin avec si peu de déférence, Charlemagne résolut d'en finir avec l'oiseau de malheur. Marqué par les stigmates du sadisme, un sourire maléfique irradiant son visage, il marcha à pas de velours vers la petite prison de bois. Envahi par des rires méphistophéliques, il l'agrippa d'une main par le crochet, avança vers la cuisinière, en ouvrit la porte. Effarouché, son locataire avait abandonné son perchoir et vrillait dans le désert de grès en entamant avec frénésie une sorte de danse de la mort entrecoupée d'élégantes arabesques. Charlot enfourna la maisonnette. Puis il observa le chant du cygne que l'oiseau exécutait sur la grille métallique à côté du pâté au millet qui chauffait et qui, pour l'heure, dégageait un agréable fumet. Ensuite, il referma sans ménagement la porte du four.

À mesure qu'elle prenait la température du pâté, la perruche, qui autrement n'aurait pu souhaiter une plus belle fin entourée d'un énorme pâturage de millet, revêtait de plus en plus un aspect de cartonnage ondulé.

* * *

Le retour de Charlemagne à l'appartement avait enchanté Aristote, dont les yeux s'étaient couverts d'un voile de tristesse à son départ. Cependant, la disparition du garnement avait créé toute une commotion chez Madeleine Sabourin. La découverte du pâté accompagné de la perruche ratatinée l'avait d'abord fait sursauter, certes, mais son petit-fils déserteur l'inquiéta davantage. Elle en parla au téléphone avec Yann : « N'oublie surtout pas de mentionner à ma fille que votre fils est d'une perversité démoniaque », lui répéta-t-elle après avoir relaté, avec force détails, l'épisode de la perruche cuite au four à 350 degrés Fahrenheit.

À la fin de la soirée, en entrant au logis, Sabourin fut atteint par une quinte de toux. Une odeur nauséabonde lui taquina les naseaux. Son malaise se transforma en rage lorsqu'il en comprit la cause :

— Tu t'es laissé berner, Madeleine, s'emporta-t-il.

— Comment voulais-tu…, Elphège ? J'ai pas le don d'ubiquité. Je ne pouvais pas être à la fois en haut et en bas en même temps.

— Tu l'as déjà dit : cet enfant est un monstre. On n'en fera rien de bon !

La grand-mère n'avait pas riposté à cette remarque qu'elle trouvait désolante et dure, mais justifiée. La disparition de la perruche représentait une perte sèche pour son maître, mais tout compte fait, se révélait être un mal pour un bien. Une bête semblable a décidément besoin d'attention, sinon elle s'ennuie, décline et meurt. Le soir, sur l'oreiller, Madeleine Sabourin roucoula quelques lénifiantes notes de consolation en faisant miroiter l'acquisition d'une perruche de remplacement.

***

Lorsqu'elle apprit l'effroyable massacre, Florence songea tout de suite à Manuel, l'amant qu'elle avait déniché pour donner un père à son fils et qu'elle avait ensuite abandonné à son propre sort, renonçant à lui pour retourner à Yann, son premier amour.

Manuel Bourguignon, enseignant, bénéficiait de grandes vacances estivales. Il se trouvait donc libre, par les temps qui couraient. Peut-être entendrait-il l'appel d'une mère désespérée et viendrait-il à sa rescousse ? Bourguignon résidait encore dans la campagne rougemontoise, avec sa fille Mélodie qui avait été, pour un temps, la demi-sœur de Charlemagne. De renouer avec la région montagnarde en dévalant au milieu des pommeraies rougeoyantes ferait assurément le plus grand bien au petit déserteur. En définitive, compte tenu de l'incendie de sa maison et du fort soupçon pesant sur Charlot dans cette affaire – des exemplaires de ses romans et des livres de référence étant mystérieusement disparus en même temps – et compte tenu de la courte durée de la garde, Bourguignon accéda à la demande de Florence, à condition que tout usage de briquet ou d'allumettes lui soit interdit. Son fils débarquerait dans la journée avec son baluchon et Aristote.

Mais le principal intéressé ne l'entendait pas ainsi. Il n'appréciait pas du tout ce petit jeu de ballottement qui consistait à le transplanter encore une fois ailleurs, même si son retour à Rougemont était temporaire. C'est là qu'il avait connu Félix et c'est avec lui qu'il y retournerait, point à la ligne ! Cette fois, Charlemagne posa donc ses conditions. Qui furent acceptées d'emblée par Florence, sous réserve d'approbation de Bourguignon, qui hésita à prendre aussi Félix comme pensionnaire. Considérant que les deux jeunes s'ennuyaient de la campagne, et que Félix devait se remettre difficilement du deuil de son père, l'enseignant se rendit à la demande de Florence. «Je vais les amener au marché aux puces de Carignan ; ça leur rappellera de beaux souvenirs», affirma-t-il.

Grizzly fut chargé de conduire les deux jeunes à Rougemont avec la jeep, version décapotable. L'ours accepta avec un enthousiasme qui étonna Yann, mais qui, dans les circonstances, l'accommodait. En effet, le gros nounours se montrait très disponible. La conduite de la jeep semblait lui plaire, mais agissait-il avec un total désintéressement ?

Chemin faisant, dans l'intimité de l'habitacle, alors que Félix flanqué d'Aristote sur la banquette arrière scrutait de ses yeux extasiés les paysages qu'il reconnaissait, Grizzly étira sa patte grasse et velue sur la cuisse de Charlemagne et lui adressa secrètement un sourire de convoitise. Agacé, Charlemagne le repoussa. Puis il chercha à fixer son attention sur la route que la jeep avalait goulûment entre les lignes défraîchies du macadam.

Devant la haie de cèdres, une pancarte *Fermette à vendre* offrait le petit domaine de Rosaire Poitras. Quelques jours après les funérailles, le notaire avait expliqué à Félix et à sa mère qu'en pareil cas, la loi stipulait que les biens de M. Poitras étaient entièrement destinés à son fils et que la personne qui le prendrait en charge et veillerait à son instruction et à son éducation aurait droit à une compensation raisonnable jusqu'à ce qu'il atteigne l'âge de dix-huit ans, âge auquel l'héritier déciderait par lui-même…

Chez Bourguignon, la pancarte *Maison à vendre par le propriétaire* avait été enlevée et remisée dans le hangar. L'enseignant avait changé son fusil d'épaule et jugé préférable de demeurer à Rougemont. L'échafaudage soudé à sa maison lépreuse en témoignait. Grimpé dans la structure métallique, Manuel avait entrepris de desquamer un autre pan de sa maison lambrissée de bois. Lorsqu'il entendit la jeep dans sa cour et la voix de ses occupants, il délaissa ses hauteurs et marcha vers eux pour les accueillir. Grizzly descendit du véhicule sans s'éloigner. Manuel le toisa avec méfiance, sa dernière rencontre avec l'énergumène lui ayant laissé un désagréable souvenir. Lors du lancement de son premier roman, Grizzly s'était littéralement comporté comme un ours mal léché. Il ne devait donc pas franchir le seuil de sa porte. Une sorte de pudeur le retenait. Cependant, il mit le baluchon des enfants et deux boîtes d'objets disparates à côté de la jeep avant de quitter les lieux, même si une forte envie d'uriner lui tenaillait la vessie. Il arrêterait plus loin au bord du chemin, à l'abri des regards indiscrets et des voyeurs. « Tu peux déposer tes babioles sur la galerie », recommanda Manuel à Félix qui s'apprêtait à entrer ses boîtes dans la maison.

Lorsqu'ils pénétrèrent, la voix plaintive et langoureuse d'un violoncelle agaça les oreilles des deux jeunes visiteurs. Le frottement que Mélodie exerçait sur les cordes de son instrument ne produisait pourtant plus de sons grincheux et frissonnants, mais une voix beaucoup plus harmonieuse et feutrée. La fille de Bourguignon avait progressé. Les leçons d'Éléonora Rostropovitch avaient fructifié. Malgré l'arrivée de Félix et de Charlemagne, ses yeux demeurèrent fixés sur les portées, butant sur des dièses et des bécarres, reprenant inlassablement des passages difficiles, accordant son rythme à celui de l'intraitable et rigoureux métronome. Malgré l'accueil inexistant de la petite-maîtresse de maison, les garçons montèrent à l'étage. Pressés de redescendre, ils lancèrent leur baluchon dans un coin de la pièce. Aristote, pour sa part, avait de loin préféré renifler l'air campagnard plutôt que de s'encabaner.

Manuel avait déjà escaladé son échafaudage lorsque les garçons sortirent de la maison et s'acheminèrent vers la demeure de Félix. Légalement, elle lui appartenait en propre, tant et aussi longtemps qu'elle ne serait pas vendue par une agence. Cependant, comme le petit propriétaire n'en détenait pas la clef, il devrait se contenter de s'enquérir de l'état des lieux, de se limiter aux dépendances de la closerie. Dans l'ancienne écurie où la vieille jument Sandrine avait séjourné, rien n'avait été déplacé. Dans les hangars, une multitude d'objets s'entassaient, appuyés dans les recoins ou trônant au milieu de la place, empoussiérés ou ornementés de fils d'araignées. À sa mort, Rosaire avait encore du pain sur la planche, des mois, voire des années de réparations. Et des ventes qui auraient rapporté gros. «Patente à gosse!» soupira Félix, jetant un coup d'œil circulaire en pénétrant dans chaque nouvelle dépendance. Les quelques articles qu'il avait apportés de Montréal n'étaient rien par rapport à ce qu'il venait d'inventorier. Sans compter tout ce qui dormait dans le sous-sol de la maison et dans le garage.

Moins de deux minutes plus tard, le quad traînant une charrette à ridelles transportant Aristote sortait d'une des attenances et permit à Félix et à Charlemagne de s'évader dans les vergers et sur l'accotement de La Grande-Caroline. Le temps de signaler leur présence pour les repas et de prendre une bouchée, puis on repartait dans une autre direction avec le véhicule ou à pied, errant çà et là à savourer ces délicieuses flâneries que le temps leur accordait. Bourguignon ne s'inquiétait pas de ses deux vacanciers qui connaissaient bien les alentours et qui, surtout, ne l'accaparaient pas trop.

Le soir, avant de s'endormir, Charlemagne s'adressa à Félix, couché sur un matelas d'appoint à côté de son lit, près d'Aristote étendu sur une carpette, le museau entre les pattes:

— Grizzly a mis sa main sur ma cuisse en jeep, aujourd'hui.

Dans la noirceur de la chambre, Félix se redressa et se tourna vers son camarade:

— C'est pas normal, ça. Faut pas que tu te laisses faire. Si jamais il recommence, tu me le dis, OK.

— OK! Ah oui! Manuel a dit que dimanche, on irait au marché aux puces. Pour demain, on verra. Bonne nuit.

Chapitre 3

Le grand frère se réjouissait de constater que Charlot s'encanaillait et devenait, pour ainsi dire, un alter ego redoutable. À maintes occasions, il avait démontré de surprenantes dispositions pour la fourberie. Rosaire aurait été fier de ses foulards rouges.

Las d'attendre le retour des deux petites gouapes, mâchouillant une brindille de paille du haut de sa stature appuyée sur la jeep, Grizzly avait quitté son poste de veille pour s'allonger près d'une touffe de bardanes, dans l'herbe grasse qu'il foula de son corps rebondi. L'ours ne s'était levé qu'une seule fois pour uriner sur la roue arrière gauche du véhicule. Manuel, encore grimpé sur l'échafaudage, regardait de temps à autre vers lui. Il savourait cet accord tacite qui prévalait entre eux. Une manière de tenir en respect un animal sauvage qui avait déjà fait des siennes lors du 24 juin deux ans plus tôt. Un groupe de motards et de motardes avaient alors envahi effrontément la place et s'étaient déchaînés dans une ambiance festive autour d'un feu de joie, où la bière et les boissons fortes coulaient à flots et où les paillardises frisaient l'obscénité.

Rue Jeanne-Mance, Sonia Bécotte ne s'était pas ennuyée de son rejeton. Dès le retour de Félix au logis, elle lui avait clairement déclaré que ses vacances avaient été trop brèves et qu'il revenait à un moment où son corps lui réclamait du repos. Elle s'était adonnée à une surcharge de travail, disait-elle, pour payer certains comptes en souffrance. Félix la dérangeait. Depuis son départ, elle avait pris, comme avant, tout l'espace disponible dans l'appartement, de sorte que ses élucubrations libidineuses ne s'étaient plus limitées à la chambre à coucher. Toutes les pièces avaient servi de théâtre à ses fantasmes érotiques et à ceux de ses clients, de la chambre à coucher au vestibule en passant par la salle de toilette exiguë, le salon double, la chambre de Félix et un garde-robe.

Bien décidée à prolonger les vacances de son fils et de bénéficier de sa vie de femme seule encore un peu avant que l'école reprenne, Sonia décida de téléphoner à Prosper Poitras, le frère de son défunt Rosaire. N'était-ce pas lui qui, lors des funérailles, avait proposé que Félix passe une semaine au chalet pour connaître ses cousins? La proposition avait sombré dans l'oubli, mais ressuscitait dans sa mémoire. Sans en glisser un traître mot à son fils, elle appela donc Prosper qui insista pour rappeler que son offre tenait toujours.

Après le souper, alors qu'elle prenait son thé relaxant à la bergamote, elle résolut d'annoncer à Félix que son oncle viendrait le chercher le lendemain durant la journée.

— T'aurais pu m'en parler, m'man! T'as décidé à ma place, si je comprends ben.

— Dis-toi que c'est pas tous les garçons de ton âge qui ont la chance d'avoir un oncle en moyens…

Le chalet de Prosper Poitras dominait un lac des Laurentides, auquel on accédait par un chemin de travers. L'endroit était paisible et enchanteur. Une jeune fille aux cheveux nattés serrés accourut vers la voiture:

— J'suis contente de rencontrer mon cousin, exprima-t-elle, avec une laborieuse élocution.

Félix se contenta de baisser les yeux. La cousine Fanny était une laideronne aux dents brochées et au sourire noir de son âge. Elle tenait sa mâchoire avancée de son père. Cependant, elle avait de beaux yeux gris bleu qui conféraient à son visage un certain éclat de beauté qu'elle devait hériter de sa mère.

* * *

Rue Saint-Dominique, Florence réalisait qu'elle ne s'était pas ennuyée de Yann pour deux sous. En vérité, les retrouvailles avec le père de Charlemagne avaient fait place à bien peu d'effusions. Certes, elle s'était languie de son fils, mais le fait de reprendre la redondante vie coutumière lui pesait considérablement. Le gros impotent moulé dans son fauteuil roulant l'accablait et la désespérait de plus en plus, surtout depuis que, à l'hôpital, les malades alités et les cas lourds dont elle avait la charge requéraient beaucoup de soins. En outre, malgré un séjour chez son amie Guylaine, il lui semblait que, loin de se refaire, ses forces diminuaient. Au travail, elle devenait de plus en plus irritable, pleurait pour des vétilles, se décourageait facilement. Garde Valade et garde Manger lui avaient prescrit du repos, mais Florence s'entêtait à continuer. Une douleur au sein gauche qu'elle attribua à une fatigue passagère la tenaillait. Elle décida de s'abstenir d'en parler.

Un bon soir, quelques jours après son retour à la maison, elle reçut un appel de sa mère :

— Comment vas-tu depuis que Charlot est retourné chez vous ? Ça va mieux, maintenant ?

Florence éclata en sanglots. Reprise par son désir de se confier, elle exposa la situation :

— Je n'en peux plus, c'est trop !

— Écoute, ma fille. Tu vas venir passer quelques jours chez moi. J'en parlerai à Elphège, il sera certainement d'accord.

— Oui, mais Charlot ! Je vais m'en ennuyer !

— Amène-le, on s'arrangera.

Il n'en fallait pas plus pour que Florence profite de l'ouverture de sa mère et accepte sa proposition.

Lorsqu' Elphège Sabourin apprit que le petit-fils et la fille de sa conjointe logeraient chez lui pour un temps, il fut atteint d'une nouvelle quinte de rage. Le «petit gripette» qui avait fait chauffer sa perruche à 350 degrés Fahrenheit méritait une bonne fessée, c'est tout! Il se radoucit quand Madeleine Sabourin lui mentionna que le petit diable faisait pitié, au fond, et que, de toute façon, il ne serait pas seul dans le logement comme la dernière fois, moins à même de poser des gestes condamnables. Qui plus est, Florence éprouvait un grand besoin de repos. Ils devaient se montrer d'autant plus charitables qu'elle-même et Fernand, son premier mari, avaient déjà été rescapés de la rue et recueillis par leur fille. Malgré ses bonnes dispositions, Sabourin conclut que Charlot avait tout intérêt à se tenir tranquille...

La coccinelle stationna dans l'entrée réservée aux locataires du logement, entre le dépanneur et un immeuble voisin. Sac au dos et valise à la main, Charlemagne entra sur les talons de sa mère. Il craignait une réaction de sa grand-mère, à la suite de son méfait et de son récent départ furtif et malpoli. Heureusement, l'aïeule était occupée à servir une cliente. La pauvresse dans la vingtaine arborait une chevelure longue lissée et retenue par un élastique. Elle était vêtue d'une robe défraîchie et chaussée d'espadrilles trouées. L'indigente enceinte accompagnée de deux marmots venait de passer une demi-heure à fouiller les tablettes pour faire son épicerie. À la caisse, la conjointe du proprio faisait le recensement de chacun des articles en exhibant la bague tant convoitée par son petit-fils et qui fascina la jeune femme. De sa petite main gourmande, l'aîné des deux enfants s'empara d'une tablette de chocolat, la déballa et la croqua avidement comme un affamé, pendant que l'autre marmot s'agitait dans un landau et réclamait son bonbon en pointant de son index la friandise de son frère. Ce qui amusa Florence et Charlemagne, qui observaient la scène.

La jeune femme retira l'enfant du landau, lui donna une tablette de chocolat sous l'œil comptable de Madeleine Sabourin. Le petit s'arrêta net de gémir. La nécessiteuse paya avec sa carte de guichet, plaça scs trois sacs de victuailles dans le carrosse. Puis, elle quitta le commerce avec sa progéniture ravie au visage barbouillé, s'attachant à ses pas comme des poussins suivent leur mère poule. Subitement habité par un élan de commisération, sans faire ni un ni deux, Charlemagne se délesta de son sac à dos, déposa la valise de sa mère, sortit de l'établissement et courut pour rattraper la femme enceinte :

— Madame !

Interloquée, l'indigente se retourna et reconnut le garçonnet qu'elle venait de croiser au dépanneur :

— Qu'est-ce que tu veux ? articula-t-elle.

— Seulement vous aider à transporter vos sacs d'épicerie, madame.

— Pour que je les revoie plus, je suppose…

— J'suis honnête, vous savez. Le plus petit va être fatigué de marcher. Quand il aura fini de manger, il va demander à s'asseoir.

— Dis donc, toi ! Comment tu t'appelles ?

— Charlemagne, mais tout le monde m'appelle Charlot. Toi ?

— Moi, c'est Sarah.

— J'accepte ton offre, Charlot, acquiesça en souriant la jeune mère ; tu es bien aimable.

Charlemagne se saisit de deux des trois sacs, un par main, alors que la pauvresse poussa le landau et que ses deux enfants déambulaient devant, entièrement subjugués par leur délectable friandise.

Peu après, le plus jeune refusa d'avancer : il s'écrasa sur le trottoir. Charlemagne le rejoignit et lui offrit de prendre place dans le carrosse avec le dernier sac d'épicerie. D'abord hésitant, le bambin accepta, avec l'approbation de sa mère. Presque arrivée à destination, Sarah enfila une ruelle qui apparut à Charlemagne plus sale et plus encombrée que celles qu'il empruntait pour ses cueillettes sélectives. Comme elle s'apprêtait à grimper au troisième étage, Charlemagne lui proposa de s'occuper des provisions.

Le bon Samaritain entra dans le logis qui baignait dans une relative propreté et dans un certain dénuement, et déposa les sacs sur le comptoir de cuisine.

— Merci, Charlot ! Tu reviendras.

Charlemagne était fier de son geste. Sans pouvoir l'expliquer, il avait été attendri par la pauvre femme. Quelque chose de singulier s'était produit qui avait détourné ses pas. Pour éviter d'affronter les yeux courroucés de sa grand-mère, avec laquelle il entretenait des relations plutôt difficiles, il monta à l'étage sans pénétrer dans le commerce. Florence s'était réfugiée dans sa chambre et lisait *Le suspect numéro 2*, le premier bouquin de Manuel Bourguignon – qu'il avait laissé chez Yann pour le stimuler à lire –, adossée à deux oreillers moelleux, mais constamment interrompue dans sa lecture par la causerie d'un perroquet au plumage gris et à la queue rouge, qui répétait sans cesse d'agaçantes onomatopées. Sabourin avait donc remplacé sa perruche cuite au four par un autre membre de la famille des psittacidés qui trônait sur un perchoir, dans une cage immense occupant tout un coin de la cuisine. À la fois émerveillé et intrigué, Charlemagne s'approcha du volatile pour faire plus ample connaissance. L'oiseau s'arrêta subitement de jaser. Charlemagne s'en rapprocha encore. Le perroquet sauta sur un autre perchoir plus élevé dans sa volière et se mit à pousser des cris d'horreur, comme s'il pressentait que l'enfant voulait l'égorger. Florence sortit en trombe de sa chambre :

— Charlot, je t'en prie, fais pas crier Coco, mon amour. Il m'exaspère déjà ! Grand-papa Elphège va être au désespoir si tu l'agaces comme ça !

Docilement, Charlemagne suspendit ses vêtements, puis retourna dans la cuisine pour entamer une séance de répétition avec le jacquot, qui se mit à agiter ses ailes avec frénésie. Patiemment, il entreprit de lui faire répéter quelques monosyllabes prononcées d'une manière tout à fait aléatoire. L'oiseau encore effarouché refusait de collaborer puisqu'il continuait à pousser des cris de frayeur, mais avec moins d'intensité que lors de son arrivée, cependant. Ce qui le contraria quelque peu. Se remémorant sa récente expérience avec la perruche de Sabourin, il zieuta le four avec un petit rire dément, puis se ravisa. La cage était trop grosse pour l'encastrer dans le four de la cuisinière électrique. Il fallait persévérer et tenter autre chose. Ensuite, il eut l'idée d'offrir un fruit à l'animal, qui apprécierait peut-être une collation, auquel cas il serait en droit de s'attendre à un effort plus tangible de la part de son élève. Dans le panier à fruits du comptoir agonisaient une grappe de raisins bleus et une poire brunie. Pragmatique, il prit l'escalier qui descendait au dépanneur et se présenta devant l'étalage de fruits et de légumes. Madeleine Sabourin servait un vieillard décadent, un peu dur de la feuille, qui semblait paralysé devant le comptoir ; Charlemagne en profita pour lui hurler :

— J'prends une banane pour Coco.

— Rien qu'une, Charlot ! Tu m'entends ?

— Oui, oui, mamie !

Convaincu d'avoir le champ libre, il en profita pour subtiliser une main de bananes aux pelures vertes, qu'il enfouit subrepticement dans un sac en songeant à Sarah et à ses deux enfants. Comme mamie semblait encore occupée, il décrocha quelques sacs de noix d'acajou, qu'il inséra avec le régime de fruits tropicaux, et se dirigea vers l'escalier, à l'arrière du dépanneur. Dans sa hâte, sans s'en rendre compte, il laissa échapper un sac de noix d'acajou, ouvrit la porte au bas de l'escalier, la referma et s'empressa de remonter au deuxième avec son butin.

Drapée dans sa robe de chambre, Florence lisait *Le suspect numéro 2* pendant que le reste de fricassée réchauffait dans un poêlon et que Coco émettait des sons désagréables.

— Votre dîner est presque prêt, maman, lança-t-elle.

— Où est ton fils, que je l'apostrophe ?

— Vous me semblez bien agressive, maman.

— Figure-toi donc, Florence, que Charlot s'est avisé de prendre un sac de noix au dépanneur sans permission. Et peut-être autre chose, j'en sais rien. Va donc savoir avec ce sacripant de malheur…

La conjointe du proprio se servit une assiettée de fricassée fumante qu'elle descendit au commerce, en marmonnant des paroles qui traduisaient le doute. Elle avait bien remarqué la moitié de banane sur le comptoir, mais pour le reste… Sa grand-mère disparue, Charlemagne s'assit pour dîner avec sa mère qui avait mis son livre de côté. Il repensait à Sarah et à ses enfants, chez qui il avait apporté des bananes, des noix d'acajou et une boîte de barres santé dissimulée dans un sac.

Une heure et demie et une demi-banane plus tard, Coco progressait, mais n'était pas parvenu à prononcer distinctement les trois syllabes tant espérées. Charlemagne se rappela les remarquables efforts déployés par ses anciennes institutrices, Irène Lalumière et Marguerite Després en particulier, pour éloigner quelques cancres du large fossé de l'ignorance crasse dans lequel les pupilles risquaient de glisser à tout moment. Toujours est-il que l'opiniâtreté qu'il démontra lui permit de connaître un certain succès, sans toutefois faire restituer à l'oiseau le nom de Sabourin.

Puis la répétition reprit de plus belle avec Coco, qui vit approcher son professeur de langues d'un air rébarbatif. Dès les premières syllabes de révision, le perroquet se montra récalcitrant, fixa Charlemagne de ses yeux jaune pâle et se livra à un curieux comportement qui décupla le plaisir du petit pédagogue : l'oiseau se rebella en se mettant à pousser des cris très incommodants et à se picoter vigoureusement le corps.

— Pour l'amour ! Qu'est-ce qui se passe, Charlot ? Es-tu en train de l'égorger, coudonc ? sursauta Florence, en déposant *Le suspect numéro 2* sur la chaise longue.

— Non, mais si ça continue, ça pourrait arriver…, rétorqua Charlemagne, l'air fripon.

— Sais-tu, mon trésor ? Pourquoi tu vas pas faire un tour dans la ruelle ou te balancer au parc ?

— Fais-moi plaisir ! Viens avec moi, m'man, supplia Charlemagne.

— Une petite marche avant le souper me ferait du bien, mais je suis si fatiguée, mon amour.

En soirée, pendant que sa grand-mère montait la garde derrière le comptoir du dépanneur et que sa mère visionnait un film romantique des années 1980 avec une boîte de mouchoirs posée sur un accoudoir du fauteuil, Charlemagne entreprit sa dernière séance de répétition de la journée, avec la ferme intention de faire cracher le nom de Sabourin à son protégé.

Malgré d'indéniables progrès enregistrés à travers les nombreuses périodes de mouchage de Florence et à cause des débuts d'automutilation du volatile, l'instituteur chevronné, en proie à une lassitude croissante, déclara forfait. Exaspéré, malgré sa réputation d'habile parleur, le perroquet s'enferma dans un mutisme inquiétant. Charlemagne s'en fut dans la chambre à débarras, s'étendit sur le matelas en songeant à la hâte qu'il éprouvait de revoir Félix et Aristote, et s'endormit.

Il faisait nuit close. Florence dormait. Grand-mère Sabourin entra au logis, harassée de fatigue. Elle se dépouilla machinalement de ses bijoux clinquants, qu'elle déposa dans son coffre sur la commode de sa chambre. Après un brin de toilette, elle se retira pour dormir et ferma les paupières en attendant que Sabourin revienne. Depuis quelque temps, le commerçant avait pris l'habitude de rentrer très tard. À tel point qu'il avait semé des doutes dans l'esprit de sa compagne Madeleine, qui avait d'ailleurs choisi de taire l'incident du sac de noix, pour éviter d'incriminer son petit-fils sans preuve réelle.

La porte du logis s'ouvrit. Sabourin entra sur la pointe des chaussettes, tenant ses souliers d'une main et refermant la porte de l'autre, pour ne pas réveiller la maisonnée à cette heure incongrue. Coco accueillit son maître d'éclatante façon :

— BOURRRIN... BOURRRIN...

À la fois charmé et surpris, Sabourin s'approcha du perroquet, les yeux écarquillés d'étonnement. Dans un état de complet ravissement, il ouvrit la cage, s'étira le bras, saisit le perroquet effrayé et le percha sur son épaule, dans une suite ininterrompue de sons discordants. Madeleine, qui s'était finalement endormie, se réveilla en sursaut. Lorsqu'elle réalisa que Sabourin venait de regagner le logement, elle se leva et se déporta dans la cuisine :

— Elphège ! Qu'est-ce que tu fais à une heure pareille ? Et puis qu'est-ce qui s'est passé encore pour que tu arrives si tard ?

— J'suis allé reconduire Juliette chez elle...

— Elle t'a fait visiter son appartement, je présume ?

Sur ces entrefaites, le ton avait monté de plusieurs crans. Florence et Charlemagne étaient apparus dans la pièce et suivaient l'échange verbal.

— Seule dans le commerce toute la journée, c'est long, Elphège, déplora sa femme dans une tentative pour expliquer son désarroi.

Sabourin semblait se désintéresser de sa conjointe en s'adressant à son oiseau, fasciné par ses capacités d'apprentissage.

— COCO, COCO, ânonna-t-il.

— Elphège, je te parle ! tonna la maîtresse de maison, désemparée.

Comme Sabourin continuait de l'ignorer, Madeleine retira la précieuse bague qu'il lui avait donnée en se dévissant le doigt, s'avança vers la petite volière et la lança avec mépris dans le fond avant de s'enfermer dans sa chambre. Florence la suivit aussitôt pour la consoler. Charlot s'esclaffa d'un rire moqueur et repéra l'objet de convoitise qui devenait désormais infiniment plus accessible, d'autant plus que Sabourin avait le dos tourné vers la porte de la chambre où venaient de se cloîtrer les deux femmes de la maison. L'occasion rêvée, quoi ! C'est alors que Charlemagne s'empara du bijou avec la vitesse du vautour qui fond sur sa proie, et l'enfonça dans sa poche.

Le lendemain, une idée saugrenue émergea de son cerveau de jeune humaniste. Certes, il désirait aider des miséreux, mais pas au prix de se faire prendre sur le fait en commettant un vol banal. Contrairement à ce qu'il avait d'abord imaginé, cette fois il n'agirait pas en solitaire. Une visite au parc s'imposait.

En foulant le sol du terrain public, Charlemagne se dirigea vers une aire de jeux où s'animait une bonne demi-douzaine de garçons de son âge qui semblaient s'amuser follement. Les uns étaient suspendus dans le vide, la tête en bas, les jambes accrochées à un montant métallique. Les autres tournaient en rond sur une plate-forme qu'ils actionnaient avec un pied. Il s'en approcha, attendit que le mouvement giratoire ralentisse, sauta à pieds joints sur l'immense disque et donna une série d'impulsions qui contribuèrent à redonner à la plaque tournante sa vitesse de pointe, puis abandonna.

Impressionné par son adresse, l'un des gamins s'avança vers Charlot :

— Reste avec nous…

— Non ! Je m'en allais au dépanneur faire une commission pour ma mère. Je voulais en profiter pour acheter des bonbons. Si vous voulez venir avec moi…

L'offre se propagea rapidement aux autres jeunes et tous s'attachèrent au pas de Charlemagne. Chemin faisant, il fouilla dans le fond de sa poche, tâta les quelques billets qui dormaient avec la bague de sa grand-mère et confia à celui qui semblait le plus déluré un billet de 5 $ en s'adressant à tout le monde :

— Les gars, allez vous acheter des bonbons que le bonhomme vend dans des pots de verre derrière son comptoir. Prenez votre temps pour choisir. Vous demanderez au vieux de vous servir dans des petits sacs.

— On le sait, on y est allés depuis que c'est changé de propriétaire. D'habitude, c'est sa femme qui est là, précisa l'un.

— Pourquoi tu viens pas avec nous ? s'informa un autre.

— Parce que j'ai une autre commission à faire avant. Allez-y, pis j'vous rejoindrai après, trancha Charlemagne qui manifestait un germe d'impatience.

Aussitôt que ses nouveaux copains se furent engouffrés en se bousculant dans le commerce, Charlemagne se précipita vers l'arrière de la bâtisse, monta au logis après avoir sondé la porte verrouillée du commerce, et descendit au dépanneur avec un sac de provisions à remplir. L'œil et les oreilles aux aguets, il vérifia si ses acolytes de passage s'étaient bien massés près du comptoir de Sabourin pour choisir un assortiment de friandises. C'est alors qu'il aperçut deux présumées musulmanes revêtues d'une burka qui enfouissaient sous leur ample vêtement des articles qu'elles semblaient choisir avec un certain sens de la discrimination et d'une singulière interprétation de l'accommodement raisonnable. Malgré cela, esquissant sa mine sournoise, Charlemagne rafla plusieurs articles des tablettes qu'il fourra avec ravissement dans son sac, et sortit par l'arrière du dépanneur en prenant soin de verrouiller la porte. Sur le trottoir longeant le dépanneur, pas un gamin. Le stratagème ayant réussi à merveille, Charlemagne s'enfuit donc avec le sac de victuailles, le pas alourdi, mais implacable.

Le petit délinquant circula sur le trottoir, avant de s'engager dans la ruelle qui menait chez Sarah. Cette venelle donnait accès à la face plus cachée de la pauvreté et de sa compagne de toujours, la misère. Charlemagne monta chez Sarah avec empressement, frappa à la porte, mais n'obtint aucune réponse. Il entrouvrit la porte du logis et déposa soigneusement le sac de provisions avant de retourner chez sa grand-mère.

Le volatile perché éructa de redondants, mais magnifiques BOURRRIN lorsque le petit pensionnaire fit son entrée dans le logis. De sa poche, il sortit la bague tant convoitée. Le bijou aurait d'ailleurs facilement pu être ingurgité par le perroquet. Il comptait la revendre avec Félix, qui commençait, du reste, à lui manquer sérieusement. Encore un jour ou deux chez la grand-mère avant de regagner ses quartiers et, surtout, de bénéficier des derniers jours de vacances avant de reprendre l'école, ce mal nécessaire qui n'a d'autre objectif que de discipliner une jeunesse avant tout désireuse de courir les rues et de s'instruire par elle-même. Sur le tas. Du moins, c'est ce que Charlemagne croyait fermement. En attendant, c'est l'oiseau qu'il fallait discipliner, lui apprendre ne serait-ce que quelques mots du langage des humains.

Cette fois, le petit professeur s'acharna tellement sur son élève que le pauvre perroquet donna des signes d'un terrifiant désespoir. Aux incessantes répétitions des mêmes mots et des mêmes expressions, le volatile se livra à un comportement schizophrénique incontrôlé en s'arrachant les plumes une à une avec son bec crochu et sa mandibule inférieure, se déplumant avec frénésie, ne laissant intacte que la zone vierge de sa queue vermillon.

Or, en fin d'après-midi, Florence et sa mère n'étaient pas encore revenues de leur magasinage. Au bord de l'écœurement, Sabourin monta au logis comme le col-bleu qui sort de son caniveau après une désespérante journée d'un labeur abrutissant dans un environnement de conduits souterrains mal aérés. Dès le premier pas de l'homme dans la cuisine, le volatile entra en transe. On entendit une grossière séquence de BOURRRIN SANS DESSEIN qui assaillit l'oreille de Sabourin et provoqua chez lui une terrifiante colère. Lorsqu'il tourna son visage cramoisi vers le perroquet, le propriétaire réalisa qu'il n'en restait que le corps dépouillé et hideux :

— Charlot, viens icitte, petit gripette ! beugla Sabourin, à travers les cris persistants de l'oiseau.

— Ouiii, monsieur Sabourin…, répondit Charlemagne qui rentrait du balcon, le visage ingénu, un livre sur les oiseaux à la main.

— Qu'est-ce qui se passe avec Coco ? T'as besoin d'avoir une bonne explication, rugit le propriétaire du dépanneur.

— C'est justement ce que j'essayais de comprendre dans votre livre, grand-père Sabourin. Il y a quelque chose sur le comportement des perroquets, dévoila Charlot, en présentant le bouquin à l'adulte.

Sabourin arracha le manuel des mains de l'enfant et lut un passage sur les volatiles qui s'ennuient, ce qui tendait à démontrer qu'un perroquet laissé trop longtemps à lui-mêmc pouvait, à la limite, en venir à une sorte d'automutilation qui consistait à se déplumer.

— Si vous l'aviez lu, vous seriez déjà au courant, grand-père Sabourin.

— Pour les BOURRRIN SANS DESSEIN, c'est quoi ton explication ? fit l'homme de la maison, agacé par l'impertinence du petit-fils de sa conjointe.

— Coco est très intelligent. Il a été mal élevé par son ancien maître…

— Je me demande lequel de vous deux est le plus mal élevé ? insinua Sabourin, excédé par la conversation qu'il avait lui-même lancée.

Le marchand se retourna vers son perroquet, lui offrant un air de grande consternation. Pressé de redescendre au dépanneur, il ouvrit la porte de la lingerie du passage. Puis, il en retira un drap de lit taché de cernes jaunes, se précipita dans la cuisine, le déplia et le jeta sur la cage pour cacher l'affreuse bête exposant au grand jour sa nudité morbide. Ainsi, il éviterait aux femmes d'être traumatisées par la découverte de l'état primaire de l'animal.

Au soir, Charlemagne se cala dans un fauteuil du salon avec le livre de Sabourin sur les genoux, en feuilleta les pages, détaillant les perroquets et admirant leurs coloris chatoyants. En songeant à sa mère qui n'avait pas donné signe de vie, il se prit à penser à la bague de sa grand-mère, emprisonnée au fond de sa poche, et à Sarah qu'il aimerait revoir avant de retourner chez son père. *Plutôt que de la vendre au marché aux puces, je pourrais lui en faire cadeau,* songea-t-il. Il déposa le bouquin sur une table du salon, dévala l'escalier qui donnait sur la cour et s'achemina chez la pauvresse.

Très heureuse de la visite de son ami, la jeune femme le remercia d'abord pour les provisions qu'il lui avait apportées et payées de sa poche. « Qui d'autre que toi aurait posé un geste pareil ! » exprima-t-elle. Les enfants s'amusaient sur le prélart usé de la cuisine. Tout naturellement, il les rejoignit et se mêla à leur jeu. Décidément, selon Sarah, le petit étranger semblait n'avoir rien en commun avec les enfants de son âge. Hélas, après un certain temps, la jeune mère regarda l'heure à l'horloge et dut interrompre l'activité pour donner les bains et coucher ses marmots.

— Peux-tu rester, Charlot ? Si t'es pas pressé, bien entendu…

— Juste un peu. Ma mère va s'inquiéter ; elle est en repos chez grand-maman Sabourin.

Lorsque la lumière fut éteinte dans la chambre des enfants, l'indigente proposa à son visiteur de s'asseoir avec elle au salon, qui comptait un fauteuil dont on apercevait le rembourrage et les ressorts des entrailles, deux chaises droites, un vieux téléviseur avec des oreilles de lapin et une table sur laquelle reposaient quelques journaux épars. Curieusement, le long de la cloison qui séparait le salon de la cuisine, trônaient une machine à coudre et une montagne de pièces de vêtements à rassembler. Sur les murs de papier peint, trois photos de famille non encadrées et punaisées. Au sol, une moquette confectionnée de poils ras vert foncé qui présentait l'aspect d'un tapis commercial rescapé d'un miniputt en faillite.

— Parle-moi de toi, Charlot, tu es un garçon très sympathique.

Étonné d'être devenu le centre d'intérêt, Charlemagne narra les principales étapes de sa courte existence, l'accident de Yann qui l'avait cloué sur un siège d'impotent, son séjour à la campagne avec Florence et Bourguignon, sa rencontre avec Félix, la mort de Rosaire et l'admiration qu'il lui vouait.

— Et toi ?

— Oh ! Mon parcours n'a pas été plus rose que le tien, Charlot, soupira-t-elle en détournant la tête. Comme tu peux le voir, je fais de l'assemblage pour pouvoir joindre les deux bouts. Ça dépend des contrats que je reçois. Je suis une mère au foyer, Charlot, une mère qui préfère demeurer à la maison pour s'occuper de ses petits ! Parfois, c'est difficile parce qu'ils exigent beaucoup. Dans ce temps-là, ça m'arrive de travailler le soir. Mais, je t'avoue qu'Ézékiel et Jérémie me rendent heureuse…

Charlemagne se leva comme pour mettre un terme à leur échange. En tournant le dos, il fouilla dans ses poches et en ressortit la fameuse bague qu'il enroula dans un mouchoir déchiqueté. Ensuite, il se retourna vers la jeune femme :

— C'est pour toi…, exprima-t-il, avec une grande tendresse.

— Pour moi ? Mais qu'est-ce que c'est ? Une bague ! Comment ça ?

— Je l'ai trouvée, inventa Charlot.

— Je ne peux pas accepter, se désola-t-elle. Je sais bien que cette bague n'est pas à toi. Pourquoi tu fais ça ? C'est pas honnête !

— Non, elle n'est pas à moi. Maintenant, elle t'appartient, Sarah.

Le petit bienfaiteur se rassit dans le fauteuil et rapporta la scène de ménage où sa grand-mère s'était départie violemment du bijou offert par Sabourin, en le lançant dans la cage du perroquet, à cause d'une histoire d'employée…

— Dans ce cas, mon Charlot, c'est autre chose... Alex m'a laissée tomber pour une autre quand il a su que j'étais enceinte pour la troisième fois. Je peux comprendre ta grand-mère, Charlot.

L'indigente enfila la bague à son doigt. Avant de s'en démunir, elle porterait pendant quelques jours un rêve à la main. Elle n'avait pas voulu donner la raison officielle de sa séparation. Ce pieux mensonge la sauverait pour le moment de pénibles explications.

— C'est pas tellement que j'aime grand-mère Madeleine, qui m'a déjà accusé de vol, mais je déteste ce Sabourin.

— Tu penses que ta grand-mère Madeleine va te chicaner ?

— Non ! Elle croit que Coco a avalé la bague...

* * *

Après avoir remarqué le drap sur la cage du perroquet et s'être assurées que Charlemagne dormait, Florence et sa mère s'étaient préparées pour la nuit et enfermées dans la chambre des maîtres. Florence était épuisée pour une femme de son âge, à tel point que sa mère s'en inquiéta et lui recommanda de prendre encore quelques jours de congé. Étonnamment, la conjointe de Sabourin était en forme et ne se plaignait que de son oignon récurrent qui la faisait souffrir. Pour se soulager, elle avait fait trempette dans une bassine. Prévoyante, elle avait placé du linge de rechange pour Sabourin sur le dossier d'une chaise de cuisine, en prévision du lendemain. Le marchand dormirait encore dans le salon. Aussi, une note indiquant qu'elle prendrait la relève, qu'elle serait au poste, comme à l'accoutumée.

Il était passé onze heures lorsque Sabourin étira la langue jusqu'au deuxième étage en gravissant l'escalier vers le logis. Il lut la missive sur la table avec un mélange de soulagement et de ressentiment. À présent, il devrait démontrer de bonnes dispositions envers Madeleine s'il ne voulait pas la perdre à tout jamais.

Très tôt, le commerçant leva le voile sur la nudité de Coco, lui donna une pomme et reçut un BOURRRIN SANS DESSEIN matinal, sorte de cocorico qui, néanmoins, ne réveilla pas la maisonnée. Empressé d'atteindre son autre dépanneur, il quitta le logis, courbaturé d'avoir dormi sur le canapé du salon.

Lorsque Madeleine entendit la porte du logis se refermer sur les talons de son mari, elle s'enroula dans sa robe de chambre, fit un brin de toilette et prépara la table pour le petit-déjeuner. Se retrouvant seule avec les siens, elle se sentit renaître comme si les lieux lui appartenaient, alors que l'immeuble abritant le commerce et le logement ainsi que le dépanneur de la Rive-Sud étaient la propriété de Sabourin. Comme elle s'apprêtait à descendre, elle remarqua la cage du perroquet recouverte d'un drap mal lavé, maculé de cernes jaunets. Indignée, elle s'en approcha avec circonspection et souleva lentement le tissu. À la vue du volatile déplumé, elle poussa des hurlements de frayeur. L'oiseau sombra alors dans un *delirium tremens* incoercible qui ameuta la maisonnée. Terrifiée, Madeleine alla se barricader dans la salle de toilette. Puis, elle se tamponna la figure à l'eau froide.

Le cœur battant, Florence et Charlemagne firent irruption dans la cuisine. Les cris désespérés émanant de la salle de bains incitèrent Florence à frapper à la porte de la cloîtrée qui n'avait pas repris son calme.

— Maman, maman ! Dieu du ciel, qu'est-ce qui vous arrive ?

— Coco, Coco…

Charlemagne, qui avait déjà tout saisi de l'ampleur de la catastrophe, fit glisser le drap sur le linoléum de la cuisine, en se mettant à rire au moment où sa mère se retourna vers la cage pour fendre l'air à son tour de cris stridents et consternés. La situation déraisonnable ne pouvant perdurer, Charlemagne comprit que l'heure était venue de dégager la cage de la cuisine. Dans un état d'agitation extrême de l'oiseau, il empoigna la petite volière et la sortit sur la galerie. Comme Charlot se tenait près de la rampe, le perroquet prit panique en regardant en bas dans la cour, sachant que ses ailes absentes ne lui seraient d'aucun secours. Survoltée, la bête s'élança violemment contre le bambou de sa cage. Charlemagne lâcha prise et la maisonnette dégringola du deuxième étage, se fracassant au sol. Puis, il se pencha par-dessus la rampe et contempla les débris étalés dans le gravier de l'arrière-cour. Un silence mortuaire embauma l'atmosphère du logement. Florence, qui avait réussi à pénétrer dans la salle de bains où s'était claquemurée sa mère, subodorait quelque malheur. Elle l'abandonna un moment pour s'enquérir de ce qui se passait à l'extérieur.

Cette fois, Charlot ne riait pas. La mine sombre, il raconta ce qui s'était produit, qu'il avait perdu le contrôle de la situation. Florence s'en désola, cherchant déjà les explications à fournir à Sabourin. Elle rentra et s'approcha de sa mère, qui sanglotait à présent. Après quelques minutes, la conjointe du commerçant expliqua que la vue du volatile ratiboisé lui avait rappelé ces effroyables tueries dont elle avait été témoin sur la ferme dans son jeune âge alors qu'on sectionnait le cou des poules décapitées à la hache, avant de les voir courir sans tête dans la basse-cour et de les dépouiller ensuite de leur plumage. Lorsqu'on lui révéla que Coco était défunt, Madeleine sécha son torrent de larmes et convint qu'il valait mieux qu'il en soit ainsi, tout compte fait.

Comme elle s'était engagée à le faire, une fois rétablie, Madeleine prit la barre du dépanneur, pendant que Florence et son fils ramassaient les débris de cage et le cadavre encore chaud du volatile trépassé. Au cours de l'avant-midi, elle vit entrer une jeune femme encadrée de deux mousses qu'elle ne reconnut pas tout de suite. Après quelques minutes, la cliente s'adressa à elle en déposant sur le comptoir une douzaine d'articles. Lorsque vint le temps de payer, Sarah sortit une carte pour débiter le montant de son achat.

— Votre bague ressemble étrangement à celle que j'avais, ma petite dame, risqua Madeleine.

Sarah afficha un air embarrassé.

— Faut croire que le modèle n'est pas très original, c'est une belle imitation, se défendit-elle subtilement.

À en juger par son accoutrement, un chemisier défraîchi flottant sur une jupe froissée et des sandales blanches sales et éculées, Madeleine décréta que la pauvresse ne dépensait pas son argent de manière très pragmatique et que, finalement, elle n'était pas à plaindre puisqu'elle n'avait qu'à user de son esprit de discernement. Intriguée, la conjointe du propriétaire se remémora la dernière visite de la jeune femme, où elle avait reçu l'aide de Charlemagne pour transporter ses victuailles.

Sarah sortit du commerce avec sa progéniture, s'accusant de son imprudence, mais heureuse de l'effet qu'avait produit la bague sur la commerçante. De plus en plus tiraillée par la vue de ce camée en apparence identique au sien, Madeleine ferma temporairement boutique et monta au logis. Florence s'était rendormie. Charlot s'était remis le nez dans le polar de Bourguignon, ce qui édifia sa grand-mère, mais il referma son livre lorsqu'il vit Madeleine se diriger vers la chambre des maîtres. L'enfant se colla l'oreille à la porte de la chambre. Madeleine s'assit calmement sur le rebord du lit, secoua légèrement sa fille en s'informant auprès d'elle de quelle façon elle s'était débarrassée de la dépouille de Coco. Ce à quoi Florence répondit que le perroquet de Sabourin reposait dans un sac à ordures et qu'il prendrait le bord des vidanges dès que le camion passerait. Connaissant le sang-froid de Charlot, elle lui demanda si son fils ne procéderait pas à une autopsie pour élucider le mystère du camée disparu, auquel cas elle en aurait le cœur net et cesserait de douter de l'indigente mal accoutrée qui se promenait bague au doigt. Charlot reprit la lecture de son polar.

Au logis, l'incident avait atterré Florence, qui récupérait difficilement de sa journée de magasinage de la veille et de la commotion provoquée par l'ignoble découverte du volatile dégarni. En fait, l'infirmière ne se remettait pas du tout. « Tu devrais consulter ! » lui recommanda sa mère, au retour de sa visite chez le vétérinaire. À cela, Florence avait réagi par une tactique de diversion, s'informant de l'autopsie qui n'avait rien décelé, ce qui renforça chez Madeleine la thèse de la bague volée et qui laissa sa fille avec des arrière-pensées de mauvais goût sur sa propre santé de plus en plus chancelante. Mieux valait envisager une convalescence au logis plutôt qu'un retour avec Yann, d'autant plus que, maintenant, l'irritant perroquet s'était envolé vers le paradis des oiseaux. Pour la mère de Florence, il était évident que le petit devait retourner avec son père. Elle décréta donc que le jour même serait celui du départ vers le logement rue Saint-Dominique. Il s'agissait de prévenir Yann qui contacterait Grizzly, et le tour serait joué.

À la suite du départ de son petit-fils, grand-mère Madeleine avait tergiversé avant d'apprendre la nouvelle de la disparition du volatile à son conjoint. Dans le but d'en attribuer au maître la responsabilité, elle avait fait valoir que la principale cause du décès de Coco était l'ennui. Qu'elle avait lu dans son livre sur les oiseaux de compagnie que la dépression pouvait provoquer des réactions analogues à celles que l'on rencontre chez les humains et conduire à une sorte de folie suicidaire. Le message valait aussi pour elle, mais Sabourin avait feint de comprendre l'allusion à son délaissement. « N'en parlons plus ! » avait-il tranché.

Chapitre 4

Lors de son arrivée à l'appartement, Charlemagne avait été un peu ébranlé par la détresse de son père. Délaissé, Yann s'interrogeait sur les réelles intentions de Florence. La solitude lui pesait lourdement. Il savait que Charlot ne collerait pas longtemps à la maison puisque l'école reprendrait, et que son fils avait, de toute façon, d'autres préoccupations que celle de se pencher sur le triste sort d'un paraplégique qui l'avait ignoré pendant les premières années de son existence. Il reconnaissait que la petite famille réunie sous le même toit n'avait pas permis de ressouder les liens fragiles qui les unissaient. Le vieil Aristote comptait davantage pour le petit indépendant que l'homme en fauteuil d'impotent. Et maintenant que la cellule familiale s'effritait, le vulnérable Yann sombrait, comme auparavant, dans ses habitudes malsaines, se réfugiant dans la boisson, la cigarette, et la drogue à l'occasion.

La journée même, veille de la rentrée scolaire, Félix se rendit rue Saint-Dominique au début de la soirée. Sur la première marche de l'escalier avant, Aristote haletant fièrement entre les camarades, les deux vacanciers prenaient plaisir à se raconter leur séjour forcé, l'un chez sa grand-mère, l'autre chez son oncle. Charlemagne relata la désopilante histoire du perroquet de Sabourin et son amitié naissante avec la petite famille de Sarah, alors que Félix raconta ses jours ennuyants dans la parenté.

Le soir tombait, lentement, emportant avec lui ces innombrables souvenirs de vacances. Une promenade avec le chariot bâché s'imposait. On attela Aristote, qui sembla comprendre l'importance de la tournée, sorte de consécration des retrouvailles et fête de la liberté, avant de s'emprisonner pour une autre lancinante année scolaire derrière les murs funestes de l'apprentissage et du savoir.

Le foulard rouge flottant au cou, lorgnant çà et là ce que recelaient les fonds de cour ou ce qui traînait aux frises des ruelles, les brocanteurs ramassèrent quelques instruments de jardinage brisés et de crasseux périphériques d'ordinateurs hors d'usage.

Le convoi se dirigea vers le parc Saint-Michel malgré l'inquiétude croissante de Félix, qui appréhendait l'indésirable présence de bandeaux rouges, contrairement à ce que traduisait sa mine fanfaronne. Rien de suspect, que des activités platoniques d'enfants du quartier. Les uns se balançaient sur des escarpolettes retenues par de longues chaînes en métal qu'on entendait couiner aux fixations. Les autres, fortement atteints de bougeotte, aux genoux éraflés et parfois sanguinolents, se dépensaient à une joute de soccer très animée. Félix regardait ces jeunes avec un certain mépris, dans le regard et dans ses commentaires. Fier de son grand ami, Charlemagne encensait ses paroles, persuadé qu'il avait cent fois raison.

Au moment de s'engager dans la ruelle de la rue Jeanne-Mance, les marchands de brocante aperçurent un adolescent aux cheveux peroxydés arborant un bandeau rouge qui attendait, à la hauteur du logis de Sonia Bécotte, jambes écartées dans des bottes noires lacées. Charlemagne eut un léger mouvement de recul en mettant la main sur la toison fauve d'Aristote.

— As-tu vu le gars aux cheveux jaunes, Félix !

— C'est pas lui qui va m'empêcher de rentrer à la maison, patente à gosse ! Attends-moi ici, que je te fasse signe.

L'œil audacieux, le pas téméraire, le fils de Rosaire progressa jusqu'au bandeau rouge, sous le regard pétrifié de Charlemagne et sous les aboiements d'Aristote étouffés par la fatigue de sa tournée.

— Qu'est-ce que tu me veux ? s'enquit Félix.

— J'ai à te parler, *man*, livra l'Antillais en le regardant droit dans les yeux. Si ça te fait rien, on ira pas dans l'appartement, ta putain de mère doit être occupée avec un client, ricana-t-il. On va aller dans ton atelier.

Félix esquissa un sourire mièvre aux commissures des lèvres. Puis, il fit un signe de la main pour inviter Charlot à les suivre.

Aristote grondait, subodorant les intentions du garçon. Charlemagne tira sur l'attelage et le conduisit près de l'escalier qui menait au hangar, pour procéder au déchargement du contenu du chariot. L'Antillais aux cheveux paillés monta à l'atelier derrière Félix, qui s'écria :

— Dételle Aristote, pis viens nous retrouver. On déchargera plus tard.

En pénétrant dans son atelier, Félix actionna une corde qui pendouillait du plafond. Une lumière jaunâtre inonda la boutique. Assis sur un tas de planches, le blondin, qui se prénommait Zakarie, s'adressa à présent aux deux brocanteurs appuyés sur l'établi recouvert d'outils non rangés et de pièces défectueuses.

Zakarie prit un ton d'une telle gravité que cela laissait présager quelque chose d'important :

— Vous avez l'air un peu fanfarons, mais je dois vous avouer que vous êtes en plein le genre de petits soldats qu'on recrute. D'une certaine manière, vous faites déjà partie de ma *gang* avec votre foulard rouge. Pas vrai ? Entre vous et moi, ça doit pas être ben payant de ramasser des cochonneries dans les poubelles, s'amusa-t-il. Vous pourriez gagner beaucoup plus sans vous salir les mains…

Félix se cambra. Le caïd venait d'insulter la mémoire de son père.

— J'ai pas dit que ça valait rien, ce que vous faites, mais vous pourriez vous payer tout ce que vous voulez. À part ça, entre vous pis moi, votre chien commence à avoir de l'âge ; va falloir qu'il prenne bientôt sa retraite…

À ses dernières paroles, Zakarie ricana seul. Subjugués, Félix et Charlemagne remarquèrent la pomme d'Adam sautillante de l'adolescent qui leur parut déjà presque un homme accompli. Le caïd se leva, comme pour confirmer sa supériorité sur les deux jeunots.

— J'ai du travail pour vous, leur assura-t-il.

Le grand adolescent livra aux deux adeptes du ratissage de ruelles un aperçu de ce qui lui brûlait de leur présenter, leur donna rendez-vous dans une fabrique de biscuits désaffectée du quartier, puis s'enfuit en les incitant à réfléchir très fort à sa proposition.

Les fruits de la récolte bien engrangés dans l'atelier, Charlemagne regagna son domicile, rue Saint-Dominique, ruminant l'offre alléchante de Zakarie et des idées altruistes sur son nouveau penchant humanitaire : l'aide à Sarah et sa petite famille et, peut-être aussi, à son père qui végétait dans son logis. Le corps soulagé de l'attelage serré qui lui lacérait les flancs, Aristote gravit avec difficulté les quelques marches de l'escalier arrière. Quant à Florence, en tant qu'infirmière en congé de maladie, elle ne manquait pas de sous ; elle poursuivrait sa convalescence et puiserait au besoin dans son pécule. En même temps, Charlemagne percevait la séparation soi-disant temporaire de Yann et de Florence comme un éloignement qui revêtait de plus en plus un caractère de permanence…

***

— M'man, c'est quoi une putain ?

— Ferme la porte comme il faut, s'il te plaît, rabroua la péripatéticienne, se couvrant d'un déshabillé provocant. Pis attention pour rien salir ici dedans.

— Tu réponds pas à ma question…

— C'est une femme qui gagne sa vie avec son corps, avoua-t-elle candidement, en enfouissant plusieurs billets verts dans sa poitrine.

— Yann aussi, le père de Charlot, mais lui il travaillait au gym.

— Si tu veux…, mais pas de la même façon. Il faut que tu comprennes, une fois pour toutes, que ta mère est une PROS-TI-TUÉE, Félix : les messieurs me payent pour que je fasse l'amour avec eux autres.

— Ça veut dire que plein de clients viennent ici pour te tripoter ?

— Je te dirais que ça commence habituellement de même et ça va beaucoup plus loin…

— Un jour, je gagnerai assez d'argent…

La journée s'achevait avec d'étonnantes révélations de la part de sa mère et une offre de Zakarie à considérer avec beaucoup de sérieux. Félix se déshabilla. À côté de son lit, debout devant le miroir de la commode, il détailla sa silhouette encore svelte, mais qui lui plaisait tout de même. Un jour, il ferait pousser des muscles sur sa charpente immature et attirerait de belles filles dans son lit, comme sa mère avec les hommes. Mais il n'en ferait probablement pas un métier. Avant de sombrer dans un sommeil réparateur, il s'excita en songeant à la nana qui s'était fait peloter dans la ruelle avec fébrilité, avant de s'extasier dans une éruption de lave.

***

Désabusé, Yann observa Charlemagne passer la porte, un foulard rouge lui enserrant le cou, et banane à la main. Florence, mère absente au foyer, marinait dans sa convalescence chez sa mère et entrevoyait pour bientôt un retour au travail. Le jour même, elle devait consulter un médecin à la clinique médicale, à la grande satisfaction de sa mère qui souhaitait une reprise de la vie normale pour sa fille et, surtout, un reflux de son indispensable présence auprès de Yann et de son fils. D'autant plus que la grand-mère entretenait encore des préjugés défavorables sur l'éducation que le gendre pouvait donner à son petit-fils. Déjà que les efforts conjugués de Florence et de Yann en matière d'éducation laissaient à désirer…

Charlemagne avait ordonné au saint-bernard déboussolé de monter la garde dans la cour pendant son absence. Le temps humide l'indisposerait déjà suffisamment à cause de sa souffrante arthrite rhumatoïde sans qu'il traîne sa carcasse pour l'accompagner à l'école. Félix passait le prendre et ils pourraient se rendre compte de leur décision finale relativement à la proposition de Zakarie, une offre qu'ils ne pouvaient censément décliner. Ami et confident de Félix, Charlot fut instruit sur le métier peu honorable que pratiquait sa mère. Cela expliquait en partie pourquoi il avait décidé de gagner beaucoup d'argent, rapidement, même si l'héritage de Rosaire le mettait à l'abri de plusieurs années de tracas financiers.

Dans la cour de l'école du Premier Croissant de Lune, plusieurs paires d'yeux se tournèrent vers les deux étrangers porteurs de foulards. Adossés le long d'un mur de l'établissement, des Noirs et des Latinos observaient les nouveaux arrivants avec une moue de défiance. On aurait dit que ces bandeaux bleus les considéraient déjà comme des ennemis, prêts à se battre. Les jeunes filles, rieuses, dont plusieurs étaient décorées d'anneaux ou de perles au nez, à la lèvre inférieure ou au nombril, de chevelures colorées ou de tatouages, se racontaient leurs vacances. Quelques-unes d'entre elles remarquèrent le grand Félix, un séduisant nouveau dans le secteur, ainsi que son copain, à peine plus petit, mais qu'elles ne dédaignèrent pas non plus.

Leur seuil de tolérance à supporter le milieu scolaire étant déjà atteint, libres et sans entraves, Charlot et Félix s'arrêtèrent à la première pharmacie pour se procurer les effets scolaires exigés, lorsqu'ils tombèrent sur les immanquables affiches annonçant les soldes de la rentrée. Sur les étalages et dans les allées, les rabais occupaient de vastes espaces. Des cartables aux couleurs variées, d'innombrables paquets de feuilles empilés, des index séparateurs, des crayons à mine, des crayons de couleur, des crayons de cire, tous présentés dans des emballages attrayants, des étuis à deux fermetures à glissière, des taille-crayons, des gommes à effacer aux formes invraisemblables et surtout amusantes pour inciter les petits amis à aimer l'école. Il faut dire que, de nos jours, chez l'apothicaire, on trouve beaucoup plus que des médicaments : des croustilles, des boissons gazeuses, du chocolat côtoyaient le liquide lave-glace, des bracelets-montres, des appareils photo jetables ou non, des condoms et des couches jetables, du parfum et des best-sellers. L'air un tantinet frondeur, les deux écoliers circulèrent ensuite dans les rangées parmi la nombreuse clientèle affairée et fourmillante, les uns avec un petit panier à main, les autres avec un chariot.

Après avoir montré patte blanche au comptoir en disant qu'ils attendaient la mère de Charlemagne, les deux comparses se postèrent de l'autre côté du tourniquet de sortie. Comme le lion qui repère dans un troupeau une gazelle en apparence plus vulnérable, les prédateurs guettaient le moment propice pour intervenir.

Au bout d'une vingtaine de minutes d'une patiente observation de chacun des articles qui défilaient sous le lecteur optique du comptoir, une dame rondelette aux jambes courtes, richement vêtue, s'étant procuré de multiples effets scolaires, s'apprêtait à s'engager dans le tourniquet. Pour ne pas s'embourber dans le mécanisme, la dame souleva ses deux sacs écologiques en tissu par-dessus le dispositif pivotant. C'est précisément à ce moment que les deux foulards rouges se précipitèrent pour soulager la cliente de ses achats et pour détaler à toutes jambes.

Après ce vol à l'esbroufe divinement réalisé, les deux voyous se réfugièrent chez Yann. Qui était absent. Un coup d'œil dans le garage : la jeep n'y était pas. Un moment, Charlot s'en inquiéta, mais se rassura en songeant qu'il devait être parti avec Raphaël ou Grizzly ; cela ne pouvait faire autrement. Félix réagit avec un haussement d'épaules qui traduisit une profonde indifférence. Cependant, la mine ratoureuse, Charlot se mit à rire bruyamment :

— C'est le temps de faire un tour de moto !

— J'avoue que t'es pas bête, des fois ! ricana à son tour Félix, pour entériner l'idée de son ami.

En un rien de temps, le *side-car* était reculé et ronronnait dans la cour. Aristote, qui ne voulait pas être en reste, occupait le panier avec la moitié des effets scolaires dérobés à la pharmacie, effets que le conducteur déposerait chez lui en passant. Félix avait revêtu les vêtements de cuir trop amples de Yann et son casque. L'illusion était acceptable. Charlot se tenait bien en selle derrière son compagnon. Le *side-car* pouvait démarrer.

La halte chez Félix fut de courte durée. La péripatéticienne, qui se remettait lentement de sa nuit orageuse avec son troisième verre de rhum des Caraïbes, n'eut pas connaissance du passage de son fils étant donné qu'il avait largué ses emplettes sur la galerie arrière. Elle se souvenait vaguement de l'accueil à l'école le jour même. Sans s'opposer à l'instruction obligatoire, il y avait, selon elle, encore moyen de gagner sa vie honorablement sans s'instruire. À preuve, Rosaire s'en était tiré fort bien, et elle-même était fière de dire que ses études écourtées en plein milieu du secondaire n'avaient engendré aucune dette.

Bien que le trio ait attiré les regards étonnés, le *side-car* put se rendre sans encombre dans la ruelle, un peu à l'écart de l'immeuble où habitait Sarah. Félix se dépouilla de ses embarrassants vêtements de motards et les enfouit au fond du panier du véhicule. Puis il suivit Charlemagne. Aristote renonça à gravir l'escalier : monter au troisième étage constituait un éprouvant exercice pour sa vieille ossature ; il aboya sa frustration.

La jeune femme parut :

— Charlot ! s'exclama-t-elle. En visite chez ta grand-mère ?

— Sarah, je te présente Félix.

— Heureuse de te connaître. Entrez donc pour dîner, je m'apprêtais à faire cuire une chaudronnée de nouilles.

La pauvresse se mit au poêle. Tout bonnement, Charlemagne tenta de distraire Ézékiel avec une marionnette, pendant que Félix commença à échafauder un empilage de blocs avec Jérémie.

La cuisinière dressant la table s'arrêta pour observer les adolescents qui amusaient ses bambins. Elle contemplait la scène en songeant à sa condition de miséreuse. Puis, elle détourna les yeux vers la bague à son doigt. Reprise par le malaise qui la tenaillait, elle se livra à son bienfaiteur :

— Tu sais, Charlot, je peux plus supporter le bijou de ta grand-mère. J'ai pas l'habitude de garder les objets qui m'appartiennent pas. Faudrait lui remettre. Tiens, prends-le.

— Vraiment, répondit-il, en adressant un sourire affidé à son camarade. La jeune femme ôta le camée et le rendit à Charlemagne.

* * *

En quittant le domicile de la pauvresse, le *side-car* s'achemina à proximité du dépanneur, chez la grand-mère Madeleine.

Charlemagne crut reconnaître la jeep de Yann dans la cour, à côté de la coccinelle orange de Florence. D'abord étonné, Charlemagne voulut s'enquérir de la situation. Alors qu'Aristote montait la garde sur le trottoir devant le dépanneur, les deux motocyclistes pénétrèrent dans le commerce.

— Toi ? Qu'est-ce que tu fais ici ? s'insurgea la grand-mère.

— Je suis venu voir maman avec Félix, riposta Charlemagne. J'ai pas le droit ?

— Bien sûr que oui, Charlot ! C'est la surprise, tu comprends ? Faut dire aussi que je suis sur les nerfs, se ravisa la mère de Florence, qui se remettait de son début d'emportement. Ta mère n'est pas très bien ! Elle demeure couchée et se lève à peine pour grignoter une bouchée de temps en temps. Elle m'inquiète, Charlemagne. Tu peux monter la voir. D'ailleurs, ton père est avec elle.

— Je me le disais, aussi. Je m'en suis douté quand je me suis aperçu que la jeep était pas là.

Charlemagne et Félix prirent congé de la grand-mère et empruntèrent l'escalier intérieur qui permettait d'accéder au logis. Effectivement, supporté par Raphaël et Grizzly, Yann était parvenu à l'étage.

— Ta mère est souffrante, mon Charlot, exprima Yann d'une voix très altérée. Son amie Guylaine est venue la voir et elle a convaincu un médecin de l'hôpital de lui rendre visite ce soir, élabora-t-il. Je comprends qu'elle ne donnait pas de nouvelles, ajouta-t-il pour justifier le silence de Florence qui, de toute manière, se désintéressait de lui depuis quelque temps.

Raphaël et Grizzly suivaient le triste échange entre Yann et son fils, sans intervenir. Charlemagne s'engouffra dans la chambre de sa mère. Grizzly tourna aussitôt l'œil vers Félix, qu'il trouvait de plus en plus attirant. Il avait encore grandi pendant l'été et prenait de plus en plus des allures d'un bel adolescent. Il essayait d'évaluer ses chances de conquérir ce jeune adonis intimidé qui ne savait plus sur quelle jambe se tenir.

Charlemagne n'avait pas encore émergé de la chambre de la recluse. Ne pouvant plus supporter le regard soutenu du pédéraste, Félix s'adressa aux trois hommes qui patientaient dans la cuisine :

— Vous direz à Charlot que je l'attends en bas au dépanneur.

Félix dévala l'escalier intérieur.

— Charlot n'est pas avec toi ? questionna inutilement la commerçante.

— Il est ben à la veille de descendre. D'ailleurs, il a quelque chose à vous remettre, madame Sabourin.

Félix s'impatientait. Presque une heure s'était écoulée à lorgner les tablettes dans une attente embarrassée. Les yeux embués, Charlemagne apparut en reniflant.

— Pauvre enfant, s'attendrit la grand-mère.

Elle eut un mouvement apitoyé vers son petit-fils, mais se retint.

— Il paraît que tu veux…, risqua-t-elle, intriguée.

— Tiens, proféra Charlemagne, en exhibant brusquement la bague.

— Ah ! Mon camée ! Je te demanderai pas d'où il vient, mon chenapan, mais je suis contente de le retrouver, exprima-t-elle, la voix presque enjouée.

Le soir même, à la fois confiants et inquiets, les deux foulards rouges se rendirent à la fabrique de biscuits désaffectée du quartier. Sans Aristote. Le pauvre chien, qui attirait la sympathie plus qu'il n'effrayait le moindre chaton, en avait eu assez de se trimballer en après-midi dans la nacelle du *side-car* qui, du reste, était retourné au bercail avant le retour de la jeep.

En s'approchant de l'usine, les deux foulards rouges crurent reconnaître Zakarie qui grillait nerveusement une cigarette, adossé au long mur de brique, une jambe repliée avec le pied posé à plat. C'était bien lui ! Sans mot dire, le blondin jeta sa cigarette sur le trottoir, s'avança de quelques pas et les invita à le suivre en passant par une étroite ouverture pratiquée dans une porte barricadée. Un petit couloir mal éclairé conduisait à une pièce où la lumière du jour faiblissait par de hautes fenêtres sales. Assis en rond sur le plancher de bois vernissé et empoussiéré, dix bandeaux rouges – des grands du secondaire – roulèrent des yeux questionneurs vers les arrivants.

D'un simple claquement de doigts dont le son se répercuta sur les murs dégarnis, Zakarie intima l'ordre d'allumer les chandelles placées au milieu du groupe. L'endroit baigna instantanément dans une lumière ondoyante et pâlotte qui révéla un enchevêtrement de graffitis aux couleurs de la bande. Le cercle s'agrandit pour que les deux nouvelles recrues s'assoient, jambes croisées. Manifestement, on procédait à la deuxième partie de la réunion. Durant la première phase, on avait élaboré des stratégies pour développer le marché de la drogue dans le secteur et à l'école secondaire. Présentations faites, le chef rappela aux membres la nécessité d'assurer la relève au primaire, à la suite de l'échec du groupe lors de la dernière année scolaire et de la défection de petits guerriers froussards. À ces mots, les deux *wannabes* se redressèrent comme pour marquer leur présence et démontrer leur volonté de s'impliquer dans la bande.

Or, à un moment donné, alors que les membres écoutaient le caïd insister sur l'importance du recrutement pour envahir le marché du primaire infesté de Bleus, sans prévenir, un des bandeaux rouges se tourna vers son voisin de gauche et lui asséna un vigoureux coup de poing au visage. Les deux antagonistes se levèrent et une bataille très sérieuse s'engagea aussitôt. Un troisième membre cria « Yo, deux minutes » et l'affrontement dura deux longues minutes, c'est-à-dire jusqu'à ce qu'un des deux abandonne. La gorge serrée, les foulards rouges demeurèrent muets devant cette sauvagerie impromptue.

— Les bandeaux ! commanda Zakarie.

Un des Rouges se leva, se retira avec un bougeoir dans une pièce voisine et revint avec un coffret de bois en acajou, qu'il ouvrit devant les aspirants :

— Êtes-vous prêts à vous joindre à la *gang*, à faire tout ce qui est nécessaire pour son bien et à jamais moucharder si vous êtes pris ? demanda solennellement le caïd.

— Nous sommes prêts, Zak, acquiescèrent les deux membres du primaire en enlevant leur foulard et en nouant leur bandeau rouge autour de la tête.

Tous les membres dressèrent leur bras droit en affichant le V de la victoire, signe d'adhésion au groupe et au respect de ses règles, une sorte de profession de foi et de serment d'allégeance à la bande. Avec une étonnante sérénité, le caïd ordonna la fin de la rencontre. Les bandeaux rouges se dispersèrent, laissant les deux anciens foulards rouges avec leur chef qui leur exposa ce qu'il attendait d'eux.

— Avant de partir, Zak, j'aimerais savoir pourquoi les deux gars se sont battus tout à l'heure ? se désola Charlot, qui ne comprenait pas que deux membres d'un même groupe puissent se cogner et qu'ils le fassent aussi durement.

— C'est un exercice. Il faut savoir se battre, c'est important ! Salut, les gars…

La réponse parut satisfaisante. Le chef, qui venait de mettre un terme à l'entretien, tourna le dos à ses nouvelles recrues et sortit de l'immeuble. Charlemagne et Félix se retrouvèrent bientôt sur le trottoir. Déjà, ils ne voyaient plus le quartier de la même manière.

Sur la rue, la fierté se lisait sur le visage des Rouges du primaire qui, dès le lendemain, affronteraient les Bleus de l'école du Premier Croissant de Lune. La tâche était difficile, certes, mais combien stimulante. Avec eux, la force du nombre, l'expertise, la puissance, la victoire…

Lorsque Charlemagne entra chez lui, il trouva Yann dans le salon, endormi dans son fauteuil de paralytique, la télé encore allumée. Les paupières lourdes, Aristote veillait sur le maître de la maison. Pas même un câlin de la part de celui qui revenait et qui semblait s'éloigner de lui. Avec difficulté, le vieil Aristote lutta contre la gravité pour se mettre debout sur ses pattes et, la tête lourde, suivit Charlemagne. Qui l'ignora complètement. Avant d'aller au lit, il enleva le bandeau qui lui couronnait la tête et le déposa avec précaution sur sa table de chevet.

De son côté, Félix s'était infiltré en douce dans sa chambre, pendant que survenaient des halètements de plaisir d'un client qui semblait en avoir pour son argent. Après s'être dépouillé de son bandeau, il s'étendit tout habillé sur son lit, revoyant la rangée de bandeaux bleus de l'école qui n'auraient qu'à bien se tenir : il ne s'en laisserait pas imposer. Le fils de Rosaire ferait son chemin en suivant dorénavant une voie que son père l'aurait encouragé à emprunter.

Chapitre 5

Comme la veille, des voitures de police bordaient le trottoir devant l'école du Premier Croissant de Lune. À l'arrivée des deux bandeaux rouges dans la cour de récréation, tous les bandeaux bleus les détaillèrent avec condescendance. Sur ces entrefaites, trois grandes énervées de sixième année s'approchèrent des Rouges, feignant un sourire avenant et intéressé, et entreprirent une conversation avec Félix. Charlemagne en fut légèrement offusqué, mais attribua à sa taille trop petite la préférence des écolières. Un des Bleus portant un t-shirt illustrant un plan de marijuana se détacha du groupe, s'avança avec des allures de prétendant et se mit à faire le jars pour impressionner la galerie. Une des filles le repoussa vivement. Primesautier, Félix empoigna le gaminet du Bleu en lui intimant l'ordre de se mêler de ses affaires et de retourner avec les siens.

— Lâche-le, intervint Charlemagne ! La police s'en vient.

— Patente à gosse ! répartit Félix, mécontent de la tournure de l'incident.

Pour éviter des démêlés avec la force publique, il déguerpit en entrant dans l'école, laissant Charlemagne seul dans la cour. Les Bleus s'esclaffèrent, et les trois étourdies, pliées en deux et hilares, se rangèrent du côté de la bande. Les policiers s'entretinrent avec les Bleus, en leur enjoignant de se tenir loin des Rouges et de fuir ce genre de mise en scène qui dégénère habituellement en escarmouche ou pire encore. Charlot s'empressa de rejoindre son ami dans le corridor menant aux classes et de lui annoncer qu'il avait été l'objet d'une petite machination et d'une méchante raillerie. Humilié, le visage de Félix s'empourpra. Dès lors, il se promit que les choses n'en resteraient pas là. Le Bleu et les trois crétines impliquées sauraient de quel bois il se chauffe.

À l'heure du dîner, un peu saturés par leurs laborieuses recherches sur Internet, Charlemagne et Félix tentèrent de sonder la masse des écoliers. Zak avait bien recommandé de bénéficier de ce moment privilégié pour débusquer des clients potentiels, quitte à apporter son lunch. Les bons vendeurs gardent toujours l'œil ouvert et demeurent ceux qui profitent de l'oisiveté de certains élèves pour les approcher, les questionner, s'intéresser à eux. Ceux qui ont l'air désabusés représentent une clientèle particulièrement vulnérable. Pourquoi alors ne pas leur proposer de passer de bons moments, de s'évader, de se soustraire pour un temps à la lourdeur de l'existence ?

Cependant, la tâche ne s'avéra pas aussi facile que prévu. Les deux Rouges crurent qu'ils avaient le champ libre pour travailler, jusqu'à ce qu'ils réalisent que les Bleus étaient presque invisibles dans la cour, le midi. En effet, afin de rendre le milieu scolaire plus sécuritaire pour leurs enfants, de concert avec la direction de l'école, le Conseil d'établissement avait créé une équipe de bénévoles formée de plusieurs parents qui venaient assurer une surveillance. La cour de récréation n'était donc plus un lieu très favorable à la vente. Par contre, rien n'empêchait de créer sur place des contacts avec de futurs consommateurs et de conclure la transaction en dehors de la cour de l'école.

Les deux Rouges dénombrèrent pas moins de sept surveillantes qui quadrillaient la cour de récréation de leurs pas vigilants. Ce qui ne rendait pas la tâche aisée pour le commerce, d'autant plus que les Bleus s'étaient probablement déjà établis depuis un certain temps dans le milieu avec leurs clients réguliers. Zak avait parlé de mission difficile, mais il s'avérait que les chances d'engranger quelque bénéfice étaient minces ou inexistantes.

Félix et Charlemagne réfléchissaient à la question jusqu'à ce que la jolie Océane Lamer revienne dans la cour, peu avant le signal de la rentrée. Les deux Rouges avaient remarqué la petite nouvelle dans le quartier, une introvertie qui donnait l'impression d'être une naufragée qu'on avait jetée par-dessus bord et qui avait échoué dans un milieu insolite.

— Tu vas dîner chez toi ? s'informa Félix.

— Oui, je demeure à deux pas d'ici, acquiesça-t-elle, légèrement embarrassée.

— Demain, on pourrait manger ensemble, proposa Charlemagne. Fais comme nous autres, apporte ton lunch.

— Peut-être, on verra..., conclut-elle.

* * *

Quelques jours s'égrenèrent. Peu à peu, Océane s'exprimait avec aisance en compagnie de ses camarades de classe et devenait agréable, contrairement aux Bleus qui toisaient les deux Rouges d'un regard provocateur. D'ailleurs, c'était à se demander où étaient allés ces bandeaux bleus qui étaient sortis de la cour de l'établissement pendant la période du dîner ? Se rassemblaient-ils dans le parc à proximité ou chez l'un d'eux ? Pour le moment, Félix et Charlemagne se contentaient de spéculer en attendant d'en apprendre davantage sur les allées et venues de ces redoutables concurrents.

Après la classe, comme tous les élèves de leur groupe, les deux bandeaux rouges quittèrent l'école les mains libres. Le reste de la journée leur appartenait. Au retour, l'estomac creux, ils s'arrêtèrent au Fairmount Bagel et commandèrent chacun un bagel multigrains qu'ils engloutirent pendant qu'il était encore chaud.

Rue Saint-Dominique, Yann écoutait encore la télévision, le volume à tue-tête, dans un nuage de fumée étouffante, toiles baissées devant les fenêtres à demi ouvertes :

— Charlot ! Ton chien n'en mène pas large ! meugla-t-il. C'est comme rien, il doit être malade ! Tu ferais mieux d'y voir avant qu'il soit trop tard…

— C'est bon ! J'm'en occupe.

Apparemment, Aristote n'avait pas bougé de la journée. Accablé par un mal dévorant, le vieux chien était demeuré au pied du lit de son jeune maître. Son écuelle d'eau était encore pleine et son plat de nourriture comble. Charlemagne s'en approcha, lui enserra le cou, mais la marque d'affection ne réussit pas à lui faire relever la tête. C'est à peine s'il entrouvrit un œil, qu'il cilla aussitôt.

***

Rue Jeanne-Mance, l'aguicheuse Sonia préparait une béchamel pendant que sautillaient deux œufs à la coque dans un petit chaudron d'eau bouillante.

— Allô, m'man.

— Des œufs pour toi, mon homme ?

— Non, j'ai juste une petite faim, rétorqua le fils, qui referma la porte du réfrigérateur du bout d'un pied en même temps qu'il éventrait de ses dents un sac de fromage en grains.

— C'est ça, Félix Poitras, lève donc le nez sur mon manger. J'me fends en quatre pour te préparer des bons repas, pis r'garde ce que ça donne…

Félix avait déjà passé la porte du logis et rejoint son ami dans le hangar-atelier.

* * *

Au petit matin, une forte odeur malodorante se dégageait de la chambre de Charlemagne. Le vieil Aristote baignait dans son urine. Considérablement affaibli, diminué comme le paraplégique qui l'hébergeait chez lui, le saint-bernard refusait maintenant de s'accrocher à la vie et dépérissait.

Au réveil, l'odeur nauséabonde monta aux narines de Charlemagne. Il s'empressa de sauter dans son jean, d'enfiler son chandail, de nouer le bandeau qui le rendait de plus en plus fier, et s'achemina à la cuisine pour déjeuner : deux toasts abondamment garnies de marmelade d'agrumes et un grand verre de lait saupoudré d'une poudre au chocolat. Pour le lunch, une tranche de bœuf fumé emprisonnée entre deux tranches de pain blanc, le petit gâteau emballé retiré d'une boîte de six et une boisson aux fruits de la passion. Puis, espadrilles aux pieds, il partait pour le Premier Croissant de Lune.

La période du dîner enfin arrivée, frémissant d'impatience, Félix s'approcha d'Océane avec son lunch pour savoir si elle mangeait à l'école. Chaque fois qu'il s'adressait à elle, il s'égarait dans ses yeux bleu océan, avec l'étrange impression de divaguer. Pourtant d'un naturel assez frondeur, l'écolière le décontenançait, lui faisait perdre ses moyens. Encore une fois, elle retournerait à l'appartement. C'était décidé ! Elle n'avait qu'à faire réchauffer un reste de la veille. Félix, privé de sa présence tout l'avant-midi, lui proposa de l'accompagner, ce à quoi elle réagit en tentant de le dissuader parce que sa mère, au travail pour la journée, ne voulait pas d'un étranger au logis pendant son absence. Océane s'engagea sur le trottoir et Félix voulut lui emboîter le pas. Une main tenant son sac à lunch, Charlemagne le retint de l'autre, jugeant que ce n'était pas un moyen de s'en faire une amie. « On devrait plutôt espionner les Bleus », persévéra-t-il.

***

Plus qu'à l'accoutumée, au logement de la rue Saint-Dominique, il régnait une atmosphère lugubre inspirant une profonde mélancolie. Charlemagne entendit des murmures provenant de sa chambre : Aristote était mort au début de l'après-midi. Sous le commandement du paraplégique, Grizzly et Bourguignon manœuvraient pour soulever le cadavre de la grosse bête et le déposer sur une couverture.

Les brancardiers hissèrent le linceul et le transportèrent dans la camionnette. Manuel avait proposé à Yann que le chien soit enterré sur sa propriété, à la campagne. Grizzly fermerait le cortège avec la jeep et ses deux passagers, ce qui convenait tout à fait à son conducteur…

En route, assis sur la banquette arrière aux côtés de Félix, Charlemagne sanglotait, bourrelé de remords. Ces derniers temps, il avait délibérément négligé Aristote, vieille bourrique décadente. Le chariot bâché avec ses promenades dans les ruelles ne servirait plus. Dorénavant, il se consacrerait à des activités plus lucratives et plus stimulantes que de magasiner dans les poubelles des résidents du quartier, et ce, malgré des débuts décevants avec la bande. À mesure qu'il s'approchait de la propriété de Manuel, il songeait à ses périodes de batifolage dans les champs, dans les vergers, dans la forêt ou sur la route, à pied, à bicyclette ou en quad.

En entrant dans la cour rocailleuse et cahoteuse, Charlemagne ferma les yeux. Il se rappela son arrivée dans la coccinelle orange de sa mère qui suivait le camion de déménagement lorsqu'elle l'avait déraciné de son milieu, parce qu'elle avait décidé de vivre avec ce Bourguignon qu'il ne voulait pas, d'ailleurs, comme deuxième père. Le visage de Florence souriant et en santé lui apparut. Une mère si aimante, mais si permissive et qui, moins de trois mois auparavant, habitait avec lui chez ce Français d'origine avant de retourner vivre avec Yann, le paralytique, et de se retrouver chez sa grand-mère, minée par une inquiétante maladie.

Manuel entra dans le hangar pour en ressortir avec des outils. Ensuite, il recula la camionnette jusqu'à la limite arrière du terrain, entre les pommiers nains offrant quelques grelots parvenus à maturité, tout juste bons à la production d'une dizaine de pots de gelée. La jeep roula suivant les traces de la camionnette dans une des allées de ce cimetière improvisé. Le Rougemontois brandit une pelle à Charlemagne et à Félix, qui comprirent vite que le creusage de la fosse leur incombait.

Prenant une grande inspiration, se gonflant les muscles, Félix entreprit le travail, imité par Charlemagne. Rapidement, la sueur en partie absorbée par leur bandeau perlait sur le front des deux fossoyeurs. Pour faire diversion, même si Grizzly prêtait l'oreille à ses côtés, Bourguignon rappela l'incident de la fête de la Saint-Jean-Baptiste où la bande de motards, menée par nul autre que Yann Lamontagne, avait décidé de violer sa propriété, de piétiner et de saccager le potager sous l'œil désapprobateur et inquiet de Florence qui demeurait emmurée dans la maison, avec Mélodie retirée dans le placard. L'ours éméché s'apprêtant à poser un geste d'une grande incongruité en projetant dans le brasier des planches arrachées au hangar était tombé dans la braise ardente, malgré l'intervention de Yann et de Raphaël.

La narration de Manuel n'eut d'autre effet que de dessiner un demi-sourire sur le visage des jeunes, laissant Grizzly impassible. Le creusage se poursuivit jusqu'à ce que le maître d'œuvre juge de la profondeur du trou. Le moment était venu de transporter le cadavre et de l'ensevelir. Manuel ouvrit le hayon de la camionnette, empoigna avec l'ours le linceul et ils le déposèrent dans le fond de la fosse. De nouveau, les larmes affluèrent sur le visage attristé de Charlemagne, qui s'éloigna vers la maison. Félix, qui voulait en finir avec les effusions excessives de tendresse, se mit à pelleter avec ardeur et assuma seul la corvée de l'enterrement.

Sans en demander la permission à Manuel, comme s'il était encore chez lui, Charlemagne pénétra dans le hangar et bricola une croix avec des bouts de planches fixées par des clous rouillés et crochus. Il ouvrit un contenant de peinture et inscrivit au pinceau le nom d'Aristote et la date de son décès. Ensuite, il se dirigea vers le lieu de l'ensevelissement avec une masse et planta la croix sur le monticule de terre.

— Ça fait une bosse, remarqua Félix.

— C'est parce que vous avez pas creusé assez profond, s'amusa Bourguignon, pour détendre l'atmosphère.

Le propriétaire des lieux insista pour que les deux fossoyeurs rentrent se laver les mains et la figure. À la vue de Charlemagne et de Félix, Mélodie arrêta de répéter sa pièce de violoncelle, et son archet demeura posé sur les cordes. Étonnée de les voir, elle remarqua leur visage barbouillé et leur jean souillé. Souvent, elle les avait vus en pareil état, mais un détail de leur accoutrement attira son attention : le bandeau rouge qui leur enserrait la tête.

— On est venus enterrer Aristote, déclara Charlemagne, la mine basse.

— Le pauvre chien a pas supporté l'air de la ville, je suppose, commenta Mélodie. Le bandeau, c'est une nouvelle mode à votre école, ou quoi ?

— Non ! De toute façon, c'est pas une affaire de filles, répartit platement Charlot.

Les deux garçons passèrent à la salle de toilette pour se nettoyer. Les traces de saleté sur les débarbouillettes et les cernes autour du lavabo en témoignèrent avec éloquence. Sans plus tarder, ils quittèrent la maison en évitant de saluer Mélodie, qui promenait à nouveau l'archet sur son instrument.

À bord de la jeep, Grizzly attendait que les jeunes le retrouvent. Comme à l'aller, ils montèrent sur la banquette arrière, le plus loin possible du pédophile. Manuel les salua et le véhicule reprit le chemin de La Grande-Caroline. En passant devant son ancienne demeure, voisine de celle de Bourguignon, les yeux de Félix s'embuèrent à la pensée de Rosaire, le roi des chiffonniers, mais il détourna la tête pour n'en rien laisser paraître.

* * *

Le lendemain, au dîner, Océane mangea en compagnie de ses deux amis, ce qui porta Félix au comble du ravissement, mais fit rager Charlemagne, qui persistait à dire qu'ils avaient convenu de sortir de la cour de récréation pour que les affaires démarrent. Mais Félix ne réagissait pas et préférait couver Océane des yeux. Ne lui en déplaise, Charlemagne se retrouva sur le trottoir. Devant lui, un groupe de Bleus accompagnés de filles de l'école, surtout des grands de sixième année, qui gesticulaient et semblaient bien s'amuser. Au deuxième coin de rue, ils obliquèrent vers la droite et s'engouffrèrent dans un immeuble à logements. Intrépide, Charlemagne entrouvrit la porte de l'habitation. D'une main ferme, quelqu'un lui enserra le bras et le tira à l'intérieur, dans l'entrée. Sur le coup, il poussa de petits gémissements de douleur et de protestation en tentant de se débattre, mais animé d'une grande curiosité, il ne put résister à son envie d'en savoir davantage. Un Bleu de l'école prénommé Kiev le traîna à la remorque du groupe dans un appartement au sous-sol, où flottait une musique qui n'avait aucun lien avec le country de Rosaire ou le classique de Mélodie s'exécutant au violoncelle.

Une indéfinissable odeur rance mêlée à une puanteur d'herbes grillées assaillit les muqueuses nasales de Charlot. Avachis sur un futon, Jordan et Karina, un jeune homme et une jeune femme dans un état euphorique, tétaient alternativement le même joint avec délectation. À la demande de Kiev, les écoliers, qui ne semblaient pas tous bien connaître les lieux, s'assirent en demi-cercle face au couple avec une sorte de respect. Jordan, tout de noir vêtu et encapuchonné dans un gilet en coton ouatiné, adressa quelques mots à sa compagne qui, elle aussi, revêtait des habits noirs. Les paupières mi-closes, la jeune femme se leva et remit à Kiev le joint qu'il s'empressa d'aspirer en se fermant les yeux et de faire circuler à travers la smalah du jour. Sous le regard intimidant de Kiev, Charlemagne, qui avait lui-même connu les gouffres de la drogue à la fin de l'année scolaire précédente et qui vivait les trois quarts du temps avec un père encagé dans un état second, refusa de se prêter au rituel et tendit le joint à son voisin immédiat. Kiev s'approcha de Charlemagne pour le forcer à imiter le geste des écoliers, mais le locataire de l'appartement lui intima l'ordre de ne pas insister et pointa du doigt vers une pièce voisine. Deux minutes plus tard, Kiev revint avec un attirail de seringues qu'il présenta à Jordan. Pris de panique, Charlemagne quitta précipitamment la pièce et fonça vers la porte d'entrée verrouillée avec une chaîne de sécurité. Le temps de retirer la chaîne, Kiev l'avait agrippé. Le fugitif se débattit avec le désespoir de l'animal pris au piège et asséna à son assaillant un franc coup de pied dans l'entrejambe. Plié en deux, se plaignant d'une voix entrecoupée de malaises au bas-ventre, Kiev s'effondra sur le plancher. Charlemagne ouvrit la porte de l'appartement et, un instant plus tard, sortait de l'immeuble et courait en direction de l'école.

Du trottoir, longeant la clôture *Frost*, il aperçut Félix et Océane qui déambulaient dans la cour sous l'aile protectrice d'une brigadière à la chemise phosphorescente et qui ondoyait avec sa nuée de petits écoliers. Félix tourna les yeux vers son camarade, mais ne s'en soucia guère plus que de ses dernières chaussettes sales. Fort mécontent, Charlemagne amorça son entrée dans la cour, mais se ravisa et regagna la rue Saint-Dominique.

En ouvrant la porte du logis, il fut assailli par une odeur fort désagréable. Le suffocant remugle lui était pourtant familier, mais il ne s'y habituerait jamais.

— Il est quelle heure ? marmotta Yann, tiré d'un gélatineux demi-sommeil. T'es pas à l'école ?…

— J'ai fini pour aujourd'hui.

— Grand-mère Madeleine a téléphoné parce que ta mère aimerait te voir.

Le petit déserteur marcha jusqu'au métro Laurier, descendit à Berri-UQAM et emprunta la ligne verte vers l'est jusqu'à Viau. De là, il pouvait se rendre facilement à pied chez sa grand-mère. Le temps de son déplacement, il songeait à la peur bleue qu'il avait vécue lors de son évasion de l'appartement duquel il était sorti comme d'un mauvais rêve.

Contre toute attente, à cette heure-ci, la camionnette de Bourguignon était stationnée à proximité de la coccinelle, qui croupissait toujours dans la cour du dépanneur. Sans la saluer, Charlemagne passa au nez de sa grand-mère, occupée à servir un vieillard trop ratatiné pour atteindre la tablette du haut dans le rayonnage du commerce, et monta au logis.

Des livres et des cartables épars garnissaient presque toute la table de cuisine. Courbé au-dessus de son matériel, Manuel Bourguignon était absorbé dans ses préparations de cours.

— Me semblait que c'était fini entre ma mère et toi, prof !

— Tu parles d'une façon d'interpeller les gens, Charlot, rétorqua-t-il. L'année scolaire vient de débuter ; t'es certainement pas en journée pédagogique !

— Non, mais j'aime pas ma nouvelle école. Ça fait que des fois j'y vas, pis des fois j'y vas pas !

— Écoute-moi bien, garçon ! Je vais te laisser voir ta mère ; ensuite, toi et moi, on va avoir une bonne conversation…

— Pfff !

Doucement, Charlemagne glissa jusqu'à la chambre de la malade. Dans une demi-obscurité, malgré la chaleur humide qui sévissait, Florence était ensevelie sous les couvertures, le teint livide, le visage osseux et les yeux enfoncés dans les orbites comme des billes au fond d'un trou. Lorsqu'elle sentit les doigts de son fils sur sa main moite, elle écarquilla lentement les yeux et esquissa un sourire :

— Bonjour, mon trésor ! murmura-t-elle.

— Maman !

Charlemagne se pencha vers le corps presque inanimé, comme s'il allait le cueillir amoureusement dans ses bras d'enfant, et l'embrassa sur la joue en l'humectant d'une larme qu'il ne pouvait contenir. Florence referma aussitôt muettement les paupières, en grimaçant d'une douleur qui la tenaillait et qui semblait la brûler jusqu'à la moelle.

Impuissant, Charlemagne essuya ses larmes avec ses poings fermés et se retira en laissant la porte de la chambre entrebâillée.

— Charlot, écoute ce que j'ai à te dire, l'interpella Manuel, délaissant son travail.

L'enseignant déposa son stylo et profita du rare moment d'attendrissement que manifestait l'insaisissable petit garnement. Il le mit au parfum de la situation irréversible, en lui exposant les détails du cancer incurable de Florence et ses prévisibles conséquences. Grand-mère faisait son possible pour s'en occuper, mais devait tenir seule le dépanneur pendant de longues heures parfois ennuyeuses. C'est pourquoi lui-même après ses cours et Guylaine, ou d'anciennes compagnes de travail de l'hôpital, voulaient absolument l'assister. Même Marie-Jeanne Bellehumeur allait faire son tour, tellement Florence faisait pitié et avait besoin d'une présence.

Ce que Charlemagne venait d'entendre l'avait foudroyé, mais la perspective de retourner vivre avec Bourguignon et sa fille ne lui souriait guère, même si l'enseignant ne lui avait pas clairement exprimé cette éventualité. Yann pouvait à peine se suffire à lui-même; et encore, il dépérissait parce qu'abandonné par une femme qui, du reste, allait mourir dans peu de temps.

— Dis-moi franchement, Charlot! Tu fais partie de la bande des Rouges, ceux qui vendent et consomment de la drogue. Quitte la *gang* pendant qu'il est encore temps! C'est un métier très dangereux. Justement, à mon école secondaire, il y aura une descente cette semaine. Un chien renifleur viendra dans chacun de mes groupes avec un maître-chien. C'est pas la première fois que ça arrive, tu sais.

— Moi, j'consomme pas…

— Félix non plus, je suppose?

— Lui, c'est pas un vrai Rouge: il fait partie de la *gang*, mais il s'intéresse plutôt à une fille, rétorqua Charlemagne.

— D'abord, tu fais quoi dans la bande, si tu ne consommes pas? Tu vends? Avoue! Comme tu dois t'en douter, j'ai promis à Florence de m'occuper de toi après, surtout que Yann ne peut pas vraiment. Tu pourrais revenir à la campagne avec Mélodie et moi, fréquenter une école beaucoup plus convenable et, surtout, avoir un milieu familial plus stable et un environnement plus normal. Puis, on oublierait l'épisode de l'incendie… et on recommencerait à neuf.

Excédé par l'interrogatoire serré qu'il subissait de la part de l'ex-conjoint de sa mère et de tout ce qui se tramait après la disparition imminente de la malade, Charlemagne quitta lestement le logis et s'enfuit par l'escalier qui donnait sur l'entrée de l'immeuble, évitant ainsi de fournir un compte rendu à sa grand-mère. Cependant, il se promit de revenir bientôt chez Sarah et de réserver une petite surprise à celui qui prétendait le redresser et envisageait de le déraciner encore une fois.

En attendant la suite des choses, Charlemagne avait un petit compte à régler avec son meilleur ami. En descendant du métro Laurier, il se rendit chez Félix en passant par la ruelle, comme d'habitude. Sur la galerie, étendu sur une chaise longue, le garçon efflanqué semblait rêvasser.

— Salut ! proféra Charlemagne. J'ai de petites nouvelles pour toi.

Félix sursauta. Charlemagne le réprimanda :

— Il est temps que tu te déniaises parce que je vais te dénoncer à Zak pis tu pourras pus faire partie de la *gang*. Où c'est que t'as mis ton bandeau ?

— Bon, le v'là qui s'énerve ! tempéra le rêvasseur, en se redressant sur sa chaise pliante.

Charlemagne narra l'épisode de la poursuite d'un groupe de Bleus accompagné de filles de l'école, ce qui le conduisit à la porte d'un immeuble où on le harponna d'une main, pour le forcer à rentrer dans un appartement et participer à une séance de fumage et ce qui s'ensuivit. Il le renseigna sur l'état de Florence qui s'aggravait, sa rencontre fortuite avec Manuel Bourguignon et les éventualités que l'enseignant évoquait quant à son avenir.

— Après la mort de Florence, tu viendras rester chez moi, le consola Félix. Viens, on va s'entraîner, lança-t-il en le gratifiant d'une bourrade amicale. Si on veut battre les Bleus, acheva-t-il sans conviction…

Avec ingéniosité, les deux camarades s'étaient employés à rassembler des objets lourds fixés à l'extrémité de tiges de métal récupérées dans la remorque de Rosaire, en bas dans la cour. Une fois ces haltères rudimentaires fabriqués, ils avaient bricolé un banc avec un dossier inclinable. Ainsi, ils disposaient d'un équipement de base pour développer leurs biceps et leurs abdominaux, honteusement sous-développés, au dire de Félix.

Or, pendant l'entraînement, Félix s'arrêtait à tout bout de champ, déposait ses haltères, se redressait sur le banc, lunatique, souriant béatement en regardant au plafond, absorbé par une imagerie dont le principal objet portait le nom d'Océane. Désappointé par le manque d'entrain de son copain et par ses réponses évasives lorsqu'il lui adressait la parole, Charlemagne abandonna l'haltérophile à ses rêvasseries libidinales et quitta l'atelier.

* * *

La motocyclette de Grizzly reposait sur sa béquille lorsque Charlemagne regagna la rue Saint-Dominique.

— On attendait que t'arrives, Charlot. Florence va de plus en plus mal. C'est l'infirmière qui a appelé au début de l'après-midi, livra le paralytique avec une élocution douteuse.

Très affecté par la dégradation de la santé de Florence, Yann s'était encore une fois réfugié dans un état second.

— Comment tu vas faire pour grimper chez grand-maman, si vous êtes seulement tous les deux ?

— Justement, le prof va nous aider.

— J'ai l'impression que ta mère n'en a plus pour bien longtemps. Tu devrais la visiter, renchérit l'ours, qui anticipait d'éventuels avantages sociaux pour ses inestimables services.

— On t'attend dans la jeep, conclut Yann, pressé de revoir Florence.

— Donnez-moi cinq minutes, souhaita Charlemagne.

Grizzly poussa le fauteuil roulant jusqu'à la porte du garage. Charlemagne tomba sur une tranche de fromage cheddar, qu'il emprisonna entre deux tranches de pain, et fouilla dans les réserves de son père pour lui subtiliser un joint de chanvre indien.

Avec l'aide de Manuel, l'ours permit à Lamontagne de parvenir tant bien que mal au-dessus du dépanneur Sabourin. Au logis, il régnait une atmosphère lugubre qui invitait au silence, presque au recueillement. Depuis vingt-quatre heures, Florence refusait de boire dans un verre. Garde Du Corps, une amie infirmière, avait réussi à lui faire avaler un peu d'eau avec une paille. La plupart du temps, la malade gardait les yeux fermés et ne répondait plus que par des signes ou d'incompréhensibles murmures.

Yann devança Charlemagne dans la chambre de la mourante. Bourguignon, qui avait apporté son sac d'école, corrigeait sur la table de cuisine un examen donné le jour même à des élèves qu'il revoyait le lendemain, sous le regard désespéré de Grizzly qui n'entendait rien au travail de l'enseignant. Il faut dire que Rodolphe, alias Grizzly, n'était pas très doué pour les abstractions et plafonnait rapidement. Du reste, il était de ceux qui pensent que les professeurs font partie d'une race de privilégiés grassement payés par l'État. Et à ne rien faire, en plus !

À la demande de la mère de Florence, garde Du Corps veillait la grabataire qui absorbait des doses de calmante morphine à des intervalles de plus en plus courts. Comme l'infirmière résidait dans la chambre de la cancéreuse, elle était à même de lui administrer le puissant sédatif, au besoin. Toujours cantonné dans son fauteuil roulant, le visage complètement dévasté, Yann retenait des larmes et détournait les yeux devant la mine crispée de Florence.

De temps à autre, Madeleine Sabourin venait s'enquérir de l'état de sa fille. La mère s'en approchait et, après peu de temps, ne pouvant plus soutenir son regard affligé, redescendait au commerce. Elle savait l'agonisante entre bonnes mains. À chacune de ses visites sporadiques, elle sentait jaillir en elle des remords. Selon elle, Yann n'avait jamais été un bon partenaire pour sa fille, qu'une espèce d'ignare mal dégrossi. Pourtant, le paralytique était là. Et que dire de Manuel Bourguignon, attablé dans la cuisine comme s'il faisait partie de la famille ? Qu'un homme de passage dans la vie de Florence, un père par procuration pour son petit-fils délinquant. Mais un homme de cœur tout de même. De plus, un autre élément ajoutait à ses tourments : habitée par un ressentiment, elle n'avait pas jugé bon de prévenir son ex-mari au sujet de la santé de leur fille.

Charlemagne avait rejoint Manuel et Grizzly dans la cuisine. L'immobilité et le teint cadavéreux de sa mère l'ennuyaient et lui faisaient peur. Le prof brisa le lourd silence qui régnait dans la pièce :

— As-tu pensé à ma proposition, Charlot ?

— Ça me dit rien de retourner à la campagne, s'offusqua l'enfant. Arrête de m'achaler avec ça !

— C'est pour ton bien. Si tu veux faire plaisir à Florence, accepte, insista Manuel.

— Pas question, se rebella Charlemagne.

— Tu pourrais vivre chez nous avec Angela pis moi, tenta l'ours. Comme je te l'ai dit, on va bientôt déménager près de chez vous, rappela-t-il, sur un ton obséquieux. Félix pis toi, vous pourriez vous entraîner avec mon équipement, fit-il miroiter.

— Parle-moi pas de Félix, s'indigna Charlemagne. C'est plus mon ami !

Devant l'attitude revêche du fils de Florence, Bourguignon s'interposa en essayant de le convaincre de la légitimité de son propos. Mais le garçon ne voulait pas en démordre. Il demeurerait chez son père, point final.

Puis l'ours revint à la charge, insistant avec ses arrière-pensées vicieuses. Les deux hommes se levèrent et s'éloignèrent vers le salon afin de discuter entre eux de ce qui adviendrait de l'indomptable petit regimbeur. Profitant de ce moment de répit, Charlemagne sortit le joint de chanvre de sa poche et, le sourire malicieux, le déposa dans le sac de l'enseignant.

En aparté, Manuel et Grizzly se disputèrent l'avenir de Charlemagne, comme s'il s'agissait d'une marchandise. Ni pour l'un ni pour l'autre, il ne s'agissait d'une toquade ou d'une fantaisie passagère. Selon Manuel, le bonheur du petit passait par une vie plus saine à la campagne. Il connaissait pertinemment les dangers de la ville. À travailler dans une polyvalente de Montréal, l'enseignant se disait confronté à une clientèle souvent difficile. Les gangs de rue foisonnaient et exerçaient leur emprise sur la jeunesse déjà fortement sollicitée par la drogue, le décrochage scolaire, le travail à temps partiel et le décrochage tout court. Dans les écoles d'aujourd'hui – autrefois lieu sacré d'apprentissage et d'éducation –, l'autorité était souvent bafouée. Le manque de respect envers les enseignants et les élèves envenimait les relations. On parlait de plus en plus d'intimidation, de taxage. Son expérience professionnelle lui avait enseigné que la ville, malgré ou à cause de ses nombreux attraits, n'incarnait pas un milieu de vie très épanouissant. Bien sûr, il avait failli lui-même succomber à la tentation de se rapprocher de son travail, mais tout compte fait, il demeurerait dans la campagne rougemontoise. Par affection pour Florence et par amitié pour Yann, il croyait de son devoir de prendre la relève. D'autant plus qu'un individu inclassable comme Grizzly ne représentait pas une solution acceptable. Et que dire de sa bufflonne Angela, probablement aussi goujate que son mufle, qui lui ferait une drôle de mère ?

Pour Grizzly – pourtant lui-même rondelet –, Manuel symbolisait la déchéance physique et l'instruction obligatoire. La déchéance physique, parce que l'homme faisait de l'embonpoint et que courir après son souffle signifiait le seul sport qu'il pratiquait. Le campagnard offrait donc un mauvais exemple à donner à un enfant. Afin d'étayer sa thèse folichonne sur l'instruction, il prétendait que cela n'était pas naturel de fréquenter l'école. « On ne devrait jamais forcer un enfant à s'instruire, disait-il ; il apprendrait par lui-même, selon ses besoins. » Rodolphe, alias Grizzly, avait conservé un goût amer de ses longues périodes à copier des choses sans importance pour lui, dans le corridor de l'école primaire. À cause de cela, il avait mérité la note de passage… En outre, Angela et lui formaient un couple solide qui durait depuis bientôt dix-huit mois et pourrait transmettre au petit un art de vivre dans un milieu favorisant son épanouissement corporel. Le reste viendrait par surcroît.

* * *

Station Viau. Sac de bagels en main, arborant derechef son signe d'appartenance aux Rouges, Charlemagne Lamontagne émergea fièrement du réseau souterrain des entrailles de la métropole. Instinctivement, il se rendrait d'abord chez Sarah. Sa présence et celle des enfants lui manquaient, mais quelque chose d'indéfinissable lui disait qu'elle avait besoin de lui. Ensuite, si le temps le lui permettait, il se rendrait au lit de la moribonde. Chaque fois qu'il revoyait Florence, exsangue, s'anéantissant sous ses draps de cancéreuse, il repoussait l'idée de revoir le visage de marbre que la maladie sculptait avec la gouge de la mort.

Le logis de Sabourin ressemblait davantage à un salon mortuaire qu'à l'intérieur d'une maison. Comme les jours, peut-être même les heures de Florence étaient comptées, garde Du Corps avait informé les proches que la fin était imminente et qu'il valait mieux se déplacer pour la voir encore en vie. Charlemagne jeta un coup d'œil circulaire avec appréhension. Effectivement, le prof était là. Tous, y compris grand-mère Madeleine qui se précipita sur lui pour l'enlacer et couvrir son bandeau de baisers, étaient contents de le voir surgir dans la pièce. Tous, sauf Manuel qui, les yeux en lance-flammes, ne tarda pas à lui ordonner de le suivre à l'extérieur en passant par l'escalier du logis.

— Tu me dois des explications, Charlot, brama Manuel.

— Rapport à quoi, *man?*

— Rapport à la drogue, mon enfant de nanane…

Hors de lui, le visage bouffi de colère, Bourguignon réalisa que ses paroles avaient largement outrepassé les bornes du respect le plus élémentaire qu'imposaient les circonstances. Confus, il songea à Florence qui s'éteignait à petit feu. Puis, repris par une rage croissante, il raconta ce qui lui était arrivé le jour même dans l'exercice de ses fonctions. Lors d'une fouille surprise destinée à épingler des coupables, consommateurs ou revendeurs, un chien renifleur avait décelé l'odeur de la marijuana dans son sac d'école, et ce, devant tout un groupe d'élèves qui se tordèrent de rire. L'adjoint au directeur qui accompagnait le maître-chien lui enjoignit de le suivre dans son bureau. Une suspension sans solde pour étude de cas s'ensuivit. Et la nouvelle se répandit comme une traînée de poudre dans la polyvalente.

***

Ainsi, Yann était rentré chez lui la mine basse avec l'assistance de Grizzly. Angela avait insisté pour qu'il revienne tôt et l'aide à faire des boîtes. Leur déménagement dans le secteur était imminent, et elle ne voulait pas passer ses grandes soirées seule à vider les armoires et les placards. L'ours parti, le paralytique remarqua la photo de Florence sur la table de cuisine. Charlemagne l'avait vraisemblablement déportée alors qu'en temps ordinaire, elle séjournait sur le chiffonnier dans sa chambre. C'était comme si les yeux du père prenaient le relais des yeux du fils. À son tour, il contempla le visage de cette femme qui l'avait aimé passionnément. Malgré ce qui l'avait rivé dans son fauteuil d'invalide. Le regard implorant de Florence semblait lui demander de veiller sur leur fils. Le temps où Marie-Jeanne Bellehumeur assurait l'éducation de Charlemagne était révolu. Même si, en apprenant son état de santé, elle était accourue en larmes auprès de la mère du p'tit en lui promettant de le redresser avant la fin de la période ingrate de l'adolescence. Bourguignon avait déjà déployé beaucoup d'efforts, parfois en vain, et se montrait disposé à tenter de nouveaux essais. Cependant, depuis qu'on l'avait démis de ses fonctions d'enseignant et qu'il redoutait un subterfuge de Charlot – ce qu'il s'était abstenu de répandre au logis de Sabourin –, il était revenu sur sa décision.

***

Lorsqu'ils aperçurent le petit Lamontagne qui s'en venait à pied, des voisines poussèrent des soupirs de soulagement. L'une d'elles légèrement hystérique, le considérant comme un miraculé, s'en approcha pour l'embrasser, mais il la repoussa en criant le nom de Yann comme un possédé.

— Quelqu'un doit absolument s'occuper de cet enfant ! s'indigna la locataire du deuxième.

Les pompiers continuaient de combattre les flammes avec acharnement, surtout depuis qu'un témoin affirma avoir vu la jeep entrer dans le garage un peu plus tôt dans la soirée. Plusieurs personnes entouraient maintenant l'enfant.

Soudain, on entendit des murmures de consternation qui se répandaient dans la foule.

— Regardez ! lança un curieux, atterré.

De la porte avant de l'immeuble, des pompiers sortaient un fauteuil roulant à demi calciné transportant le corps du paralytique, la tête roulée sur son ventre rebondi.

Un policier se présenta à Charlemagne en s'infiltrant dans la masse de curieux par une brèche. Après un court échange, il lui demanda chez qui il désirait loger pour la nuit. « Chez ma mère ! » répondit-il.

Sabourin avait fermé boutique. Étant donné les circonstances, malgré ses ambitions mercantiles, il était rentré plus tôt pour assister moralement sa conjointe. C'est lui qui reçut Charlemagne et le policier :

— T'as encore fait un mauvais coup, Charlot ! Entrez donc ! maugréa le commerçant, avec une sorte de compassion dans la voix.

Un silence funèbre entrecoupé de pleurs régnait dans le logis. Grand-mère Madeleine et Marie-Jeanne Bellehumeur sanglotaient au fond, dans la chambre de Florence, avec garde Du Corps qui n'avait pu contenir ses larmes. Dans la cuisine, les hommes ne savaient comment exprimer leur douleur. Manuel et Philippe, le frère de Florence, semblaient regarder le plancher en récitant des oraisons.

— Est-il possible de voir la mère de l'enfant ? s'informa le policier à la cantonade.

Toé, ma petite maudite peste, réfléchit Manuel, exaspéré par les bourdes de l'enfant.

— Non, ce n'est plus possible ! déclara Sabourin, d'une voix blanche. Sa mère vient de mourir.

— MAMAN !

Charlemagne accourut vers la chambre et se précipita sur le lit mortuaire. Il appuya sa tête sur le corps squelettique et ne la releva que lorsqu'il sentit les draps humides qui l'incommodaient.

L'agent de police annonça le décès du père de l'enfant dans un incendie dont on ne connaissait pas encore la cause.

— QUOI ? réagit Manuel.

Les yeux de l'enseignant s'embrumèrent. Il se prit la tête entre les mains. Consterné, l'oncle Philippe tourna le regard vers la porte de la chambre de sa sœur.

— On pourrait le garder une nuit, mais pas une de plus ! décréta froidement Sabourin. Cet enfant-là a fait mourir sa mère. Il est bien capable de tuer sa grand-mère. À moins qu'on le conduise chez son ami Félix.

Prenant sur elle, garde Du Corps délaissa la chambre de Florence pour appeler une ambulance. Le commerçant remercia le policier qui prit congé et se précipita vers la chambre de la défunte. Il entraîna Madeleine et Marie-Jeanne Bellehumeur à l'écart pour les informer des événements de la rue Saint-Dominique. « Oh, mon Dieu ! » s'exclamèrent les dames éplorées avec un grand air de navrement. « Qu'est-ce qui va advenir de lui ? » s'inquiéta l'ancienne nounou. « Il ne manquait plus que ça ! » soupira Madeleine.

L'ambulance venait de quitter le logement. C'est avec délivrance que Sabourin conduisit Charlemagne chez Félix à bord de la coccinelle. Étant donné qu'il se faisait tard, le commerçant trouva l'idée un peu saugrenue, mais se réjouissait de se décharger du paquet de troubles. Madeleine n'avait pas manifesté d'inquiétude de voir partir son petit-fils, se déculpabilisant avec la pensée qu'il lui reviendrait un de ces quatre matins et, qu'en attendant, le deuil de sa fille occupait toutes ses pensées. De toute manière, il rebondirait dans quelques jours pour les funérailles.

Dans la ruelle de la rue Jeanne-Mance, l'orphelin se tenait debout près de la Chevrolet. Pour ne pas déranger Sonia Bécotte et Félix qui, à cette heure, devaient dormir, Charlemagne ouvrit les battants de la remorque pour y passer la nuit. Un rebutant remugle s'en dégageait. Il referma et gravit les marches qui menaient à l'atelier-gymnase.

Chapitre 6

Pendant la nuit, Sonia Bécotte entendit un enfant pleurnicher. Tout d'abord, elle songea à Félix. Comme à l'accoutumée, elle s'était retirée dans sa chambre des plaisirs sans trop se préoccuper de lui. Intriguée, elle se mit sur son séant en retirant les couvertures :

— Prosper, j'entends pleurer, réveille-toi.

— Quoi ? Quoi ? réagit le prognathe, étirant le menton.

La mère de Félix se précipita à la fenêtre. À la lueur du jour, elle reconnut l'ami de son fils. Charlemagne arrivait, le visage hagard, l'air effaré, émergeant d'un cauchemar : Yann et Florence brûlaient dans l'appartement de la rue Saint-Dominique et il avait été impuissant à les sauver.

— Toi, Charlot, qu'est-ce que tu fais là ? Rentre !

Sans se faire prier, quelque peu rasséréné, Charlemagne entra dans le logis.

— Un garçon, ça ne pleure pas, voyons ! Un gros malheur, je suppose ? Bon, installe-toi dans le salon, demain tu iras à l'école avec Félix !

Les pleurs reprirent de plus belle et réveillèrent Félix, qui sauta en bas de son lit et s'amena dans la cuisine. En mettant sa queue de chemise dans son pantalon, Poitras jaillit dans la pièce.

— Mononcle Prosper !

— Félix !

— Ton oncle a rencontré un client dans la soirée. Après, il était trop tard pour retourner dans les Laurentides, inventa la péripatéticienne.

Sonia ne justifiait jamais la présence de ses invités ou de ses clients auprès de son fils. Félix ne put s'empêcher de livrer un petit commentaire qui démontrait son incrédulité :

— Mononcle a un autre client à rencontrer de bonne heure, je suppose ?

— Mêle-toi de tes affaires, Félix ! maugréa Sonia, en regagnant son lit refroidi.

Poitras avait déjà passé la porte lorsque Charlemagne narra à Félix la perte douloureuse de Florence et de Yann, le même jour, peut-être au même moment. Et ce qu'il adviendrait de sa personne. La crainte d'être repêché par Bourguignon – qui avait définitivement renoncé à sa cause désespérée – le hantait, peut-être aussi la vie chez grand-mère Sabourin ? Épuisé, Charlemagne se recroquevilla sur le canapé et sombra dans un sommeil agité.

Lorsque les deux écoliers partirent pour Le Premier Croissant de Lune, leur bandeau rouge dans la poche, Sonia Bécotte se retourna dans son lit, replaça son oreiller, et se rendormit. Félix avait gentiment préparé deux sandwiches sur le coin du comptoir de cuisine. Avec ce que Charlemagne lui avait raconté, il l'avait pris en pitié et décidé de s'en occuper comme d'un petit frère. Sa mère l'avait hébergé pour la nuit, parce qu'on ne laisse pas un chiot gémir sur le seuil de sa porte. Mais se montrerait-elle insensible quand elle comprendrait qu'il n'avait pas d'endroit où nicher ?

* * *

Il était 22 h, la veille des funérailles. Elphège Sabourin patientait à bord de la coccinelle, garée dans la ruelle de la rue Jeanne-Mance.

Il avait résolu de cueillir le petit gripette le plus tard possible, « pour l'avoir moins longtemps dans les jambes », avait-il exprimé. Avant de quitter son logement, il avait demandé à sa femme :

— Pendant combien de temps on va subvenir à ses besoins ?

— Tant et aussi longtemps qu'au moins une des successions ne sera pas réglée, Elphège, lui avait rétorqué la commerçante.

— En tout cas, Madeleine, faut pas trop s'apitoyer sur son sort ! avait-il déclaré sans broncher.

— Quand les funérailles seront passées, on va s'arranger pour qu'il retourne chez Félix, crois-moi.

Après une demi-heure d'attente à tambouriner sur le tableau de bord, Charlemagne n'avait pas donné signe de vie.

D'impérieux coups de klaxon retentirent dans la ruelle. En moins de dix secondes, des voisins indignés décochèrent un regard torve en direction du malotru. Quelques voix manifestèrent leur mécontentement puis s'étouffèrent par les jappements de petits gardiens de nuit.

Sonia Bécotte parut sur la galerie en déshabillé diaphane, maquillée, une tasse de thé à la main.

— Montez, monsieur Sabourin, s'écria la prostituée.

Excédé, le grand-père atteignit le deuxième palier en maugréant contre le fils de Florence. Il cessa de marmonner lorsque ses yeux louchèrent vers la poitrine de la travailleuse au noir qui offrait ses charmes en s'inclinant vers le visiteur, une main sur le chambranle de la porte et l'autre sur la poignée.

— Entrez, pis assisez-vous !

— C'est pas de refus, madame.

— C'est quoi ton p'tit nom, déjà ?

— Elphège.

— Elphège, répéta-t-elle d'une voix langoureuse. Un thé ?

— Charlot est pas là ? demanda-t-il, embarrassé.

— Il est parti chez sa grand-mère avec Félix, en métro. Il m'a tout raconté. Il m'a dit que vous viendriez le chercher avec une coccinelle orange pour les funérailles demain. C'est comme ça que j'vous ai r'connu.

— Merde ! Il aurait pu m'attendre, le p'tit vlimeux. Me faire venir icitte pour rien...

— Détendez-vous, monsieur Sabourin. Puisque vous êtes là, on va piquer une jasette au sujet de Charlot. J'vous prépare une bonne tasse de thé à la bergamote.

Le regard du vieil homme oscillait entre la tête rougeâtre et les formes invitantes qu'il devinait sous le déshabillé. La mère de Félix insista pour rapporter ce que Charlemagne avait bien voulu lui livrer. Elle posa une tasse fumante devant le visiteur, s'assit avec sa boisson chaude et s'accouda nonchalamment à la table :

— Je lui ai expliqué qu'il pouvait passer quelques jours avec mon fils avant d'aller vivre avec sa grand-mère.

— C'est que, voyez-vous, Madeleine et moi pensons qu'il serait plus heureux ici avec Félix, argua Sabourin, dissimulant à peine son appréhension. La vie avec deux vieux est sûrement pas très palpitante pour un enfant de son âge. Il serait dommage qu'il aboutisse dans une famille d'accueil, le pauvre. C'est un gentil petit garçon, il mérite un bon foyer..., ajouta le commerçant, prenant une grande lampée de sa boisson chaude.

— Ça coûte cher, un enfant, vous savez, affirma-t-elle.

— Inquiétez-vous pas, madame. C'est sa grand-mère qui gérera ses biens jusqu'à sa majorité. Bien sûr, on vous donnerait une allocation mensuelle pour subvenir à ses besoins matériels.

— Ah ! Les enfants de nos jours...

— Vous pouvez bien le dire, madame Bécotte, rétorqua Sabourin, sans relever le sens exact des dernières paroles de son interlocutrice.

La travailleuse autonome consulta la grande horloge accrochée au mur.

— Bon ! Je dois maintenant vous mettre à la porte, monsieur Sabourin. Je commence tôt demain matin, mentit-elle en le fixant droit dans les yeux.

— D'accord, madame Bécotte, acquiesça le sexagénaire, observant le fard à lèvres rose et les faux cils qui ornaient ses yeux menteurs comme un petit auvent.

Le commerçant se leva, se rinça l'œil en détaillant l'intérieur de madame et se dirigea vers l'arrière. Il s'arrêta sur le seuil, l'air pensif.

— Donc, pour en revenir à Charlot, si je comprends bien, on peut espérer qu'il habite de nouveau avec Félix ?

— J'ai pas dit non, mais j'ai pas dit oui non plus, ricana la travailleuse. Je vas y penser. Après les funérailles, il pourra revenir icitte, pis on verra...

En ce samedi de la fin octobre, jour des funérailles, le temps était menaçant. De gros nuages gris s'aggloméraient sur Montréal. Le logis grouillait de monde au-dessus du dépanneur, rue Ontario. À la demande de Madeleine, Mme Bellehumeur était arrivée tôt pour la préparation du lunch qui suivrait les funérailles. Le tablier sanglé à la taille, la nounou, qui avait continuellement la larme à l'œil – les oignons finement hachés sous son nez lui procurant le prétexte idéal pour camoufler sa peine –, se questionnait sur la suite des choses pour le petit Charlemagne qui aboutirait on ne savait trop où encore. À ce propos, elle était en désaccord avec l'attitude de Madeleine Sabourin, qui déclinait ses responsabilités de grand-mère et qui souhaitait refiler le petit indésirable à quelqu'un d'autre. « Elphège ne peut plus le sentir ! » se défendait-elle, alors que sa patience avait depuis longtemps atteint ses limites. « Si je vous racontais ce qui est arrivé à ses oiseaux… »

Soudain, Charlemagne et Félix émergèrent de la chambre à débarras en caleçon devant la visite. Philippe, le frère de Florence, sa femme et leurs quatre enfants, une sœur de Yann qu'il ne voyait à peu près jamais, garde Côte, garde Du Corps et garde Manger, Manuel et sa fille Mélodie ainsi que Grizzly – qui se délectait de ces corps de jeunes – assiégeaient également le logis en plus des occupants habituels.

— Vite, les garçons, allez vous habiller ! commanda grand-mère Sabourin.

— Y a rien qui presse, soupira Charlemagne, la voix altérée. Asteure qu'on peut rien faire pour les sauver…

Ces paroles empreintes de sagesse, prononcées avec le plus grand détachement, firent augmenter d'un cran l'intensité dramatique qui flottait dans la pièce. Marie-Jeanne Bellehumeur se rua vers l'enfant éprouvé pour le serrer dans ses bras potelés, mais Charlemagne s'était déjà retranché dans sa chambre. Quelques minutes plus tard, les deux inséparables réapparurent.

— Charlemagne, t'es beau comme un cœur, larmoya grand-mère Madeleine. Regardez-le, je lui ai acheté des vêtements neufs, précisa-t-elle, essayant de lui ajuster une cravate alors qu'il tentait de se libérer en dodelinant de la tête. Si vous l'aviez vu hier avec ses nippes, c'est bien simple, il faisait pitié.

— C'est vrai, mon Charlot, que t'es pas mal *cute*! renchérit l'ancienne nounou, le couteau à la main.

Elle déposa l'ustensile, se projeta vers lui et l'embrassa, oubliant toutes les frasques dont elle avait été victime. Charlemagne s'essuya la joue du revers de la main. Il tenta de dénouer sa cravate, mais en resserra le nœud. La tête effarée, il se dirigea vers un tiroir de la cuisine, s'empara de ciseaux comme d'une arme, sectionna la bande d'étoffe qui lui enserrait le cou et l'enfouit dans la poubelle.

— Ça, par exemple, explosa grand-mère Sabourin. Sais-tu combien je l'ai payée ?

— J'espère que tu l'as payée cher! ragea le petit homme en quittant les lieux.

Quelques jours auparavant, Sabourin s'était présenté avec Madeleine au curé Philibert de la paroisse Saint-Jean-Baptiste, pour les arrangements. Le minuscule vieillard, digne représentant d'une espèce en voie de disparition, parlait d'une voix éraillée et faible. Malgré son âge avancé, il ne portait pas de verres, se tenait droit comme un cierge et ne connaissait pas l'existence du désodorisant. Le commerçant avait négocié et obtenu un rabais pour des funérailles doubles, malgré les yeux désapprobateurs et honteux de sa conjointe.

— À ce prix, vous n'aurez pas droit au tapis rouge, avait précisé le vieil homme.

— Le moins de flaflas possible, avait décrété le propriétaire du dépanneur. Pas de chorale de funérailles non plus.

— Ce sont des bénévoles, vous savez, monsieur Sabourin.

— On a déjà retenu les services d'une organiste, c'est suffisant.

Dans l'entrée, à l'arrière de l'église, Charlemagne, l'air maussade et triste, et quelques membres des deux familles recevaient les sympathies. Marie-Jeanne Bellehumeur veillait sur le fils de Florence, en souhaitant lui être d'un certain recours. Un peu en retrait, appuyé sur une jambe, Félix songeait encore à la perte douloureuse de son père en regardant défiler tous ces gens qui s'animaient près de lui. Un détachement d'infirmières, dont garde Valade, garde Manger, garde Chasse, garde Fu, garde Robe et garde Du Corps, se joignirent à garde Côte qui tentait de soutenir Madeleine Beauséjour dans l'épreuve. Une horde de motards et de motardes à la démarche disloquée, portant blouson et pantalon de cuir et mâchouillant de la gomme, présentèrent leurs condoléances et se distribuèrent aléatoirement en devisant sur la mort suspecte de Yann. Après quelques minutes de flottement, Raphaël, imité par Grizzly, invita les siens à se regrouper à gauche de l'allée centrale.

On avait prévenu Fernand Beauséjour, père de la défunte, de la grave maladie de sa fille. Il avait profité de certaines absences de Sabourin pour la visiter au logis. Depuis l'affaire de la montre dérobée par Charlot, dont Beauséjour avait injustement été accusé – d'ailleurs, il ne pouvait supporter son regard –, il vivait avec sa concubine, de vingt ans sa cadette. À soixante-dix ans, après des déboires financiers, il travaillait comme concierge dans un immeuble à logements, propriété de Dollard Limoges, frère de Madeleine.

Le plus bouleversé de tous demeurait Manuel Bourguignon. Même délaissé par Florence, malgré le fait qu'elle l'avait quitté pour retourner vivre avec son handicapé, il était encore attaché à elle. La disparition de Yann le chagrinait aussi, parce qu'il avait décidé de lui réapprendre à lire, de l'aider à trouver un sens à la vie et de le rapprocher de son fils. Ce Charlemagne, qui, paradoxalement, n'aimait pas que Manuel se mêle de sa vie, avait incendié une partie de sa maison et lui avait valu un congé sans solde indéterminé à cause de la découverte d'un joint de chanvre dans son sac d'école. D'ailleurs, la suspension dont il était l'objet n'était-elle pas, au fond, une espèce d'état de grâce qui lui permettrait de réaliser ses projets d'écriture ? En attendant, il s'ingéniait à chercher une façon de promouvoir *L'alarme du crime*, son dernier polar – qui ne se vendait pas.

Dans l'allée centrale, au bas des marches qui montaient vers le chœur, on avait disposé un cercueil sur lequel reposait une urne qui contenait les cendres de Yann. Personne, absolument personne ne pouvait dire si Florence avait eu le temps d'être veuve ou si, au contraire, Yann lui avait survécu. Quoi qu'il en soit, Charlemagne était devenu orphelin de père et de mère le même jour.

Perchée dans le jubé, flanquée de Mélodie qui devait tourner les pages, Éléonora Rostropovitch fixait le miroir de ses yeux pointus. Non seulement Mme Rostropovitch jouait admirablement du violoncelle, mais elle était également titulaire de grandes orgues de la communauté ukrainienne de Montréal. D'un signe de tête, le célébrant indiqua que la cérémonie pouvait commencer. Aussitôt, les tuyaux vibrèrent et la musique retentit à travers toutes les arcades et les colonnes du temple. Charlemagne s'avança solennellement dans l'allée, repoussant la main agaçante de sa grand-mère Madeleine et celle de Marie-Jeanne Bellehumeur qui emboîtèrent le pas à sa suite. De la cinquième rangée d'en arrière, des babils d'enfant attirèrent le regard de Charlemagne. Sarah tenait Ézékiel dans ses bras. Jérémie, qui avait reconnu le petit bienfaiteur, se glissa sur le banc, avant d'emprunter l'allée et de lui donner la main pour l'accompagner jusqu'à sa place.

— Qui c'est ce mioche-là ? grimaça l'ancienne nounou de Charlot, que les jambes enflées faisaient souffrir.

— Il vient parfois au dépanneur avec sa mère, chuchota grand-mère Madeleine.

Charlemagne prit place dans le premier banc en avant avec Jérémie, qui s'empara d'un *Prions en Église* oublié du dimanche précédent. La grand-mère et l'obèse aux jambes variqueuses se glissèrent de part et d'autre des deux enfants, comme pour mieux les encadrer. Peu après, la musique s'arrêta. Charlemagne se retourna et s'aperçut que tous les assistants avaient pris place. Félix s'était rangé derrière lui. À tout moment, des motardes toussotaient comme pour enterrer le bruit des motards qui se raclaient le gosier. Le petit Jérémie se tortilla pour sortir du banc et retourner avec sa mère en courant dans l'allée centrale.

Durant l'homélie, le curé Philibert prononça d'abord l'éloge de Florence, une mère attentionnée et une infirmière dévouée que la maladie avait emportée prématurément. Ensuite, il mentionna les qualités humaines de Yann, glissant une allusion à son état d'handicapé et à sa mort en apparence accidentelle, le même jour que sa conjointe. À ce propos, Madeleine Sabourin avait expliqué au ministre du Culte sa thèse selon laquelle son gendre avait mis le feu dans son logement en faisant cuire des patates frites. Cette cause de l'incendie circulait aussi chez les infirmières. Garde Manger, elle-même s'écartant de son poids santé, avait renchéri en disant qu'un homme de 365 livres ne devait pas se bourrer uniquement de légumes verts.

À l'offertoire, on entendit le touchant *Ave Maria* de Schubert pendant que le bedeau, qui agissait également comme sacristain et servant de messe, s'empressa de quitter son poste pour tendre la sébile à tous les bancs occupés, afin d'être de retour à la consécration pour sonner les clochettes. Charlemagne ne comprit pas tout de suite pourquoi on lui tendait un panier vide, mais en saisit la raison lorsque sa grand-mère et Marie-Jeanne Bellehumeur y déposèrent chacune une pièce de 2 $. Sabourin, qui avait observé le geste de sa femme, ferma les yeux lorsque le panier passa sous son nez.

À la sortie, Raphaël quitta son banc, se présenta à l'avant de l'église et saisit l'urne avec respect. Six motards costauds, dont Grizzly, s'amenèrent solennellement près du cercueil et le soulevèrent. Charlemagne, profondément attristé, sentit qu'on lui poussait dans le dos. Il se rangea derrière, suivi par les deux femmes qui l'accompagnaient. À mesure que la bière progressait vers l'arrière de l'église, les autres motards, le détachement de coiffes et le reste des assistants se regroupèrent dans l'allée principale. En retrait, sur le côté de la nef, Manuel Bourguignon demeura absorbé dans une sorte de pieux recueillement.

Les gens quittèrent l'enceinte au compte-gouttes et se massèrent sur le parvis de l'église, acculés aux portes. Le temps s'était chagriné et il pleuvait à verse. Un petit homme habillé de vêtements de cuir, surnommé Croque-mort, invita les porteurs à le suivre. Le motard, qui arborait une moustache rêche et avait le menton élégamment souligné d'une boucle noire, courut vers un vieux corbillard qui faisait la fierté de l'employé des pompes funèbres de circonstance.

Malgré le mauvais temps, on engouffra le cercueil dans le ventre du véhicule. Raphaël déposa l'urne à côté et enfourcha sa motocyclette mouillée. Grizzly – que la grand-mère préférait appeler de son véritable nom, Rodolphe – prit les commandes du *side-car* dans lequel prenaient place Charlemagne et Félix. Sabourin conduisit la coccinelle de Florence avec, à son bord, la grand-mère de l'orphelin et Marie-Jeanne Bellehumeur. Des voitures suivirent, les unes transportant des membres des familles respectives ou des infirmières éplorées. Finalement, une horde de motocyclettes s'ajoutèrent, et le cortège se mit en branle vers le cimetière Notre-Dame-des-Neiges sous une pluie de clous de cercueil.

Après l'enterrement, tout le monde était invité au logis de Sabourin pour un dîner sommaire aux traditionnels sandwiches sans croûte – à la dinde, au jambon et aux œufs. Cependant, Fernand Beauséjour avait décliné l'invitation, prétextant qu'« il n'avait pas d'affaire là ! ». Charlemagne insista auprès de Sarah afin qu'elle s'y rende avec ses marmots. À la demande de Madeleine, Sabourin avait accepté que le repas se prenne chez lui, mais avait grandement hâte que les convives libèrent la place. En particulier, les motards tout mouillés qu'il pouvait encore moins sentir dans son logis que dans son dépanneur et qu'il souffrait de voir prendre leur aise dans son mobilier. Pendant que grand-mère Sabourin pérorait avec le détachement d'infirmières sur les qualités de sa fille, et que les motards tétaient leur boisson gazeuse en discourant sur les facilitantes heures d'ouverture des dépanneurs avec le commerçant et Manuel, Charlemagne et Félix s'étaient mis à jouer au « Trou du cul » sur le plancher du salon avec les trois plus vieux de l'oncle Philippe et Mélodie, alors que William, le benjamin, jouait à cache-cache avec les enfants de Sarah même si Ézékiel se traînait encore sur le plancher. Marie-Jeanne Bellehumeur, qui avait remarqué la présence de la jeune femme aux funérailles, l'invita à s'asseoir dans un coin de la cuisine et lui narra l'enfance de Charlemagne alors qu'elle le gardait souvent. En échange, elle s'attendait à ce que Sarah lui raconte sa vie, mais la couturière manifesta des réticences à révéler son histoire.

Vers la fin du repas des adultes, alors qu'il venait d'être éliminé du jeu, Charlemagne se rendit compte qu'il avait invité Sarah et ses deux petits. Il jeta un coup d'œil sur la table. S'apercevant qu'il restait beaucoup de pointes, il fouilla dans un tiroir du bas des armoires de cuisine.

— Que c'est que tu fais là, Charlot ? l'interrompit Sabourin.

— J'cherche le papier d'emballage.

— Pour que c'est faire ?

— J'veux ramasser tous les sandwiches qui restent et les donner à Sarah pour qu'elle en fasse des provisions.

— Je l'ai déjà vue au dépanneur, c'te gueuse-là. D'habitude, elle est habillée comme une guénillouse. Veux-tu ben me dire c'qu'a fait dans ma maison ? C'est pas Moisson Montréal icitte, mon garçon.

— C'est moi qui décide ! J'vas faire ce que je veux avec mes sandwiches. À part de ça, à l'âge que t'as, ça fait longtemps qu'y sont morts, tes parents, tu peux pas comprendre.

— Ça parle au yable, qui c'est qui est maître dans c'te maison-là, han ?

— Aujourd'hui, ça s'adonne que c'est moi…

Grand-mère Madeleine se précipita vers son mari, qui avait haussé le ton :

— Je t'en prie, Elphège, tu es pire que lui, le rabroua-t-elle. Tu vas encore faire monter ta pression. T'es tout rouge.

Raphaël jugea que le temps était venu de quitter l'appartement des Sabourin. Il regarda à l'extérieur. La température s'était remise au beau :

— La *gang*, on décrisse ! ordonna-t-il.

Le premier, Raphaël remercia l'hôtesse pour le dîner et lui offrit encore ses condoléances. Sauf Grizzly, tous les autres membres de la bande défilèrent aussi devant elle et Charlemagne. Le détachement d'infirmières suivit, garde Du Corps en tête. Manuel jeta un regard sombre vers la chambre où Florence avait trépassé, conscient qu'il n'aurait plus de raisons de mettre les pieds chez son ex-belle-mère qui embrassa tendrement son ange, Mélodie, avant qu'ils partent. Marie-Jeanne Bellehumeur, qui voulait garder contact avec Madeleine Sabourin, s'en retournait avec Bourguignon qui ferait un détour pour l'accommoder. Philippe venait de perdre sa sœur ; il serra sa mère contre lui et sortit avec sa famille en promettant des visites plus fréquentes. Par délicatesse, Sarah décida de s'en aller chez elle, sachant que son petit ami la reverrait un peu plus tard.

Bourru, Sabourin était descendu au dépanneur pour se calmer les nerfs et rouvrir son commerce qui avait déjà essuyé des pertes depuis le début de la journée, faute d'employé. Il enleva la pancarte *Fermé pour cause de mortalité*, déverrouilla la porte, alluma les néons et gagna l'arrière du comptoir. Bientôt, il ne restait plus que Grizzly d'étranger, à qui la mère de la défunte avait fait signe d'attendre :

— J'ai encore un petit service à vous demander, Rodolphe.

— De quoi c'est, madame ?

— Ramener les enfants chez la mère de Félix.

— Avec plaisir, madame !

Chapitre 7

Rue Jeanne-Mance, Félix et Charlemagne délestèrent le réfrigérateur pour se préparer un repas qui tiendrait lieu de brunch. Sonia Bécotte sortit de la salle de bains, drapée dans une robe de chambre mauve, démêlant les cheveux de sa tête rougeâtre avec un peigne de corne édenté.

— Que c'est que vous faites, les gars ? Vous êtes après me dévaliser !

— J'ai une faim de loup, m'man.

— Que c'est qui arrive avec ton ami Charlot ?

— Finalement, j'pense qu'il va habiter ici.

— Tes grands-parents ont besoin de payer, mon Charlot, sinon tu vas r'tourner d'où c'est que tu viens, commenta la mère de Félix.

— J'veux pas que tu me mettes dehors, Sonia. J'en ai assez de ma grand-mère et de mon grand-père, implora l'orphelin de ses grands yeux de biche. C'est pour ça que j'ai pas toujours été fin avec eux autres. Toi, t'es pas ma vraie mère, mais j't'aime presque autant, même si t'es parfois un peu méchante avec ton fils.

— Méchante ! J'ai-tu ben entendu, coudonc ? proféra-t-elle.

La prostituée détourna le regard vers la huche de son buffet, fit quelques pas vers le meuble, se servit une rasade de brandy et se retourna vers son interlocuteur :

— Qu'est-ce que tu veux dire, Charlot? Moi, méchante! Comment ça?

— Des fois, t'es un peu bête avec Félix, pis tu t'en occupes pas beaucoup, je trouve. Florence, elle…

— T'apprendras, mon bonhomme, que j'fais ce que j'peux pour élever mon garçon, coupa la mère, insultée.

Sonia Bécotte se retira dans sa chambre et en referma la porte sans ménagement. Quelques secondes plus tard, elle en ressortit, la tête effarée:

— En tout cas, j'vais faire venir tes grands-parents Sabourin ici même pis on va tirer ça au clair. Une fois pour toutes…

***

Dans les semaines qui suivirent, les relations avec Océane devinrent inexistantes. La jeune fille avait pris ses distances avec Félix qui se morfondait toujours puisqu'il continuait de s'entraîner chez lui avec une ardeur étonnante. Galon à mesurer et calepin en main, Charlemagne notait les progrès quotidiens. Félix était persuadé que ses biceps augmentaient de volume et que, le jour venu, Kiev n'aurait qu'à bien se tenir parce qu'il l'affronterait en combat singulier, s'il le fallait. Sonia Bécotte reprochait à son fils de manger comme un glouton, mais s'enorgueillissait de le voir s'épanouir de si belle façon, convaincue qu'il deviendrait l'Adonis que toutes les jeunes filles s'arracheraient.

Depuis peu, Océane était devenue presque méconnaissable. Elle portait des robes, plutôt que son éternel pantalon défraîchi, et chaussait des escarpins qui la rehaussaient de plusieurs centimètres. Aussi, Charlemagne, qui l'avait croisée de près, avait rapporté à Félix que son ex se beurrait le visage un peu à la manière de Sonia. Et ce qui étonnait davantage chez elle, c'est qu'elle se tenait avec les Bleus alors qu'auparavant, elle recherchait l'isolement.

— Peut-être, mais dis-toi une chose, Charlot: j'ai beaucoup d'argent en banque.

— Oui, mais toi aussi bien que moi, on est arrangés pour pas être capables d'y toucher avant l'âge de dix-huit ans. C'est ce que ma grand-mère m'a dit.

— T'as bien raison, patente à gosse…

***

Pour la première fois, le petit-fils des Sabourin avait eu hâte de revoir son grand-père. Il avait été convenu d'un compromis. À cause de l'école, les deux adolescents passeraient la semaine chez Sonia et séjourneraient pendant le week-end au logis des grands-parents. Charlot serait employé au dépanneur et Félix à la livraison.

Dès qu'elle le vit s'extirper de la coccinelle, l'écornifleuse aux dents croches et au visage étroit prit le téléphone et alerta des commères du voisinage: «Imagine, encore le vieux cochon qui rapplique chez la Bécotte…» Comme elle ne pouvait pas se payer le luxe d'une téléconférence pour transmettre l'information en direct, elle devait se contenter de la répéter en différé. Ce qui la consolait tout de même puisque, à chaque reprise, son plaisir redoublait d'intensité. Avec empressement, Sabourin entreprit de monter à l'étage dans l'espoir de saluer la logeuse qu'il trouverait dans une tenue excitante. Mais, plus rapides, les garçons dévalaient déjà l'escalier en tire-bouchon, forçant le vieux à rebrousser chemin, ce qui le mit en rogne tout le long du trajet.

Sur la devanture du petit magasin, tout semblait comme avant. Tout, sauf une petite annonce appuyée dans un coin: *Livraison gratuite la fin de semaine*, avec le numéro de téléphone. La coccinelle s'immobilisa dans la cour:

— Wow, Charlot, regarde-moi le bicycle à trois roues!

— Super ! Tu vas avoir du *fun* à conduire ça, renchérit Charlemagne.

— Pas si vite, garnements, c'est pas pour le plaisir que j'ai acheté ça. C'est un triporteur, c'est pas juste pour se promener, c'est pour travailler ! précisa le commerçant. D'ailleurs, si vous saviez combien ça m'a coûté, cet engin-là…

Madeleine s'activait derrière le comptoir caisse à servir des clients. La démarche pesante, le gros homme bourru poussa la porte du dépanneur, faisant grelotter la clochette avec une fierté non dissimulée.

— Qu'est-ce que vous en dites, les gars ?

— Bah ! Y a pas grand changement, grand-père.

— À part le comptoir qui a été agrandi, je ne vois pas ce qu'il y a de neuf, monsieur Sabourin ? s'étonna Félix.

— Je vous ferai remarquer, mes amis, que j'ai ajouté une rangée de tablettes, que j'ai grugé de l'espace dans l'arrière-boutique pour placer un frigidaire de plus. Mais pas n'importe quel ! En fait, c'est une pièce réfrigérée comme on en voyait autrefois dans les épiceries pour suspendre les gros morceaux de viande, avec une énorme porte épaisse qui faisait un clac métallique en la refermant. On appelait ça une glacière. Ça va être un endroit spécial pour garder la bière froide. Évidemment, j'ai conservé ma chaise de parterre pour m'étendre de temps en temps. J'ai aussi un étal de fruits et de légumes. Regardez-moi ça, les beaux ananas, mon fruit préféré. En plus, asteure les clients peuvent prendre un chariot au lieu d'un petit panier, s'ils le désirent. C'est pas merveilleux, ça ?

Le commerçant parlait avec animation, transporté par ses changements, comme s'il avait réinventé le concept de dépanneur de quartier. Il aurait aimé lui donner l'allure du magasin général que tenait son père dans les Cantons-de-l'Est, au temps de son enfance. Les jarres de bonbons assortis, la cloche de fromage, la pesée avec sa grande aiguille pour les biscuits en vrac, la corde à magasin qui pendait du plafond et que son père enroulait et nouait autour des paquets enveloppés de papier brun et qu'il cassait sec d'un coup de poignet en faisant une grimace. Il se retourna, fit quelques pas vers la porte qu'il tira en faisant une courbette, et referma aussitôt derrière un client imaginaire. Le tintement inutile de la clochette tapa sur les nerfs de sa femme, qui souffrait d'un acouphène fort désagréable depuis quelque temps :

— Elphège, c'est pas un exemple à donner aux enfants, réprimanda-t-elle. Je sens que j'ai ma journée dans le corps, viens prendre ma place, je vais m'occuper d'eux autres.

La mine presque enjouée, Sabourin accompagna les clients qui venaient de libérer le comptoir en transportant leurs sacs vers la porte.

— Dès demain, la livraison à domicile va commencer. Revenez nous voir.

— Tu trouves pas, Elphège, que tu te rends ridicule ?

— T'es drôle, grand-papa, quand tu veux ! s'esclaffa Charlemagne, qui découvrait un autre aspect de l'homme qu'il connaissait si peu et si mal, au fond.

Madeleine Sabourin fonça tout droit vers l'arrière-boutique et monta au logis avec les jeunes :

— Vous coucherez dans celle-là, leur indiqua-t-elle. L'autre vous est interdite.

Charlemagne leva les yeux vers la porte close de la chambre où Florence avait rendu l'âme. Sa gorge se noua.

— Ah oui, j'oubliais ! J'ai sorti des débarbouillettes pour ce soir. Demain matin, si vous voulez vous doucher, vous prendrez des grandes serviettes dans l'armoire du passage. Je vous conseille de vous coucher de bonne heure parce que demain, ça va être une grosse journée.

Madeleine Sabourin regagna sa chambre et se pressa vers la salle de bains pour faire sa toilette avant ses pensionnaires qui renouaient avec la chambre à débarras.

***

Ce ne fut que trois semaines plus tard que Félix eut les réponses à ses questions. À l'école, ce passage obligé, son compagnon et lui s'ennuyaient, mais le travail du week-end les aidait à survivre et à maintenir leur taux d'absentéisme au plus bas. Océane attirait maintenant l'attention de tous les grands du troisième cycle. Elle se pavanait au bras de Kiev, portait des vêtements griffés et s'attifait de bijoux qui ne lui convenaient pas. « Ton Océane se prend pour un arbre de Noël avec sa robe verte, ses boules et ses guirlandes ! » plaisanta Charlemagne, pour taquiner son ami. « A m'intéresse pus », lui confia sèchement Félix.

***

À la fin de la semaine, l'état de santé de Félix s'était subitement détérioré. Aux aurores, exaspérée d'entendre tousser creux, Sonia Bécotte se leva et s'approcha du lit. Charlemagne dormait, la tête sous l'oreiller. Il avait le sommeil de ceux que le roulis d'un convoi de marchandises ne dérange pas et qu'une répétition de secousses sismiques soumet à un rythme rassurant et bienfaisant. Tout en sueur, Félix se tordait dans ses draps humides, les yeux entrouverts. Dans un élan de compassion, sa mère lui apposa tendrement la main sur la tête :

— Je te l'avais dit que tu serais malade, t'as le front assez chaud pour faire cuire un œuf tourné ! murmura-t-elle.

— Je le sais, m'man ! renifla Félix, les yeux larmoyants.

Sonia sortit de la chambre des jeunes. Quelques minutes plus tard, elle revint avec un bout de papier, du sirop et des comprimés d'aspirine :

— Ouach, c'est méchant !

— J'ai griffonné un petit mot pour dire à Charlot que tu restes couché à matin.

Il fait bon être malade, parfois ! pensa Félix, en regardant s'éloigner sa mère qui refermait doucement la porte de sa chambre.

Au matin, le cadran extirpa Charlemagne de son sommeil. Comme Félix ne remuait pas, il se leva avec son oreiller dans les mains et le lança sur le lit qu'il contourna pour étrangler la sonnerie. Puis, il retourna de son côté pour enfiler ses pantoufles et réalisa qu'on avait laissé un mot sur sa table de chevet, devant la photo de Florence et de Yann qui lui arrachèrent un sourire.

La mère de Félix avait mis un couvert sur la table, chose qu'elle ne faisait que très rarement. L'écolier prit son petit-déjeuner et se prépara pour Le Premier Croissant de Lune.

Charlemagne parti, la mère se retrouvait avec son fils. Sa fibre maternelle s'était transformée en un drôle de sentiment qu'elle ne parvenait pas à s'expliquer. Elle venait de passer la nuit seule, sans la présence d'un mâle dans son lit. Ces derniers temps, sa clientèle l'avait quelque peu délaissée. Devant le miroir ovale de la coiffeuse de sa chambre, elle releva son abondante chevelure colorée. Elle se tourna de profil pour étudier les lignes encore harmonieuses de son corps bien galbé et laissa retomber ses cheveux pour voiler la flétrissure de ses seins. Depuis le temps qu'elle exerçait son métier, elle savait que les années étaient comptées, qu'on ne dépassait pas de beaucoup la quarantaine, qu'une marchandise comme la sienne perdait de la valeur avec le temps. Qu'elle finirait probablement ses jours dans un fond de cour, comme la minoune de Rosaire qui avait échoué derrière l'immeuble. Qu'elle ramasserait de plus en plus du bois mort sur sa couche…

Comme si elle était seule dans son appartement, la travailleuse autonome avança toute nue vers le cabinet de boisson, se servit une rasade de cognac qu'elle avala en grimaçant. Elle pressentait qu'elle allait commettre l'irréparable, mais cela lui ferait du bien. Le fruit de ses entrailles n'aurait qu'à subir la concupiscence d'une mère en manque d'affection. D'habitude, avec ses clients, on la convoitait et elle devenait l'objet de désirs inassouvis. Un contact physique avec un jeune corps fiévreux comblerait le vide des dernières nuits de solitude. Lascivement, elle se glissa sous les draps chauds et chercha de sa main le corps de son fils, s'en approcha. Félix entrouvrit les yeux :

— C'est toi, m'man ?

— Oui, mon Félix ! Ta mère va s'occuper de toi, faut que tu dormes encore…

Après la classe, Charlemagne s'empressa de regagner le logis. Félix dormait dans les limbes de médicaments que sa mère lui avait administrés.

— Pas si fort, la porte ! protesta Sonia Bécotte, un verre à la main.

— Comment, Félix est pas encore réveillé ?

— Non, pis faut que tu dises à ton grand-père de se trouver quelqu'un d'autre pour la livraison en fin de semaine.

— Grizzly, j'vais téléphoner à Grizzly !

— Penses-tu que le gros va se geler le cul en bicycle ?

— Peut-être pas en triporteur, mais avec le *side-car* de Yann…

Avec un peu de réticence, l'ours se rendit à la demande de Charlemagne, mais pour le samedi et le dimanche seulement. La température clémente qu'on annonçait avait pesé dans la balance. De son côté, le commerçant avait évalué que le coût engendré par l'essence d'une motocyclette à trois roues était somme toute négligeable, mais tenait mordicus à payer le gros au salaire minimum, sans plus. Les commandes du vendredi soir seraient différées au lendemain. Le barbu permettrait d'assurer la continuité du service de livraison à domicile, même s'il risquait d'effaroucher la clientèle avec ses allures de fier-à-bras ou d'évadé de prison.

Samedi matin, le *side-car* ronronnait dans la ruelle des logements de la rue Jeanne-Mance. Grizzly attendait que le petit descende. Quelques voisines matinales étendaient leur linge sur la corde en dardant un regard sur l'hurluberlu qui venait de stationner son engin derrière chez la Bécotte. On annonçait du temps séchant. Bientôt, on ne se gèlerait plus les doigts dehors et il n'y aurait que la greluche aux dents croches qui persisterait à fendre l'air et à voir raidir ses vêtements, pour ménager sa sécheuse le plus longtemps possible.

Charlemagne apparut avec un havresac, chaudement habillé, bien boutonné. Sonia Bécotte lui avait recommandé de ne pas s'exposer la falle aux grands vents, parce que le fond de l'air était frais et qu'il risquait l'alitement comme Félix. Grizzly lui tendit un casque qu'il enfonça en souriant, et son souffle répandit aussitôt une buée sur la visière. Le garçon prit place dans le panier en pensant à Yann qui lui ressemblait par sa prestance d'homme lourdaud et à qui l'ours était resté fidèle, d'une certaine façon. Et même s'il appréciait sa présence, il se méfiait encore de ses motivations douteuses.

Partout où le *side-car* circulait, des yeux d'extraterrestres se levaient vers les deux passagers et vers le véhicule lui-même. Le curieux assemblage d'un panier amarré à une motocyclette créait l'impression d'une coquille gracile et fière glissant sur le macadam.

Grizzly stationna le *side-car* devant le dépanneur et ouvrit son blouson de cuir, découvrant son crucifix sur un gilet noir. La vue de la coccinelle de Florence inutilisée et immobilisée dans la cour lui fit regretter un moment sa décision. Il entra, devancé par Charlemagne qui avait accroché son casque et son manteau à une patère, dans l'arrière-boutique. Le long des vitrines, une rangée de commandes attendait d'être livrée. Le matin même, une cliente avait rappelé pour qu'on la satisfasse de bonne heure, parce qu'elle ne pouvait déjeuner sans les céréales de son qui l'empêchaient de constiper, auquel cas elle en tiendrait le dépanneur responsable.

Madeleine Sabourin était contente de voir arriver le livreur pour dégager le plancher en avant du magasin. Autant que possible, elle avait regroupé les boîtes par secteur, en essayant de respecter l'ordre des appels :

— N'oubliez pas, Rodolphe, de dire aux clients que Félix est malade et qu'il devrait être de retour la semaine prochaine.

Pour se donner une contenance, l'ours fit rouler son crucifix entre ses gros doigts. Voyant que l'homme s'était un peu froissé, elle ajouta :

— Prends-le pas personnel, Grizzly, fit-elle sur un ton devenu familier. C'est pas parce que c'est toi. Les gens se sont habitués à Félix, c'est tout.

Le commerçant s'était rendu de bon matin à son dépanneur de la Rive-Sud et avait exigé que sa femme transmette l'information au livreur. « J'aurais aimé que tu lui dises toi-même, Elphège, lui avait-elle mentionné. D'ailleurs, j'aimerais que tu sois là plus souvent, ça serait plus simple. »

Comme si cela faisait exprès, le téléphone n'avait pas dérougi de la journée. Les commandes affluaient et ne laissaient que peu de répit au commis et au livreur. Le motocycliste avait dîné sur le pouce, entre deux livraisons. En après-midi, à chaque retour au commerce, il regardait l'alignement des boîtes en poussant un soupir de découragement. Par orgueil ou simplement parce qu'il s'y était engagé, il s'acquitta de sa tâche jusqu'à la dernière commande, même si l'heure du souper était dépassée.

Le livreur s'était exténué à l'ouvrage. Des marches à escalader ou à descendre et peu de temps pour se reposer avaient eu raison de lui. Par politesse, la patronne lui avait proposé de coucher au logis. Quitte à se lever plus tôt le dimanche matin, il préféra rentrer chez lui pour recharger ses batteries et se faire frictionner par Angela, qui lui replacerait la charpente pour mieux affronter son autre journée de travail.

L'homme d'affaires était lui aussi revenu à plat de la Rive-Sud. La chemise détachée et le front en sueur, il repoussa le reste de son assiette et refusa de prendre le dessert que sa femme lui présenta, aimant mieux s'absorber dans la comptabilité. Charlot, lui, avait décidé de reporter sa visite chez Sarah. Il était couché dans la chambre à débarras et dormait dans les bras de Morphée :

— C'est possible, Madeleine, c'est tout à fait possible ! s'exclama Sabourin, en déposant avec fracas sa tasse de café.

— Chut, Elphège, le p'tit ! Qu'est-ce que tu veux dire, au juste ?

— Regarde, les chiffres parlent d'eux-mêmes. Avec l'argent de la vente de mon commerce de la Rive-Sud, j'achèterais la bâtisse à côté, pis j'agrandirais le dépanneur.

Malgré la fatigue de la journée, le visage de Madeleine Sabourin s'illumina :

— Tu penses vraiment qu'on arriverait ?

— Je me suis renseigné sur la valeur de l'immeuble voisin. C'est sûr qu'on pourrait obtenir un bon cash avec la vente. J'en ai parlé à mon comptable. Penses-y, Madeleine, un superdépanneur avec un logement qui rapporterait au-dessus…

— Un superdépanneur, ça suppose des employés de plus, tu as dû y songer ?

— Ben sûr. D'abord, je serais là tout le temps et…

— Et tu travaillerais tout le temps… C'est bien ça qui m'inquiète le plus. À ton âge, Elphège, tu crois pas que tu pourrais relâcher un peu au lieu de réaliser des rêves de jeunesse ?

— C'est bon de faire des projets à tout âge, Madeleine.

— En tout cas, je ne suis pas sûre que c'est une bonne idée ; on en reparlera. À l'heure qu'il est rendu, il faut aller se coucher.

Le dimanche matin, Grizzly s'était levé tout courbaturé et de mauvaise humeur. Le traitement d'Angela lui avait procuré un soulagement appréciable, mais la nuit n'avait pas éliminé toutes les séquelles de la veille. De plus, il avait manqué sa messe du dimanche si chère à son cœur de croyant et n'avait pu passer le temps espéré avec Matisse, son chambreur, étudiant à l'École nationale de théâtre. Charlemagne descendit au commerce vers les neuf heures, un peu avant l'arrivée de Grizzly, qui grogna contre la décision de la patronne de l'avoir demandé pour une heure si matinale.

— Tu peux classer des bouteilles vides ou m'aider à placer le stock sur les tablettes en attendant les commandes, si tu veux, lui proposa Charlemagne.

— C'est pas toi qui vas me dire quoi faire à matin ! protesta l'ours.

— C'est pas ça, Grizzly. Tandis que t'es là, tu pourrais te rendre utile…

Madeleine Sabourin, qui faisait le tri dans les étals de fruits et de légumes, avait perçu ces dernières paroles. Elle avait trouvé que son petit-fils était doté d'un bon discernement dans sa répartie ; il ne s'en laissait pas imposer par l'employé substitut, qui semblait avoir les deux pieds dans la même bottine. Les ambitions d'Elphège la tracassaient. Cependant, l'idée de le savoir près d'elle la réjouissait, persuadée que son mari entreprenant se départirait de Juliette, son indispensable collaboratrice.

Le premier client à faire tinter la cloche ce matin-là fut Alex, le *chum* de Sarah. Il entra en coup de vent :

— Charlot est-tu là ? lança-t-il à la cantonade.

— Qu'est-ce que je peux faire pour vous, jeune homme ? demanda la patronne.

— J'ai une bonne nouvelle à annoncer à Charlot !

Le jeune employé, qui avait entendu son nom, surgit d'une allée en courant.

— Sarah a accouché cette nuit.

— Elle a eu son bébé ! s'exclama Charlemagne, des sourires dans les yeux en apercevant Alex.

— C'est une fille !

Madeleine Sabourin achevait d'inventorier les produits périssables dans les étals. Elle reconnut le client qui venait de jaillir puisqu'elle l'avait aperçu quelques fois dans son commerce. L'ours, qui avait opté pour le fastidieux classement des bouteilles de bière dans les caisses en avant du magasin, saisit avec grand intérêt quelques bribes de la conversation. Il détailla le conjoint de Sarah qui lui parut agréable avec sa belle carrure, ses cheveux noir jais et sa barbe non rasée qui lui donnaient un air racé.

Avec émotion, Alex expliqua en long et en large les détails de l'accouchement auquel il avait assisté. Sa mère s'occuperait de la maisonnée. Il ajouta qu'il s'était récemment déniché un emploi assez payant, ce qui permettrait à Sarah de cesser sa couture, du moins le temps de ses relevailles. Ensuite, il parcourut les allées et déposa une brassée de produits sur le comptoir devant Madeleine Sabourin, qui s'était empressée de retourner à son poste.

— C'est mon cadeau, déclara Charlemagne, en sortant son porte-monnaie pour s'acquitter du montant après l'emballage.

— J'ai l'argent pour payer, rétorqua orgueilleusement Alex.

— Non, non ! insista Charlemagne.

— Bon, j'accepte, conclut Alex en prenant le sac de provisions. Tu viendras nous voir.

— À bientôt !

***

Au cours de la semaine suivante, l'épicier avait brassé pas mal d'affaires. Son commerce de la Rive-Sud était à vendre et il avait fait une seconde offre d'achat pour la bâtisse attenante à son dépanneur. Depuis quelques années, les recettes du restaurant d'à côté n'avaient cessé de péricliter au profit de celui d'en face, qui lui faisait une impitoyable concurrence. Contrairement à ce qu'il avait pressenti, le propriétaire – qui l'avait vu venir avec ses gros sabots – lui avait fait comprendre qu'il ne pourrait acquérir les lieux pour une bouchée de pain, attendu que l'édifice était situé dans un secteur stratégique qui prenait de la valeur. Sabourin avait allégué que l'immeuble s'en allait à vau-l'eau, que le rez-de-chaussée nécessitait des réparations majeures et que le toit devait être refait.

Vers la mi-décembre, le contrat pour l'achat de la bâtisse signé, le commerçant plaça un petit écriteau portant l'inscription : *Agrandir pour mieux vous servir*. Puis il s'empressa de pulvériser le contenu de canettes de crème à barbe dans les vitrines de la façade, avant d'entreprendre lui-même le démantèlement du restaurant désuet que l'immeuble abritait. Il régnait encore des relents de vieux mégots et de friture. L'ancien propriétaire avait liquidé l'équipement de la cuisine et laissé le champ libre aux fantaisies architecturales de l'acquéreur. Opportuniste, Sabourin avait décidé de s'adjoindre les services de Grizzly, qui serait efficace pour les gros travaux de démolition et pour le *rough* seulement. « On rase, Grizzly ! » avait lâché Sabourin, dans une charge énergique pour l'inauguration des travaux. De sa patte griffée, l'ours arracha le comptoir, les tables en stratifié, les banquettes en similicuir et l'effroyable tapis maculé de ketchup, de moutarde, de mayonnaise et de sauce, et dont on avait jusqu'à oublié la couleur originale. À ramasser tous les fragments de salami, de saucisses, de viande fumée, de pain grillé et de miettes de gâteaux, on pouvait pratiquement reconstituer le menu qui avait fait les délices de la clientèle. Presque tout avait pris le bord du conteneur qui barrait le trottoir. Les demi-cloisons servant à créer de l'intimité dans la salle à manger défaites, l'ours s'attaqua avec acharnement à une division portante au moment où Sabourin, émergeant des toilettes, fit irruption sur le chantier pour empêcher que le logement du deuxième ne leur tombe dessus. Le mur de soutènement sauvé des ruines, il ne restait plus qu'à décoller l'affreuse tapisserie lignée jaune et verte – à laquelle il manquait déjà des lambeaux – et à déclouer les planches bouvetées qu'elle surmontait.

Le maître d'œuvre commençait tôt en matinée. Il se levait en même temps que sa conjointe avec qui il déjeunait en vitesse, et descendait avec son lunch et son thermos de café à la main. Avant l'heure d'ouverture du dépanneur, Madeleine en profitait pour prendre connaissance de la progression des travaux. Jusqu'alors, on respectait l'échéancier prévu et on entrevoyait l'inauguration du superdépanneur quelque part au début du printemps, peut-être plus tôt.

Bien que l'ours nécessitât une constante surveillance, la contribution de Rodolphe s'avérait indispensable. Bizarrement, selon la loi, il était jugé inapte au travail, à cause d'un fâcheux accident de motocyclette qui lui avait conféré un statut officiel d'impotent. Le commerçant profitait donc de son inaptitude au travail et le payait en dessous de la table. Sans être exorbitant, le salaire qu'il lui versait excédait le double de celui qu'il lui avait accordé comme livreur. Il le trouvait un peu dur de comprenure, mais en fin de compte, l'argent qu'il lui permettait d'économiser valait son pesant d'or.

Sur le chantier, de temps à autre, Sabourin enlevait ses lunettes, qu'il tenait d'une main par une branche, et abaissait le regard vers le plan déroulé sur un tabouret rescapé du défunt restaurant. Là, il décrivait à Grizzly les étapes subséquentes. L'ours grognait en signe d'approbation et se remettait à l'ouvrage, en se crachant dans les mains puis en les frottant ensemble. Le contremaître travaillait avec beaucoup d'ardeur, malgré les douleurs qu'il ressentait de plus en plus fréquemment à la poitrine, ce qui l'obligeait parfois à ralentir le rythme. Le malaise passé, il reprenait le collier. En général, il ne s'accordait qu'une pause de dix minutes au milieu d'une demi-journée et s'arrêtait pour un dîner qui n'en comportait guère plus de vingt.

Trois soirs par semaine, il se rendait à son autre dépanneur, pour voir si tout se déroulait parfaitement et pour profiter de la compagnie de Juliette. D'ailleurs, semblait-il, l'employée ne voulait pas rester sur la Rive-Sud et s'était montrée hautement intéressée à «faire le *move*», mais à certaines conditions. Sabourin lui avait alors promis de l'avancement dans son nouveau commerce de la rue Ontario, quitte à tasser un peu Madeleine, qu'il trouvait moins efficace et surtout moins jolie… Entre-temps, personne ne pouvait être considéré comme acheteur potentiel sérieux du dépanneur à vendre. Selon Juliette, un quidam avait demandé à parler au patron. Elle lui donna le numéro de téléphone de Sabourin, qui déposa le marteau pour entendre une offre composée d'une somme ridicule. De plus, selon ses généreuses estimations, le commerce ne valait pas davantage et il pourrait certainement en dénicher un à meilleur compte, dans un secteur plus propice au négoce.

***

La veille de Noël, le ciel avait saupoudré une fine poussière blanche sur le sol. Le mercure s'était contracté sous la barre du zéro. Sonia Bécotte avait décliné une invitation du côté de Rosaire, chez Prosper Poitras. Déjà à moitié soûle à la fin de l'après-midi, elle comptait demeurer au logis et oublier les festivités. Cependant, Félix ne l'entendait pas ainsi. Dans un élan de prodigalité que son mari avait tenté de réprimer, Madeleine Sabourin avait invité la travailleuse autonome et son fils pour accompagner Charlemagne. À ses yeux, c'était une façon de lui témoigner de la gratitude pour s'être occupée de son petit-fils. Aussi, plusieurs autres convives seraient de la fête comme si tout était orchestré pour faire plaisir, du moins l'espérait-elle, au fils de Florence, qui n'était plus le même petit bonhomme détestable qu'elle avait connu. Par contre, elle s'était opposée à la venue de Juliette qui, selon elle, n'avait rien à faire dans le décor. Sabourin avait protesté et obtenu gain de cause, en déclarant qu'il lui manifestait ainsi de la reconnaissance pour les heures supplémentaires des dernières semaines et que, de toute façon, sa femme devrait s'habituer à sa présence dans le superdépanneur.

La patronne avait commandé un buffet qui serait servi dans la partie nouvelle jouxtant le dépanneur étant donné l'espace disponible. Il était hors de question d'envahir le logis et de s'entasser comme des sardines, comme après les funérailles. Par pure ladrerie, Sabourin maintenait le chauffage à son minimum dans la rallonge, au désespoir de sa femme qui tempêtait pour l'établir à un niveau plus acceptable. Deux jours auparavant, avec l'aide de Grizzly, Charlemagne et Félix avaient installé une longue table et décoré un sapin. On avait orné les panneaux de gypse fraîchement posés et non peints de banderoles et de glaçons scintillants. De la musique de circonstance émanait d'un poste montréalais. On avait fermé le dépanneur à 18 h et on ne prévoyait pas rouvrir avant le début de l'après-midi le lendemain. Tout était en place pour que la fête commence.

Après le train, Philippe, fils de Madeleine et frère de Florence, était arrivé avec Laurence et les enfants. En dépit de son cafard, Sonia Bécotte avait consenti à se rendre rue Ontario avec les deux jeunes. Grizzly et Angela les prendraient à bord de la jeep de Yann en passant. Matisse était en vacances dans sa Gaspésie natale et ne serait donc pas du nombre. Marie-Jeanne Bellehumeur et son mari seraient aussi de la partie, de même que Manuel Bourguignon et sa fille Mélodie, que Madeleine Sabourin affectionnait particulièrement et qu'elle n'avait pas revue depuis les funérailles de Florence. À tout ce beau monde se joignaient Sarah, Alex et leurs trois enfants, dont la petite Annabelle. Charlemagne avait manifesté le désir de les voir et sa grand-mère ne s'était pas fait prier pour accéder à sa demande, puisqu'il parlait d'une manière touchante de la famille sauvée des eaux par on ne savait quel miracle. En fait, Alex avait suivi une thérapie pour mari violent dans un CLSC, son nouvel emploi lui plaisait et la patronne du dépanneur l'avait en estime.

Avant la fin du repas, leur morceau de bûche englouti, les plus jeunes coururent dans la grande pièce en attendant le dépouillement du sapin. Lorsqu'enfin les adultes eurent avalé leur dessert, l'hôtesse entreprit la distribution des cadeaux. Il y en avait pour tous les enfants. Félix et Charlemagne s'étaient cotisés pour offrir des jouets à Ézékiel et Jérémie. Les présents avaient été remis. Grizzly s'approcha de Sarah qui tenait le bébé dans ses bras. Tous avaient les yeux rivés sur la scène et se demandaient quel geste le gros barbu au crucifix s'apprêtait à poser. Le commerçant s'alluma un cigare et exhala une épaisse fumée vers le plafond. De l'intérieur de sa veste, l'ours sortit une petite boîte emballée qu'il tendit à la jeune mère en regardant Alex avec concupiscence :

— C'est pour Annabelle.

— Merci, Grizzly, ce n'était pas nécessaire.

Sarah déballa la boîte et l'ouvrit délicatement.

— Des petites pattes pour ma fille, comme c'est gentil, Grizzly !

— C'est moi qui les ai tricotées.

L'ours rougit dans sa barbe touffue et se retira dans un coin. À l'époque de son accident de motocyclette, Rodolphe travaillait pour une industrie textile qui fabriquait des couvertures. Dans la touffeur de l'usine, des bouchons dans les oreilles, il fournissait les métiers à tisser de fuseaux de laine et veillait à relier les fils cassés. Dans ses temps libres, en cachette, le lourdaud tricotait des pantoufles et des foulards en Phentex. Il tenait cette habileté de sa mère, une remarquable dentellière qui lui avait enseigné le tricot, notamment pendant ses périodes de convalescence à la maison, alors que la petite nature se remettait des nombreuses maladies infantiles contractées.

Bourguignon avait fait remarquer à Marie-Jeanne Bellehumeur que le fils de Florence et de Yann semblait évoluer dans le bon sens. La nounou de Charlemagne regrettait maintenant ses paroles, elle qui avait diagnostiqué, comme tant d'autres, de la mauvaise graine. Sonia Bécotte, qui avait picoré dans son assiette quelques craquelins tartinés d'une mousse de crabe, valsait gaiement la coupe à la main, retenue par les bras de Sabourin, qui jetait son dévolu sur les attraits irrésistibles de son aguichante partenaire. Quant à elle, Madeleine Sabourin surveillait les circonvolutions de son mari, qu'elle préférait voir avec une dépravée plutôt qu'avec la recrue de la Rive-Sud.

La musique jouait toujours à la radio. Les adultes bavardaient agréablement et les plus jeunes s'amusaient entre eux ou avec leurs joujoux. Demeurée seule sur la piste de danse, Sonia Bécotte s'arrêta de valser, chancela jusqu'à épouser l'angle du mât du Stade olympique et entonna le célèbre *Petit papa Noël.* Ne pouvant tolérer la scène grotesque qui se déroulait sous les yeux des enfants, Madeleine Sabourin se précipita vers elle pour la faire taire, mais pris de honte, Félix la devança.

— Va t'asseoir, m'man!

— Vous avez vu mon fils comme il est beau! Il est encore plus désirable quand…

— Tais-toi, m'man! la rembarra Félix, ne comprenant pas l'allusion biscornue de sa mère qui outrepassait les bornes du bon sens commun.

Mme Sabourin et Félix ne parvenant pas à contenir la buveuse, Alex et Grizzly la soulevèrent en la saisissant par les bras et la remorquèrent vers le vestiaire d'occasion, une tige métallique suspendue au plafond à laquelle tous les manteaux avaient été accrochés. Réalisant qu'on l'invitait à se retirer, Sonia Bécotte empoigna son léopard et quitta la place. Charlemagne, Félix, Grizzly et Angela la suivirent et la ramenèrent rue Jeanne-Mance sous l'œil indigné de Marie-Jeanne Bellehumeur, qui se mit à douter de l'éducation qu'une telle dévoyée pouvait inculquer aux jeunes.

Chapitre 8

Trois mois plus tard, Elphège Sabourin entrevoyait la fin des travaux d'agrandissement de son dépanneur. En janvier, il avait embauché une espèce de pataud qui se disait menuisier de formation, mais qui travaillait mal comme s'il n'avait jamais scié une planche ni planté un clou droit. Invariablement, M. Décari arrivait en retard sur le chantier le matin, et le commerçant dut le congédier en piquant une crise de nerfs qui se répercuta de l'autre côté du mur mitoyen et que sa femme entendit avec frayeur. Les travaux furent alors suspendus pendant deux jours.

Sabourin maugréait contre tout et rien, bousculait tout sur son passage, et son humeur devint insupportable. Il cherchait toujours preneur pour son dépanneur de la Rive-Sud et avait consenti, sous l'habile recommandation de Juliette, à inscrire *Prix réduit* sur la pancarte. Certes, il perdrait des milliers de dollars, sans compter que le montant emprunté pour la réalisation de son rêve s'absorbait comme de l'eau dans une éponge. Il fallait vendre le plus rapidement possible !

— Tu devrais réengager Grizzly, lui proposa sa femme.

— Tu penses ?

— Pourquoi pas ? Rodolphe est travaillant. Je suis certaine qu'il est en mesure d'effectuer des travaux de finition. Rappelle-toi, au réveillon de Noël, le cadeau qu'il a offert à la petite Annabelle. Il l'a confectionné de ses propres mains.

La patronne avait compris que, sous des dehors de rustaud, Rodolphe était capable de raffinement. Avec le temps, il s'était forgé une carapace pour être admis dans un groupe composé de durs à cuire. Au fond, il avait connu une existence difficile et cherchait à se faire accepter par son entourage. Sabourin téléphona à l'ours et les travaux reprirent le jour même.

Une semaine avant la date d'ouverture, les deux ouvriers défonçaient le mur médian dans un fracas apocalyptique. Ce jour-là, Alex se présenta au dépanneur de la rue Ontario dans un état d'accablement mental désolant. Madeleine Sabourin, qui voyait fréquemment le conjoint de Sarah, perçut que quelque chose n'allait pas :

— Il y a un enfant de malade à la maison ? demanda-t-elle d'une voix forte, parce que le bruit de démolition l'enterrait.

— Non, j'ai perdu mon emploi. La compagnie a fermé ses portes à cause de la concurrence. On m'avait promis de la stabilité, j'avais un bon salaire, c'est fini !

La commerçante, qui connaissait bien la situation sociofamiliale de son client pour en avoir entendu parler par Charlemagne et Félix, s'arrêta, pensive :

— Ça tombe bien, Alex. On a reçu beaucoup de CV et personne n'a été engagé encore. Sauf peut-être la Juliette à qui Elphège a promis mer et monde. Écoute, j'en parle à mon mari aujourd'hui sans faute. Dans le moment, comme tu vois, Elphège et Grizzly s'apprêtent à traverser.

— Ça m'intéresse, madame Sabourin.

— Tu serais commis de plancher, c'est-à-dire que tu recevrais la marchandise, la placerais sur les tablettes et m'aiderais à l'emballage à la caisse, au besoin. Reviens me voir demain, d'ici là j'aurai le temps d'en glisser un mot à Elphège.

Le reste de la journée, les deux ouvriers s'employèrent à élargir l'échancrure qu'ils avaient pratiquée dans le mur mitoyen. En dépit des précautions prises pour restreindre la dispersion de la poussière, le grand remue-ménage provoqua des nuages de fines particules qui recouvrirent bientôt les produits sur les tablettes. Dès lors, la patronne recommanda à ses clients de laver les fruits et les légumes deux fois plutôt qu'une, alléguant qu'on était dans le pire de l'ouvrage et qu'en revanche, on bénéficierait bientôt d'un bel emplacement.

À la fin de sa journée, le patron était complètement fourbu, mais heureux. Une sorte de smog épais attribuable au Placoplâtre s'était déposé sur ses verres, qu'il essuya avec sa queue de chemise en regardant fièrement sa conjointe à travers un grand rideau de plastique. La barbe et les cheveux blanchis de Grizzly lui conféraient un air de père Noël qui lui convenait fort bien.

— Je me sens comme le mineur qui vient de creuser son tunnel et qui arrive à l'air libre, Madeleine, formula le patron.

— C'est en plein ça! approuva Grizzly.

— Au stade où vous êtes rendus, c'est le début de la fin, Elphège. Mais là, à l'heure qu'il est, vous pourriez arrêter pour souper, ça n'a pas de bon sens. Ah oui, j'oubliais, Alex est venu…

Le téléphone se fit entendre. La patronne décrocha l'appareil et, l'air agacé, le transmit à son mari: c'était Juliette. Elle avait cette fois, semble-t-il, rencontré la perle rare d'acheteur qui souhaitait le rencontrer dans la demi-heure au commerce même.

— Un monsieur intéressé m'attend. Il faut que je parte, s'énerva le commerçant.

— Secoue-toi un peu, au moins, t'es pas présentable. Tu peux avaler un sous-marin en route, lui dit-elle en se dirigeant vers un comptoir réfrigéré qui offrait des produits prêts-à-manger.

Elle revint avec une de ces baguettes enrobées de cellophane qui contient quelque troublant amalgame de denrées périssables et dont il faut se méfier de la date de péremption.

Grizzly aida Sabourin à revêtir son manteau, qu'il garda entrouvert. Le vieux s'apprêtait à passer la porte du dépanneur quand sa femme l'interpella ; il se retourna. Elle brandit le sous-marin et il l'enfouit négligemment dans sa poche comme il l'aurait fait pour un vulgaire Kleenex.

— Pour l'amour, Elphège, habille-toi comme du monde, tu vas attraper ton coup de mort.

— Après l'inauguration, lança-t-il sur un ton gouailleur, comme s'il provoquait son destin.

— Fais pas de farce plate, vieux fou !

Une main solidement agrippée au volant, le commerçant engouffra le tiers de son sous-marin. Il avait la désagréable sensation d'ingurgiter une couleuvre adulte qui lui glissait de force dans l'estomac. Le serpent au sang froid lui obstruait la gorge et lui tombait sur le cœur. *Dire qu'on vend ça, c'te cochonnerie-là !* songea le vieil homme.

Le pont Jacques-Cartier franchi, Sabourin ressentit des nausées qui l'obligèrent à s'arrêter en bordure du boulevard Taschereau, où il vomit la portion de reptile engagée dans son système digestif. Il se rinça la bouche avec l'eau d'une bouteille qui stagnait entre les sièges avant d'expectorer d'énormes graillons. Il expira dans sa main et réalisa que son haleine fétide pourrait faire échec à ses négociations. Exsangue, il nettoya ses dentiers avec le liquide qui restait, et repartit.

Malgré le temps d'attente imposé par le contretemps, l'éventuel acheteur semblait très disposé.

— Je m'excuse du retard, monsieur..., fit-il à l'endroit du personnage falot qui se tenait près de Juliette.

— ... Rouleau, Roger Rouleau.

— La *business* vous intéresse, monsieur Rouleau ?

— Juliette... euh... Mme Labrèche, m'a donné pas mal d'informations sur le roulement du dépanneur, la clientèle, etc.

Une dame pressée entra et s'adressa à Juliette qui se distança des deux hommes pour lui indiquer dans quelle rangée se trouvait l'article recherché. La mine pâlotte, le regard vitreux, Sabourin s'appuya sur le comptoir caisse. Pour créer une illusion de prospérité – un cliché heureusement révolu qu'il tenait du temps où son père faisait des affaires d'or –, il s'alluma un cigare. Rouleau se montra très intéressé par la transaction, mais tiqua sur le prix. Il lui offrit 25 000 $ de moins que le prix déjà réduit.

— Juliette ne vous a pas parlé du prix que je demandais ? Je croyais que vous étiez favorable...

— C'est ça, pas une cenne de plus ! trancha Rouleau.

— J'ai déjà baissé mon prix, se défendit Sabourin, le visage crispé par la proposition et par ses douloureuses entrailles.

— Bon, dans ces conditions-là, dégotez-vous un autre acheteur, monsieur Sabourin !

Affaibli comme s'il venait d'affronter, le ventre creux, un gladiateur dans une arène, l'homme d'affaires ne trouva pas la force de réagir et repartit.

— Y a-tu toujours l'air d'un mourant comme ça, ton *boss* ? s'informa Rouleau.

— Le vieux bouc avait l'air particulièrement vanné.

— Penses-tu qu'on va l'avoir, le bonhomme, Juliette ?

— Le fruit est presque mûr, Roger. Je t'avais dit qu'on l'aurait à l'usure. Asteure, j'te gage ma chemise que ce sera pas une traînerie.

— Ta chemise, ma Juliette, je la prendrais à n'importe quel prix.

***

Les mercredi, jeudi et vendredi de la semaine de l'inauguration, après l'école, une pluie de dépliants furent semés à pleine volée dans les environs comme les confettis neigeant sur des mariés. Deux à deux, Alex et Charlemagne ainsi que Grizzly et Félix distribuèrent les prospectus publicitaires dans le quartier et même un peu au-delà. Pour le commerçant, les dépenses engendrées par un tel déploiement étaient inférieures à celles qu'on exigeait à la poste. Le jour, Alex – dorénavant employé au commerce grâce aux recommandations de l'épouse du propriétaire – et Grizzly s'affairaient à bouger les étalages dans l'ancienne partie pour l'harmoniser avec l'agrandissement. Sous la baguette de Sabourin, les nouvelles installations et le réaménagement des lieux seraient complétés à temps pour samedi.

Au début de la semaine, n'en pouvant plus de supporter le poids de l'attente et celui de l'incertitude, les nerfs de Sabourin avaient flanché. Sous l'impulsion du moment, il avait consenti à vendre au rabais. La transaction était imminente : sous peu, Roger Rouleau serait le propriétaire du second commerce. Selon les clauses de l'entente, pour une période donnée, Juliette se joindrait à l'équipe du superdépanneur et, le reste du temps, ferait profiter Rouleau de son expertise, à raison de trois jours par semaine. Après, la rapportée serait libre de retraverser le fleuve.

Le grand jour enfin arrivé, on bloqua l'accès au magasin, en attendant l'ouverture officielle à 9 h. Seulement quelques invités, dont certains étaient hués, se frayaient une entaille parmi les clients réguliers et parmi des passants massés sur le trottoir près de la porte. Au logis, Madeleine Sabourin ajustait la cravate de son mari qui n'en finissait plus d'éponger son front luisant de nervosité. En bas, même si elle n'en avait pas le titre, Juliette prenait des airs de gérante en sillonnant les allées. C'était sa première journée de travail rue Ontario. La veille, Sabourin l'avait présentée à sa femme, qui l'avait toisée d'un regard de méfiance comme celle qui venait jouer dans ses plates-bandes.

Le marchand avait demandé à Charlemagne de le prévenir lorsque les dignitaires seraient tous présents. À 11 h 15, Sabourin quitta solennellement son logis et descendit les marches comme la vedette attendue à sa descente d'avion à l'aéroport. L'homme d'affaires s'entoura de messieurs cravatés qui gravitaient autour de la mairesse de l'arrondissement, Mme Odile Huppé. La première magistrate prononça un petit discours de circonstance, dont quelques extraits devaient être rapportés ultérieurement dans l'hebdomadaire local, *Le Maisonneuve*. Sabourin procéda à la coupe du ruban sous l'œil de Paul-Émile Journault, photographe du périodique, un escogriffe à grandes lunettes dont les yeux globuleux roulaient sans arrêt comme ceux d'une grenouille apeurée, à l'affût de tout ce qui bouge. Ensuite, toute l'équipe du superdépanneur – qui s'était malhonnêtement gonflée pour l'occasion avec la participation de Grizzly, Angela et Matisse – souriait à l'appareil photo. Une microbrasserie récemment établie un peu plus loin sur Ontario accepta de commanditer l'événement. Bière à la main, on circula dans les allées pour apprécier les charmes du commerce dans lequel Sabourin avait englouti une somme faramineuse.

Vers 12 h, l'homme d'affaires s'étonna devant la flopée incroyable de personnes qui s'étaient agglutinées devant son commerce et qui semblaient tout à coup s'animer. Jusque-là, on avait réussi à contenir la foule, et la présence de Grizzly braqué devant la porte y était sans doute pour quelque chose. Paul-Émile Journault, qui était retourné dehors pour quelques interviews, fit signe à Grizzly de le faire entrer. L'ours refusa. Le journaliste déposa son appareil et son calepin de notes, et se mit à secouer la porte comme le prisonnier qui tente d'ébranler la grille de sa cellule. Excédé, de crainte qu'on défonce la devanture de son établissement, Sabourin intima à Grizzly l'ordre d'ouvrir. Soulagé, Journault entra et s'approcha du propriétaire :

— Si j'ai un conseil à vous donner, monsieur Sabourin, faites sortir les dignitaires au plus tôt. Il y a de la grogne, le ton monte à l'extérieur.

Le journaliste du *Maisonneuve* expliqua que la mairesse Odile Huppé était devenue impopulaire à cause de ses propos mesquins – largement diffusés dans la presse montréalaise – sur le petit peuple qui l'avait pourtant élue pour le représenter. Elle avait créé toute une commotion en traitant les résidents du quartier « d'incultes bâtards et de mangeurs de poutines » parce qu'ils s'opposaient à son projet de bibliothèque.

— Vous pensez que…, s'étonna le commerçant.

— C'est la cohue sur le trottoir. Ça pourrait tourner mal. Alors, si vous voulez minimiser les dégâts…

Sabourin ne savait plus à quel saint se vouer. Il oscillait entre son groupe et la porte avant, et commençait à souhaiter que les dignitaires déguerpissent. Pour éviter un affrontement avec la mairesse, il retourna en catastrophe vers ses invités et leur exposa la situation de désordre qui régnait. Dans un état de surexcitation qui frisait la transe, il leur demanda de s'esquiver par l'arrière-boutique et de s'échapper par la ruelle. Soudain, on entendit un bruit fracassant de vitrine qui éclaboussait en mille morceaux. Madeleine Sabourin cria au malheur. Son mari accourut vers la façade et, constatant les débris, ordonna à Grizzly de déverrouiller les portes de l'établissement pour laisser entrer les consommateurs, qui se ruèrent sur les soldes d'ouverture. Heureusement, les manifestants s'étaient dispersés dans les rues. La police s'amena sur les lieux. Le journaliste du *Maisonneuve* était comblé. L'incident ferait la une et on s'arracherait sa feuille de chou comme des petits pains chauds.

Le calme était revenu au dépanneur et Sabourin respirait d'aise. Charlemagne et Félix avaient rapidement distribué un sac de litière à chacun des vingt-cinq premiers clients à se présenter au comptoir caisse. L'annonce parue sur les dépliants précisait pourtant que les cent premiers consommateurs bénéficieraient d'un cadeau-surprise. «C'est de la publicité trompeuse, Elphège», lui avait fait remarquer sa femme, scandalisée. Ce à quoi il avait rétorqué que «personne ne s'en apercevrait» et que «l'on ne bâtit pas une réputation de prospérité avec des prières et de l'eau bénite».

Pendant l'après-midi bourdonnant, il se produisit un incident en apparence anodin, mais qui se révélerait un élément de preuve en fin de soirée. Sur le plancher, Alex, Juliette et Charlemagne ne fournissaient pas à répondre à toutes les demandes des clients. Certains produits en solde disparaissaient à un rythme effarant. Un consommateur s'adressa à Charlemagne pour qu'il déniche, à l'aide de son petit escabeau, la dernière boîte de petits pois numéro 2 qui se moquait de tout le monde sur la tablette du haut et que personne n'avait cherché à déloger. Charlemagne grimpa, mais sans succès. Comme Juliette s'adonnait à passer, il l'intercepta.

— Tiens l'escabeau, Charlot, le pria-t-elle.

— Certainement!

Le jeune commis s'approcha et empoigna solidement les montants du petit escalier portatif, le menton pointant vers le haut. L'employée monta en dévoilant ce qui lui tenait lieu de sous-vêtement. Malgré lui, les yeux de Charlemagne explorèrent les dessous de sa robe: un morceau de tissu fleuri à frise dentelée lui servait de petite culotte. Juliette redescendit avec la boîte espérée, qu'elle remit au client satisfait.

En fin de journée, le commerçant venait de raccrocher le téléphone. Il avait réussi à obtenir de la mairesse Huppé qu'une surveillance policière soit assurée à son établissement par une patrouille de nuit. Après sa journée éprouvante, le tablier encore noué autour de la taille, Sabourin songea à regagner son logis, mais préféra s'allonger sur la chaise longue repliée dans un coin de l'arrière-boutique en attendant que ses forces reviennent. À plusieurs reprises, il avait ressenti une vive douleur à la poitrine et au bras gauche qui l'avait fait grimacer, malaise qu'il avait attribué au surmenage, au stress des dernières semaines et aux événements de la journée. Cependant, il n'en avait rien laissé paraître et se contenta de se retirer à l'arrière du magasin pour se reposer.

À cette heure, Charlemagne ne prenait plus les commandes et Félix était revenu de sa dernière livraison. Recru de fatigue, Grizzly était rentré pour se faire frotter par Angela et pour assister à la messe dominicale dans sa paroisse. Heureux de son nouvel emploi providentiel, Alex avait retrouvé sa petite famille. Les jambes enflées à cause de ses heures de piétinement incessant et d'un mal de reins, Madeleine était passée au deuxième. Elle était montée tard parce que Juliette collait au plancher et qu'elle avait attendu son départ. Bref, il ne restait plus que le propriétaire dans son royaume.

Avant de regagner son logis, la patronne avait éteint la moitié des néons qui projetaient maintenant une lumière blafarde, un éclairage artificiel qui donne le teint vert et qui procure au corps l'apparence d'un fantôme. Quittant son grabat après un court repos, le commerçant voulut embrasser du regard son fameux superdépanneur. Puis, les mains sur les hanches, avec une moue de grande désolation, l'homme d'affaires se mit à détailler la devanture de son commerce et la bâche qu'Alex et Grizzly avaient installée, à la suite de l'incident déplorable d'un groupuscule d'activistes. Soudain, valise au poing, quelqu'un se présenta à la porte : c'était Juliette.

Avec vulgarité, elle tira la langue en faisant mine de lécher la vitrine. Sabourin saisit tout de suite le sens de son attitude inconvenante et cela lui plut. Sur le coup, il amorça le geste de déverrouiller, mais se retint pour ne pas secouer la clochette. Avec son doigt, il dessina des boucles dans les airs. L'employée comprit qu'elle devait faire un détour par l'arrière.

Une fois à l'intérieur, la blonde de Roger Rouleau glissa jusqu'à Sabourin :

— Qu'est-ce que t'en dirais, Elphège, si je squattais l'arrière-boutique pour la nuit ? minauda-t-elle.

— Tu veux dire que tu coucherais dans le magasin ?

— Ni plus ni moins... Ça m'éviterait un aller-retour inutile sur la Rive-Sud.

— D'après ce que je peux voir, t'avais planifié ton affaire...

— Pourquoi pas ?

— Si jamais Madeleine apprenait ça...

— Voyons, mon gros loup, c'est évident que t'as besoin de te détendre avant de dormir à côté de ta bonne femme.

— Peut-être ben !

— Laisse-toi aller... De toute façon, ta Madeleine avait mal aux rognons puis elle doit penser que je suis partie, puisqu'elle a attendu que je quitte pour monter. D'ailleurs, elle a pas l'air de m'aimer beaucoup, ta madame...

Soudain, le vieil homme eut un regain d'énergie, comme s'il avait avalé une boîte de Viagra, et jeta un regard de convoitise vers son employée. Toutes les conditions semblaient réunies pour qu'il bénéficie des services collatéraux que lui offrait la jeune femme. Elle déposa sa valise à côté de la chaise longue et dénoua le tablier qu'il avait remis après le départ des dignitaires. Elle le lança négligemment au sol et abaissa lentement la braguette de son partenaire. Le petit membre viril prit de l'ampleur. Elle détacha le pantalon, l'invitant à s'étendre sur la chaise de jardin, et se libéra de sa petite culotte fleurie. Jambes écartées, pour un arrimage parfait, elle positionna son bassin au-dessus du mâle excité, releva sa robe puis descendit son sexe lubrifié sur le gland de l'homme, avec la précision du bras canadien dans l'espace.

— Tu as encore du pouvoir, mon gros loup. Tu fais de l'*overtime.*

— Un peu d'exercice avant de dormir, ça fait pas mourir…

La figure rouge comme un feu de circulation, avec toute la force qu'il pouvait déployer, l'amant poussa une séquence de râlements irréguliers.

Pétrifiée, Juliette se souleva et se dégagea de la chaise longue. L'agonisant éjacula une goulée de sperme, exhala un énorme soupir et expira un long souffle : ce fut le dernier. Une éruption de lave spermatique avait émergé d'un volcan désormais éteint, semblablement à l'homme qui venait de trépasser dans un ultime effort. Le visage maintenant hâve, la bouche ouverte, les yeux révulsés, le sexagénaire avait rendu l'âme dans un moment de jouissance orgasmique. Une mort dans la félicité, sans souffrance.

Affolée et soudainement assaillie par un sarcasme morbide, Juliette se précipita vers les étals de fruits et de légumes, et saisit un gros ananas Cayenne par la touffe. Sabourin l'avait instruite de son faible pour le fruit si juteux à maturité. Il lui attribuait des vertus aphrodisiaques inégalées. Obsédée par la vue sinistre de son amant, et encore ébranlée par le coït interrompu, elle retourna au cadavre ; dans un geste symbolique qu'elle s'expliquera plus tard avec l'aide de son thérapeute, elle déposa l'ananas sur le membre flasque du défunt. Oubliant son dessous féminin, elle agrippa sa valise et s'enfuit par la porte de l'arrière-boutique à l'insu des policiers qui assuraient une surveillance dans le quartier.

Une bonne demi-heure plus tard, Madeleine s'inquiéta. Elle se souvenait clairement d'avoir vu la Juliette passer la porte. Félix dormait à poings fermés. Son petit-fils venait de sortir de la salle de bains, en pyjama.

— Charlemagne, grand-maman aimerait que tu lui rendes un petit service avant de te coucher.

— Quoi, grand-maman? questionna-t-il, réprimant un long bâillement.

— Elphège doit compter l'argent de la caisse, mais je trouve que ça lui prend beaucoup de temps. Irais-tu voir?

Les paupières amidonnées, il tira vers lui la porte du logement qu'il laissa entrouverte pour diminuer l'effet de la noirceur dans la cage d'escalier. Se tenant à la rampe, Charlemagne descendit mollement au commerce. Dans la demi-obscurité de l'arrière-boutique, il progressa à tâtons et buta contre la chaise de jardin. Il devina la silhouette de l'homme immobile. *Oh! Grand-papa a préféré se reposer ici*, réfléchit-il. Comme il s'apprêtait à faire demi-tour et à remonter au logis, son pied emboutit un vêtement qui traînait sur le sol et le fit trébucher. Il se releva, le prit dans ses mains: c'était le tablier du commerçant. Son œil s'habituait peu à peu à la demi-noirceur. À un mètre devant lui, un autre morceau de tissu jonchait le plancher. Il le ramassa, s'avança vers la cage d'escalier et l'exposa à la lumière qui provenait du deuxième étage. *On dirait des bobettes de femme*, pensa-t-il, en songeant aux petits dessous que Sonia Bécotte faisait sécher sur la barre du rideau de douche et qui subjuguaient Félix avant de se mettre au lit. Il alluma la lumière de la pièce. De toute évidence, le vêtement tapissé de fleurs appartenait à Juliette, dont il avait exploré le sous-bois alors qu'elle était grimpée dans l'escabeau l'après-midi même. Intrigué, il le fourra dans le fond de sa poche de pyjama. Il en parlerait assurément à Félix dès le lendemain.

Avant d'éteindre, de sonder la porte de l'arrière-boutique et de remonter pour se coucher, il fut assailli d'un doute. Curieusement, son grand-père n'avait pas réagi. Il se retourna et l'aperçut allongé sur le dos, inerte, le visage extatique et cet énorme fruit à l'écorce coriace trônant sur la verge du sexagénaire.

***

Pendant trois jours, la femme du marchand se tritura les méninges pour tenter de comprendre ce qui avait pu se produire. Au moins, l'homme d'affaires avait connu son heure de gloire avec l'inauguration de son superdépanneur. Plusieurs fois, elle s'enfonça dans un lacis inextricable d'explications et finit par conclure que son homme avait eu le temps de toucher la cime de son rêve avant de trépasser. En souffrant d'un quelconque malaise au ventre, il avait vraisemblablement détaché son pantalon et posé entre ses jambes son fruit préféré. Sans doute avait-il l'intention de l'entamer pour le déjeuner du dimanche. Plusieurs questions demeurèrent sans réponse, mais chose certaine, Madeleine Sabourin se rappela textuellement avec émotion les paroles récentes de son mari lorsqu'elle lui avait recommandé de se vêtir chaudement: «Pour l'amour, Elphège, habille-toi comme du monde, tu vas attraper ton coup de mort.» Ce à quoi il avait rétorqué: «Après l'inauguration!»

En se levant le dimanche matin, Charlemagne avait confié à Félix – qui n'avait d'ailleurs pas été dérangé dans son sommeil par le triste événement – qu'il en savait plus long sur les derniers moments de la vie de son grand-père que ce que sa grand-mère en avait raconté. Il lui dévoila l'existence de l'objet circonstanciel dont il connaissait hors de tout doute raisonnable la propriétaire. Comme quoi la Juliette pourrait assurément les informer davantage.

— Tu devrais en parler à ta grand-mère, Charlot.

— Peut-être bien, on verra. Pour le moment, ça reste entre toi et moi. Promis ?

— Juré craché !

À son arrivée au commerce, Juliette affichait une mine grimacière. Rouleau lui avait conseillé de jouer la comédie. « Mets-toi à ma place, lui avait-elle dit, j'ai fait l'amour avec un cadavre puis je dois faire semblant que je le sais pas ! »

Charlemagne aperçut l'employée près des étals de fruits. Elle éliminait les poires les plus meurtries en se mordillant l'intérieur des joues, s'efforçant de ne pas regarder les ananas. Il s'en approcha, la main dans sa poche, prêt à en extirper la culotte fleurie comme on sort un lapin d'un chapeau, mais se ravisa. Un certain sens de la réserve lui conseilla d'attendre un moment plus propice pour la confondre. Il se contenta de lui apprendre crûment la mauvaise nouvelle :

— Le patron est mort !

— Quoi ?

— Hier soir, j'ai trouvé mon grand-père étendu dans sa chaise de toile dans l'arrière-boutique : il ne bougeait plus.

— Mon Dieu ! s'exclama-t-elle en se mettant la main sur la bouche, pour feindre la surprise et pour démontrer sa sensibilité au drame.

Les jours suivants, Juliette Labrèche retourna au commerce de la Rive-Sud, comme convenu. La veuve Sabourin confia la gérance du commerce à Alex, pendant qu'elle vaquait aux nombreuses formalités relatives à la disparition d'un être cher. Du reste, le *chum* de Sarah s'en tirait fort bien et semblait tout à fait dans son élément. Victime du succès tant convoité par son défunt propriétaire, Madeleine Sabourin dut envisager des livraisons en semaine, réclamées par les consommateurs. Elle embaucha Grizzly et, avec l'accord de Charlemagne, lui permit de prendre la coccinelle de Florence léguée à son fils. Avec le temps, les clients s'habitueraient à la mine sympathique du gros nounours qui ne pouvait pas faire de mal à une mouche, à moins qu'on le provoque. Aussi, entre les commandes, il pourrait remplir les tablettes.

Au fond de sa poche, Charlemagne traînait toujours la pièce à conviction. Il avait le sentiment qu'elle surgirait d'elle-même au moment jugé opportun. C'est pour cela qu'il se présenta au salon funéraire chaque jour, dans l'espoir d'y rencontrer Juliette qui ne retournerait au superdépanneur qu'en fin de semaine, selon l'horaire établi. En revenant de l'école, il s'arrêta au Fairmount Bagel avec Félix et sauta dans le métro pour se rendre chez Sarah. De bonne heure après le souper, il s'achemina chez sa grand-mère qui les amènerait ensuite au salon.

La veille des funérailles, à la demande de la patronne, le dépanneur avait fermé à 20 h, pour permettre aux deux employés à temps plein de rendre un dernier hommage au regretté disparu. Au Salon Sanschagrin, d'immenses bouquets de fleurs odorantes embaumaient l'atmosphère de leur parfum funèbre. Derrière le cercueil du commerçant, on avait accroché une large banderole suspendue d'un mur à l'autre avec l'inscription *Superdépanneur Sabourin*. Dans la bière elle-même, sanglée par son tablier, la main droite du défunt se cramponnait fermement à la chevelure de l'ananas trouvé sur le corps. Alors que Charlemagne, Félix, Alex, Grizzly et même Manuel Bourguignon entouraient affectueusement la veuve près de la dépouille, Juliette Labrèche et Roger Rouleau apparurent, l'air faussement affligé :

— Condoléances, madame Sabourin ! firent-ils.

— Merci, j'apprécie. Dites donc, Juliette, je croyais que vous n'étiez qu'une simple intermédiaire dans la transaction ?

— Juliette est une vieille connaissance à moi, concéda Rouleau.

La remarque de l'acheteur déplut souverainement à la commerçante, qui eut l'impression qu'on avait berné son défunt mari; un arrière-goût de connivence lui enserra la gorge:

— Pauvre Elphège! Il a trimé dur toute sa vie pour se faire du capital. Il a gagné son argent. Mais le coffre-fort ne suit pas le corbillard, c'est bien connu, badina-t-elle d'un rire jaune. Dire qu'il est mort dans son commerce, allongé sur sa chaise de jardin dans l'arrière-boutique, son fruit préféré dans l'entrejambe…

— C'est ce qui fait dire à Juliette que le pauvre homme a connu une belle fin, rappela Roger Rouleau.

— D'une certaine manière, ajouta la commerçante.

— Tandis que nous sommes là, enchaîna Juliette, Roger et moi avions une proposition à vous faire. Vous êtes encore secouée par les événements, j'en conviens. C'est peut-être un peu trop tôt pour en parler, mais si vous cherchez un acheteur pour votre commerce…

— Je n'ai pas l'idée d'abandonner, Juliette.

— Pensez-y, la charge de travail est lourde pour une femme seule, renchérit Rouleau.

— Justement, je ne suis pas seule, je suis bien entourée par Alex, Grizzly, mon petit-fils, Félix et… vous, Juliette. Non, pas pour l'instant, sinon j'aurais l'impression de trahir la volonté d'Elphège et je m'en voudrais jusqu'à la fin de mes jours.

Voyant qu'ils n'arriveraient pas à convaincre la patronne de se départir de son commerce aussi facilement, Rouleau tenta une diversion que sa comparse jugea malhabile:

— Vous ne trouvez pas un peu bizarre l'ananas dans le cercueil?

— Elphège avait ses passions. Le goût de l'ananas en était une. Il fumait le cigare et aimait les femmes chaudes…, répartit platement la commerçante, en regardant l'employée dont les yeux gauchirent vers la dépouille.

— J'ai trouvé ça à terre à côté de grand-papa, intervint Charlemagne, en extirpant la culotte de sa poche.

— Qu'est-ce que c'est que ce torchon? s'indigna Madeleine Sabourin.

— C'te guenille-là appartient à ton employée, grand-m'man!

— Comment peux-tu en être certain?

— Parce que samedi, au cours de la journée, Juliette était grimpée dans l'escabeau et j'ai vu… Le soir, quand tu m'as demandé de descendre pour voir ce que faisait grand-papa, j'ai ramassé cette bobette-là.

— Vicieux, t'as ben menti! s'insurgea Juliette, qui attira inévitablement tous les regards. La veuve arracha brutalement le vêtement de la main de son petit-fils, le chiffonna et le projeta au visage écarlate de son employée.

— Vous croyez ce jeune morveux, madame. Il raconte n'importe quoi. Rappelez-vous, madame Sabourin, vous avez attendu que je parte avant de monter à votre logis, voyons donc…

— Justement, plaida Charlemagne, j'ai vérifié si la porte de l'arrière-boutique était barrée. Elle l'était pas. Vous étiez tout simplement sortie par là pour vous enfuir après la mort de mon grand-père…

Statufiée, à court d'arguments, Juliette quitta promptement le Salon Sanschagrin avec Roger Rouleau. La veuve se retourna vers le défunt et lui jeta un regard dédaigneux, chargé de reproches et d'indignation. Compatissant, Alex enveloppa sa patronne de ses longs bras. Sur le coup, Madeleine Sabourin pleura abondamment. À tel point que Charlemagne se reprocha d'avoir tout déclaré. Cependant, dès le lendemain des funérailles, son torrent de larmes s'était asséché. *Jamais, plus jamais un autre homme dans ma vie!* pleurnicha-t-elle, en se débarrassant de son dernier mouchoir de peine.

***

Après le départ précipité du désormais peu regretté Elphège Sabourin, le superdépanneur connut une nouvelle prospérité. La veuve menait avec intelligence et efficacité le commerce dont elle avait hérité. Roger Rouleau et Juliette Labrèche – qui avait été remplacée par Manuel Bourguignon – s'évanouirent dans le paysage et tentèrent de réaliser d'autres escroqueries. Malgré les nombreuses heures de travail, rue Ontario, Alex filait le parfait bonheur et Sarah s'épanouissait dans son rôle de mère avec ses trois enfants à la maison.

Rue Jeanne-Mance, le quotidien avec la mère de Félix n'était cependant pas très rose. Elle consommait encore plus d'alcool que de thé à la bergamote, dont elle faisait pourtant un usage abondant. Elle accédait parfois à de violentes colères, à preuve son ensemble de huit couverts dont pas un morceau n'avait survécu sans une écorchure, obligeant à le prendre avec précaution pour éviter les blessures. En peu de temps, Sonia Bécotte avait réduit au quart sa clientèle et songeait à prendre sa retraite de prostituée et à se recycler dans le télémarketing, car on lui avait fait remarquer qu'elle avait « la voix chaude et l'approche client ». En semaine, ses deux jeunes à charge se réfugiaient plus fréquemment chez l'ours, qui les accueillait chaleureusement dans son gymnase privé quand il ne pouvait pas consacrer plus de temps à son chambreur, Matisse.

Chapitre 9

La prostituée vacillait dans la cuisine en déshabillé vaporeux. Une tasse ébréchée de tisane fumante entre le pouce et l'index, elle essayait d'atténuer les effluves de l'alcool. Un client insatisfait et impuissant venait de quitter sa chambre et de lui lancer une maigre rétribution au visage. Comme la boule de billard étourdie cognée par la queue du joueur malhabile, elle se heurtait aux obstacles qui entravaient sa course avant de s'immobiliser quelque part.

Tout le voisinage savait que Sonia Bécotte gagnait son ciel de curieuse manière et que les temps étaient durs pour la femme de mauvaise vie. Elle élevait seule deux adolescents qui venaient d'entrer au secondaire. D'abord Félix, son enfant, un apollon très convoité dans le quartier. Puis Charlemagne, un orphelin dont le père s'était immolé dans son fauteuil roulant pour de mystérieuses raisons, et dont la mère était morte d'une forme galopante de cancer.

Félix Poitras et Charlemagne Lamontagne connaissaient les sautes d'humeur de l'alcoolique et son habitude de biberonner à toute heure du jour. Malgré le tapage qui sévissait dans la cuisine, ils s'étaient endormis comme des loirs perclus de fatigue, après des exercices de musculation chez Grizzly.

C'était un vendredi soir. À 23 h tapant, l'esprit embrumé par une soudaine gaieté paillarde, Sonia Bécotte progressa tant bien que mal vers la chambre des jeunes. Brusquement, elle alluma la lumière, écarta les deux pans de son déshabillé :

— Y a plus personne qui veut de mon corps ! Comprenez-vous pourquoi ? proféra-t-elle comme une déchaînée.

Les adolescents se réveillèrent en sursaut, le cœur battant, et se redressèrent dans leur lit.

— M'man, es-tu folle ? se récria Félix, honteux de l'attitude de sa mère.

Il se leva et s'avança vers elle pour la cacher à son camarade. Réalisant qu'elle avait peut-être dépassé les bornes, elle fut envahie d'une certaine pudeur et referma les pans de son vêtement. Puis, elle se mit à déverser un flot de larmes qui sillonnèrent son maquillage épais et se porta les mains au visage. Son fils la conduisit à sa chambre. Elle s'épongea avec une poignée de papiers-mouchoirs et se laissa choir sur son lit.

Le lendemain matin, comme à l'accoutumée, Grizzly attendait dans la ruelle avec la coccinelle. L'ours demeurant à proximité, cela évitait aux deux jeunes – qui ne travaillaient plus que le samedi et le dimanche – de se rendre au travail par le transport en commun. L'ancienne voiture de Florence servait également de véhicule de livraison pour le dépanneur Sabourin, propriété de la grand-mère maternelle de Charlemagne. Assis sur la banquette arrière de l'auto, ils s'entretenaient à voix basse de l'incident de la dernière nuit, ne sachant trop quelle portée lui attribuer.

— Parlez plus fort, les gars, ça m'a l'air mauditement intéressant ce que vous murmurez là !

— Oh, c'est juste ma mère qui capote avec son avenir. A voudrait pogner comme avant, pis ça marche pas, expliqua le fils de la travailleuse autonome du sexe.

La conversation était tombée à plat. On arrivait au dépanneur, rue Ontario ; la vue du mât majestueux du Stade olympique écorchant les nuages l'indiquait.

Ce matin-là, Alex se présenta au commerce de fort bonne humeur. Madeleine Limoges – qui avait repris son nom de fille, mais qui tolérait qu'on l'appelle Mme Sabourin avec un léger agacement – avait rassemblé autour d'elle tous les employés :

— Qu'est-ce qui se passe aujourd'hui ? s'enquit Charlemagne.

— Il s'avère que je ne suis plus la patronne.

— Comment ça ? réagit Félix.

— Parce que depuis hier soir, je ne suis plus la propriétaire de l'établissement. J'ai vendu à Alex : c'est votre nouveau patron. Moi, je ne suis qu'une employée au même titre que vous.

— Est-ce qu'on peut vous appeler patronne quand même, madame Sabourin ? s'inquiéta l'ours.

— Patronne, oui, si ça te fait plaisir, mon Rodolphe ; mais je ne m'appelle plus Mme Sabourin : c'est Madeleine Limoges à présent.

Voilà deux jours, la veuve avait pris conseil de son bonnet de nuit, de sorte que, la veille au soir, elle était passée chez le notaire pour effectuer la transaction. Grâce aux assurances d'Elphège, pour éviter à Alex de payer des mensualités exorbitantes, elle avait prêté une bonne partie de la somme sans intérêt. Madeleine désirait aider Alex et Sarah à s'établir. Son fils Philippe n'en saurait jamais rien. De toute façon, il se tenait loin des affaires de sa mère et n'avait jamais été attiré par le commerce.

Les mois s'écoulèrent. Alex dirigeait le superdépanneur d'une main de maître, très compréhensif à l'égard de ses employés, ne leur refusant aucune permission, ce qui, toutefois, était assez rare. Madeleine Limoges s'absentait quelquefois. Comme elle avait remis les rênes à Alex, elle s'accordait des journées de congé bien légitimes. Depuis la mort de son mari, elle respirait. Elle avait adopté la petite famille et la visitait souvent. À l'occasion, elle gardait les petits, prenait simplement un café avec Sarah ou faisait des courses. Grizzly aimait son boulot et se sentait maintenant indispensable au succès de l'entreprise. Les clients adoraient le gros barbu et ses manières un peu rustres et lui pardonnaient facilement ses indélicatesses. Sur la rue, on reconnaissait la coccinelle orange et les résidents du quartier le saluaient volontiers. Bourguignon avait complètement délaissé l'enseignement et ses ingrates suppléances à gauche et à droite sur le territoire de la Commission scolaire. Il avait définitivement tourné la page de l'enseignement. Durant ses temps libres, il se consacrait à la littérature et à ses délirantes périodes d'écriture. Au travail, Charlemagne et Félix avaient retrouvé un semblant de cellule familiale reconstituée, et leurs études au secondaire leur méritaient des résultats plus qu'acceptables. À l'appartement, Sonia Bécotte s'enfonçait dans ses déboires de femme esseulée et ne s'accordait plus que de courts moments de lucidité dans une journée.

Le nouveau patron était très attentionné avec ses clients et espérait répondre le plus possible à leurs besoins de consommateurs, et ce, à des prix ne défiant pas toute concurrence, mais jugés raisonnables. Le dépanneur Sabourin était bien enraciné dans le voisinage et supplantait graduellement les commerces du genre qui tentaient de s'arroger leur part du gâteau. Les affaires prospéraient tellement bien qu'Alex comptait s'installer, début juillet, dans le logement au-dessus de la nouvelle partie, au détriment du locataire qui contesta son éviction devant la Régie du loyer. Ce dernier arguait que «l'on ne transplantait pas un vieil arbre» et qu'il préférait périr dans son environnement, quitte à passer à la tronçonneuse.

En attendant, un nouveau dépanneur venait de voir le jour de l'autre côté de la rue, dans un ancien commerce de chaussures accolé au restaurant d'en face. Le commerçant avait ramassé ses cliques et ses claques et décidé de tenter sa chance dans un quartier moins défavorisé. Le propriétaire du dépanneur, un quinquagénaire au visage rubicond et aux oreilles en chou-fleur, venait de mettre un terme à sa carrière de lutteur professionnel et voulait faire fructifier son avoir en s'exposant à la concurrence. Le redoutable Bouboule avait appris à combattre dans la vie. Mauvais perdant, il était prêt à vendre son âme au diable pour réussir en affaires.

Or, dans les premiers jours de mai de cette année, deux hommes de main se présentèrent un dimanche soir, quelques minutes avant la fermeture. Alex venait d'éteindre la moitié des lumières et s'apprêtait à verrouiller la porte de la façade.

— Tu fermes ben de bonne heure, le proprio…, dit l'un, en poussant effrontément la porte.

— Quand on est en affaires, il faut satisfaire la clientèle, renchérit l'autre, sur un ton insolent.

— Je vous ferai remarquer, messieurs, qu'il est passé 11 h et que le dépanneur est fermé, rétorqua Alex. Vous reviendrez demain : on ouvre à 8 h.

— Ça prend du manger à chien, reprit le premier, sur un ton insistant. Sinon, il risque de japper toute la nuit pis on va t'en tenir responsable.

— Allez donc voir de l'autre côté de la rue, au dépanneur Chez Bouboule.

— Dommage, il nous a dit qu'il a écoulé son stock en fin de semaine, riposta le second.

— Bon, arrête de nous niaiser, s'impatienta le premier, l'air menaçant. Laisse-nous rentrer un petit deux minutes, pis on te fiche la paix.

Alex capitula. Les deux hommes lui intimèrent l'ordre de le précéder dans l'arrière-boutique et de s'en tenir à leur demande s'il voulait garder toutes ses dents. L'un d'eux s'écrasa dans la chaise longue de Sabourin et l'autre s'appuya sur un tabouret :

— Écoute-moé ben, le kid, recommanda-t-il en s'allumant une cigarette. On est venus te proposer un service de surveillance, jour et nuit. On sait que la police est pas très efficace. Elle est tellement occupée à régler des chicanes de couple pis à ramasser des jeunes drogués dans le quartier qu'elle a pas le temps de protéger les commerces.

— Quand j'aurai besoin de chiens de garde, je vous ferai signe, riposta le propriétaire.

— Le kid nous insulte en plus ! railla le second, en prenant Alex par le collet.

— Partez ou j'appelle la police !

— Écoute-moé ben, le proprio. Il faut que tu comprennes que c'est pas pantoute à ton avantage. Veux-tu qu'on te donne une petite démonstration de ce qui peut arriver dans ton beau grand magasin ? poursuivit le premier, qui serra le collet d'Alex en faisant un quart de tour avec son poignet.

— Qu'est-ce que vous attendez de moi exactement ? émit Alex, d'une voix étouffée.

— Chaque dimanche soir, à l'heure de la fermeture, on va venir te voir pour réclamer notre paye. Oublie pas qu'on travaille pour toé à partir d'asteure…

— Combien voulez-vous ?

— 100 $ par semaine chacun.

— Chacun ? Ça n'a pas de bon sens ! Vous voulez ma perte ou quoi ? J'ai trois enfants, puis ma femme reste à la maison.

— Dis-toé que 100$, c'est pas cher pour des professionnels, renchérit l'autre, relâchant le collet d'Alex. Pis compte-toé chanceux qu'on pige pas une avance dans ton dépôt de nuit, acheva-t-il, la lèvre tordue.

Atterré, Alex attendit que les deux hommes retraversent le seuil du magasin. Puis, il quitta l'immeuble en les regardant s'éloigner dans une voiture rouge.

***

Pendant toute la semaine qui suivit, Alex fila un bien mauvais coton. Il appréhendait l'arrivée du dimanche soir à la fermeture et ses obligations imprévues. Bien évidemment, il gardait le secret sur cette histoire d'extorsion. Pour ajouter à ses tracas, il remarqua un achalandage étonnant au dépanneur d'en face pour un commerce récemment ouvert. Il avait l'impression que ses affaires glissaient subitement sur une pente savonneuse. À la maison, Sarah avait observé que son conjoint affichait une mine inquiète qui ne lui était pas familière et qu'il s'impatientait plus facilement avec les enfants : un rien l'irritait. Au travail, il s'efforçait de n'en rien laisser paraître. Par contre, la veuve de Sabourin subodorait quelque tourment. Elle avait évité d'en parler à Sarah parce que, comme Alex, elle avait réalisé que ça fourmillait au dépanneur de l'autre côté de la rue.

Il n'était pas tard en ce samedi matin pluvieux. Alex voulut en savoir plus long sur les bonnes affaires du concurrent. Ainsi, pendant une période creuse de l'avant-midi, il fit signe à Charlemagne de le suivre dans l'arrière-boutique. Il lui expliqua que le dépanneur Chez Bouboule se livrait à une compétition déloyale et lui demanda de faire une petite enquête :

— Tu vas traverser de l'autre bord et noter le prix de certains produits, mon Charlot.

— C'est pas malhonnête, ça ?

— Qu'est-ce que t'en penses ?

— J'sais pas, moi !

— Pas pantoute ! T'es libre d'accepter. Dis-le si tu veux pas, je vais demander à Félix.

— Non, non, c'est correct.

Le patron sortit de la poche de sa chemise un calepin et un crayon, et les remit à Charlemagne. Il avait déjà consigné dans une liste un certain nombre de denrées pour lesquelles il avait noté le prix dans une colonne. Son commissionnaire devait écrire celui du compétiteur dans une seconde, de façon à pouvoir comparer.

— Fais ça discrètement, là !

— Ça paraîtrait mieux si j'achetais quelque chose, suggéra Charlemagne.

— T'as pas mal de jarnigoine, toi ! le félicita Alex, en lui frottant la chevelure.

Il lui remit un billet de cinq dollars, qu'il sortit de son portefeuille aplati comme une crêpe. Son commis décrocha la casquette de la patère et fonça vers le dépanneur concurrent.

La façade étroite du commerce occupait un espace très réduit sur la rue Ontario. Les trois étages de l'immeuble enserrés par les bâtisses voisines donnaient l'impression de reposer par enchantement sur de frêles vitrines. En revanche, la surface de plancher se prolongeait vers l'arrière par deux rallonges consécutives. Charlemagne y pénétra comme on entre dans une rame de métro, avec la sensation de devoir passer d'un wagon à un autre par un petit étranglement. On se bousculait presque dans les deux allées encombrées par des empilages de caisses de bière, des étalages de bouteilles de vin et par des empaquetages de boissons gazeuses. Aucun fruit ni légume. Sur les tablettes, on offrait une grande variété de croustilles et d'amuse-gueule. Dans le deuxième agrandissement, des assoiffés du sexe de tous âges stagnaient devant des présentoirs regorgeant de vidéos. Tout au fond, une cabine identifiée par XXX permettait de visionner des films pornos, par laquelle on pénétrait en écartant un soyeux rideau noir. Près de l'unique comptoir caisse, un étalage de chocolat et de bonbons assortis était savamment placé, pour attiser la gourmandise des enfants et de quelques obèses en manque de sucre. Derrière le comptoir tapissé de passeports de rêve de Loto-Québec, Bouboule souriait de ses deux crocs entre lesquels il sifflait quelques mots de remerciements à chacun de ses clients. Une grande perche habillée d'une jupette guère plus longue qu'un tutu, les trois quarts du visage voilé par une chevelure tombante qu'elle tentait de raccrocher derrière ses oreilles, enfouissait compulsivement les achats dans des sacs.

Calepin et crayon en main, le petit commis consigna le prix de la plupart des produits de la liste. Certains ne s'y trouvaient pas, probablement parce qu'ils ne répondaient pas aux besoins des clients. Alors qu'il louvoyait dans une rangée, un groupe de trois bandeaux rouges qu'il ne reconnut pas s'arrêtèrent à sa hauteur. Avec un sourire narquois, l'un d'eux se retourna vers lui :

— Pauvre 'tit garçon à sa moman, ça y prend une liste…

L'émissaire ne réagit pas. Il se contenta de replonger la casquette dans son calepin et d'y inscrire le prix des sacs de crottes au fromage, ce qui précipita néanmoins la fin de son incursion dans le nouveau dépanneur. Lorsqu'il passa tête baissée devant la caisse, la malingre Kathleen donna un coup de coude dans les côtes de son patron, qui leva les yeux vers lui et l'apostropha :

— Wooohhh ! Faut payer avant de sortir, le ti-cul !

L'employé du dépanneur Sabourin s'immobilisa en mettant le calepin dans ses poches.

— *You have to pay, young man!* renchérit l'assistante, avec une voix de crécelle.

— J'ai rien acheté, se défendit Charlemagne.

— Ben non, tu l'as piqué!

Le courtaud au visage rubicond abandonna la caisse à Kathleen, qui continua à servir les clients qui patientaient en ligne:

— Qu'est-ce que t'as mis dans tes poches?

— Mon carnet!

— Donne-moé ça! exigea l'ancien lutteur professionnel.

Le gros homme feuilleta le calepin et comprit, malgré son coefficient intellectuel très inférieur à la moyenne, que Charlemagne venait du dépanneur Sabourin et qu'il était venu pour comparer les prix. Offusqué, il lança le livret par terre et retourna à son poste. Le commissionnaire ramassa son carnet et retraversa la rue Ontario.

Nerveux, Alex l'attendait dans l'arrière-boutique:

— Puis?

— J'ai fait mon possible, soupira Charlemagne, remettant le billet de 5 $.

Le messager transmit ses observations, son passage obligé au comptoir caisse et son humiliation devant des clients qui se réjouissaient de la capture d'un voleur.

Le reste du week-end avait été à l'image de ce samedi matin décevant où Manuel replaçait inutilement les mêmes boîtes de conserve. Au lieu de se tourner les pouces, Félix classait les bouteilles vides. Le téléphone ne résonnait presque plus. Pendant ses livraisons, Grizzly jasait plus que d'habitude avec les clientes, pour étirer le temps. Plus que d'autres, la veuve Sabourin s'inquiétait: le dépanneur Chez Bouboule leur rentrait vraiment dans le corps! Subtilement, elle jetait un œil de l'autre côté de la rue et réalisait que le concurrent avait bénéficié d'un transfert de clientèle qui allait en s'accroissant au fil des semaines. Elle avait reconnu d'anciennes ménagères satisfaites qui avaient changé leur fusil d'épaule. Ce n'était plus une simple question de soldes d'ouverture. En regardant les étals de fruits et de légumes, elle souffrait de voir croupir les denrées périssables. De son vivant, Elphège n'aurait décidément pas supporté la vue des ananas défraîchis.

L'air accablé, Alex – qui se réfugiait de plus en plus fréquemment dans l'arrière-boutique pour ruminer de sombres pensées sur l'avenir du dépanneur Sabourin et sur son éventuel déménagement – consulta la veuve avant de remettre la paye à ses employés:

— Qu'est-ce que vous feriez à ma place, Madeleine?

— Je vais être bien franche avec toi, Alex. Pour le moment, je pense qu'on doit mettre à pied deux employés. Du moins, temporairement. C'est drastique, mais nécessaire.

— Je ne pensais jamais être obligé, se désola-t-il.

— En affaires, il faut savoir s'adapter, formula-t-elle, sur un ton empreint de gravité. C'est un monde impitoyable où seuls les plus coriaces persévèrent et réussissent.

— Pensez-vous que j'ai la trempe pour y parvenir?

— C'est certain, sinon je ne t'aurais pas vendu pour le plaisir de te donner en pâture aux loups.

Alex se redressa, persuadé de surmonter la période difficile qu'il traversait.

— Il faut espérer, Alex. Tu sais que toi et ta petite famille, je vous ai adoptés.

— Je le sais, Madeleine, et je vous en suis très reconnaissant.

Fort de la confiance que la veuve de Sabourin venait de lui témoigner, Alex mit ses culottes de patron et procéda à une courte réunion de tous ses employés autour du comptoir caisse. Il prit un air qui traduisait bien le sérieux de la situation :

— Mes amis, vous savez comme moi ce qui se passe : le dépanneur Chez Bouboule nous fait beaucoup de tort. Ça me fait mal au cœur de voir la dégringolade qu'on subit. Pour l'instant, en attendant que les affaires reprennent, je vais être obligé de mettre deux de mes employés à pied. Entre-temps, j'ai l'intention de procéder à une évaluation sérieuse de la situation et de songer à un plan de redressement qui va replacer le dépanneur Sabourin sur la carte de la rue Ontario.

Tous les employés saluèrent le courage et la détermination de leur jeune patron et se montrèrent d'accord avec la décision qu'il avait prise. Toutefois, les têtes se baissèrent lorsqu'Alex poursuivit en mentionnant les noms de Félix et de Manuel, qui devraient être patients et attendre le retour du beau temps au superdépanneur. Le choix de garder Grizzly s'avérait prioritaire dans le contexte où les deux truands pourraient apparaître n'importe quand. Ainsi, le patron voulait s'assurer d'une certaine protection avec l'ours comme garde du corps. Dans ces conditions, Manuel Bourguignon n'aurait été d'aucune utilité. Quant à Félix, il pourrait vivre sur ses réserves, étant donné qu'il ne semblait pas être très dépensier pour un garçon de son âge…

Sur le chemin du retour, dans la coccinelle conduite par Grizzly, Félix s'abstenait de parler, la mine déconfite, le regard tourné vers la rue. Avec toute la délicatesse que Charlemagne pouvait posséder, il tenta de ramener son ami à la raison :

— Si tu manques d'argent, j'vas t'en prêter…

— C'est pas ça ! affirma Félix. J'aime ma *job* puis j'vas faire quoi les fins de semaine ? Tout seul, en plus ?

La coccinelle déposa les deux jeunes.

Félix referma sans ménagement la porte du logis derrière eux. Sa mère l'interpella aussitôt :

— Viens me frotter le dos, mon homme !

Charlemagne s'enferma dans sa chambre et enfila son pyjama en attendant que la salle de bains se libère.

Sa tête rougeâtre renversée sur une éponge appuyée sur le rebord du bain, le corps immergé dans une eau moussante qui exhalait un capiteux arôme de fruits tropicaux, Sonia Bécotte sirotait son thé à la bergamote. Sa gaieté pétulante avait fait place à une suavité invitante :

— Je vas me redresser, tu me laveras le dos avec l'éponge, mon beau Félix.

— OK, m'man, acquiesça-t-il.

— Tu m'as pas l'air dans ton assiette, mon homme.

— Le patron vient de me crisser dehors, m'man !

— Tut, tut, des gros mots, asteure ! tempéra sa mère, en s'inclinant la tête vers l'avant.

— C'est plate, mais c'est comme ça...

— Plus bas, mon beau Félix, plus bas, frotte partout... oh ! que ça fait du bien. Ça te tenterait pas de prendre ton bain avec moi, ça serait *cool ?*

— J'suis capable de me laver tout seul, m'man, j'suis assez grand pour ça.

Devant la réticence de son fils, Sonia Bécotte changea de ton :

— Tu sais, mon homme, à l'âge que t'as, il serait normal que tu continues de gagner des sous.

— Je le sais, m'man.

La prostituée souffla sur une grosse bulle sans la faire éclater et reprit :

— J'ai une amie qui pourrait t'engager, affirma-t-elle, sur un ton intrigant.

— Dans un dépanneur ?

— Pas exactement. Cassandra Carreau a exercé le même métier que moi. Asteure qu'elle est fanée, elle fait travailler des adolescents comme toi.

— Ça m'intéresse pas m'man, s'offusqua Félix, en feignant de quitter la salle de bains.

— Attends, laisse-moé le temps de t'expliquer. T'es ben rebrousse-poil à soir ! C'est comme ça que ton père t'a élevé ? se moqua-t-elle. J'aurais donc dû m'en mêler avant, j'me le disais, aussi.

— Tu veux insulter Rosaire ? C'est quoi, ton problème, patente à gosse ?

— Donne-moé la grande serviette, s'il te plaît, demanda-t-elle en se levant.

Félix eut le réflexe de se retourner pour ne pas supporter la nudité de sa mère. Il saisit la pièce de linge et la lui tendit, le bras derrière le dos.

— Beaucoup de femmes recherchent des hommes pour un petit plaisir passager, poursuivit-elle.

— Comme ceux qui viennent te voir ?

— C'est en plein ça ! Toé, t'es ben développé pour un adolescent de ton âge. Si tu voyais tous les gros difformes qui se sont rués sur ta mère, Félix. Toé, t'es chanceux : le Bon Dieu t'a donné un corps parfait. En plus, tu continues de t'entraîner chez Grizzly. Les femmes ont le droit de satisfaire leurs besoins aussi. Elles aiment ça une belle anatomie, tu comprends ?

— Mmm…

— C'est un drôle de métier, c'est vrai, mais c'est juste pour un temps. Pis, tu vas voir, c'est payant. Très payant ! Sauf quand t'es une vieille poule comme moé puis Cassandra, ben entendu…

— J'veux pas te décevoir, m'man, mais j'suis pas sûr que c'est pour moi, c'te *job*-là !

Sonia Bécotte baissa soudainement la voix. Provocante, elle se braqua devant son fils en essuyant ses seins avec sa serviette de ratine :

— Au fond, mon homme, t'es comme ta mère : t'as le diable au corps. Un jour ou l'autre, l'appel du sexe remontera en surface ; c'est plus fort que tout…

***

Le dimanche, en fin de soirée, les deux sbires s'étaient présentés au dépanneur Sabourin pour réclamer leur dû. Un peu assommé par son week-end décevant, Alex avait consenti à leur remettre chacun 100 $, comme convenu. Enragé de se faire extorquer une somme dont il avait grandement besoin, le patron avait amorcé un mouvement de poursuite, mais l'avait réprimé. La voiture rouge était déjà loin.

Dans une riche résidence de Westmount, avenue Strathcona, l'Anglaise Kathleen accueillit les frères Bournival dans sa tenue de nuit.

— *The Bournival, darling*, annonça-t-elle.

Bouboule les attendait dans son bureau. Il était drapé dans sa robe de chambre comme dans une tortilla. Ils lui remirent les 200 $ en argent, que le patron prit la peine de compter devant eux en empilant les billets.

— Le concurrent a envoyé un jeune espion au dépanneur, hier matin. Le petit torrieux prenait des notes pour comparer les prix, leur mentionna-t-il, en insérant l'argent dans une caissette de métal qu'il retira d'un tiroir sous clef.

Les Bournival se regardèrent en haussant les épaules.

— À la semaine prochaine, *boss !* salua Alfred.

— Merci, les gars, répondit le patron du dépanneur. Kathleen va vous raccompagner.

Alfred et Fabien Bournival avaient frayé avec Gratien Boulerice, dit Bouboule, au temps où ils étaient des piliers de sa taverne. À l'époque, le lutteur était au sommet de sa gloire. Tous les Québécois fanatiques de ce sport de combat connaissaient ce malabar au cou de taureau, ennemi juré de Mad Dog Vachon, le chien enragé de l'arène, qui tenait un débit de boissons près de l'ancien Forum de Montréal, rue Atwater. Les dernières années, il avait connu une descente aux enfers, précisément depuis qu'on avait dénaturé la place pour en faire un complexe commercial et des cinémas.

Les frères Bournival avaient appris que Bouboule exploitait un commerce rue Ontario, en face du dépanneur Sabourin, et qu'il entretenait le dessein de faire disparaître son concurrent. Cela avait ranimé leur désir de vengeance quand ils s'aperçurent que l'ours faisait de la livraison. La justice ne les avait jamais accusés formellement du meurtre de Rosaire-le-brocanteur, père de Félix. Tout au plus, ils avaient écopé de quelques mois de prison pour une kyrielle de méfaits perpétrés dans des maisons cossues d'Outremont. Ils se souvenaient d'un certain Raphaël – dont ils avaient perdu la trace – et de l'employé Grizzly, qui avait étroitement participé au marquage d'un sceau dont ils avaient hélas conservé la preuve douloureuse, tangible et irréfutable, sur leur postérieur. Par-dessus tout, ils avaient subi une cuisante humiliation lors de la parution d'une photo couleur à la une du *Journal de Montréal* exhibant leur tatouage sur des parties intimes de leur anatomie.

Les Bournival avaient donc proposé à l'ancien tenancier de l'aider à s'établir dans ses nouvelles affaires. On ferait d'une pierre deux coups. Boulerice avait accepté volontiers.

Chapitre 10

Alex Desgranges avait jonglé à une manière de juguler le flot hémorragique de sa clientèle vers le dépanneur Chez Bouboule. En plus d'abaisser certains prix et de tenter de les ajuster à ceux de son compétiteur, il réduisit l'espace consacré aux denrées périssables pour l'occuper par des vidéos et des films pornos. Il avait décidé de maintenir le service de livraison que Grizzly assurait avec la même vigilance et une égale bonne humeur. La coccinelle orange, qui se pavanait dans le paysage du quartier et même au-delà, donnait une visibilité à son commerce que Bouboule n'avait pas encore établie avec le sien. De plus, pour les clients sans carte de débit ou qui n'avaient pas de fonds dans leur compte, il proposa un mode de paiement d'une période révolue : les achats seraient facturés à mesure et payables à la fin du mois. Il faut bien dire que tous ces changements n'avaient pas recueilli l'assentiment de la veuve, mais au point où c'en était rendu, il fallait tenter quelque chose.

La première semaine de fonctionnement de sa nouvelle politique, le patron du dépanneur Sabourin réussit à reconquérir environ le tiers de sa clientèle perdue. La location de films exerçait un attrait certain. Les prix révisés à la baisse aussi. La formule *Mangez maintenant, payez plus tard*, qu'on pouvait lire sur une affichette appuyée discrètement au bas de la vitrine, faisait son petit bonhomme de chemin. Plus le bouche à oreille. Madeleine Limoges lui avait conseillé la prudence avec cette mesure à double tranchant qui pouvait se retourner contre lui parce que, selon elle, « cette opération de marketing de la vieille époque pourrait être victime de son propre succès ».

Alex partait tôt le matin et rentrait tard le soir. Au logis, son humeur était devenue très irritable. Sarah supportait son caractère bougon, faisait tout pour bien tenir maison, mais déplorait qu'il ne s'occupe pas assez des enfants. Elle évitait de lui adresser des reproches parce qu'elle savait qu'Alex besognait fort pour assurer le bien être des siens. Matériellement, on ne manquait de rien dans la chaumière. Du moins, pas encore. Pour en avoir parlé avec Madeleine, sa confidente, Sarah savait que les choses ne tournaient pas très rondement au commerce. Par bonheur, Alex continuait d'honorer sa conjointe avec la même ardeur. Le jeune père de famille s'empressait de se ruer sur elle et d'atteindre l'orgasme, ignorant les longs préambules qu'elle aurait tant souhaités. Par-dessus tout, la jeune femme aimait son homme, mais elle craignait de devenir de nouveau enceinte, ou pire, qu'il retombe dans ses habitudes de violence.

L'argent qu'on lui soutirait de dimanche en dimanche commençait à lui peser assez lourd. Il ressentait la visite des frères Bournival comme un couteau sur la gorge, en plus de souffrir la débandade de ses affaires. Dénoncer les escrocs lui apparaissait comme le pire des scénarios. On pourrait saccager son commerce, l'incendier. Comment persévérer dans cette situation intenable ? Et jusqu'à quand ? Déjà, la situation difficile le portait à l'isolement. De plus en plus fréquemment, les employés voyaient le patron s'enfermer dans l'arrière-boutique. Ce qui rendait Madeleine Limoges malheureuse, parce qu'elle savait qu'il s'était mis à téter sa bouteille de fort. La veuve avait découvert une cachette et un flacon dans un sac. À présent, on ne pouvait s'approcher du commerçant sans se rendre compte de son mauvais penchant. Grizzly et Charlemagne feignaient de ne pas sentir son haleine fétide et s'en attristaient. Mais que pouvaient-ils faire pour le secourir ?

La seconde semaine de mise en œuvre de son plan, Alex constata une légère hausse des ventes qui l'encouragea. Mais dans le mois qui suivit, le nombre de consommateurs qui fréquentaient son commerce plafonna. Globalement, depuis que le dépanneur Chez Bouboule avait ouvert ses portes, il avait perdu la moitié de sa clientèle. Et, pour ajouter à son désarroi, certains clients ne réglaient pas leurs comptes et prenaient du retard. Les factures impayées s'accumulaient dramatiquement. Des clientes insultées par le pain rassis, les produits périmés et la qualité douteuse des fruits et des légumes livrés retournaient la marchandise au magasin. Cela acheva de le faire sombrer dans la déconfiture. Les denrées étaient alors refilées à la maison.

Le commerçant voyait venir le jour de son déménagement avec une épine dans le pied. Pour rien au monde, il ne voulait renoncer à ce logement qui nécessiterait sans doute des rénovations mineures, mais qui constituerait une amélioration importante pour la qualité de vie des siens. Annabelle ne dormirait plus dans la chambre de ses parents et les garçons auraient leur chambre bien à eux. Petit à petit, il en vint à penser que le recours à Madeleine Limoges demeurait sa planche de salut. Afin de ne pas laisser le commerçant à lui-même, la veuve avait décidé d'endurer le jeune patron jusqu'à la fin de la journée. Il dut se résoudre à la rencontrer en saisissant l'occasion. C'est ainsi qu'il l'intercepta alors que, minée par la fatigue et un certain épuisement, elle allait remonter dans son logis :

— Madeleine, j'ai quelque chose à vous dire, c'est très sérieux.

— Je sais, rien ne va plus, larmoya-t-elle, l'œil courroucé. Des clients qui se plaignent, les affaires qui périclitent, les revenus qui ne sont pas à la hauteur de nos efforts et de nos attentes… J'ai même vu la vieille fille Dubord faire monter sa facture comme ça n'a pas de bon sens, puis sortir de chez Bouboule la même journée avec un sac débordant de produits. Que faire, Alex ?

— Peut-être pourriez-vous retarder mon paiement ce mois-ci ? Ça me permettrait de souffler un peu.

— Je veux bien, mais j'ai peur que ce soit à recommencer le mois prochain, répondit-elle, tout à fait consciente que celui qui lui adressait la parole venait d'enfiler quelques rasades de gin.

— Donnez-moi une chance. Seulement une fois, après on verra.

— Puisque tu me le demandes et que j'ai beaucoup de considération pour toi, j'accepte.

— Je ne sais pas comment vous remercier, Madeleine.

Le patron allait retourner à la caisse pour faire les comptes de la journée. La veuve le retint par le bras :

— Fais-moi plaisir, Alex, lâche la bouteille. J'en ai trop connu qui ont couru à leur perte à cause de la maudite boisson…

— J'en prends presque pas ; un p'tit coup de temps en temps, ça peut pas faire de tort, argumenta-t-il.

Le dimanche soir suivant, Alfred et Fabien Bournival se présentèrent au dépanneur Sabourin avec un nouveau mandat : celui d'exiger une compensation pour les heures supplémentaires effectuées.

— Asteure, le salaire est fixé à 150 $, annonça Alfred.

— Il n'y a rien qui me prouve que vous protégiez mon commerce. Vous êtes complètement cinglés, les gars. Je serai jamais capable de payer ça.

— On s'en fout, rétorqua Fabien. Monsieur aurait des doutes sur la qualité de notre travail ? C'est 150 $ chacun, sinon…

— Sinon ?…

— Ça va aller mal dans cabane, Desgranges, menaça Fabien en précisant à peine sa pensée.

Livide, Alex déposa devant eux une liasse de billets totalisant 300 $. Avant de quitter le dépanneur, Fabien Bournival servit une petite recommandation à son pourvoyeur :

— Qu'on apprenne pas que t'as mis la police après nous autres, mon Desgranges, parce que ça pourrait te coûter plus cher encore…

— Le grand *boss* pourrait se fâcher pis tu pourrais couler plus vite que tu penses, se plut à marmotter son frère.

Ce soir-là, Alex regarda s'éloigner la voiture des Bournival avec rage, se répétant les dernières paroles entendues. Il se précipita dans l'arrière-boutique et se mit à songer à ce « grand *boss* » dont l'un des deux tortionnaires avait échappé quelques mots. Habité par une exaspération insupportable, il demanderait de l'aide. À coup sûr !

Rodolphe, dit Grizzly, avait coutume de se déplacer avec la coccinelle de Florence pour se rendre au travail. Elle servait ensuite pour la livraison durant toute la journée et pour son retour, le soir. Exceptionnellement, un certain samedi, à la suite d'une discussion avec Alex qui lui dévoila l'escroquerie dont il était victime, il rentra chez lui par le transport en commun et revint le dimanche matin avec la jeep de Yann, après la messe comme il se doit. Charlemagne était resté à coucher chez sa grand-mère. L'ours ne connaissait pas les véritables intentions de son patron – qui s'était bien abstenu de les lui divulguer –, mais il subodorait quelque charge qui déborde de son simple rôle de livreur. Aussi, Alex lui avait expliqué qu'il aurait besoin d'un deuxième homme, parce que le travail s'avérait trop risqué pour un seul.

Lorsqu'il réalisa que la jeep de Yann se garait dans la cour du dépanneur, Charlemagne voulut en savoir plus long. Alex semblait cloîtré dans un hermétisme total. La veuve de Sabourin vaquait à son petit train-train quotidien. Par contre, Grizzly manifestait une joie débordante comme s'il avait passé la nuit complète avec Matisse, son chambreur, et qu'il venait de remercier le Seigneur pour les grâces accordées.

— Pourquoi tu me le dis pas, Grizzly ? insista Charlemagne.

— C'est un secret, riposta l'ours, agacé par l'insistance du jeune employé.

Il n'en fallait pas plus pour attiser la curiosité de Charlemagne :

— Tu me le dis tu'suite sinon je te dénonce, mon pédé.

— J'ai rien fait de mal, rétorqua l'ours, le visage assombri.

— Oublie pas que la jeep de Yann m'appartient et que j'ai le droit de savoir ce que tu vas faire avec.

— J'aurais dû te demander la permission, Charlot, je l'admets. Tout ce que je sais, c'est que Raphaël va venir à l'heure de la fermeture et qu'on a besoin de la jeep. Étant donné qu'il a pas de char…

Le petit employé en savait assez long maintenant pour prendre la décision de ne pas retourner chez Sonia Bécotte tout seul. De toute façon, on lui aurait gentiment demandé de rentrer à la maison après son travail, en inventant une quelconque raison pour s'en débarrasser.

Aussitôt qu'on le congédia pour le week-end, Charlemagne se tapit dans le fond de la jeep, dans l'attente de la suite des choses. Ce petit stratagème lui rappela tristement son aventure avec Félix dans la remorque de Rosaire-le-brocanteur la journée de sa mort.

À 23 h 10 précises, la jeep démarra brusquement et sortit de la cour du dépanneur. Charlemagne reconnut la voix de Raphaël et celle de Grizzly, qui occupait le siège du passager. Selon ce qu'Alex avait transmis à Raphaël et à Grizzly, les deux voyous l'avaient maintes fois soudoyé depuis quelque temps. Ils étaient à la solde de quelqu'un qu'ils avaient dénommé *boss* et chez qui ils se rendaient vraisemblablement après lui avoir extorqué de l'argent. À les entendre parler, ils suivaient la voiture rouge de deux hommes qu'ils crurent vaguement identifier.

— Sais-tu à qui ces deux idiots me font penser, Grizzly ?

— Non !

— Les imbéciles qui roulent devant nous et qui nous conduisent sûrement chez le bandit qui les a engagés sont les mêmes que ceux qui portent les initiales de Rosaire Poitras marquées au fer rouge sur leur postérieur.

— Pas sûr !

— Combien tu gages, mon Grizzly ?

— On les obligera toujours bien pas à se déshabiller pour avoir des preuves…

— Ce sera pas nécessaire, tu vas voir !

Sous la lumière blafarde d'un lampadaire, les loustics immobilisèrent la voiture rouge devant la résidence majestueuse de Gratien Boulerice, avenue Strathcona.

— C'est bien eux ! Les frères Bournival ! s'exclama le conducteur en s'éjectant de la voiture.

Raphaël et Grizzly se précipitèrent vers les Bournival qui se retournèrent, médusés. Pris de panique, Fabien s'écria :

— Sauvons-nous, Alfred, j'ai pas envie de me faire torturer une autre fois !

Il était déjà trop tard. Grizzly retenait les Bournival par le collet. Il les mena à l'écart près d'un petit bosquet de lilas. Raphaël détacha leur ceinture.

— Vous allez pas nous déculotter, les gars ? s'indigna Alfred.

— Pas le moins du monde, ricana Grizzly. Vous avez tout intérêt à vous cacher le bataclan. Pour ce que vous avez à montrer…

Raphaël menotta les Bournival derrière le dos avec leur ceinture, et son compagnon les ramena vers la rue.

Charlemagne jaillit de la jeep, heureux de la capture :

— Comment ? Toé ! Icitte ?… s'exclama Raphaël.

— Que c'est que tu fais là ? grogna l'ours.

Le jeune complice ouvrit la portière de la jeep et l'ours les poussa à l'intérieur de l'habitacle.

— Pas un mot, les p'tits copains ! La police rôde souvent dans un quartier de riches…, gouailla Raphaël.

Grizzly et Raphaël retournèrent vers la maison. Charlemagne ne put s'empêcher de les suivre, un peu en retrait. Ils sonnèrent chez le résident. Cette fois, ce n'est pas l'Anglaise qui vint répondre, mais bien le propriétaire qui s'inquiétait du retard de ses hommes de main et qui guettait leur arrivée :

— Mais qu'est-ce que c'est que cette mascarade ?

— Les frères Bournival nous ont demandé de les remplacer, expliqua Raphaël calmement.

— Y en a un qui était malade, renchérit l'ours, cherchant une explication un peu oiseuse.

— Bouboule ! tonna Charlemagne, en apercevant le lutteur dans l'embrasure de la porte.

Se voyant démasqué, le commettant voulut refermer la porte brusquement. L'ours s'allongea le pied et la bloqua :

— Ah, c'est lui, Bouboule ! s'exclama Grizzly, qui n'avait jamais identifié le concurrent d'en face. Le maudit, y va en manger toute une…

— Pas si vite, Grizzly ! le retint son compagnon, qui connaissait bien l'impétuosité légendaire de son ami.

— Ils sont arrivés, Bouboule *darling ?* s'informa Kathleen, de sa voix crépitante.

— Enfin ! répondit Boulerice, d'une voix étouffée par une frousse croissante.

— Amène-nous dans ton bureau, mon Bouboule, on a des petits comptes à régler…, ordonna Raphaël.

Charlemagne referma la porte capitonnée du bureau de Boulerice, qui s'assit pesamment dans sa chaise rembourrée.

— Comme ça, c'est toi, le *boss ?* grogna l'ours.

— Je suis un honnête commerçant qui n'a rien à se reprocher, se défendit l'homme.

— Un honnête homme qui soutire 300 $ par semaine à un pauvre père de famille qui tire le diable par la queue avec cinq bouches à nourrir, répliqua Raphaël.

— Qu'est-ce que vous me voulez, exactement ?

— C'est bientôt fini, Bouboule *darling* ?

La voix de crécelle avait saisi tout le monde dans un interphone accroché au mur.

— Bientôt, ma chérie, très bientôt !

— Si tu veux revoir ta poupée avec tes deux crocs, rends-nous l'argent volé, exigea Raphaël, d'un air menaçant.

L'homme d'affaires ouvrit lentement un tiroir de son serpentaire, puis en sortit sa caissette.

— Tu dois 2300 $ à mon patron, articula Grizzly en montrant les dents.

L'ancien lutteur déposa une épaisse liasse de billets de dix et de vingt dollars devant lui.

— Je suppose que les frères Bournival ont rapporté de l'argent aussi ce soir ? intervint Charlemagne.

— Tu fais bien d'en parler, mon Charlot, on verra à ça plus tard, le félicita Raphaël en lui décochant un clin d'œil.

— Asteure, on décampe ! proposa l'ours.

— Avant de partir, mets bien ça dans ta grosse caboche, Bouboule *darling* : avise-toi pas de reprendre ton petit manège ou de créer des ennuis à Alex Desgranges, parce qu'on peut magasiner ou faire l'inventaire à ton dépanneur d'une manière que t'aimerais peut-être pas, pis te tatouer le crâne. T'en parleras aux frères Bournival… D'ailleurs, y ont pas fini avec nous autres à soir, les épais…

— C'est pas le crâne qu'on leur a tatoué, aux Bournival, reprit l'ours.

— C'est une façon de parler, Grizzly, précisa Charlemagne.

— Asteure, ta poule t'attend, *darling*, conclut Raphaël.

Trois minutes plus tard, la jeep démarrait. Grizzly avait pris place sur les Bournival, une fesse reposant sur chacun des frères.

Au dépanneur Sabourin, Alex attendait le retour de la jeep. Il avait expliqué à Sarah qu'il rentrerait tard, qu'il la mettrait au courant de quelque chose qui traînait et qui le chicotait depuis un bon moment. Dans la cour, les Bournival descendirent, serrés comme des siamois. Ils s'engouffrèrent dans l'arrière-boutique, exécutant les ordres sans regimber.

— Ah, les crapules ! lança Alex.

— Que c'est qui va nous arriver ? réagit Fabien Bournival.

— Pas grand-chose, les petits frères, s'amusa Grizzly. Vous allez faire un beau dodo à la fraîche.

L'ours dirigea les scélérats vers la glacière. Raphaël ouvrit la porte en bois, épaisse et lourde, régla la clenche pour qu'on ne puisse l'actionner de l'intérieur. Toutes les caisses de bière froide furent empilées dans le magasin. On abaissa la température au minimum dans le frigidaire. Le patron avait averti la veuve de Sabourin qu'elle pouvait prendre son lundi.

— Auriez-vous besoin d'un gros nounours ou d'une doudou, comme celui que moman Bournival vous donnait pour vous endormir, les tout-petits ?

Les deux prisonniers se contentèrent de ronchonner leur désapprobation. Charlemagne les poussa à l'intérieur de la glacière en riant. Raphaël referma la porte :

— Bonne nuit, les enfants, faites de beaux rêves ! fit-il.

***

Le lundi matin, Alex s'empressa d'arriver au dépanneur. La veille au soir, épuisée par le poids de sa besogne quotidienne, Sarah avait attendu qu'il revienne et s'explique enfin.

— Tu aurais dû m'en parler, Alex, j'aurais compris. Tu sais que j'ai eu si peur que les choses tournent mal entre nous.

La journée qui débutait s'annonçait mal pour les frères Bournival. Pour le moment, ils étaient probablement à demi frigorifiés, inertes et rigides, mais Raphaël avait recommandé de les laisser se momifier pendant 24 heures encore, le temps de cristalliser davantage l'expérience dans leur mémoire. Aucun bruit ne proviendrait de la glacière, et les clients pourraient acheter quand même leur bière favorite, le temps de réparer le système de réfrigération…

La veuve Sabourin était absente. Alex et Grizzly s'arrangeaient pour tenir boutique à deux, le temps que le commerce sorte du marasme dans lequel les entourloupettes de Bouboule l'avaient enlisé.

Mardi matin, vers 7 h 30, avant que Madeleine Limoges descende du logis, toutes les caisses de bière refroidissaient dans la glacière. Pour l'événement, Raphaël s'était rendu au super-dépanneur. Précautionneusement, il avait tiré vers lui la lourde porte de bois, qui grinça sur ses gonds en tournant. Alex entra et s'empressa d'ajuster la température. Deux corps semblèrent aussitôt émerger d'une profonde léthargie. L'un, appuyé au mur, et l'autre, recroquevillé sur le plancher en position fœtale, actionnèrent leur mandibule pour signifier qu'ils étaient encore en vie et qu'ils voulaient dire quelque chose d'important. La tête immobile, le regard bovin, les sourcils recouverts de frimas, leur corps gourd bougea lentement.

Ensemble, Raphaël et Grizzly transportèrent Alfred et Fabien en arrière de la bâtisse pour qu'ils dégèlent. Les deux gangsters adossés à un conteneur à déchets, le soleil du matin leur plomberait le crâne et les articulations. Ce n'est qu'à ce moment de grâce, en voulant les libérer de leurs menottes, que Grizzly fit craquer leur ceinture de cuir encore durcie qui s'avéra par la suite inutilisable.

Après une grosse demi-heure pendant laquelle ils luttèrent pour quitter progressivement leur état d'engourdissement, leurs vêtements assouplis, ils retrouvèrent une certaine mobilité et s'engagèrent vers la façade de l'établissement. Là, tenant leurs culottes à deux mains, ils s'avisèrent de traverser la rue, zigzaguant vers le dépanneur Chez Bouboule.

Le jour même, en pleine heure de pointe, le camion noir des Entreprises Maison Nette se braquait de travers sur le trottoir, de manière à entraver la circulation. Les Bournival avaient commencé à vider le dépanneur de ses produits lorsqu'on entendit la sirène d'une voiture de police. On venait les embarquer…

Dans les jours qui suivirent, Gratien Boulerice rendit visite aux Bournival à l'aile psychiatrique de l'hôpital Maisonneuve-Rosemont. On avait enfermé les deux frères dans une chambre sous clef. Ils souffraient d'un curieux malaise : vêtus d'un pyjama rayé, d'une tuque et de mitaines, ils grelottaient, leur mandibule secouée par un curieux tremblement…

Chapitre 11

Le déménagement de la famille d'Alex eut lieu le 1er juillet, comme prévu, mais non sans encombre. Le locataire évincé n'avait pas obtenu gain de cause devant la Régie du logement. Cependant, il résistait farouchement. L'octogénaire s'était barricadé dans son appartement. Depuis une semaine, il grignotait ses réserves de nourriture. Le matin, il se contentait d'un café. Le midi et le soir, il mangeait une soupe qu'il épaississait avec des biscuits soda. Il ne répondait plus au téléphone. Bref, il squattait le logis.

De bonne heure, le jour du grand chambardement, trois de ses douze enfants, une dame et deux hommes, se présentèrent devant le dépanneur Sabourin avec un pick-up et une camionnette. Le vieux persistait à ne pas se présenter à la porte quand on sonnait.

— Le père est bucké ben raide ! déclara un des fils.

— Il sait ben que c'est la date limite aujourd'hui, rappela la fille du vieillard. C'est lui-même qui nous l'a dit.

— Qu'est-ce que tu veux que je te dise ? la rabroua l'aîné. Il va falloir le sortir de là quand même. Ôtez-vous !

L'homme recula d'un pas et fonça dans la porte du logement, qui s'ouvrit sous la force de l'impact.

Le vieux locataire Latreille se berçait tranquillement en fumant sa pipe comme si de rien n'était.

— Popa ! s'écria la femme. Vous avez beau être un peu sourd, mais vous nous avez entendus rentrer.

L'octogénaire continua de siphonner le tabac de son petit fourneau sans broncher, comme s'il était réellement atteint de surdité.

Depuis la mort de sa femme, vingt ans auparavant, tout était demeuré intact : le mobilier, les vêtements de son épouse, sa machine à coudre et même les poupées qui passaient les journées longues debout, les yeux grands ouverts. Au fil des ans, ses enfants lui avaient seriné qu'il devait rapetisser, s'en aller dans du plus petit, du plus moderne. Jamais il n'avait voulu céder aux pressions des siens.

Pièce par pièce, Jocelyn et Pierre-Paul libérèrent les lieux pendant que Gervaise vidait les armoires et les placards dans des boîtes de carton que la veuve Sabourin avait eu l'obligeance de leur fournir.

Vers les quatre heures de l'après-midi, il ne restait plus que le patriarche fumant et sa chaise berçante qui craquait au beau milieu de la cuisine. Le vieux avait refusé de manger un morceau pour le dîner et ne démontrait aucun désir de collaboration. Il assiégeait obstinément le territoire.

Alex entra dans le logement avec un poêle sur un diable et le posa à sa place. Les fils Latreille réapparurent une dernière fois :

— Il va falloir vous résigner, son père ! décréta Pierre-Paul, en saisissant un bras de berceuse.

Son frère agrippa l'autre. Ensemble, ils soulevèrent la chaise de l'obstiné et le descendirent au niveau de la rue. Peu après, le vestige disparut dans la camionnette. Par la suite, avec des amis, Alex put compléter le déménagement. Le vieillard logea chez sa fille, et ses meubles furent placés en entrepôt.

Au magasin, Madeleine Limoges avait assuré la bonne marche des affaires toute la journée durant. Dans le secteur, le dépanneur Sabourin occupant seul le marché des petits détaillants de son genre, Alex avait rappelé Manuel et Félix. Bourguignon avait manifesté beaucoup d'intérêt pour le retour à son emploi depuis que Sarah – qui avait souvent un livre sous la main et lisait en attendant Alex – avait insisté pour qu'on offre ses livres sur un présentoir, à l'entrée du commerce.

Depuis qu'on l'avait suspendu, le temps que les choses s'arrangent au dépanneur, Félix s'était un peu ennuyé au logis. La première fois que Sonia lui avait parlé d'un emploi avec Cassandra Carreau, il avait repoussé l'offre du revers de la main. Il avait alors démontré une grande pudeur à exercer un métier répugnant comme celui de sa mère. D'ailleurs, Sonia Bécotte elle-même n'avait-elle pas tenté de séduire son propre fils pour l'éveiller à la sensualité ?

Dans les semaines qui suivirent, pendant son congé forcé, Félix avait reconsidéré la chose en se disant qu'il devait « avoir ÇA dans le sang » et qu'il n'y avait pas de honte à gagner sa vie. Après tout, Rosaire avait mené une existence d'anticonformiste en écumant les poubelles et en ramassant des cossins au bord de la rue pour élever son fils.

C'est ainsi qu'un samedi soir de juin, une brise légère lui caressant le visage, Félix appuyait timidement sur le bouton de la sonnette à la porte d'un duplex de l'avenue Jeanne-d'Arc. Il était chaussé de souliers neufs, paré d'un pantalon blanc cassé et d'une chemise orangée, les cheveux lustrés à la brillantine. Un grésillement métallique indiqua que la porte se déverrouillait. Félix la tira doucement, la referma derrière lui et emprunta un escalier sombre recouvert d'un tapis rouge qui montait à l'étage.

— C'est toi, Félix ? demanda une voix âpre et mielleuse.

— Oui, madame, répondit-il en baissant les paupières.

— Dis donc, toi, t'es un vrai beau bonhomme. Sonia avait raison de te vanter au téléphone.

La petite femme qui se tenait devant lui portait un chemisier de paillettes étincelantes et un pantalon rouge très ajusté. Elle avait le visage rond, les yeux noirs à demi ouverts, sertis dans un écrin de mascara, une gerbe de cheveux jaillissant de son front comme de l'eau d'une fontaine. Elle avait tellement de métier que ses lèvres, absentes, avaient été entièrement aspirées dans sa bouche devenue étroite.

La paumée l'amena dans un petit salon rose assiégé de causeuses en cuir véritable, éclairé par des lampes en papier de riz reposant sur des tables d'appoint en teck. Un tapis blanc très soyeux recouvrait le sol. Sur les murs, en guise d'entrée en matière, des aquarelles obscènes, de loin plus provocantes que celles qui apparaissaient sur les pages de calendrier de Rosaire dans son atelier du sous-sol.

— Mets-toi à l'aise, Félix.

L'entremetteuse disparut et revint avec un plateau sur lequel elle avait disposé deux verres.

— Non merci, madame.

— Tu es bien élevé, en plus, mon beau Félix.

— C'est surtout mon père qui m'a élevé, madame.

— Bon, pour en revenir au breuvage, c'est un mélange de vodka et de jus d'orange, mais ça se prend bien, je t'assure.

Félix hésita un moment, prit un verre, le porta à ses lèvres et le déposa sur le plateau.

— Parle-moi de toi.

— J'ai vécu une bonne partie de ma jeunesse avec mon père, à Rougemont. Rosaire était brocanteur. Il ramassait des objets que les gens mettaient aux vidanges, les réparait au besoin et les revendait au marché aux puces à Carignan. C'était super le *fun* à la campagne ! Quand Rosaire est mort, je suis venu vivre à Montréal avec ma mère. Sonia s'est occupée de moi à sa manière. Un bout de temps, j'ai un peu traîné dans les rues avec mon ami Charlot, qui vit maintenant avec nous depuis la mort de ses parents.

— Qu'est-ce qui t'amène ici aujourd'hui ?

— Ben… j'avais une *job* de fin de semaine dans un dépanneur de la rue Ontario. Mon *boss* m'a dit qu'il n'avait pas besoin de moi ; pour un temps, du moins. Sonia s'est mise à me harceler en disant que je devrais faire quelque chose de mon corps, plutôt que de m'affaler sur le sofa…

Cassandra Carreau éclata.

— Qu'est-ce qui vous fait rire ? s'enquit-il, en saisissant le verre de vodka pour se donner une contenance.

— C'est rien, tu m'amuses, c'est tout ! Une chose encore avant de l'oublier.

— Quoi donc ?

— Ici, on est comme chez le médecin : on est payé à l'acte…, dit-elle, l'air rieur.

Le visage impassible, il déposa à nouveau son breuvage et consulta sa montre.

— Tu trouves le temps long en ma compagnie ?

— À quelle heure va se présenter la cliente ?

— Il n'y a pas de cliente. Ce soir, c'est ton initiation, mon beau Félix. Je constate que Sonia a pas pris le temps de t'expliquer…

Embarrassé, le jeune puceau n'était pas certain d'avoir bien compris le sens des paroles de son hôtesse. Il consulta encore sa montre et glissa nerveusement ses mains moites sur ses cuisses. Tout le temps de leur conversation, l'entremetteuse était restée debout. Elle s'approcha de Félix, lui tourna le dos et, comme une effeuilleuse, se débarrassa de son chemisier scintillant. Des images de sa mère nue sortant du bain rejaillirent dans sa mémoire. Il voulut se dégager et s'échapper en se précipitant vers la porte, mais il était coincé entre la causeuse et Cassandra Carreau.

Elle se retourna vers lui et, frémissante, déboutonna sa chemise en lui susurrant des mots d'une extrême tendresse. Félix avait les yeux posés sur les mains chaudes de l'hôtesse dénudant son torse. Elle lui passa la main dans les cheveux. Il releva la tête et sentit des caresses sur sa poitrine et sur son ventre raffermi par des séances d'exercices chez Grizzly. Une sueur envahit tout son corps et son cœur se débattit à tout rompre.

À mesure qu'elle découvrait le corps musclé de l'adolescent, l'entremetteuse frétillait d'envie de le ressentir en elle. Félix revit l'image de sa mère dévergondée à moitié dévêtue, qui réapparut dans sa tête et provoqua en lui une répulsion :

— Non, se récria-t-il, pas elle, pas Sonia ! J'veux pas baiser avec ma mère !

Il repoussa brusquement l'hôtesse qui tomba à la renverse sur la moquette en ricanant avec un mélange de déception et de ressentiment.

— T'es pas mal farouche, mon beau !

Pendant qu'il se rhabillait en vitesse, Cassandra Carreau se releva, ramassa son chemisier et s'enferma dans sa chambre. Au bout d'un moment, elle sortit de la pièce. Elle vit alors qu'il hésitait à passer la porte ; elle s'approcha de lui :

— Faudra te laisser apprivoiser un peu plus à l'avenir…

— Je m'excuse de vous avoir bousculée, Cassandra ; j'ai eu peur, c'est tout ! lui confia-t-il en abaissant les paupières.

— Peur de quoi ? J'suis pas une sauvageonne, moi. Écoute, mon beau Félix, je vais te mettre à l'essai avec une autre. N'oublie pas que les clientes payent cher pour une heure de plaisir. Faut leur en donner pour leur argent.

Félix se montra agacé. Il descendit sur la première marche et s'arrêta.

— Penses-y ! Si tu veux revenir, tu me rappelles, s'empressa-t-elle d'ajouter.

Une fois sur le trottoir, il enfonça ses mains dans ses poches et déambula avec le sentiment d'avoir raté le début d'une carrière prometteuse. Sonia serait mécontente de son fils. Qu'allait-il lui raconter ?

Dix jours plus tard, Cassandra Carreau reçut un appel de Félix. Il se montrait disposé à travailler. Elle l'informa que le lendemain à sept heures trente, elle avait justement une cliente qui se disait prête à tenter une nouvelle expérience avec le jeune mâle. D'après Mme Carreau, il y avait « de quoi se satisfaire pour les trois prochains mois, juste en se remémorant la rencontre ».

C'était un soir de semaine et le jouvenceau arriva un peu à l'avance, le temps de converser deux minutes avec la tenancière, de flairer l'air de la chambre et de se mettre au lit. Dans une de ses envolées où la fibre maternelle lui avait dicté son sens du devoir, dans un état d'enivrement avancé, Sonia Bécotte lui avait conseillé de se coucher nu sous le drap avant la séance. Les vêtements abandonnés au pied du lit constitueraient un appât irrésistible, tout en ménageant la période d'effeuillage mutuel qui, parfois, s'avérait longue et tatillonne. « Comme tu n'as pas beaucoup d'expérience dans les soutiens-gorge à crochet, ça va peut-être te sauver des manipulations inutiles », lui avait-elle enseigné.

Félix s'étonna de voir un visage chiffonné pousser la porte de la chambre avec un sourire retenu et des yeux pétillants. La femme d'âge mûr n'avait jamais connu l'exaltation de la chair et les bienfaits thérapeutiques d'un certain rapprochement physique. Sans autre préambule, elle s'avança au pied du lit et se mit à se déhancher lascivement comme si elle voulait mettre en pratique ses cours de baladi. Félix l'observa, les mains jointes sous la nuque, l'air intrigué. L'idée de lui demander de quel mal elle souffrait l'amusa. Mais il se retint. La pauvre femme se dépouilla le haut du corps avec lenteur et une gêne qui la fit rougir. Sans un mot, elle s'arrêta, se couvrit et sortit de la pièce.

Depuis quelque temps, Charlemagne se plaignait de l'éloignement de Félix qui ne l'accompagnait plus aussi souvent au gymnase chez Grizzly, préférant se livrer à des sorties dont il ne voulait pas divulguer le secret. Peut-être l'ignorait-il parce qu'on l'avait blessé en le renvoyant du dépanneur ou peut-être se présentait-il à des rendez-vous galants ? Comme Félix était de deux ans son aîné, il était fort possible qu'il entretienne une relation amoureuse avec une fille de l'école. Ses cheveux en crêtes lustrés à la brillantine, sa manière récente de se vêtir et de plastronner lui conféraient un air de coq. Tout cela agaçait son jeune ami qui, lui, s'habillait d'une façon ordinaire, mais correcte, et qui s'aplatissait toujours les cheveux sous une casquette. Le plus étonnant demeurait les échanges à mots couverts entre Sonia et Félix et les conversations téléphoniques avec une certaine Cassandra qui avait l'âge d'une matante qui semblait prendre de l'importance dans sa vie. De plus en plus, il se sentait comme un étranger dans la maison.

Un soir, alors que Félix était avachi dans le fauteuil du salon à écouter un CD country qu'il s'était procuré en pensant à Rosaire et que Sonia faisait des efforts soutenus pour rentabiliser l'investissement d'un client, Charlemagne s'approcha de lui :

— T'es plus mon ami, ou quoi ?

— J'te trouve un peu jeune de caractère, Charlot. Ça fait du bien de changer de monde pis de connaître autre chose qu'un dépanneur…

— T'es pas parlable ! T'es devenu un frais chié comme on en voit à l'école.

— Pas mal insultant, l'orphelin !

Charlemagne détourna la tête, comme foudroyé par un mot qu'il cherchait à oublier.

— Écoute, Charlot, se reprit Félix, en baissant le volume et en s'approchant de son ami comme on couve un petit frère qu'on a blessé.

— On se racontait presque tout, avant. Asteure, tu me fais des cachotteries, tu parles à voix basse avec Sonia. Dites-moi-le si je dérange ou si je suis de trop ! J'vas m'en aller vivre chez ma grand-mère. J'suis certain que ça lui ferait plaisir, maintenant que grand-père Sabourin est mort et qu'elle est toute seule dans son logis.

Prenant l'attitude d'un grand qui veut instruire son cadet, Félix se leva et s'adressa à lui :

— Tu apprendras que, dans la vie, il faut faire des choix. Quand Alex m'a congédié, je me suis retrouvé devant rien. Je perdais mon temps pis je savais pas où je m'en allais.

— Asteure ?

Félix prit une grande inspiration :

— Avec ses contacts, Sonia m'a trouvé une *job* qui me convient. Elle a dit que j'avais le physique de l'emploi.

— Qu'est-ce que ça veut dire ?

— Que je suis bâti comme un homme… et que j'ai ce qu'il faut pour être prostitué…

— Un prostitué ?

— Oui. Je travaille pour Cassandra, une entremetteuse comme on dit dans le métier. Les gens pensent que c'est pas correct, qu'il se passe toutes sortes d'affaires pas catholiques, mais bon… Beaucoup de personnes ont besoin de ça pour conserver leur équilibre, Charlot. C'est Sonia qui me l'a dit.

— Oui, mais ta mère a une manière bizarre de s'occuper de toi. Je te l'ai déjà dit !

— Sonia fait ce qu'elle peut. Elle a ses petites crises de temps en temps, mais ça finit toujours par passer.

— C'est payant, ton affaire ?

— Mets-en ! Par contre, les clientes sont parfois un peu *fuckées*, mais il faut faire avec…

Peu après, ce fut Grizzly qui se questionnait sur les pratiques irrégulières et plus espacées de Félix à son gym privé. Pendant les absences de Matisse, il aimait voir évoluer les deux ados dans son gymnase et se gaver de leur charpente qui se développait harmonieusement. L'ours s'informa donc à Charlemagne en le ramenant à la maison, un certain dimanche soir.

— Félix a trouvé un nouvel emploi. Il est dans la pros-ti-tu-tion avec Cassandra.

— Tiens, tiens ! Il aime ça ?

— Ça a ben l'air que oui ! J'suis pas sûr qu'il reviendrait au dépanneur.

Pensif, Rodolphe se racla la gorge et tenta d'en savoir plus long :

— Les femmes ont quelquefois des problèmes de sexe, mon Charlot.

— Ouan, pis ?

— Pis ça leur prend une espèce de remède comme un beau jeune homme qui gigote sur eux autres, par exemple. Il paraît que ça leur fait ben du bien. Beaucoup plus qu'une visite chez le médecin qui les bourre de pilules pour des migraines qu'y ont même pas.

— J'savais pas ça !

— Je te dis tout ça parce que… Angela pis moé, tu comprends ? C'est pas fort, fort ! Pourtant, tu le sais, elle a toute une pièce d'homme entre les mains…

— Pis après ! Qu'est-ce que tu veux que ça me fasse ? Arrange-toi avec !

— Si tu voulais, tu pourrais m'aider, Charlot, soupira Rodolphe, qui avait peur de ne pas aboutir avec sa conversation.

— De quelle façon ?

— Trouve-moi le numéro de téléphone de l'entraîneuse de Félix, pis j'vas être ben content. En aidant Angela, tu vas m'aider. Indirectement !

— J'veux ben, mais c'est pas sûr que ça marche, Félix et Angela.

— Apporte-le, pis on verra.

La coccinelle s'immobilisa dans la ruelle chez Sonia Bécotte. Grizzly posa sa main sur la cuisse de Charlemagne pour le remercier.

— Enlève ta grosse patte sur moi, Grizzly ! réagit brusquement Charlemagne en ouvrant la portière.

Au cours de la même semaine, Charlemagne arriva seul chez l'ours. La veille, il avait fouillé dans le carnet d'adresses de Sonia et gribouillé le numéro de téléphone de Cassandra Carreau sur un bout de papier. C'est Angela qui vint répondre :

— Entre, mon Charlot. Comment vas-tu ?

— Bien. Grizzly n'est pas là ?

— Il est allé au théâtre pour voir Matisse jouer dans *Le malade imaginaire*, une pièce de Molière.

Angela le fit entrer dans le gymnase. Charlemagne lui jeta un regard inhabituel.

— Il y a quelque chose qui ne va pas ? s'informa-t-elle.

— Non, non !

Il monta sur le tapis roulant et s'assura que le bout de papier qu'il avait enfoui au fond de sa poche y dormait toujours. *Comme ça*, pensa-t-il, *Angela a des problèmes de sexe avec Grizzly !* Un moment, il songea à descendre du tapis et à lui remettre le papier qui, au fond, lui était destiné. Il en décida autrement et patienterait en attendant le retour de l'ours dans sa tanière, jugeant qu'il était plus sage de ne pas s'immiscer dans les affaires du couple.

En fin de soirée, Grizzly revint du théâtre sans Matisse qui fêtait la dernière représentation du *Malade imaginaire* dans un bar avec les membres de la troupe. Charlemagne s'endormait dans un coin du gymnase.

— Tiens, t'es encore là, toé ?

— Je t'attendais avant de partir, bâilla-t-il.

— As-tu l'information ? demanda-t-il, avec un sourire complice.

— Oui.

— T'en as pas parlé avec Angela, toujours ?

— C'est sûr que non.

Charlemagne lui remit le papier. Grizzly s'assura qu'il pouvait le déchiffrer. Il sourit de contentement et, de sa poche arrière, tira le portefeuille relié à sa ceinture par une chaînette. Avec le pouce et l'index, il inséra le petit message dans un compartiment. Ravi, il baissa les yeux vers le crucifix qui ornait sa chemise noire.

Le reste de la semaine, Rodolphe jubilait à l'idée que, bientôt, il pourrait tenter sa chance auprès de Félix. Matisse s'était un peu distancé de lui ces derniers temps avec toutes les représentations de la pièce de Molière que la troupe donnait, et une compensation de cette nature serait grandement appréciée. Pour ne pas simplifier les choses, l'Adonis ne s'était pas présenté une seule fois chez lui durant la semaine, ce qui n'avait qu'exacerbé son désir.

Cependant, après la messe du dimanche matin – à laquelle il assistait avec beaucoup de ferveur –, Rodolphe se précipita dans la sacristie, soupesant ses intentions malveillantes, désireux de s'assurer à l'avance que Dieu lui pardonnerait ses fautes avant de les commettre. Le Seigneur n'avait-il pas dit qu'Il était le Pardon Éternel ?

Étole au cou, le curé Philibert s'assit sur une petite chaise droite très austère. Le pénitent s'agenouilla sur le coussin de velours rouge d'un prie-Dieu. Les mains jointes, il demanda pardon pour les fautes commises, en pensées et en actions.

— Avez-vous eu des relations sexuelles avec une autre personne que votre conjointe, mon fils ?

— Oui.

— Avec qui et combien de fois ?

— Deux fois avec mon chambreur, mon Père.

— Vous pouvez tout me raconter. Allez-y avec confiance tout simplement, le Seigneur vous écoute.

Rodolphe narra, avec un plaisir mêlé de gêne, certains détails très croustillants sur ses rapports avec Matisse. Insatiable, le pasteur écoutait avec un regard très envieux.

— Le pire, mon Père, c'est que je suis attiré encore plus par Félix.

— Le Seigneur vous a déjà pardonné, mon enfant.

Rodolphe tira son portefeuille de sa poche et en extirpa avec fébrilité le petit billet si précieux et qui le faisait jouir par avance.

— Regardez, mon Père, j'ai le numéro de téléphone de Cassandra, brandit fièrement Grizzly.

— Qui est Cassandra ?

— Une ancienne prostituée.

— En quoi vous concerne-t-elle, mon enfant ?

— Cassandra engage des adolescents pour distraire les adultes, vous comprenez ?

— Pas tout à fait. Moi, vous savez, ces choses-là… Ce que je sais, c'est que la chair est faible, mon fils, et que vous devriez fuir les occasions de péché.

Le saint homme attendait toujours ; il s'impatienta :

— Donnez-moi ce papier de malheur ! tonna-t-il dans la sacristie, en arrachant le billet des mains du pécheur. Il représente une autre occasion de souiller votre âme. Plus on s'éloigne du corps, plus on s'approche de Dieu !

— Je ne suis qu'un pauvre homme.

— Repentez-vous, mon enfant, et le Seigneur vous pardonnera.

Le pasteur administra une pénitence digne des plus grandes offenses à Dieu. Les fautes passées et à venir se dilueraient dans la prière et dans la fréquentation des sacrements, en particulier la messe dominicale, racine principale de l'arbre du repentir et de la relation avec Dieu, et ses racines secondaires, ses sœurs, les messes quotidiennes. C'était décidé. À l'instar du Maître, il ferait une descente chez la proxénète, certainement connue comme une Barrabas de la passion du sexe. Jésus n'allait-il pas *bruncher* avec les voleurs, non pas avec des bruschettas et de la morue salée séchée, mais avec un quignon de pain et du poisson frais du lac Tibériade…

Un peu retardé par la prolongation de sa présence à l'église, Grizzly s'empressa de retourner au dépanneur où il attaquerait une autre journée de labeur pendant laquelle il se morfondrait. La rencontre si ardemment désirée avec Félix ne se produirait tout simplement pas.

Par contre, deux jours plus tard, Félix attendait dans la chambre des dames. On sonna à la porte de Cassandra Carreau. L'homme qui se présenta portait un complet d'un gris bleuâtre.

— Donnez-vous la peine d'entrer, monsieur.

— Bonsoir, fit le vieil homme de sa faible voix éraillée.

D'un air noble et digne, n'eût été la forme singulière de sa petite valise, on aurait cru un diplomate de carrière. Depuis la confession de Grizzly, ses efforts pour se contenir n'étaient demeurés que de pieuses intentions et il s'apprêtait à commettre l'irréparable.

— Passez au salon un instant.

Cassandra remarqua la forte odeur qui se dégageait du curieux personnage qui semblait suinter de partout.

— Quand vous serez prêt, vous irez dans la chambre à votre gauche, avant la salle de bains.

— D'accord, madame.

Félix attendait, tout habillé, debout au pied du lit. Son expérience avec la vieille folle qui s'était ondulée devant lui l'avait convaincu que mieux valait patienter avant de se mettre au lit.

— Monsieur le curé !

— En personne, mon garçon !

Félix reconnut le prêtre qui avait officié aux funérailles des parents de Charlemagne. Philibert posa sa curieuse mallette sur la table d'appoint, à l'entrée de la chambre des dames. Il l'ouvrit cérémonieusement et en sortit une sorte de vase doré rempli d'un liquide dans lequel baignait un bâton perforé de la même couleur.

— Écarte-toi, jeune homme. Il faut absolument exorciser les démons de cette chambre du mal.

Apeuré, Félix s'écarta en observant le geste que le pasteur s'apprêtait à poser. L'intrus aspergea d'abord le lit et ensuite le reste de la chambre en marmonnant des prières.

— Je pense que vous vous êtes trompé d'endroit, monsieur le curé, s'insurgea Félix.

— Ta place n'est pas ici, jeune homme, rétorqua l'homme d'Église. Maintenant, déshabille-toi. Je dois aussi t'asperger d'eau bénite avec mon goupillon pour te purifier…, l'exhorta le saint homme.

— Certainement pas, se rebella Félix. Que le diable vous emporte !

Félix évacua la chambre des dames en refermant la porte avec fracas et quitta le logement de la proxénète sans prévenir.

Chapitre 12

Depuis que Félix fréquentait la maison close de Cassandra Carreau, sa popularité n'avait cessé de croître auprès des clientes de tous âges. On se l'arrachait. À la demande expresse de l'intéressé lui-même, d'ores et déjà, la proxénète refusait systématiquement tous les clients masculins.

— Les hommes, gardez-les pour vous, lui avait mentionné son jeune poulain, après l'incident avec le curé Philibert.

L'entremetteuse n'avait pas besoin d'une grande écurie pour satisfaire la clientèle. Des deux chambres destinées au sexe, l'une d'entre elles était occupée à l'occasion par le jeune mâle de 15 ans, un soir ou deux par semaine. Dans l'autre chambre des dames, le lit avait le temps de refroidir, puisque les adolescents qui se succédaient n'avaient pas autant d'adoratrices. Et puis, il y avait les régulières, les abonnées, celles qui auraient volontiers acheté une carte de membre si tant est qu'elle ait existé. Cette femme, par exemple, rondouillarde et chatouilleuse qui se présentait une fois par deux semaines et qui se contentait d'attouchements superficiels qui la rendaient hilare et qui payait grassement. Et cette autre désaxée encore, fin soixantaine, qui exigeait le retrait préventif parce qu'elle avait peur de tomber enceinte.

À l'école, l'ami de Charlemagne avait acquis une réputation de séducteur. La mine faraude, il déambulait fièrement dans les corridors avec ses crêtes de coq. Il parvenait à faire dériver les regards d'élèves plus âgées dont il aurait pu facilement s'enticher.

Il n'était jamais seul dans ses déplacements et à la cafétéria. Son sourire irrésistible attirait. Félix promettait : une sorte de bourreau des cœurs, un apollon de deuxième secondaire. Durant les travaux de groupe, il s'entourait d'équipières dévouées qui étaient prêtes à effectuer toutes les recherches pour lui et à se taper le propre. Cependant, aucune fille n'avait encore obtenu grâce à ses yeux. Seulement quelques embrassades lors d'amourettes de passage avec des admiratrices qui avaient su l'approcher, sans plus. Évidemment, le grand charmeur s'était bien gardé de divulguer quoi que ce soit sur ses activités sexuelles chez Cassandra Carreau. Il se contentait de séduire et de plaire.

Au cours de l'année, il avait souvent croisé Océane à l'école. Déjà au primaire, elle était dans sa mire et il aurait léché le plancher pour conquérir son cœur. Dommage ! Océane lui préférait le petit Charlemagne qui, hélas, ne s'intéressait pas vraiment à elle. Modestement habillée, elle passait presque inaperçue dans son entourage. Elle n'avait conservé d'une période plus faste de sa vie qu'une ombre à paupières très discrète. Jamais plus Félix ne l'avait rencontrée avec un garçon. Visiblement, elle n'était plus sous l'emprise du beau Kiev et ne fréquentait plus les Bleus. Aussi, était-elle toujours accompagnée de Natascha, une âme sœur au visage oblong, une grande épingle à cheveux, velue, aux rebutants poils noirs qui éloignaient les garçons et les tenaient à distance. Chaque fois que Félix et Océane se voyaient, celle-ci détournait les yeux, feignait de le reconnaître et sa conseillère lui glissait un mot à l'oreille.

Cependant, vers la fin mars, Océane avait décidé de mettre un terme au tourbillonnement de filles autour de Félix et ainsi éprouver ses sentiments pour elle après de longs mois de repliement. Elle n'était plus la fillette affublée d'une grande pusillanimité qu'il avait connue. Plusieurs groupies rôdant autour de lui, la victoire n'en serait que plus grande. Pour parvenir à ses fins, elle se servit d'un messager qui, plus réservé, faisait aussi tourner les têtes sans être un beau parleur. Un matin, elle aborda donc Charlemagne, de qui elle s'était éloignée aussi depuis ses démêlées avec les Bleus :

— Salut ! Tu peux dire à Félix que j'ai affaire à lui parler ? Je l'attends près de ton casier à la fin des cours aujourd'hui.

— Pourquoi pas à sa case ?

— J'veux pas l'effaroucher, tu comprends ?

— J'te garantis rien de sa part, Océane. En tout cas, j'vais lui faire le message.

À la fin des cours, sur le seuil de la porte, Océane n'avait qu'un désir : que la musique libératrice résonne pour se catapulter hors de la classe. Deux minutes et demie plus tard, elle fonçait tout droit vers les rangées de casiers et se cambrait devant le numéro 380. Lorsqu'il aperçut la jeune fille aux yeux bleu délavé comme la couleur du jean moulant qu'elle portait cette journée-là, Charlemagne ne demeura pas indifférent. Il la trouva éminemment jolie, désirable même. Mais Océane avait rendez-vous avec Félix. Pas avec lui. Il remisa donc ses effets sur l'étroite tablette dont il disposait, se couvrit de son manteau de printemps et enfonça son couvre-chef :

— Tu serais tellement plus *cute* sans casquette, Charlot, se permit-elle.

— Avant que j'me fasse des crêtes de coq comme Félix, les dents vont avoir des poules…

— Les poules vont avoir des dents, tu veux dire…, le corrigea Océane, prenant un air assuré.

Sur ces entrefaites, Félix arriva avec un cartable ébouriffé de feuilles et un livre d'histoire qui n'avait pas subi les horreurs de la guerre, mais qui avait néanmoins connu le fond du casier dans une multitude de violents gestes de débarras. Il était englué d'une sangsue qui lui tenait la taille par une ventouse comme on tient une tasse par son anse dans le but d'en boire le contenu. Charlemagne comprit alors qu'il devait se déguiser en courant d'air, mais Daphnée Sanguinet persistait. Félix se pencha vers elle et lui appliqua un *french kiss* passionné et imprévisible qui la plongea dans un état de soumission totale. Océane fusilla le couple du regard. Félix se dégagea de l'étreinte. La colleuse s'éloigna lentement des casiers en se retournant à tous les trois pas.

— C'est une nouvelle, celle-là ?

— Depuis le primaire, y en a eu des tas, tu sais ! souffla Félix, crâneur.

— Le bouche-à-bouche a duré longtemps ; on aurait dit une tentative pour rescaper une noyée, fit Océane, railleuse.

— Qu'est-ce que tu me voulais, au juste ?

— Je sais que tu as le même prof de français que moi. Il a donné un travail à tous ses groupes. Je peux t'aider, tu sais.

— Je m'attendais pas à une proposition aussi directe.

— C'est à prendre ou à laisser, penses-y.

— J'accepte uniquement parce que j'ai peur de couler mon cours. Je passe par ma case, puis on s'attend à la sortie, OK ?

Une heure plus tard, allongée sur le dos, Océane recouvrait ses seins après une dernière étreinte. Félix venait de rouler sur son flanc à ses côtés. Jamais il n'avait connu des moments de plaisirs aussi intenses où la sève de la jouissance avait parcouru tout son corps jusqu'à l'épuisement.

— T'es content, là ? sourit Océane, en passant les mains dans les cheveux de son partenaire.

— J'pense que j'suis meilleur au lit qu'en français ? gouailla Félix, satisfait de sa performance.

— À n'en pas douter, mon cher. Je suis bien avec toi, Félix, mais maman va arriver bientôt. Il faut refaire le lit, se mettre au travail.

— … et que je refasse mes pics.

Par la suite, il y eut d'autres rencontres semblables où la belle Océane Lamer réussit à attirer la vedette chez elle pour l'aider… Désormais, Félix n'affichait plus un air aussi fanfaron. Non pas qu'il avait délaissé sa nouvelle flamme, mais il avait rejoint la sangsue et son groupe d'admiratrices. Néanmoins, Océane continuait de voguer avec Natascha, sa conseillère, à qui l'amoureuse racontait tout, absolument tout.

— Asteure que tu as eu Félix dans ton lit, pourquoi pas Charlot ?

— Parce que Charlot, je le respecte, lui…

Balivernes que tout cela ! Le surlendemain, Océane avait pris en compte la suggestion de Natascha, et Charlemagne déviait de son parcours habituel à son retour de l'école. Il avait été surpris de l'intérêt soudain d'Océane à son égard. Peut-être se désintéressait-elle de Félix ? N'était-il pas plus grand, plus beau et plus fort ?

Océane avait prétexté un besoin d'explications en mathématiques. Elle tira une chaise à côté de la sienne et Charlemagne s'assit. Aussitôt les cahiers et les livres ouverts sur sa table de travail, Océane se posta derrière lui :

— Bouge pas, intima-t-elle, et ferme les yeux.

Loin de s'attendre à un tel scénario, trouvant l'entrée en matière plutôt agréable et amusante, il obtempéra.

Comme plusieurs jeunes filles de son âge en appel de sexe, elle ne portait pas de soutien-gorge cette journée-là. Elle enleva sa blouse de coton, se pencha au-dessus de lui, caressa son visage avec ses seins nus et lui retira son t-shirt. Ensuite, elle se posta devant la chaise :

— Ouvre les yeux, ordonna-t-elle.

Un éclair de beauté surgit. Plus éblouissant encore que ce qu'il avait imaginé. De ses mains frémissantes, il effleura les seins fermes qui pointaient dans sa figure. Elle s'assit sur ses cuisses et l'embrassa avec passion. Quand elle sentit que le membre de son petit ami durcissait à se frayer un chemin, elle se leva, l'aida à enlever le reste de ses vêtements…

Quelque temps après, les choses se compliquèrent pour Océane. Natascha lui avait recommandé de consulter le médecin de la clinique jeunesse de l'école. En sortant du bureau, sa conseillère l'attendait. Sa grande sœur avait connu des symptômes analogues, annonciateurs d'un profond bouleversement dans son corps. Elle flairait la mauvaise nouvelle. Océane s'enfuit de la clinique dans un état d'effarement :

— Je suis enceinte, annonça-t-elle à son amie.

— Je m'en doutais. Avant qu'il soit trop tard, Félix doit savoir qu'il est le père de l'enfant que tu portes, Océane.

Profondément accablée, Océane demeura pendant 24 heures entre deux eaux, ne sachant trop quelle était la meilleure décision à prendre. À l'école, elle attendit le moment propice pour intercepter Félix, alors qu'il s'attardait à son casier avant de retourner en classe pour le dernier cours de la journée. Enfoncés dans ce qui servait normalement d'armoire de rangement pour les cartables, les livres et les vêtements, la coqueluche et la sangsue s'embrassaient à bouche que veux-tu. Océane tapota sur l'épaule de Félix. Il se retira de l'armoire métallique et pivota vers elle :

— Je suis navrée d'interrompre l'échange…

— Que c'est que tu me veux ? C'est fini entre toi et moi, Océane.

Stupéfaite, la sangsue s'extirpa du casier, ajusta son habillement et disparut.

— J'ai deux mots à te dire, Félix.

— Tu vas être en retard, Océane.

— Toi aussi, mais ça n'avait pas l'air de te déranger tout à l'heure. T'es tellement en demande…

Océane se ferma les yeux et prit une grande inspiration :

— Rien !

Puis elle s'éloigna d'un pas rapide vers le secrétariat où on lui remettrait un billet pour son retard au cours.

Chapitre 13

Charlemagne Lamontagne était né un 13 février. Selon la croyance populaire, l'été de ses 13 ans s'annonçait bien puisque c'était son année chanceuse. En effet, d'après leur conjonction favorable, les astres semblaient l'avantager. Les grandes vacances seraient occupées par du travail au dépanneur, sept jours par semaine, s'il le désirait. Alex l'avait laissé libre de prendre une journée ou deux de temps à autre, pour se changer les idées. Il pourrait voyager avec Grizzly tous les jours ou demeurer chez sa grand-mère, qui se montrait toujours aussi accueillante et fière de son petit-fils. Seule l'interruption de ses amours naissantes éclipsait le soleil radieux de son bonheur : Océane était partie pour l'été.

Effectivement, pour Charlemagne, juillet laissa couler ses jours paisibles comme l'eau d'une rivière tranquille, sans sécheresse et sans débordement. Le plus souvent, il soupait avec sa grand-mère avant de poursuivre son travail dans la soirée. Ensemble, ils se remémoraient parfois des souvenirs tristes et d'autres plus joyeux. L'épisode de la perruche cuite au four et de Coco, le perroquet déplumé, les faisait bien rire à présent. « Tu sais, Charlemagne, les maudits oiseaux de malheur d'Elphège, au fond, j'étais bien contente que tu m'en débarrasses ! »

Charlemagne avait changé, racontait la veuve de Sabourin à Sarah, dorénavant sa voisine. « Je suis fière de lui ; Florence doit le regarder d'en haut et l'aider », lui confiait-elle. Dès le début juillet, après le déménagement d'Alex, Charlemagne allait parfois dîner avec Sarah et amusait les enfants. Éventuellement, il ferait un bon père de famille. Pour le moment, il n'était que le grand frère de Jérémie, Ézékiel et Annabelle. Par ailleurs, la jeune mère trouvait que l'ado avait bon appétit et grandissait bien. Il rejoindrait assurément Félix et le dépasserait peut-être avec le temps. Après tout, ils n'avaient que deux ans de différence et, à cet âge, on change vite…

Pourtant, ils avaient été nombreux à diagnostiquer de la graine de délinquant chez le petit homme : à commencer par ses institutrices qui s'arrachaient les cheveux, la dévouée nounou Bellehumeur, Manuel Bourguignon, l'amant de sa mère, son grand-père Fernand, le disparu de la carte, et Sabourin, le disparu tout court. Et à un degré moindre, sa grand-mère Madeleine elle-même, qui l'encensait maintenant. Il leur avait tous fait endurer sa médecine, leur avait crié sa détresse. Mais personne ne l'avait vraiment compris, toutefois. Charlot avait subi l'abandon de Yann, son père, la bonasserie de Florence, sa mère, et les mauvaises influences de Rosaire. Par chance, on l'avait extirpé à temps des marais fangeux des gangs de rue.

Celui que Yann avait baptisé quelquefois « le p'tit maudit » chérissait le moment de sa rencontre avec Sarah. C'est elle, au fond, qui l'avait détourné de son mauvais parcours. Elle avait su conquérir son cœur d'enfant par sa simplicité, par sa vie misérable de mère éplorée. Quelquefois aussi, ses yeux se posaient tendrement sur la photo de Florence qui le regardait vivre et qui l'avait tant aimé. Il aurait été plus facile pour elle de le garder petit comme les bébés naissants qu'elle avait jadis maternés à la pouponnière. Et c'est justement pour une histoire d'enfant, à cause de Félix, que la vie de Charlemagne chavira de nouveau.

Suivant les conseils du médecin de la clinique jeunesse et pour confirmer son appréhension, Océane avait subi le test de grossesse… qui s'était avéré positif. Cependant, elle avait tardé à annoncer à Félix qu'il était le père de l'enfant qu'elle attendait. D'ailleurs, elle n'était pas tout à fait certaine qu'elle le lui dirait. La mère d'Océane, perspicace, avait décelé une attitude différente chez sa fille, mais n'avait pas poussé plus loin son investigation. *Si jamais elle m'apprend qu'elle est enceinte, elle s'arrangera avec ses troubles. Après tout ce qu'elle m'a fait subir avec Kiev...*, pensait-elle. Pour dissimuler sa grossesse, ne pas aimanter les yeux dénonciateurs et délier les langues de vipère, Océane portait des vêtements plus amples. À l'école, mis à part sa conseillère, peu de personnes avaient discerné les changements dans le comportement de l'élève. Peut-être quelques professeurs avisés – par les nombreuses permissions accordées pour sortir pendant leur cours –, mais pas au point de se mettre la main au feu. En juin, Félix s'était éloigné de sa jeune blonde. Sans doute avait-elle ressenti une quelconque lassitude de ses rencontres qui commençaient ou se terminaient invariablement dans le lit ? De toute manière, ses inconditionnelles groupies avaient recommencé à lui rôder autour, et la prostitution lui permettait d'affirmer son exceptionnelle virilité.

En dépit de tout ce qu'elle devrait affronter, enhardie des recommandations de sa précieuse conseillère, Océane était résolument décidée à garder son enfant. Les deux mois de vacances l'aideraient à poursuivre sa grossesse dans un certain anonymat antillais. Loin de sa mère, elle profiterait de la villa de ses grands-parents paternels qui l'invitaient en République dominicaine chaque été. Selon eux, il s'agissait de la seule façon de voir leur petite-fille et de la sortir un tant soit peu de la misère dans laquelle sa mère l'avait enfoncée. Une fois que celle-ci serait mise au courant, elle verrait. Elle avait le temps de réfléchir à la chose pendant son séjour dans les Antilles. En attendant, Charlemagne lui manquait.

Au début, les journées passées à l'air salin et au soleil plaisaient grandement à la petite Montréalaise. Océane recouvrait ses grands espaces après une année scolaire enfermée dans des locaux bétonnés sans fenêtres, interdits à la lumière naturelle. Quand elle n'était pas sur la plage, le plus souvent elle s'étendait sur la véranda et lisait des bandes dessinées en espagnol. Sans maîtriser la langue du pays, au besoin, elle pouvait se débrouiller pour se faire comprendre. Le soir ou les jours de pluie, elle restait recluse dans sa chambre et elle n'apparaissait que le lendemain matin.

Même si elle déambulait à longueur de journée dans une mante de plage, les grands-parents Lamer ne reconnaissaient plus leur petite-fille. Physiquement, elle avait changé. Le visage plus rond, elle avait également pris un peu de volume au niveau des hanches et des seins. Persuadée qu'elle devait manger pour deux, Océane dévorait son assiette de fruits de mer et reprenait du dessert. L'adolescence était-elle en train de remodeler le corps pourtant si agréable qu'elle possédait l'été précédent? Au fait, elle tenait peut-être du côté de sa mère, elle-même un peu boulotte.

Vers la fin juillet, Océane avait le cœur à marée basse. La vie avec ses grands-parents l'étouffait plus qu'elle l'aidait à s'épanouir. Elle ressentait un vague à l'âme en revoyant le visage de Félix, le tombeur de ces jeunes filles, mais un être infatué, un fin baratineur. Pourtant, c'était bel et bien lui le père de l'enfant qu'elle attendait et qui prenait de plus en plus de place dans son corps et dans sa vie. Vivre avec Félix ne lui paraissait pas souhaitable, d'autant plus que, et cela se confirmait de jour en jour, c'est Charlemagne qui gagnait son cœur, adolescent sans prétention et attentionné, attirant de surcroît. Elle serait plus heureuse avec Charlot, soit, mais de là à l'engager dans une relation de couple alors qu'il n'avait été qu'un «amant de passage» dans sa vie… lors d'une relation sexuelle incomplète. En attendant, le poids du drame qu'elle vivait l'écrasait. C'est pour cela que, avant que son exaspération déborde sur le mois suivant, elle décida d'envoyer un message à sa confidente à qui elle avait omis de donner l'adresse courriel de ses grands-parents Lamer:

Très chère Natascha,

Depuis un mois, j'ai appris à vivre dans l'ombre. Pas à cause du soleil qui rayonne sur la plage et qui m'oblige parfois à me retirer sous les palmiers, tu t'en doutes bien. C'est plutôt à cause du mensonge qui me pèse et dont je n'ai pu me libérer. Ma situation est inéluctable (cherche dans le dictionnaire, c'est un mot que j'ai sciemment choisi), je le sais. Malgré cela, je n'ai pas eu à m'expliquer avec mes grands-parents, c'est curieux. Ils savent que je suis enceinte, mais font semblant de l'ignorer. Ils ont certainement réalisé que mes fréquentes allées et venues aux toilettes n'étaient pas reliées à la tourista, mais bien à des malaises associés à la grossesse. Je n'ose même pas leur en parler. Moi qui craignais l'affrontement, je les connaissais mal, faut croire. Les deux sont des profs d'université ! Imagine-toi... Mon père a suivi leurs traces, mais ma mère est une ignorante parce qu'elle a refusé de s'instruire, selon eux. À la maison, ils ont souvent le nez dans des briques épaisses qui ont l'air très savantes. Sinon, papi passe le plus clair de son temps à jouer au golf ou à boire du rhum sur la véranda, et mamie pioche dans ses plates-bandes ou s'adonne à ses exercices de yoga sur la tête en écoutant de la musique de chambre dans le salon. Elle m'a déjà dit qu'elle se prenait pour un sablier qu'il faut retourner quand le sable est écoulé. Peut-être est-ce cela le monde à l'envers ? (Hi ! hi !)

Je ne sais pas où je trouve la force de faire de l'humour ! Je ne suis pas complètement désespérée, faut croire. T'écrire me fait du bien, en tout cas. Je ne suis quand même pas pour brailler ! Je pleure déjà assez de même, pour des riens. Souvent, je ne sais même pas pourquoi. C'est sûr que je pense à Félix, le père de mon enfant. D'ailleurs, j'irai éventuellement faire une échographie pour connaître le sexe de mon petit. Dire que je suis mère, ça me fait tout drôle, mais je ressens, dans mes meilleurs moments, comment dire, une plénitude, une sérénité que tu ne vivras peut-être jamais parce que les garçons te fuient comme la peste. Ne t'en fais pas, il y en a d'autres que toi qui passent leur vie seules et qui meurent sans avoir connu les joies de l'amour, les caresses et les délices de la chair...

Je me demande encore qui sera le père officiel de mon enfant : Félix ou Charlemagne ? Je tergiverse, Natascha, je tergiverse. J'ai un préjugé favorable pour Charlemagne. Il est cute et d'une gentillesse exquise. Je t'ai déjà tout raconté de notre idylle (un mot que j'ai appris dernièrement). Il est travaillant, réussit bien à l'école, pas comme son « demi-frère », moins doué et paresseux. En plus, ce Félix laisse entendre qu'il gagne beaucoup d'argent. S'il n'est pas dans la drogue, celui-là... J'ai déjà connu ça avec Kiev, le caïd des Bleus qui m'a envoûtée avec ses bijoux et ses promesses, avant de me larguer comme une chemise sale quand il a eu ce qu'il voulait. Je suis persuadée qu'avec Charlot, ce ne serait pas la même chose. Il a du cœur, lui...

Buenas noches,

Océane

P.-S. 1. Je voulais aussi te dire que tu peux espérer régler ton problème de pilosité. Il y a de ces trucs au laser très efficaces qui permettent d'envisager ensuite l'avenir avec confiance. Chose certaine, on peut pas dire que t'as de la difficulté à te mettre à poil, Natascha...

P.-S. 2. J'ai rencontré Ricardo sur la plage, un beau Dominicain métis. Quand il a remarqué mon ventre, il m'a demandé si j'avais avalé une noix de coco? Dommage! J'ai été obligée de lui répondre assez bêtement. Il s'est enfui et je ne le revois plus.

P.-S. 3. Tu me feras tes suggestions de noms. Pour une fille ou un garçon... évidemment.

Le lendemain soir, alors que des idées sombres lui trottinaient dans la tête et qu'elle ne savait plus où se mettre, Océane s'assit devant l'ordinateur, le seul lien sensible des Lamer avec le Québec, en temps ordinaire. Natascha lui avait déjà répondu:

Bien chère Océane,

Je ne savais plus si tu m'avais oubliée, moi, ta conseillère, ta meilleure amie. Pourtant, de la façon que tu me parles, le sable chaud, les palmiers, les cocotiers et le soleil des îles ne semblent pas combler tes vides. Je te plains de vivre avec tes grands-parents Lamer qui te considèrent ni plus ni moins comme une potiche, un souvenir de voyage qu'on regarde avec mélancolie, une décoration un peu enflée de la taille, sans intérêt, au fond.

Je dois t'avouer que, récemment, sans ta permission, j'ai décidé de me rendre en éclaireur au dépanneur Sabourin. J'ai fait l'innocente (tu me connais, je n'ai pas de misère avec ce genre d'attitude…) pour prendre Charlemagne en flagrant délit de travail. Félix n'était pas là. Il devait travailler à son autre place ou être en congé ce jour-là. J'aurais pu m'en informer, mais je me suis dit que ça ne devait pas avoir trop d'importance pour toi, mon amie. En revanche, ce doit être un adon, mais j'ai vu une agace-pissette rôder autour de Charlemagne dans le dépanneur. Elle doit résider dans le quartier, parce que je ne l'ai jamais vue à notre école secondaire : un maudit beau pétard, l'agace ! Ça m'a fait de la peine pour toi, parce que je me suis dit que si jamais tu penchais pour Charlot et qu'il n'était plus disponible… Comme on dit en affaires, je ne veux pas exercer de pression, mais si t'avais pris un plan mise de côté, tu pourrais réclamer ton bien avant les heures de fermeture.

Tu ne dis pas quand tu reviendras au Québec. Chose certaine, comme je la connais, ta mère va capoter ben raide quand elle va apprendre que t'es enceinte, elle qui n'a pas l'habitude de marcher sur la tête comme ta grand-mère Lamer, mais celle d'avoir les deux pieds sur terre, comme la plupart du monde ordinaire. Ce qui me dérange le plus, Océane, je vais te le dire, c'est de savoir où tu vas te ramasser pour élever ton enfant. Pis avec quel argent ? À ta place, j'y réfléchirais en dessous d'un palmier ou dans ma chambre, la tête bien posée sur l'oreiller…

Peu importe ce qui arrivera, je serai là.

Prends-moi pas pour une niaiseuse… mais explique-moi ce que vient faire de la musique de chambre dans le salon.

Ta grande amie, Natascha

P.-S. 1. Pour le nom, j'ai pensé à Abigaëlle. Ce serait pour une fille. Personnellement, je trouve ça horrible, mais bon. T'as toujours aimé les noms bizarres. Je sais bien que c'est pas ton cas, mais y en a qui veulent se donner un genre… Pour un garçon, ce serait Junior. Comme ça, si c'est un garçon pis que t'es pas branchée pour le père, ça pourrait convenir aux deux : Félix junior ou Charlemagne junior…

P.-S. 2. Si j'étais à ta place, je ne ferais pas fuir si vite ton Ricardo. C'est peut-être un bon parti pour toi. Sa farce sur la noix de coco était un peu plate, j'en conviens, mais je pense qu'il aurait aimé être à la place du gars qui t'a engrossée. Comme quoi les noix de coco ne poussent pas toutes dans les cocotiers.

Comme 3e post-scriptum, j'ai pensé te dire que je me suis renseignée sur l'épilation au laser. C'est pas donné, mais comme j'ai pas envie de ressembler à un singe femelle toute ma vie…

Moins de vingt-quatre heures après, quelque peu effondrée par les propos blessants et gaffeurs de son amie, Natascha eut un sursaut de colère à peine voilée. Sans plus attendre, elle expédia un second courriel :

Océane,

J'ai repensé au paquet de troubles qui t'attendent à ton retour au Québec. Je te plains.

La première des choses, c'est que, même si ton cœur te guide vers Charlemagne, c'est pas certain qu'il reconnaisse sa paternité, et de deux, acceptera-t-il de vivre avec toi et l'enfant ? D'ailleurs, même s'il la reconnaît, il n'est pas dit qu'il choisira d'emblée de partager sa vie avec sa blonde et « son enfant ».

Deuxièmement, je me demande si ce n'est pas justement le moyen de gâcher sa vie, d'autant plus que ce n'est pas lui le père biologique.

Troisièmement, as-tu pensé aux conséquences sur tes études ? Je veux pas te faire de peine, mais tu es en train de compromettre sérieusement ta vie, toi qui as souvent le nez dans les livres et qui ambitionnes de devenir vétérinaire. En passant, ce sera peut-être l'occasion de reconsidérer ton choix de carrière comme le prof le disait au cours cette année : t'as même pas un poisson rouge dans un bocal ou une tortue dans un aquarium, Océane.

Là-dessus, je te laisse, faut que j'aille me coucher.

Ton amie qui te veut du bien,

Natascha

La nuit, Océane s'était roulée dans son lit avant de s'endormir. Son ventre l'avait empêchée de trouver une position confortable et de faire un tour complet sur elle-même, dans le sens des aiguilles d'une horloge, comme à l'accoutumée. Elle avait fini par trouver le sommeil au petit matin. Heureusement que la pluie l'avait apaisée et, après le petit-déjeuner pris en solitaire sur la terrasse, elle s'empressa de s'asseoir à l'ordinateur :

Natascha,

Je viens de prélever ton message d'hier soir dans la boîte de réception. Tu n'y vas pas de main morte, ma chère ! Peut-être suis-je inconsciente de ce qui m'attend, que je manque de réalisme, comme dirait ma mère. Mais une chose est sûre, c'est que même si je suis une monoparentale, je vais m'arranger pour faire ma place et celle de mon enfant dans la société. Contre vents et marées ! Parole d'Océane !

Cette nuit, lorsque j'ai finalement trouvé le sommeil, j'ai rêvé à un beau prince. Devine quoi ? Non, laisse faire, tu n'as jamais été bonne dans les devinettes ! Ce n'était ni Félix ni Ricardo. On était au Moyen Âge. J'avais une robe de paysanne (comme celles qu'on vend chez Excalibur). Je venais de conduire les chèvres dans un nouveau pâturage et, en revenant, je me suis égarée. Alors je me suis arrêtée au bord d'un étang et me suis assoupie. Au cours de la nuit, un chevalier s'amena vers moi sur un cheval blanc… Devine quoi ? Eh bien oui, c'était Charlemagne. Pas celui qui a inventé l'école (je sais plus très bien de quelle époque il était, celui-là…), mais le mien… D'après moi, c'est un rêve prémonitoire (cherche le mot dans le dictionnaire, ça vaut la peine).

Je ne sais pas ce qui s'est produit avec mes grands-parents Lamer ce matin, mais quand ils ont vu que je ne me levais pas, ils ont mis la table sur la terrasse. Il paraît que les femmes enceintes ont plus besoin de sommeil. Ta grande sœur pourrait t'en parler. Ça doit être pour ça qu'ils se sont forcés, mes grands-parents Lamer. Je pense aussi qu'ils voient venir la fin des vacances et qu'ils ont hâte de me voir partir. Disons qu'ils bénéficient, pour le moment, d'un préjugé favorable.

Buenos días,

Océane

P.-S. 1. Tu fais bien de parler de singe femelle ; elle a meilleure réputation que la guenon. Pas celle qui épouille ses petits, mais l'autre, la femme laide.

P.-S. 2. Je te remercie pour les suggestions de noms. T'as raison : Abigaëlle est horrible. Mais Junior, c'est pas fameux.

P.-S. 3. La musique de chambre est écrite pour une petite formation instrumentale, Natascha…

Une semaine complète s'écoula à petits grains dans le sablier du temps. Les grands-parents Lamer étaient partis au village. La vacancière montréalaise traînassait dans ses sandales de plage, les deux pans de sa mante éprouvant de la difficulté à rejoindre les deux bouts. À la fin de l'après-midi, elle s'assit lourdement sur sa chaise d'ordinateur, qu'elle trouvait de plus en plus inconfortable. Son amie gardait le silence. Alors, elle écrit :

Natascha,

J'ai l'impression que mon corps est comme un chantier de construction. Certains diraient que j'agrandis par en dedans. Moi, je prétends que l'édifice se construit petit à petit, maintenant que la pépine a creusé son trou. Les fondations sont complétées. Les étages s'empilent avec le temps. Je t'avoue que j'ai grand hâte qu'on travaille sur la couverture. Dire qu'y en a qui passent au feu ou qui mettent leur maison à vendre. C'est inconcevable !

Tiens, ça fait exprès ! Mes grands-parents arrivent, ils m'appellent ! Ils ont l'air tout excités. Je suspends l'écriture de mon texte. Je te reviendrai un peu plus tard et cliquerai sur « Envoyer » avant le souper, promis. J'aurai alors des nouvelles fraîches…

***

Sais-tu quoi ? Mes grands-parents Lamer sont revenus du village les bras pleins de paquets. J'ai essayé quatre robes, deux pantalons, un grand chapeau pour me cacher du soleil et des souliers plus appropriés pour une femme enceinte. Ma grand-mère m'a dit que « des gougounes ne convenaient pas pour une fille dans ma condition». Chaque été, ils se lâchent lousse comme ça, en plus de payer mes billets d'avion, mais cette année, tiens-toi bien… ils ont acheté du linge pour mon enfant. J'ai pleuré comme une Madeleine, comme a dit mon grand-père. J'sais pas, j'connais pas de Madeleine, mais ça doit vouloir dire que c'est brailler beaucoup. Ah oui, j'pense que c'est le nom de la grand-mère de Charlemagne. En tout cas, pour eux, c'était une façon d'admettre officiellement ma maternité. Je leur en suis très reconnaissante. Comme le sexe de mon enfant demeure un mystère entier, ils ont acheté des vêtements de bébé jaunes (le linge, pas le bébé, Natascha. À moins qu'il ait la jaunisse ! Hi ! hi !). Ils ont dit que le jaune était une couleur unisexe. Mais laisse-moi te dire que les garçons qui portent du jaune à un certain âge se font montrer du doigt. Bon, ça, c'est une autre histoire. Pour le moment, je flotte…

Buenas tardes,

Océane à flot

Même s'il était tard, Natascha – qui avait clavardé avec des amis une partie de la soirée – préleva ses messages avant de s'allonger.

Océane, la mère

Tu vas être contente de t'habiller de vêtements neufs. D'habitude, tu mets de l'usagé que ta mère achète dans une friperie. Comment tu vas faire, une fois que t'auras accouché ? J'imagine que tu vas t'accoutrer de tes vieilles nippes démodées le reste de l'année. Tes grands-parents Lamer sont pas si prévoyants que ça, finalement, Océane. Sur la mer, ils ne voient que la ligne d'horizon… Pour ce qui est de ton enfant, il va démarrer du bon pied dans la vie, au moins. Il y a juste une chose qui m'agace, c'est que tu vas mettre bas (mon grand-père était cultivateur) en hiver. Je me disais que t'aurais l'air d'une vraie boule de Noël, rendu aux Fêtes. Mais, c'est pas tellement à cause de tes vêtements de maternité que je me questionne ; c'est parce que le pauvre petit, il lui faudra du linge chaud. On vit pas dans les Antilles !

Je viens de chatter. Comme c'est le fun d'avoir de bons camarades à qui on peut se confier et sur qui on peut compter dans les moments difficiles de l'existence !

Justement, je me demande ce qui va advenir de tes rares amis après ton accouchement ? Peut-être vont-ils te fuir parce qu'ils n'ont plus rien en commun avec toi ? J'espère que non…

Le retour est pour bientôt. J'ai hâte de te voir,

Ton amie Natascha

Ce matin-là, Océane s'était levée très tôt. Elle avait eu comme un pressentiment, un appel du large. Bientôt, elle rentrerait au pays et voulait profiter de ses dernières journées en terre antillaise. Elle avait troqué son éternelle mante de plage contre un vêtement beaucoup trop grand que ses grands-parents lui avaient apporté quelques jours auparavant. Pourtant, elle avait souri et les avait remerciés avec effusion.

La jeune mère n'avait même pas déjeuné. Elle avait enfilé ce qu'elle avait appelé son costume d'Arabe, chaussé ses godasses, et entrepris une traversée du désert en s'éloignant un peu plus que d'habitude de la maison. Sur la plage, le varech restitué par la mer et de piquants oursins se cramponnaient comme l'ancre d'un voilier, ballottés par le ressac. En marchant sous le ciel moutonné, elle écoutait le mugissement des vagues qui léchaient inlassablement le rivage. À chacun de ses pas, elle s'enfonçait dans le sable, mais malgré la faim qui commençait à la tenailler, elle progressait vers une fumée qui dansait derrière des rochers rupestres sur lesquels on distinguait des gravures ou des dessins scabreux. Océane s'avança, persuadée que s'offrirait à elle quelque scène digne d'intérêt. Sur le sable, près d'un petit feu qui mourait, deux amants entrelacés se caressaient. Elle reconnut la chevelure abondante de Ricardo et la silhouette si désirable de son corps couleur chocolat. Elle se mordilla les lèvres, prit avec difficulté une lente inspiration. *Comme ils sont beaux* ! soupira-t-elle, et elle rentra déjeuner.

Sa grand-mère lui avait préparé une assiette de fruits frais, qu'elle dégusta avec délectation. Elle lui avait aussi fait cuire des crêpes qu'elle avait copieusement arrosées avec une sauce au chocolat – son péché mignon –, en pensant à Ricardo dont la couleur métissée lui rappelait la saveur.

Une dernière fois avant de partir pour le Québec, elle adressa un mot à sa confidente :

Natascha,

On dirait que tu es davantage compatissante pour l'enfant que tu ne connais pas que pour la mère que tu connais. Je le déplore amèrement ! Les vêtements que je porte et qui me donnent des allures clownesques, les amis qui vont s'éloigner de moi, tout cela t'indiffère.

J'ai maintenant hâte de rentrer et de retrouver Charlemagne. Je ne sais pas s'il pense à moi, mais de bonne heure ce matin, je me suis imaginée avec lui, enlacés sur le sable blanc près d'un feu de camp où l'on avait passé la nuit.

Avant de prendre un taxi pour l'aéroport, ma mère chantait son air favori : « Je voudrais voir la mer ». C'est la même chose à chacun de mes départs pour mes vacances estivales. Je comprends qu'elle aimerait elle aussi en profiter. Mais c'est impossible à cause de notre situation financière. Sauf que, cette année, elle va la voir, la mère. Sans que ça lui coûte une cenne, à part ça !

Je blague encore. C'est pour mieux diluer mon inquiétude devant celle qui devient une grand-mère que j'ai plus ou moins hâte de voir, finalement. Qu'est-ce que tu veux que je te dise, Natascha ? C'est la vie !

À très bientôt ! Je compte les heures,

Océane, la Québécoise

P.-S. C'est pas la peine de me répondre. J'arrive !

Natascha prit connaissance du message d'Océane avant que celle-ci quitte le sol antillais. Cependant, elle se sentait si coupable de l'impair qu'elle venait de commettre qu'elle décida de lui avouer sa maladresse :

Un dernier mot pour toi, Océane,

Hier, je suis allée « voir la mère ». Je lui ai fait part de ta grossesse ; je n'aurais jamais dû !

Tu m'as toujours dit qu'elle avait bon caractère, mais là, je t'assure qu'elle ne se possédait plus. Elle s'est tout de suite précipitée dans ta chambre et a empilé tes guenilles sur ton lit en continuant de te crier des bêtises. Je ne te répéterai pas ce qu'elle m'a craché au visage…

En sortant de chez toi, je me suis mordu les pouces, Océane. Je te jure que je m'en voulais d'avoir pris une initiative semblable. Des fois je m'aime pas beaucoup, surtout quand je fais des affaires de même. En tout cas, ta mère est déjà prévenue. Une femme avertie en vaut au moins deux … je t'assure !

Je ne sais pas si tu vas trouver la force de me pardonner…

Ton amie qui veut t'aider,

Celle qui a peur d'une Océane déchaînée.

Natascha, la malheureuse

P.-S. Même si tu lis pas ce dernier mot, ça soulage de l'avoir écrit.

Chapitre 14

Pendant son voyage de retour au Québec, Océane avait ruminé des pensées inquiétantes, même si elle n'avait pas pris connaissance du dernier mot de Natascha qui la prévenait de sa visite chez elle et que ça allait brasser dans la chaumière. Quoi qu'il en soit, au fil des conversations qu'elles avaient entretenues pendant le séjour d'Océane en République dominicaine, Natascha ne portait déjà plus le titre de conseillère privilégiée auprès d'elle. Désormais, la grande épingle n'aurait plus la même crédibilité.

Le chauffeur de taxi qui la ramena de l'aéroport fut surpris de constater que sa passagère puisse habiter un quartier si modeste. Il la déposa chez elle, avec la déférence que les femmes enceintes commandent parfois. Lui-même Dominicain, il raconta avec nostalgie sa vie sur la terre de ses ancêtres, avant d'immigrer au Québec. Océane empoigna une valise et le chauffeur l'accompagna avec l'autre jusqu'à la porte de l'appartement. « La petite du 12 s'est fait engrosser », observa le concierge de l'immeuble. « De la façon que tu me parles, elle doit être pas mal avancée, rétorqua sa femme. Il doit être trop tard pour qu'elle se fasse avorter. C'est encore nous autres qui va payer pour ça ! » ajouta-t-elle, indignée.

L'appartement était sombre et froid. Personne ! Qu'un miaulement plaintif de chat affamé qui s'amplifia vers la porte. Jonas vint se frôler sur la jambe de sa maîtresse. Océane se pencha, le prit et le mit sur son ventre renflé pour le caresser. Elle s'amena dans la cuisine et lui servit une écuelle de lait. Ses yeux embués se posèrent ensuite vers la feuille, au centre de la table. Elle lut la lettre, écrite d'une main rageuse où certains mots déjà chargés de hargne avaient été biffés et remplacés par d'autres, pires encore.

Océane,

Ton amie Natascha m'a tout raconté. Maintenant que tu es enceinte, ta vie t'appartient. C'est pas moi qui vas le torcher, ton bâtard. D'ailleurs, il doit bien avoir un père, ce p'tit-là ! Probablement un de ceux qui s'enfuyaient par la sortie de secours en remontant leur culotte quand j'arrivais de travailler ! Penses-tu que j'ai pas compris ton empressement à laver les draps après tes parties de fesses avec tes camarades ?

Bonne chance avec ton petit. Après tout, j'ai déjà été une vraie mère pour toi. Je souhaite que tu lui accordes autant d'attention, que tu saches l'entourer d'affection et que tu lui manifestes autant d'amour.

Tu as la journée pour me débarrasser de tes pénates. Après, il sera trop tard, je vais mettre tes haillons et toutes les traces de notre passé aux ordures. Océane, je me sens comme une ancienne mer, complètement asséchée. Les dernières gouttes d'eau se sont évaporées. Ne viens pas chercher ici le refuge ou la tendresse. Tu n'es plus ma fille ! Pour moi, tu n'existes plus !

Adieu !

Ton ex-mère

Après la lecture de cette lettre, Océane pleura toutes les larmes de son corps. Dans sa chambre, étendue sur son tas de vêtements usagés, elle demeura dans un état d'abattement si profond qu'elle ne put se relever. Elle dormit. Le voyage l'avait aussi fatiguée, et la dure réalité à laquelle elle se confrontait menaçait son équilibre de jeune fille qui a tenté le diable.

À la fin de l'après-midi, elle consulta sa montre. Elle ressentit la faim et se rendit au réfrigérateur où elle avait aperçu un reste de saucisson à l'ail que sa mère avait l'habitude de manger pendant son absence, parce qu'elle ne partageait pas les mêmes goûts. Elle le prit et en tailla un morceau sur la planche à découper, qu'elle mit dans une assiette. Puis elle entama le pain en prenant soin de laisser la croûte à sa mère et ajouta la tomate la plus mûre qui dormait sur le comptoir.

Pendant son repas, elle relut deux fois la missive demeurée devant elle sur la table, pour essayer de déceler une quelconque échappatoire. Les mots n'étaient pas tendres. Aucune porte de sortie. En fait, oui, ironisa-t-elle en songeant aux paroles de sa mère : celle d'en avant, celle d'en arrière et la fameuse sortie de secours que ses amoureux de passage avaient subrepticement empruntée. Elle devait quitter les lieux. Après le souper, elle appellerait un taxi et s'en irait… Sans savoir pourquoi, elle plia la feuille en huit et la dissimula dans son corsage.

Jonas réclama du saucisson. Elle ne put résister à tant de supplications, se laissa attendrir et lui donna le reste de sa portion. De toute manière, les charcuteries lui avaient toujours donné des haut-le-cœur, une sorte de houle qui lui rappela ses premiers mois de grossesse, et elle ne ressentait plus la faim.

La vaisselle récurée, la voyageuse ne songeait qu'à repartir. C'était décidé. Elle n'irait pas élire domicile chez son père ni même quêter une niche chez Natascha, mais plongerait sans détour dans l'eau trouble chez Sonia Bécotte où logeait le père de son enfant. Ses valises étant restées au bord de la porte, elle ne ramasserait que ses effets scolaires.

Moins d'une demi-heure plus tard, elle gravissait les marches de l'escalier de la rue Jeanne-Mance en reniflant. Le chauffeur de taxi, moins empathique que le précédent, l'avait déposée sur le trottoir et avait soulagé le coffre de ses bagages, qu'elle monta en deux étapes. Elle fit résonner le timbre de la sonnette. Félix sortit de la salle de bains en s'asséchant les cheveux avec une serviette. Il se présenta à la porte :

— Océane, qu'est-ce que tu fais ici ? Avec tes valises et malheureuse !

— J'arrive de voyage, Félix. Je suis exténuée, pleurnicha-t-elle.

— Ta mère est pas à l'appartement ?

— Non, puis j'ai pas la clef, mentit-elle.

— Rentre, quelques minutes, en attendant que ta mère revienne.

Félix avait remarqué les yeux bleus rougis d'Océane et son curieux accoutrement de jeune fille ballonnée.

— Qui c'est ? s'écria la mère de Félix, d'une voix en provenance d'une petite pièce qui servait maintenant de bureau pour son nouveau travail.

— C'est juste une copine de classe, m'man !

Sonia Bécotte s'était recyclée dans le télémarketing pour une compagnie qui vendait des plans d'entretien de gazon l'été et de déneigement l'hiver. Sa voix chaude et sensuelle remplacerait dorénavant le charme de ses attraits physiques, invisibles au téléphone.

Félix entraîna la visiteuse au salon. Charlemagne, casquette de travers, écoutait un film de dinosaures, coté 5, où les décors de carton-pâte et les mouvements robotisés des énormes reptiles ne résistaient pas à la critique des moins avertis.

— Je te laisse avec Charlot, mentionna Félix. Faut que je parte dans cinq minutes.

Il retourna à la salle de bains pour finir de se sécher les cheveux devant le miroir.

— Assis-toi, Océane. Je suis content de te revoir ; on t'a pas vue de l'été.

Charlemagne remarqua que la jeune fille qui venait de prendre place à côté de lui n'était plus tout à fait la même :

— Dis donc, t'as changé un peu, il me semble. Belles vacances ?

— Si on peut dire. Comme d'habitude, j'ai séjourné deux mois en République dominicaine chez mes grands-parents Lamer. Et toi ?

— J'ai pas vu le temps passer. Je me suis fait pas mal de *cash* au dépanneur. Déjà l'école qui reprend demain !

Océane s'attrista en abaissant le regard vers le petit être qui vivait en elle et qui bouleversait déjà sa vie.

— Tu dois pas être trop déçue ; t'aime ça, l'école, toi ? Comme ça, tu reviens de voyage ?

— Aujourd'hui même.

— T'as plutôt l'air fatiguée. Tu ferais pas mieux d'aller te reposer chez toi ? De toute façon, on se revoit demain pour l'accueil.

Océane se tourna vers le téléviseur et tenta une diversion :

— Ton film a l'air plate à mort !

Charlemagne amorça un mouvement vers le téléviseur pour baisser le volume.

— Le son est correct de même, commenta la voyageuse, qui préférait que les vagissements des dinosaures enterrent leur conversation.

La jeune mère frémissait sous ses vêtements de maternité en regardant celui qu'elle avait choisi pour être le père de l'enfant. D'un pas pressé, Félix les salua en se dirigeant vers la porte du logis. Océane se balançait éperdument de celui qui n'obtenait plus grâce dans son cœur. Elle s'approcha de Charlemagne et lui mit la main sur le genou :

— En rentrant de voyage, j'ai cherché ma clef dans le fond de ma petite valise, celle que je traînais avec moi dans l'avion. Je suis restée deux heures à brailler devant la porte de l'appartement, assise sur mes bagages, en attendant que ma mère arrive. Il y a eu un malentendu. Pourtant, elle savait que je revenais aujourd'hui, larmoya-t-elle en omettant de raconter les véritables événements.

Charlemagne ne dédaignait pas du tout le plaisir qu'il ressentait à sentir glisser la main aventureuse sur son blue-jean, mais appréhendait l'apparition de Sonia Bécotte à n'importe quel moment.

— Tu devrais téléphoner pour savoir si ta mère est là, Océane, proposa Charlemagne. Je vas demander à Sonia de libérer la ligne un instant.

Le jeune « père » s'éloigna et reparut quelques minutes plus tard, avec une réponse négative donnée sur un ton rogue :

— Elle a dit qu'elle a encore plusieurs appels à faire et qu'elle a hâte d'en finir, rapporta Charlemagne à sa copine.

Le corps de plus en plus gourd, la visiteuse s'allongea en posant la tête sur les cuisses de Charlemagne, aussitôt absorbé par de délicieuses jongleries qui n'avaient rien à voir avec les dinosaures. Elle ferma les paupières en revoyant le visage du prince qui l'avait secourue et sur qui elle reposait à présent comme si elle allait dormir au salon.

Ce n'est que beaucoup plus tard que Sonia Bécotte, un verre à la main, réalisa l'heure qu'il était. Elle avait oublié la requête de la jeune fille qui voulait téléphoner à sa mère. Elle se déporta au salon, chancelante :

— Qui c'est, celle-là ? marmotta la buveuse.

— C'est mon amie Océane, sursauta Charlemagne qui s'était assoupi.

— Elle va pas passer la nuit icitte, toujours ?

— Il est un peu tard pour appeler chez elle, Sonia. C'est pour ça qu'on attendait la ligne…

Lovée contre Charlemagne, Océane se redressa avec difficulté. Sonia Bécotte perçut le renflement qui arrondissait la taille de la jeune fille :

— Tu t'es fait pogner, ma p'tite garce !

— On est restés ben tranquilles sur le sofa, se défendit Charlemagne. J'te jure, Sonia.

— Mais, r'garde-la donc : elle est enceinte, ton amie, Charlot, fit remarquer l'ivrognesse sans scrupule. Fais pas l'innocent !

— Non, ça s'peut pas ! C'est impossible ! réagit spontanément Charlemagne, comme poussé par un ressort qui le projeta debout devant le fauteuil.

— Oui, Charlemagne ! renchérit Océane, dont le visage s'empourpra aussitôt. C'est toi le père de l'enfant que j'attends, confirma-t-elle d'une voix douce, presque maternelle, en le regardant dans les yeux.

— Quand on fait des saloperies, il faut payer pour, moralisa l'ex-travailleuse du sexe, en éructant de façon très disgracieuse.

— Viens, on s'en va chez ta mère ! s'offusqua Charlemagne.

— Pas à cette heure-ci, il est trop tard… Puis, elle veut plus rien savoir de moi ! éclata Océane.

La petite visiteuse mit la main dans son corsage, sortit la missive, la tendit à Charlemagne qui lut à voix basse du bout des lèvres, la mine ahurie.

— Donne-moi ça ! s'emporta Sonia Bécotte en lui arrachant la lettre des mains. J'ai le droit de savoir qui c'est qui vient d'échouer dans mon logis pis me brailler dans face…

Charlemagne s'enferma dans sa chambre. De sa voix de rogomme, l'alcoolique lut en martelant les passages les plus durs, butant à tous les trois mots :

— C'est pas drôle, une mère de même ! Han, ma tite fille ?

Océane ne put répondre ; accablée, elle ne faisait que pleurer et s'essuyait les yeux avec le bord de sa robe.

— Bon, j'cré ben que tu vas passer la nuit icitte…

Vacillante, elle lui remit le papier et lui enjoignit de la suivre dans sa chambre. Deux minutes plus tard, elle retourna près du seuil de l'entrée. En se déportant devant la porte de Charlemagne, elle s'écria :

— Imagine-toi pas qu'elle va coucher avec toé à soir, mon Charlot ! C'est la place à Félix ; il va ressoudre bientôt, mon beau cœur…

***

L'ex-travailleuse du sexe était habituée à partager sa couche avec un partenaire plus engagé. Toutefois, les nombreux mouvements de flux et de reflux d'Océane l'avaient quelque peu dérangée dans son sommeil. La jeune femme qui dormait dans son lit l'avait soumise à une mer tempétueuse, agitée par la houle de ses inquiétudes et n'avait trouvé le calme des flots qu'à 3 h du matin. En somme, la grand-mère, la belle-fille et le rejeton avaient été du même voyage. Vers 10 h, Océane se réveilla avec la curieuse sensation d'avoir tenu la barre et vogué toute la nuit pour accoster dans le lit de la mère de Félix; elle se leva.

Comme en témoignait éloquemment le comptoir de cuisine, Félix et Charlemagne avaient déjeuné. Sans bruit, Océane rinça et mit la vaisselle sale dans l'évier, se servit un bol de Raisin Bran qu'elle arrosa abondamment de lait à 2 %. À l'école, elle avait appris que le lait constituait un aliment de base dans la diète de la femme enceinte, ce qui la porta à se remémorer les bienfaits de l'allaitement maternel. Elle prit quelques cuillerées de céréales, déposa l'ustensile et souleva sa jaquette pour la ramasser en un tapon au-dessus de son ventre arrondi. Sa main caressa le bébé à travers la paroi opaque de son corps. L'enfant réagit. Jamais elle ne s'était sentie mère avec autant de force, avec autant de plénitude.

La journée d'accueil la ramena soudainement à sa réalité d'écolière. Les garçons étaient partis sans l'attendre. Après sa douche matinale, Félix s'était composé une houppette à la Tintin pour se donner encore plus de panache. En route pour l'école, engoncé dans le silence, ses yeux fuyants sous la visière de sa casquette, Charlemagne marchait tête baissée, ébranlé, ruminant une gomme qui avait déjà perdu toute sa saveur. Esbroufeur inconscient, Félix provoqua un certain agacement chez son compagnon en lui décrivant les ébats auxquels il s'était livré la veille au soir avec ses partenaires.

— Écœure-moi pas, Félix Poitras, avec tes prouesses sexuelles.

— Je disais ça de même, Charlot. Qu'est-ce qui se passe avec toé à matin, patente à gosse ?

— C'est à cause d'Océane…

— Ouan, pis, c'est-tu ta blonde asteure ?

— Faut que tu saches qu'elle a couché ici cette nuit. Sa mère l'a foutue dehors parce qu'elle attend un bébé…

— Ce sont des choses qui arrivent, mon Charlot, faut pas que tu t'en fasses avec ça.

— Ça dépend…

— Je sais bien que si j'annonçais à ma mère que j'ai fait un petit à une fille, elle le prendrait pas.

— Justement! C'est ça qui est compliqué, Félix. C'est moi le père de l'enfant d'Océane…

— As-tu fait l'amour avec elle, au moins? ricana Félix, en se rappelant ses nombreuses parties de plaisir avec la jeune fille.

— Une fois, une seule fois, pis ç'a pas été la bonne, faut croire… Puis, ça fait pas ben longtemps. Je pensais pas qu'un ventre pouvait gonfler aussi vite.

— Asteure, va falloir que tu prennes tes responsabilités, mon Charlot.

Félix cessa ses fanfaronnades. En son âme et conscience, il se savait le père de l'enfant, mais il questionna son «petit frère» en adoptant une attitude plus bienveillante:

— Qu'est-ce que t'as l'intention de faire?

— J'vas être obligé de travailler tous les soirs puis la fin de semaine au dépanneur.

— Tu vas te trouver un appart?

— J'aurai pas le choix! se désola Charlemagne, la mine grave.

Leur arrivée à la polyvalente mit fin abruptement à la conversation. Sur le trottoir, au bord de la rue, ils durent traverser un écran de boucane délétère dressé par un groupuscule de fumeurs invétérés à qui il était interdit d'aller plus loin. Sur le terrain de l'école, des filles en robes écourtichées se trémoussèrent de joie lorsqu'elles virent Félix s'approcher. Avant le jour 1 du début des cours, on pouvait se présenter sans revêtir le gaminet de l'établissement, porter une casquette ou un bandeau. Nombreux étaient les élèves qui profitaient de ces jours de sursis pour s'afficher dans des tenues négligées ou inacceptables qui n'auraient pas passé le seuil de tolérance de la bienséance réglementaire. Charlemagne s'engouffra dans le bâtiment et se dirigea vers le gymnase de l'école, un sanctuaire du corps sacrifié sur l'autel de la rentrée progressive.

En effet, pour faciliter la distribution des livres, le gymnase de l'école avait été aménagé en librairie. Sur des tables provenant de la cafétéria, on avait disposé des piles de livres regroupés par matières et par niveaux. Ainsi, avec l'assistance de bénévoles, les élèves pouvaient circuler en prenant possession de leurs manuels. Ils complétaient le circuit avec la prise de photo pour la carte d'identité et la remise de l'horaire et, après quelques obligations administratives, pouvaient quitter les lieux et retombaient en vacances jusqu'à la rentrée officielle.

Océane se pressa vers la polyvalente. En dépit des camarades qu'elle connaissait et qu'elle aurait pu saluer sans engager une conversation compromettante, elle longea les murs peinturlurés de dessins primés lors d'un concours de l'établissement. Elle se faufila entre des grappes d'élèves occupés à comparer leur horaire ou à raconter leurs vacances, avant d'atteindre le corridor qui la mena au bureau de la psychoéducatrice, par qui transitaient tous les éclopés de l'école et sur qui se déversaient les montagnes secrètes de problèmes personnels. Près de la porte de Mme Dutrisac se tenait Natascha, l'air faussement penaude, avec ses livres et son papier à couvrir :

— Pis, ta mère ?

— Elle était pas là. Elle m'avait laissé un message. Je devais quitter le logement au plus vite. Je me suis ramassée chez Félix pour dormir, pis me v'là. Tu dois être contente asteure !

— Est-ce que sa mère est au courant que t'es enceinte ?

— Oui, je lui ai avoué. Aussi, j'ai annoncé à Charlot qu'il deviendrait papa autour des Fêtes.

— Il a dû mal le prendre ?

— Qu'est-ce que t'en penses ? Il s'est enfermé dans sa chambre pour la nuit. Ce matin, je l'ai pas vu. À l'heure qu'il est, il doit être retourné chez Mme Bécotte.

La porte du bureau de Mme Dutrisac s'entrouvrit. Natascha recula d'un pas. Elle-même avait déjà respiré l'oxygène du cabinet de la consultante au sujet des ravages que lui causait son système pileux déficient. Elle se disait la preuve vivante que l'homme descendait du singe. C'est pourquoi elle avait réussi à obtenir une dérogation de son cours d'éducation physique et s'habillait de vêtements longs. Une adolescente complexée à la peau acnéique sortit. La pauvre fille avait le visage comme du pouding aux raisins. Elle baissa les yeux et frôla le ventre de la mère adolescente par mégarde. Océane entra.

La grande épingle à cheveux était au bord de l'exaspération. Machinalement, elle regarda son poignet nu. Sa montre était encore en vacances. Elle consulta l'horloge du passage. L'heure était sûrement inexacte, comme les années précédentes. Elle se rappela qu'il y avait des horloges partout, dans tous les corridors de l'école, mais elles donnaient toutes des heures différentes. Excédée, elle se mit à se ronger les ongles jusqu'à ce que la porte du bureau s'ouvre enfin.

***

Félix mastiquait sa dernière bouchée de pâté au poulet décongelé lorsqu'Océane revint rue Jeanne-Mance :

— Il y a une pointe pour toi dans le congélateur. Moi, j'vas me coucher ; j'ai du sommeil à rattraper, lui dit-il en se levant de table avec son assiette.

— Merci, Félix. Où sont les autres ?

— Charlot a téléphoné à Grizzly pour qu'il vienne les chercher. Il voulait absolument travailler le reste de la journée. Sonia, elle, est allée voir la grand-mère de Charlot. Je suppose que tu comprends pourquoi ? Elle a dit qu'y avait pas de place pour cinq dans notre logement…

— Méchant ! T'es un irresponsable, Félix ! clama Océane. Tu le sais ben que t'es le père. Comme tu veux pas assumer tes responsabilités, c'est la moindre des choses que le p'tit soit élevé dans ta maison…

— Ça peut être Charlot aussi…

— Impossible ! On a pas fait l'amour pour vrai… On est allés pas mal loin, mais pas jusque-là…

— Fais-toi avorter, pis tu vas pouvoir retourner chez vous avec ta mère ! Ça va régler le problème une fois pour toutes…

Océane se porta les mains au visage, pétrie de stupeur et d'indignation.

— Je m'en vas me coucher ! conclut Félix.

* * *

Même si elle la considérait comme une femme aux manières frustes et que son accoutrement voisinait avec l'indécence, la veuve de Sabourin reçut la mère de Félix avec tous les égards. Après tout, Charlemagne n'était-il pas devenu ce charmant garçon qui s'épanouissait sous son toit? Ne pouvait-elle pas lui attribuer un peu le mérite d'élever son petit-fils, en plus de veiller à l'éducation de son propre enfant?

Au salon, la grand-mère Madeleine déposa sur une petite table basse un plateau d'argenterie bien astiqué, un souvenir de son mariage en premières noces avec Fernand Beauséjour. Un agréable parfum de thé à la bergamote émanait de la théière. Quelques minutes auparavant, l'hôtesse était descendue au dépanneur pour se procurer une boîte de vingt sachets. C'est elle qui entreprit la conversation en abordant plusieurs sujets, dont celui de l'année scolaire qui débutait pour Félix et Charlemagne. Ensuite, il fut question de son travail réduit au commerce, de sa vie de femme seule au logis depuis le décès de son second mari et de la vente qui s'ensuivit quelque temps après, mais changea de discours lorsque sa visiteuse plissa les yeux d'agacement:

— Vous m'avez téléphoné ce midi pour m'annoncer votre venue, mais sans me dire à quel sujet, Sonia?

— Ce que j'ai à te dire ne se raconte pas au téléphone, non plus.

— C'est à propos de l'argent que je verse chaque mois pour Charlemagne? Parlez, vous m'intriguez.

— La petite blonde de Charlot est en famille, proclama la mère de Félix.

— Est-ce que j'ai bien entendu? se surprit l'hôtesse.

— La blonde de ton petit-fils est enceinte! articula la visiteuse. Tu vas être arrière-grand-mère, c'est-tu assez clair?

Madeleine Limoges déposa rageusement sa tasse de thé sur le plateau d'argenterie et se précipita vers la porte qui donnait accès au dépanneur.

— Charlot, viens ici, ça presse ! tonna-t-elle, en faisant résonner les murs de la cage de l'escalier.

— Quoi, Madeleine ? fit Alex, en ouvrant la porte de l'escalier qui donnait dans l'arrière-boutique.

— Demande à Charlot de monter une minute, j'ai affaire à lui !

Charlemagne complétait une commande au téléphone. Le propriétaire s'en approcha :

— Ta grand-mère désire te parler, mon Charlot. Je te préviens, elle a pas l'air de bonne humeur.

Le jeune commis entreprit de gravir les marches, une mine de contrition dessinée sur les lèvres. Au salon, il s'assit sur le rebord du fauteuil en face de Sonia Bécotte, les yeux cachés, prêt à déguerpir si la tension devenait insupportable. Il redoutait le jour où la nouvelle parviendrait jusqu'aux oreilles de sa grand-mère. Debout, les mains sur ses bourrelets, elle entama son interrogatoire :

— C'est vrai ce que Sonia vient de m'apprendre, Charlot ? grommela la veuve.

— Je sais pas ce qu'elle a dit, mais ce doit pas être bien beau, mentionna Charlemagne.

— Fais-moi pas passer pour une menteuse ! s'interposa la mère de Félix, en haussant le ton.

— J'ai pas dit ça, Sonia.

— Enlève ta casquette, puis regarde-moi dans les yeux, Charlot, reprit la grand-mère. Qui c'est, ta petite blonde ?

— Elle s'appelle Océane. Elle a mon âge et sa mère l'a mise à la porte parce qu'elle est enceinte, expliqua Charlemagne, fixant la vieille dame de ses grands yeux de biche effrayée.

— J'aurais fait la même chose, mentionna Sonia. D'ailleurs, c'est ce qui m'est arrivé quand ma mère a appris que j'étais en famille. Je me suis débrouillée toute seule, raconta-t-elle, en abaissant les paupières vers sa tasse de thé.

— Je croyais que c'était Rosaire qui avait élevé votre fils? s'étonna Madeleine Limoges, en se retournant vers la mère de Félix.

La menteuse souleva sa tasse et but une gorgée du thé qui avait passablement tiédi.

— Voulez-vous réchauffer votre tasse? suggéra l'hôtesse.

— Pourquoi pas? Pour répondre à votre question, disons qu'on a fait chacun notre part et, sans vouloir me vanter, il faut admettre que le résultat est plutôt enviable. Félix est un garçon bien élevé. Je lui ai enseigné le respect des autres et la débrouillardise avant tout.

Irrité par les propos mensongers de Sonia Bécotte, Charlemagne serra les mâchoires, s'interdisant de réagir. D'ailleurs, il connaissait bien les débauches de Félix, qui ne s'était pas gêné pour s'en glorifier.

— Qu'est-ce qu'on va faire, à présent? poursuivit la grand-mère, décontenancée.

— Tu pourrais les prendre avec toi, proposa la mère de Félix.

— Je n'en ai pas la force, madame Bécotte! Ça me tuerait!

— J'ai pas le goût de changer d'école puis Océane non plus, je pense bien, s'interposa Charlemagne.

— Par contre, tu serais près de ton travail, argumenta la buveuse.

— Non, je vous le répète, je n'en ai pas la force..., supplia Madeleine Limoges.

— Dans mon logement, y a pas vraiment de place pour cinq, c'est impensable !

— Écoutez, madame Bécotte, j'ai une proposition à vous faire : je vais augmenter les sommes que je débourse pour Charlemagne et qui proviennent de l'héritage de ses parents. Mon mari avait de bonnes assurances et la vente du commerce ne m'a pas laissée sur la paille. À moins que la mère d'Océane puisse collaborer à sa juste part ?

— Compte pas là-dessus, grand-maman. Sa mère est pauvre, rétorqua Charlemagne.

— Ça dépend de combien vous êtes prête à me donner, réfléchit Sonia Bécotte, soudainement intéressée par la prise en charge de la petite famille.

— L'aimes-tu, au moins, ton Océane ? s'informa la grand-mère de Charlemagne, avant de s'avancer plus loin ?

— J'pense bien que oui ! exprima l'adolescent, candidement.

— Quand on s'engage pour la vie avec une femme et un enfant, il faut y penser à deux fois, Charlot, avertit sa grand-mère sous le regard dubitatif de Sonia Bécotte.

— C'est tout réfléchi ! affirma-t-il.

— Bon, dans ce cas, j'accepte ta proposition, conclut la visiteuse.

Avec la rapidité d'un sprinteur, Charlemagne se leva de son fauteuil, se coiffa de sa casquette et dévala l'escalier du dépanneur. Les deux femmes discutèrent des détails de l'entente. La mère de Félix devait veiller entre autres à la vertu de ses protégés. Elle se portait garante de leur chasteté, dans la mesure où elle pouvait contrôler leurs emportements. « Comptez sur moé ! » assura-t-elle.

Madeleine Limoges signa un premier chèque. Entre deux livraisons, Grizzly fit un long détour de coccinelle pour reconduire la locataire de la rue Jeanne-Mance.

En entrant dans son logement, les narines de Sonia Bécotte furent assaillies par une odeur de nettoyeur à plancher si forte qu'elle en éternua de stupéfaction. Elle poussa la porte de la chambre de son fils ; il dormait. Elle la referma et se laissa guider par les émanations de propreté qui provenaient de la cuisine. À genoux, torchon en main, Océane récurait le linoléum.

— As-tu envie de dire que mon plancher est malpropre ?

— Ah, Sonia, vous m'avez fait sursauter !

— Je l'ai nettoyé la semaine dernière, inventa-t-elle. Mais si tu veux le frotter à chaque semaine, ça serait une bonne idée. Asteure qu'on est quatre dans maison.

— Ça veut-tu dire que vous allez me garder avec mon enfant ?

— Je me suis entendue avec la grand-mère de Charlot. Je lui ai dit qu'elle pouvait compter sur moé, qu'elle n'avait pas à s'en faire et qu'on se débrouillerait financièrement pour arriver. Elle a juste mentionné qu'elle ferait un petit effort de son côté pour nous aider. Tu vois comment on est prêts à te sortir de ta marde, Océane ? J'espère que ta mère t'a appris la reconnaissance, au moins…

— Je vais faire mon gros possible pour vous donner un coup de main à travers mes études, Sonia.

— Tu iras pas à tes cours arrangée de même ?

— Non ! Du moins, pas jusqu'aux Fêtes. D'ici là, c'est mon amie Natascha qui va m'apporter le travail et faire corriger mes travaux. La psychoéducatrice s'occupe de trouver un professeur qui va me visiter. Je l'ai rencontrée pas plus tard que ce matin. Après mon accouchement, je retournerai pour compléter mon année.

— En attendant, il faut une place pour coucher, ma noire ! J'ai pas envie de ballotter toute la nuit encore.

— Je peux comprendre ça, Sonia. Même avec un lit double, vous devez pas être habituée de dormir avec quelqu'un d'autre...

L'ancienne aidante naturelle se racla la gorge pour signifier à son interlocutrice qu'elle devait passer à autre chose. Elle consulta sa montre et jugea qu'elle avait assez de temps pour se rendre au magasin de meubles près de chez elle, avenue du Parc.

— Je m'en vais magasiner un lit pour toi. D'ici à ce que je revienne, finis de laver ton plancher de cuisine, vide mon bureau dans le passage. Pour le moment, cet ancien boudoir va être ta chambre. C'est petit, mais c'est mieux que de se retrouver à la rue ou dans un centre d'accueil. Quand le bébé arrivera, on verra...

— Mais où allez-vous installer votre bureau de travail ?

— Pauvre tite fille ! Sûrement pas dans le passage. Dans ma chambre ! Après tout, ça prend quelqu'un pour se sacrifier dans c'te maison-là ! moralisa la mère de celui qui dormait toujours.

Le chèque de Madeleine Limoges lui brûlait les doigts. Les paupières alourdies de rimmel battaient contre la vitre de la porte avant du logis en attendant la voiture taxi. Elle engouffra sa tête excentrique dans le véhicule, se rendit au magasin et demanda au chauffeur de patienter.

La démarche altière, sa robe échancrée valsant sur le parquet comme on agite un plumeau sur une commode poussiéreuse, elle se dirigea vers les ameublements de chambre à coucher. Un vendeur cravaté habillé d'une chemise blanche à manches retroussées parachevait les détails d'une vente avec une cliente. Il se tourna vers Sonia Bécotte :

— Qu'est-ce qu'on peut faire pour vous, ma chère dame ? s'enquit-il, avec un sourire du dimanche.

— Tu vas me donner un lit simple, le moins cher possible.

— Par ici, madame. Excusez-moi, fit-il, en s'adressant à sa première cliente.

Le vendeur la délaissa et entraîna Sonia Bécotte au rayon des lits et des matelas.

— C'est ton moins cher ?

— On peut pas trouver meilleur marché, madame, précisa l'homme cravaté, qui aurait vendu sa chemise pour faire plus ample connaissance.

— C'est lui que je veux, indiqua l'acheteuse, en regardant le prix d'un ensemble qui lui convenait. Elle tourna ses talons hauts et se pressa vers la sortie.

Le vendeur la suivit, troublé par le déhanchement provocant de sa cliente. Au comptoir, elle extirpa le chèque de Madeleine Limoges, l'endossa et le lui remit pour payer :

— Toé, tes manches sont déjà retroussées, demande au chauffeur de taxi de t'aider à charger. Dépêche-toé, le compteur marche.

Heureuse de constater qu'elle avait un fort ascendant sur le vendeur, elle ouvrit la porte du magasin et signifia au chauffeur d'entrer. Insultée par le comportement cavalier de Sonia Bécotte et par l'attitude du vendeur qui lui avait donné préséance, la première cliente sortit en trombe du commerce :

— Ça se pense important parce que ça fait tourner les têtes ! déplora-t-elle. En tout cas, on me reverra plus ici dedans !

Le chauffeur protesta quelque peu, alléguant qu'il n'était pas un déménageur ni un livreur de meubles. Néanmoins, peu après, le taxi démarrait avec le lit et le matelas dans le coffre de la camionnette.

Le véhicule se stationna en double file devant l'immeuble qui abritait le logement de Sonia Bécotte.

— Attends une minute, j'vas chercher de l'aide, exigea l'acheteuse.

— Ça me fait rien, c'est vous qui payez, rétorqua le chauffeur.

Persuadé que sa passagère reviendrait avec deux paires de bras, le taximan ne vit descendre qu'une jeune fille sur le trottoir. Déconcerté, il poussa quelques sacres d'impatience et monta avec Océane les pièces de mobilier. À l'étage, l'homme refusa de s'engager plus loin que la marche palière :

— J'ai mon christophe de voyage !

— C'est même pas capable de rendre un petit service, s'offusqua Sonia Bécotte, en remettant au chauffeur une somme qui lui parut nettement insuffisante.

— Maudite *gang* de BS ! ronchonna-t-il, retournant à sa voiture.

Les achats demeurèrent dans le passage. Océane rejoignit Sonia Bécotte dans la cuisine :

— Voulez-vous que je prépare le souper ?

— Tu vas d'abord faire ta *job* comme du monde. Il y a encore des taches sur le plancher. Après, tu feras cuire le poulet et des légumes pour le souper.

— Pour le lit, Félix pourrait…

— Laisse dormir Félix ! coupa la femme acariâtre. C'est pas à lui à faire ça ! En plus, il a besoin de récupérer encore. Ce soir, quand Charlot reviendra, il t'aidera à assembler ton lit.

Ce qui fut dit fut fait. Félix se réveilla au début de la soirée, prêt à entreprendre une nuit à exaucer les désirs des femmes les plus exigeantes chez Cassandra Carreau. Au souper, devant Océane, sa mère rapporta les démarches fructueuses réalisées auprès de la grand-mère de Charlemagne et ses achats au magasin d'ameublement. Félix fut agréablement surpris de constater qu'Océane assurait le service, pour soulager sa mère qui s'était démenée pour elle durant tout l'après-midi. Sonia Bécotte trouva le moyen de critiquer l'assaisonnement du poulet. Ses commentaires désobligeants furent renchéris par ceux de Félix qui donna dans le même sens, en ajoutant que la cuisinière aurait dû piler les légumes trop cuits plutôt que de servir un semblant de purée dans son assiette.

Après le repas, Sonia fit transporter dans sa chambre ce qui encombrait le passage :

— Pourrais-tu déménager mon secrétaire avec elle avant de partir, Félix ? Pour le reste, elle va s'arranger.

— Oui, m'man, acquiesça-t-il.

Sonia Bécotte embrassa son fils devant Océane, ce qui lui arrivait très rarement. Celle qui demeurait maintenant sous son toit se devait de constater la tendresse d'une mère pour son enfant et peut-être un peu lui faire regretter la sienne. Ensuite, elle se replia dans sa chambre pour offrir au téléphone le renouvellement de ses plans d'entretien de gazon.

Le nez en l'air, Félix quitta le logement comme si le monde était à ses pieds. Océane acheva de déplacer les effets de Sonia et retourna à la cuisine pour desservir la table et récurer la vaisselle sale. Sa besogne terminée, la jeune fille enceinte se sentit lasse et s'allongea sur le canapé du salon. Elle s'endormit.

La coccinelle venait de déposer le petit commis du dépanneur dans la ruelle. Charlemagne avait pris le temps d'expliquer à Grizzly qu'il ne pourrait plus se permettre de fréquenter assidûment son gymnase personnel. L'ours en fut navré. Déjà que Félix avait attiédi ses ardeurs aux exercices. Le livreur, qui avait subodoré une raison très particulière pour motiver le déplacement de Sonia Bécotte chez la grand-mère Sabourin, exigea d'en savoir davantage. Charlemagne dut lui apprendre que sa petite amie attendait un enfant, ce qui réjouit l'ours qui promit de tricoter des petites pattes pour le bébé. «Je me sens un peu comme un grand-père, Charlot. Si Yann vivait, il serait fier de toi!» lui confia Rodolphe.

Le jeune employé du dépanneur entra au logis. Sonia semblait être au téléphone dans la chambre. Il traversa la cuisine et emprunta le passage jusqu'en avant où il buta contre le matelas – enserré dans un emballage de plastique – et les boîtes de carton. Manifestement, on l'avait attendu pour installer sa petite amie dans le bureau de Sonia. Océane ne coucherait donc plus dans la chambre de la maîtresse des lieux, qui en avait décidé autrement. Elle ne dormirait pas non plus avec lui. Ils ne formaient pas le petit couple de parents amoureux auquel il n'avait cessé de croire depuis la visite inattendue de la mère de Félix chez sa grand-mère.

L'endroit lui parut minuscule. Même désert, le petit boudoir n'avait rien d'une chambre à coucher. Dans la salle de bains, il dénicha un drap de la lingerie et s'approcha d'Océane pour la couvrir. Il se pencha vers elle et déposa sur sa joue un baiser qui la fit tressaillir.

— C'est toi, Charlot! Comme je suis contente de te voir.

— Moi aussi. Je t'aime, Océane.

Sonia Bécotte venait de raccrocher le combiné du téléphone. Elle fit irruption dans le salon:

— Je t'ai entendu rentrer, Charlot. Maintenant, c'est chacun dans sa chambre, décréta la gardienne de la chasteté. Pendant que vous montez le lit, je fais quelques appels et je vous reviens avec des draps et des couvertures.

Chapitre 15

Sarah et Alex apprirent la paternité de Charlemagne de la bouche même de sa grand-mère :

— Autrefois, ç'aurait été une honte dans la famille, un enfant du silence, l'enfant du péché. Au temps de la Grande Noirceur, il aurait été recueilli dans une crèche et donné en adoption ou placé dans un orphelinat. Je trouvais que le fils de Florence avait bien tourné finalement et que, grâce à sa rencontre avec Sarah, il avait trouvé l'aplomb qu'il lui manquait. Il a commis une erreur irréparable. Engrosser une fille à son âge, pensez donc… À présent, son avenir est sérieusement compromis.

— Je trouve que vous êtes sévère dans votre jugement, Madeleine, tenta de rectifier Sarah. Charlot est un bon petit garçon et il va faire son chemin.

— Il est bien vaillant, ajouta Alex, à la décharge de Charlemagne. Il m'a supplié d'augmenter ses heures au dépanneur. J'en ai enlevé à Manuel pour lui en donner.

— Je ne voudrais pas qu'il néglige ses études et qu'il travaille au dépanneur toute…

— Toute sa vie…, compléta Alex. Il n'y a pas de honte à servir les gens. J'en ai fait mon métier et le commerce me permet de gagner honorablement ma croûte et celle de ma famille.

Pendant plusieurs jours, Grizzly s'était pétri la cervelle pour trouver une manière élégante d'annoncer la grande nouvelle à son patron. Qui la connaissait déjà. Pour l'ours, avoir un enfant représentait le comble de la puissance sexuelle, la plus grande manifestation de la virilité du mâle. Angela et lui n'auraient jamais d'enfant. Le médecin leur avait expliqué que le sperme de Rodolphe ne contenait pas assez de spermatozoïdes. Grizzly s'en était grandement désolé. Il se considéra alors comme un être déchu, incapable de transmettre la vie. Cependant, il était capable de se réjouir pour ceux qui pouvaient la donner. C'est pourquoi, dans ses prières, il remerciait le ciel pour l'arrivée du nouveau-né qu'il entrevoyait comme le prolongement de Yann. Dorénavant, il s'approprierait le titre de «grand-père par procuration» et comptait bien jouer son rôle pleinement.

À l'école, Charlemagne assumait ses responsabilités. En classe, il parvenait à bien se concentrer. Sérieux, il passait pour un bon élève. Souvent, on lui demandait des explications, il devenait une référence. Ce qui le valorisait en repolissant l'image ternie par des années de primaire perturbées. À maintes reprises, lors des travaux d'équipe, il ramenait ses camarades à l'ordre, en leur rappelant que le temps était précieux et qu'une minute perdue ne peut jamais être retrouvée. À l'heure du lunch, il aimait bien s'isoler dans un coin de la cafétéria, au risque d'être considéré par certains comme un individu antisocial. Là, il s'empressait de dîner pour ensuite terminer des devoirs, étudier ou s'avancer dans un travail au local d'informatique. De cette manière, il pourrait consacrer ses soirées à son emploi au dépanneur.

Depuis l'emménagement d'Océane dans le logis de Sonia Bécotte, ses relations avec Félix étaient plutôt distantes. De coutume, il se rendait seul à la polyvalente parce que son compagnon de lit n'était pas encore levé au moment où il franchissait le seuil de la porte, auquel cas le fils de Rosaire se présentait en retard aux cours, l'estomac vide et la tête ailleurs. Il lui arrivait parfois même de rester enroulé dans les couvertures et de se réveiller en début d'après-midi.

La grasse matinée de Félix s'harmonisait bien avec le travail en soirée de Sonia Bécotte également. Ce qui permettait au jeune couple de déjeuner ensemble avant que Charlemagne parte pour l'école. C'était, pour ainsi dire, un moment privilégié durant la journée où ils pouvaient se cajoler un peu. Un de ces matins de classe, où le dormeur s'était réveillé après le départ de Charlemagne, Océane dut faire une mise au point. Habité par des pensées lubriques ou ressassant ses voluptueux ébats de la dernière nuit, Félix s'amena dans la cuisine où la pensionnaire s'absorbait dans une lecture que Natascha lui avait apportée la veille. Uniquement vêtu d'un cache-sexe, il se frôla contre Océane, qui le repoussa aussitôt.

— Maudite conne ! D'habitude, les femmes payent pour que je les excite, s'offusqua-t-il, insulté.

— Comme ça, tu es vraiment un travailleur du sexe. Charlot m'en avait parlé, puis je ne le croyais pas. Tu es un prostitué comme…

— Comme ma mère, tu veux dire. Sonia a fait ce qu'elle a pu ; il faut bien gagner sa vie. D'ailleurs, tu lui dois respect, à ma mère. C'est elle qui vous héberge, Charlot, toi, pis le p'tit… Elle est obligée de passer la soirée au téléphone pour vous faire vivre. Moi, j'fais ma part pour l'aider à payer le logement. Une chance que je suis là, hein Océane ?

— Tu m'écœures, Félix ! Le p'tit, c'est toi qui l'as fait. Je serais bien curieuse de savoir ce que tu lui donnes à ta mère pour TON ENFANT. Charlot est pas un sans-cœur, lui ; il fréquente l'école le jour et travaille au dépanneur le soir, et sa grand-mère nous…

Ah ! Puis, sacre-moi patience ! Un jour, ton beau corps va être en chômage puis tu vas le regretter. T'es aussi bien de t'en aller à tes cours…

— T'es une salope, Océane ! Charlot m'a avoué qu'il a couché avec toi, patente à gosse !

— T'es un hypocrite, Félix ! Tu le sais, je t'ai expliqué qu'il y a pas eu de vraie relation avec lui, on s'est juste minouchés. Des fois, je souhaite que l'enfant te ressemble, assez pour que t'aies l'obligation de le reconnaître devant tout le monde…

Le vigoureux échange avait tiré Sonia Bécotte de son sommeil. Félix s'était replié dans la salle de bains pour se doucher.

— Je t'ai entendue crier après mon fils, Océane. C'est rendu que je peux même pas dormir dans ma propre maison. C'est un scandale ! fulmina la mère de Félix. Où est-ce que t'as mis mes cigarettes ? demanda-t-elle, en fourrageant dans l'armoire à côté de l'évier.

— Je les ai pas vues, Sonia. Elles doivent être dans ta chambre.

— J'en viens, sont pas là !

Océane amorça le pas pour se rendre dans la pièce désertée.

— Je te défends ben d'aller là, toé ! s'opposa-t-elle, irritée. Tu iras pour faire le ménage quand je te le demanderai, pas avant ! Verse-moi un verre de vodka ! commanda-t-elle. Avec du jus d'orange. C'est bon pour la santé, le jus d'orange, ricana-t-elle.

La petite servante concocta la boisson. La Bécotte revint dans la cuisine, une cigarette au bord des lèvres.

— Asteure que tu m'as réveillée de bonne heure, tu vas me préparer un bon petit-déjeuner avec des œufs.

C'en était trop! Après les foudres du fils, celles de la mère. Oppressée, Océane s'efforça de retenir les larmes qui jaillissaient en elle.

Une noix de beurre fondait dans la poêle. Devant le miroir de la salle de bains, Félix souriait à ses crêtes de coq. L'air faraud, il s'amena dans la cuisine, contourna la servante et prit une banane dans la corbeille sur la table.

— Prends le temps de t'asseoir, mon homme. Océane va te servir…

— J'sais pas si elle est capable de faire ça? ironisa Félix en passant la porte.

Pendant que les œufs cuisaient, Sonia Bécotte grillait sa cigarette et sirotait son breuvage santé. Légèrement guillerette, elle mit le nez dans le livre de sa cuisinière en lisant un extrait à voix haute. Elle s'esclaffa. Océane se tourna vers elle, mais la maîtresse ne l'entendait pas ainsi:

— Regarde ce que tu fais, j'ai pas le goût de manger des semelles de bottes!

Océane posa une assiette sur la table, persuadée que la mégère trouverait à redire. Elle prit une bouchée:

— C'est trop salé. Comme la mer, Océane! critiqua-t-elle en riant.

Elle exhala une dernière bouffée, avant d'éteindre son mégot de cigarette dans le jaune d'un œuf encore gélatineux, et repoussa son assiette:

— Une autre vodka jus d'orange, Océane; ça, c'est difficile à manquer.

La servante exécuta l'ordre sans regimber.

La vaisselle récurée, avec le dégoût qu'inspire la vue d'un mégot écrasé dans une assiette, Océane se retira dans sa chambre boudoir pour lire, avant que Sonia Bécotte la réquisitionne pour effectuer une autre tâche ingrate. Décidément, la bourgeoise avait la main haute sur la petite bonne à qui elle demanderait probablement de préparer le souper. Aussi, son amie Natascha reviendrait un peu plus tard pour lui apporter le travail scolaire quotidien.

La pensionnaire s'assit sur son lit, la seule pièce d'ameublement que Sonia Bécotte avait daigné lui procurer. À regarder les murs dénudés de la chambre exiguë, sans porte, le matelas trop mou qui lui servait de chaise et dans lequel elle venait de passer une autre nuit, l'étroite penderie qui renfermait les vêtements achetés par les grands-parents Lamer, elle se sentit étouffée. Prendre un peu d'air lui ferait grand bien. Sur le trottoir, elle déambulait rarement le jour pour ne pas susciter de commentaires indélicats. Sans le dire à sa bourgeoise, elle sortit donc du logement par l'atelier-gymnase qui donnait sur la ruelle, en contournant la Chevrolet et l'énorme tombereau qui dormaient toujours dans la cour. Elle marcha à la rencontre de la grande épingle jusqu'à Fairmount, où elle respira l'odeur enivrante de la fabrique de bagels, et rebroussa chemin. À bien y penser, Félix arriverait avant son amie et emprunterait vraisemblablement la ruelle, comme à l'accoutumée. Quant à elle, Natascha évitait les fonds de cour qui lui rappelaient trop ses modestes conditions et craignait les mauvaises rencontres. De toute façon, Charlot s'en irait au dépanneur sans bifurquer vers la rue Jeanne-Mance. Elle remonta les degrés de l'escalier et rentra au logement.

Le fils de Sonia Bécotte était revenu de l'école assez tôt, en dépit de la sangsue qui le retenait souvent et qui aspirait à sortir avec lui. Assise sur le bord de son lit, Océane avait repris la lecture de son livre. Peu après, on sonna à la porte.

La grande épingle se délesta de son sac à dos sur le lit de son amie :

— Mme Dutrisac m'a informée des démarches pour trouver un prof à domicile. Elle m'a dit que les suppléants disponibles ne couraient pas les rues et que la direction cherchait intensément un candidat pour ne pas mettre en péril la réussite de ton année scolaire.

— Je me débrouille en français. J'ai lu plusieurs chapitres du livre de math, j'essaie de faire des exercices, mais j'y parviens pas. Charlot est bon, c'est sa matière forte, sauf qu'il est jamais là. Je commence à avoir la trouille, Natascha.

— Félix, lui ? Il pourrait t'aider.

— Avec les cours qu'il manque, ça doit pas être fameux, son affaire. Assis-toi une minute, que je te raconte…

Pour se défouler, Océane narra l'incident regrettable qui s'était produit avec Félix et l'engueulade qui s'ensuivit avant son départ pour la polyvalente, le matin. Elle ne voulait pas embêter Charlemagne avec ses histoires et ainsi éviter un affrontement certain. Elle rapporta aussi l'attitude de Sonia Bécotte, qui lui donnait des ordres comme si elle était la servante de la maison et qui l'empestait avec sa fumée de cigarette.

— Il paraît que la fumée secondaire est nuisible au bébé. C'est ce que ma sœur m'a dit, Océane.

— Je ne suis pas pour retourner chez ma mère ; elle me tuerait et roulerait mon cadavre sur le bord de la rue.

— T'es pas si ronde que ça encore, mais c'est une question de temps, blagua la grande épingle.

— Océane ! s'époumona Sonia Bécotte du fond de sa cuisine.

— Faut que j'aille préparer le souper. Merci pour ta fidélité, Natascha.

La visiteuse serra son amie contre elle et se retira.

Cigarette aux lèvres, la maîtresse des lieux se débattait contre un morceau de viande filandreuse sur la planche à dépecer, en sacrant contre le boucher incompétent qui lui avait chargé le gros prix pour de la vache enragée. De la vodka jus d'orange, elle était passée au thé à la bergamote, qui lui redonnait progressivement ses esprits et une certaine aménité.

— Prépare les légumes pour le bouilli, si on veut souper à une heure raisonnable. J'ai une grosse soirée au téléphone en perspective et Félix va manger comme un défoncé avant d'aller à son cours de conduite.

— Son cours de conduite ?

— Oui, ma chère ! Il a commencé depuis un certain temps en revenant de l'école. Pour le moment, c'est des cours théoriques.

Océane sangla un tablier autour de sa taille et se mit au travail, exécutant à la lettre les directives de la bourgeoise en songeant à Félix qui devenait de plus en plus indépendant.

— Crains pas, ma fille, il va bientôt s'acheter un char neuf pour remplacer le tacot tout déglingué qui traîne dans cour.

— C'est cher, une auto neuve !

— Il fait assez d'argent pour ça, patente à gosse, comme dirait Rosaire ! Pis arrête de poser des questions…

Exténuée, Océane n'avait pas attendu le retour de Charlemagne avant de se coucher. Sur la pointe des chaussettes, il s'avança vers elle et déposa un baiser sur son front endormi.

— Non, reste un peu avec moi, Charlot, réclama-t-elle, en s'écarquillant les yeux.

— Bouge pas, repose-toi, lui dit-il, en passant la main dans ses cheveux filasse. J'ai apporté des boîtes de carton du dépanneur pour ranger tes choses. Je les ai choisies assez basses pour que tu puisses les glisser en dessous de ton lit, comme des tiroirs. Ah, oui, j'oubliais ! Au souper, ma grand-mère m'a dit qu'elle fournirait le berceau pour le bébé.

— T'es fin, Charlot. Tu sais, dans le jour, je pense souvent à toi et à l'enfant. Je commence à trouver ça long d'attendre. Bientôt, je vais retourner voir le médecin pour savoir si tout est normal. Pour le moment, c'est pas le petit qui m'inquiète.

— C'est quoi ?

— C'est mon année scolaire. Cet après-midi, Natascha m'a rapporté ce que Mme Dutrisac lui avait dit : la direction n'a pas trouvé de prof pour m'enseigner à domicile.

— J'ai la solution à ton problème : Manuel accepterait peut-être, je lui en parle dès demain. Bonne nuit, ma belle Océane.

Charlemagne n'aurait pas à affronter la gardienne de la chasteté avant qu'elle fasse sa ronde et s'enferme pour la nuit. Dans sa chambre-bureau, Sonia Bécotte faisait d'ultimes tentatives pour charmer des clients au téléphone.

Seul dans son lit jusqu'au retour de Félix, Charlemagne s'endormit. En songe, d'effroyables regrets le rongèrent comme les flammes qui avaient embrasé l'arrière de la maison de Manuel, plusieurs années auparavant, alors qu'il avait délibérément mis le feu.

* * *

Le pensionnaire de Sonia Bécotte fut très encouragé de recevoir son bulletin. Il se gardait bien de le crier sur tous les toits, mais ressentait néanmoins une grande fierté qui témoignait de son talent indéniable et de la ténacité qui le maintenait dans l'ardeur au travail. À l'école comme au dépanneur. Humblement, il s'était contenté de dire à son amoureuse que ses résultats étaient convenables et qu'il entrevoyait la fin du secondaire comme un objectif réalisable.

On s'était abstenu de remettre un relevé de notes à Océane Lamer. Bien que Manuel Bourguignon se rendait à présent au domicile de la petite élève, Mme Dutrisac dut se porter à la défense de sa protégée afin qu'on attende à l'étape suivante pour l'évaluer. La psychoéducatrice avait argué que, dans les circonstances, on se devait d'être compréhensif, étant donné que l'élève avait toujours manifesté de l'intérêt pour la chose scolaire. Malgré ses arguments, il s'était trouvé quelques enseignants moralisateurs et rétrogrades qui, la sachant enceinte, blâmaient Océane de n'avoir fait que la moitié des travaux même si elle pouvait, selon eux, consacrer tout son temps à ses études.

Les fréquentes visites de Manuel Bourguignon apportaient un certain désagrément… D'abord pour la voisine de palier aux dents croches qui lui avait demandé si «la mère Bécotte lui en donnait pour son argent» et ensuite pour l'hôtesse elle-même qui se sentit envahie comme une marée montante. En effet, à raison de trois ou quatre fois par semaine, l'enseignant visitait son élève à domicile. Le jour ou le soir, selon son horaire de travail au dépanneur Sabourin, Bourguignon venait porter secours à la petite recluse. Or, la présence d'un homme dans la maison – qui n'était pas sans rappeler à la péripatéticienne son ancien métier – diminuait singulièrement son espace vital et finissait par l'incommoder. En tant que gardienne de la vertu, elle ne pouvait plus prendre autant ses aises avec ses tenues provocantes et commençait à envisager l'accouchement comme une délivrance pour elle, pas seulement pour sa chambreuse. Elle résolut donc de profiter, à sa manière, des visites de Bourguignon dans son logement. Ainsi, elle joindrait l'utile au désagréable : l'utile pour elle, et le désagréable pour les autres.

Justement, pour la mère de Félix, l'épicerie représentait une corvée qu'elle avait l'habitude de ne faire qu'une fois toutes les deux semaines. Mais cela la portait à consommer des denrées moins fraîches. Elle décida de remettre sa liste à l'employé du dépanneur qui lui rapporterait sa commande. Sans doute lui accorderait-on une attention particulière et lui éviterait-on de lui faire manger de la vache enragée? Au magasin, on constaterait sa préoccupation d'offrir à Océane et à Charlemagne des aliments de qualité et son souci de les voir engendrer une progéniture en bonne santé.

Le fils de Sonia Bécotte s'était presque fait une gloire de répandre qu'il avait coulé trois cours à la première étape. Il prétendait qu'il en savait déjà beaucoup de la vie, contrairement à ceux qui s'accrochaient au système et qui ne voyaient pas plus loin que le bout de leur crayon. Selon lui, l'école devait être réservée aux cancres, à ceux qui ne démontraient aucune débrouillardise et qui ne pouvaient gagner leur pain autrement qu'en poursuivant leurs études. Rosaire, un sans-diplôme, Sonia, une peu scolarisée, les deux avaient admirablement bien réussi. Pourquoi pas lui?

Félix menait une vie trépidante, mais s'en promettait encore davantage. Bientôt, il décrocherait son permis de conduire, le seul véritable diplôme qu'il convoitait. Ce n'était qu'une question de semaines pour qu'il se promène dans sa voiture, le jour de ses 16 ans. Du moins, il le croyait fermement. Il se voyait déjà, lutinant avec la sangsue ou une autre fille de son choix, sur la banquette arrière. Et, à 18 ans, libre de mener sa vie dans son appartement avec la blonde de ses rêves. Mais en attendant, il devait continuer à ramasser des sous pour en emprunter le moins possible, faisant ainsi entorse au credo de Rosaire qui prétendait que pour mériter son argent, il y avait deux options: «travailler ou voler. Pas emprunter, patente à gosse!»

Le dernier jeudi de novembre, une occasion en or se présenta chez Cassandra Carreau pour garnir ses coffres. L'avant-veille, la tenancière avait reçu la visite d'une attachée de presse représentant une ministre du gouvernement Harper. Mme Chatillon avait un faible pour les jeunes mâles racés du sexe fort et avait donc mandaté son attachée pour aller à la chasse, parce qu'elle ne voulait évidemment pas s'exhiber dans une maison close. Ses fonctions la retenaient habituellement à Ottawa, mais elle devait aussi se montrer à son bureau de comté une fois de temps en temps, pour rappeler à ses électeurs qu'elle se dépensait pour eux… dans la capitale fédérale. Et, lors de ses passages à Montréal, elle avait besoin de se distraire et de se requinquer le Québécois.

Madame la ministre occupait un loft sur la rue de la Montagne. Les yeux impressionnés de Félix escaladèrent les étages de la tour somptueuse jusqu'au sommet, puis embrassèrent la magnificence de l'aménagement paysager et sa fontaine lumineuse qui s'enorgueillissait au milieu d'un jardin luxuriant. Une limousine blanche quitta l'embarcadère. Le prostitué s'engouffra dans l'immeuble.

Cassandra Carreau l'avait prévenu qu'il se présentait chez quelqu'un du grand monde et qu'il devrait user de bonnes manières. La ministre Chatillon lui ouvrit :

— Bonsoir, jeune homme, l'accueillit-elle avec un sourire qui lui déplut, une sorte de grimace chevaline que produit la bête agacée par la présence d'une mouche sur son museau.

— Bonsoir, madame la ministre.

— Je vous en prie, Félix, il n'y a pas de madame la ministre qui tienne, avec ce que nous avons à l'ordre du jour ce soir, émit-elle, hennissant de convoitise.

Vêtue d'un déshabillé très décent, Gilberte Chatillon glissa dans ses pantoufles sur le parquet de chêne jusqu'au bar qui séparait le salon de la salle à manger.

— Quel digestif prendrez-vous, Félix ?

— Aucun, si vous me permettez ; je n'ai pas l'habitude, répondit-il, flatté qu'elle l'appelle déjà par son prénom.

— Une boisson gazeuse, peut-être ?

— Non, rien ! Merci !

— C'est la musique qui vous grise ?

— Qui me quoi ?

— Qui vous excite… si vous préférez, précisa la fondée ministérielle.

Mme Chatillon se servit un verre de crème de menthe avec des glaçons. Félix promena un regard étonné sur les nombreuses pièces de l'art esquimau accrochées aux murs, posées sur des socles ou simplement sur des tables qui occupaient le salon.

— Quelle musique écoutez-vous ?

— Du country, des fois ; ça me rappelle Rosaire.

— Qui est ce Rosaire dont vous parlez ? s'informa la dame d'une cinquantaine d'années.

Le jeune visiteur expliqua à son hôtesse que son père, qui était brocanteur de métier, ramassait toutes sortes d'objets qu'il réparait au son de la musique country pour les vendre au marché aux puces. Il mentionna que celui-ci était mort accidentellement, sans préciser dans quelles circonstances. De toute manière, il aurait improvisé une raison qui l'aurait satisfaite. Gilberte Chatillon, qui l'avait écouté distraitement, fouilla dans sa discothèque et mit la main sur un CD de musique classique et le plaça dans le lecteur.

— Et votre mère ?

— Oh, ma mère ? Elle vend des contrats d'entretien de gazon puis de déneigement par téléphone.

Le travail de Sonia Bécotte ne parut pas l'intéresser non plus. Madame la ministre déposa son verre presque vide et s'avança vers la grande fenêtre ornée d'une lourde tenture de velours qui donnait une vue imprenable sur la ville. Félix s'approcha de la femme publique en espérant qu'elle n'enchaîne pas avec la politique, sujet sur lequel il était d'une parfaite nullité. Elle le regarda contempler la vue depuis le 15e étage :

— Pouvez-vous m'indiquer dans quel coin vous demeurez ? demanda-t-elle.

— Par là, je crois, montra Félix, en pointant de l'autre côté du mont Royal.

La ministre Chatillon se rua sur l'adolescent. Elle le couvrit de baisers suaves sur la figure et l'entraîna jusqu'au canapé sur lequel elle s'allongea en laissant couler son déshabillé sur le parquet.

— Fais-moi jouir, mon bel animal ! ordonna-t-elle, en le tutoyant tout à coup.

Chapitre 16

Le matin de ses 16 ans, l'oiseau de nuit se réveilla plus tôt que de coutume. Toute la maisonnée dormait encore. Les yeux cernés, avec la grâce d'un somnambule, il s'orienta vers la salle de bains pour se doucher à l'eau froide, histoire de se défroisser le visage et de redonner du tonus à son corps perverti. À 9 h, il devait subir son test de conduite théorique. Debout, appuyé sur la porte du réfrigérateur, à même le litre de lait au chocolat, il ingurgita d'un trait les trois quarts du contenant, puis descendit sur le trottoir de la rue Jeanne-Mance. La coccinelle l'attendait.

Avec la permission du patron de débuter sa journée un peu plus tard, Grizzly avait consenti à accompagner l'élève à la Société de l'assurance automobile du Québec. Le temps consacré à Félix réduisait un peu ses revenus, mais il s'en accommoderait.

— Avec le peu de neige qu'on a cet hiver, t'aurais pu continuer tes livraisons en triporteur, fit remarquer le conducteur.

— Si je veux mon permis, c'est pas pour faire de la livraison, ni en bicycle à pédales, ni en coccinelle. Inquiète-toi pas, j'te volerai pas ta *job*; j'ai un travail pas mal plus agréable et plus payant. Charlot a dû t'en parler ?

— Que ça reste entre nous, Félix, mais y a des femmes qui sont mautaditement chanceuses… confia l'ours, en faisant pivoter son crucifix entre ses gros doigts.

— Qu'est-ce que tu veux que je te dise, Grizzly, c'est comme ça !

La coccinelle s'immobilisa. Tout le temps qu'il attendait dans l'auto, le pédéraste essayait de se raisonner : à 16 ans, Félix était encore un mineur et il n'était pas souhaitable qu'il cède à ses avances. Même si l'adolescent pataugeait dans la boue de la luxure, il barbotait avec des femmes, ce qui était déjà moins anormal.

Grizzly commença à trouver le temps long. L'habitacle s'était refroidi. Il redémarra le moteur et se replongea dans ses pensées pernicieuses. Comme lui avait suggéré le pasteur, lui-même affublé du problème, « prier éloigne les démons de la tentation ». Il posa son crucifix devant lui sur le tableau de bord et implora son Dieu.

L'ours fut interrompu dans ses prières par l'arrivée de Félix, le visage un peu défait :

— C'est pas mal maudissant, Grizzly !

— T'as poché ton examen ?

— Non, c'est pas ça, ragea-t-il ; faut que je patiente encore huit mois pour avoir mon permis de conduire… à condition que je suive des cours. Sinon, va falloir que j'attende un an, patente à gosse !

— C'est comme ça pour tout le monde, Félix. T'as besoin de pratique, c'est tout.

— Si tu penses que j'vas patienter huit mois…

Le garçon semblait plongé dans un état de morosité auquel Grizzly compatissait. Sa main s'allongea sur la cuisse de son passager :

— Pas touche, toi ! se rebiffa le garçon.

— C'est une manière de te consoler, rien d'autre, Félix.

— Bon, c'est correct, t'es encore mon ami. Mais fais ben attention à tes manières, j'suis pas aux hommes, moi… Tu devrais savoir ça, depuis le temps…

Sans mot dire, Grizzly s'extirpa de l'habitacle et céda sa place à l'apprenti conducteur. La voiture de livraison démarra en hoquetant, mais par la suite, Félix démontra des aptitudes pour la conduite d'une automobile à commande manuelle. Au lieu de s'arrêter rue Jeanne-Mance, la coccinelle poursuivit à une vitesse excessive :

— Woooh ! Où c'est que tu vas de même ? s'alarma l'ours.

— À la poly ! Avec un peu de chance, on va arriver avant la fin de la récré.

— Arrange-toé pas pour pogner un ticket !

Félix stationna la coccinelle orange en bordure du trottoir qui longe la cour de l'école. Une bonne dizaine de fumeurs ébahis s'approchèrent du vieux modèle pour l'observer. L'air victorieux, il descendit du véhicule, le contourna et s'y adossa, comme le pilote qui s'expose à l'œil des caméras après une course. On entendit carillonner les huit notes fêlées qui décrétaient la fin de la pause.

— Qui c'est, ce gros barbu-là ? s'enquit l'un des fumeurs.

— C'est un ami.

— Ton petit ami te laisse conduire sa minoune ? railla un autre fumeur, qui connaissait la réputation de Félix auprès des demoiselles.

— T'es jaloux, Huot ! rétorqua Félix.

— Viens donc me dire ça plus proche, si t'es capable !

Les curieux s'écartèrent. Huot jeta sa cigarette au loin et montra les poings, prêt à fondre sur son adversaire. Comme une balle qui rebondit, Félix s'élança sur le fumeur qui venait de le provoquer. Il l'agrippa au collet. Huot se débattit, mais Félix le projeta de toutes ses forces sur la clôture *Frost*. Réalisant que la situation dégénérait en affrontement, Grizzly se déplia et avança d'un pas alerte vers les deux opposants. Huot déguerpit aussitôt vers le bâtiment. Félix reprit le siège du passager, replaça un peu sa coiffure dans le miroir et Grizzly monta à bord de la coccinelle qui démarra en direction de la rue Jeanne-Mance.

L'ours eut une idée :

— Si tu veux, je vais être ton instructeur de conduite.

— *Cool!* Quand est-ce qu'on commence ?

— La semaine prochaine, si c'est possible. Après l'école, je viendrais vous chercher, toé pis Charlot. Tu pourrais faire des livraisons avec moé pis on reviendrait les trois ensemble à la fin de la journée. Je vas en parler à Alex, je suis sûr qu'il va accepter, mais attends-toé pas à être payé...

— D'ac ! De mon côté, j'en parle à Charlot, c'est à lui la coccinelle, après tout. Pour ce qui est de mon travail régulier, je vas m'arranger avec Cassandra...

— Oh, j'oubliais : bon anniversaire, Félix !

Emballé, Félix grimpa au logement. L'ours venait de lui faire une proposition des plus intéressantes et, de surcroît, l'échauffourée avec Huot en avait décidé autrement du reste de sa journée à la polyvalente.

Sonia Bécotte ne s'était pas tirée de ses draps. Elle récupérait. Assise sur son lit – qui lui servait souvent de bureau de travail –, heureuse de la nouvelle qu'elle venait d'apprendre, Océane tentait de s'absorber dans un travail en sciences humaines. Le matin même, elle avait rencontré le médecin qui lui avait révélé le sexe de son enfant. Elle se dépêchait de terminer son devoir parce que la bourgeoise lui avait demandé de réserver son après-midi pour le consacrer aux préparatifs de la fête de son fils. Pour l'occasion, Charlot souperait en leur compagnie et elle en profiterait pour annoncer à tout le monde les résultats de son échographie.

Félix l'ignora en passant devant la chambre boudoir. Il élaborait maintenant d'autres projets depuis le revirement de situation à l'école. De se colletailler avec un baveux l'avait ragaillardi ; heureusement qu'il n'y avait pas eu d'échange de coups, pas d'ecchymose au visage ou d'œil au beurre noir et rien de cassé. Il regarda l'heure affichée au micro-ondes et constata qu'il avait tout son temps. Quoi de plus merveilleux qu'une petite promenade en Chevrolet pour souligner son anniversaire ? Il reviendrait avant le souper, comme sa mère le lui avait demandé la veille, le dernier jour de ses 15 ans.

Empressé, Félix-le-téméraire se saisit des clefs de la Chevrolet derrière une porte d'armoire de cuisine et dévala les escaliers de l'arrière-cour. Toutefois, avant de s'engager sur la route, il procéda à une brève inspection des pneus qu'il savait déjà usés et fendillés ; il les jugea un peu dégonflés. De toute façon, il lui faudrait peut-être faire un crochet pour mettre de l'essence. Il déverrouilla la portière du conducteur et s'installa fièrement au volant. Après plusieurs tentatives, le moteur se mit à tourner. La voisine au visage étroit accourut à la fenêtre.

La remorque attachée à la guimbarde tapageuse, il quitta la ruelle, roula sur Fairmount la radio à tue-tête, et s'arrêta dans un garage de l'avenue du Parc. Ensuite, il se rendit dans les quartiers huppés de Notre-Dame-de-Grâce, où il sillonna les rues en observant les résidences cossues et ce qu'elles avaient à offrir sur le trottoir. Comme au temps de Rosaire, il y avait de quoi remplir la remorque, dans laquelle, du reste, dormaient des reliquats de ramassage oubliés. La gorge nouée, il s'arrêta devant une demeure qui ressemblait vaguement à celle où les frères Bournival avaient agressé son père, le jour de sa mort. En image, il le revit, drapé dans sa longue tunique rougie par les blessures meurtrières qu'on venait sauvagement de lui infliger, et repartit.

Une fois sur le chemin de la Côte-des-Neiges, le conducteur intrépide s'aventura dans les allées bordées d'un ourlet de neige du cimetière et repéra le monument funéraire érigé à la mémoire de son père. Il éteignit le moteur. Le calme soudain le troubla. Il posa le pied sur la terre gelée, s'approcha avec respect de la pierre et se recueillit :

« *Papa, tu me manques terriblement! Tu me manques tellement que je me dépense à fond de train pour oublier que t'es plus à mes côtés. J'avais besoin d'un père et tu es parti, patente à gosse! Je sais pas si en haut tu te tiens au courant des nouvelles, mais on a fait manger de la marde aux frères Bournival.*

Tu sais que je mène une drôle de vie ; qu'est-ce que tu veux ? Je dois retenir de maman. Elle m'a dit que j'avais hérité de son diable au corps. Les femmes me disent que je suis bâti comme un homme. J'ai même fait un enfant à une fille qui s'appelle Océane. Je l'ai déjà aimée quand j'étais au primaire, mais plus maintenant. Elle et Charlot s'aiment, et elle lui a dit qu'il était le père du petit. C'est un gros mensonge, mais au moins, il va faire un bon papa parce qu'il est sérieux et qu'il aime les enfants. Je sais que c'est pas correct de ma part de pas assumer mes responsabilités, mais je voulais pas qu'Océane se retrouve seule pour élever notre enfant. Puis, à bien y penser, je suis contre l'avortement, parce que j'aurais jamais voulu que Sonia me fasse disparaître sans me laisser vivre ma vie.

Aujourd'hui, c'est mon anniversaire. Là-haut, dans ton atelier, avec toutes tes bricoles à réparer, pense un peu à moi. Si tu crois que je pousse un peu trop croche, trouve un moyen de me rafistoler, toi qui avais la solution à tous les problèmes. Mais je t'avoue que j'ai peur qu'il soit un peu tard…

J'espère que tu m'en voudras pas trop, mais en partant d'ici, je vas magasiner une Mustang décapotable pour remplacer ta Chevrolet rouillée. Inquiète-toi pas ; je vas m'arranger pour la garder quelque part, peut-être à la campagne à Rougemont, chez notre ancien voisin Bourguignon où Aristote, le chien de

Charlot, est déjà enterré. Je suis même pas supposé conduire tout seul, j'ai seulement mon temporaire, mais y a pas une loi pour empêcher un fils de parler à son père!»

Le rejeton de Rosaire se retira respectueusement dans la voiture, en prenant une grande inspiration, pour réprimer les émotions qui remontaient en lui. *Les vendeurs d'autos n'aimeront pas commercer avec un braillard qui veut pas se départir de sa minoune*, pensa-t-il. Le moteur démarra aussitôt en brisant le silence des lieux. Il consulta l'heure sur le tableau de bord, alluma la radio en haussant le volume, puis la Chevrolet s'ébranla vers le chemin de la Côte-des-Neiges.

Le ronronnement de la guimbarde expira dans le fond de la cour chez Sonia Bécotte. La visite de Félix chez un concessionnaire Ford l'avait, pour ainsi dire, exalté. Il gravit les marches quatre à quatre et demeura interdit sur le palier. Par la fenêtre, une lumière faiblarde éclairait dans la cuisine. Intrigué, il prit sa clef et entra.

— Bonne fête, Félix…, entonnèrent Sonia, Océane et Charlemagne. Grizzly refusa de grogner des fausses notes et alluma les lumières de la pièce en prenant sa dernière gorgée de bière.

La table était déjà mise. Une chaudronnée de sauce à spaghetti fumait au milieu de la plus belle nappe de l'hôtesse, qui buvait à même la bouteille de chianti gentiment apportée par Grizzly. Des nouilles achevaient de ramollir sur le poêle dans un bouillonnement d'eau écumeuse. Chancelante, la buveuse déposa sa coupe et s'approcha de son fils.

— T'arrives juste à temps pour souper, mon Félix, s'exclama-t-elle en lui sautant au cou. Charlot doit repartir avec Grizzly pour le travail à soir.

— Pour une surprise, c'est toute une surprise! se réjouit Félix.

— Assisez-vous, on mange! ordonna l'hôtesse.

Le tablier sanglé sur son ventre rebondi, Océane avait concocté le plat principal et le dessert, une bonne partie de l'après-midi. Elle venait de préparer la salade, de couper le pain baguette et de sortir le beurre à l'ail. Dès son retour de l'école, pour assister la cuisinière, Charlemagne avait hérité de la tâche de recouvrir le gâteau d'un glaçage à la guimauve et de récurer la vaisselle sale. L'ours revenait d'une série de livraisons et avait accepté l'invitation à souper.

La jeune servante égoutta les nouilles dans la passoire et les servit sur la table. Tout le monde était assis sauf Océane, qui avait hâte de s'écraser parce qu'elle se sentait défaillir. Elle s'appuya les deux mains sur le dossier de sa chaise et promena un regard pour s'assurer que tout y était.

— Il manque le parmesan et la vinaigrette, Océane ! observa la mégère, animée par une humeur pétulante.

La bonne obtempéra au désir de celle qui l'hébergeait sous son toit.

— Mets le beurre quelques secondes au micro-ondes, commanda Sonia Bécotte.

La prenant en pitié, Charlemagne se leva, tira la chaise d'Océane et l'aida à s'asseoir. Il mit le beurre dans le four, le rapporta sur la table et s'assit.

Félix ne put contenir la joie de son évasion de la polyvalente et les heures de liberté qui s'ensuivirent. Il élabora le récit d'une promenade à travers les rues de la ville, qui tenait d'une pure fabulation. En partant de chez un concessionnaire Ford, une voiture de police l'avait pris en chasse et il l'avait semée dans un labyrinthe de ruelles encombrées.

— Mon fils est un as du volant, vous trouvez pas, les amis ? l'encouragea sa mère.

— Avec ton expérience de conduite et une remorque attachée à un vieux tacot, c'est difficile à croire, douta Charlemagne.

— Félix ne raconte jamais d'histoires, le défendit sa mère.

— Bientôt, je vas m'acheter une Mustang; pas vrai, m'man? enchaîna Félix.

— Certainement! J'ai jamais voulu monter dans la Chevrolet de Rosaire, mais dans une Mustang flambant neuve, par exemple... s'enorgueillit la mère de Félix, trempant un morceau de pain dans la sauce à spaghetti de son assiette.

— Tu vas faire comment pour pratiquer si c'est une manuelle que t'achètes? objecta Charlemagne.

— J'ai offert à Félix de l'accompagner dans la coccinelle de Florence, rappela Grizzly.

— Euh! Ah, oui! bredouilla Félix. J'avais une petite permission à te demander, Charlot.

— Toi, je te vois venir...

— Quelques fois par semaine, les journées où je suis plus disponible, je pourrais conduire la coccinelle pour faire de la livraison. Qu'est-ce que t'en penses?

La tête inclinée, l'air dubitatif, Charlemagne enroula un fagot de nouilles autour de sa fourchette.

Océane se tourna vers son amoureux, les yeux implorants.

— On va dire que oui, acquiesça Charlemagne.

Un long moment, on n'entendit plus que le cliquètement des ustensiles et le filet de chianti qui coulait dans la coupe de l'hôtesse.

— J'attends un garçon! annonça Océane, tout heureuse.

— Tant mieux ! Les gars sont beaucoup plus faciles à élever, exprima la mère de Félix, en fixant la jeune femme de la maison. As-tu pensé à toute la peine que t'as faite à ta mère ? ajouta-t-elle, avec un brin de méchanceté.

En pleurs, les mains au visage, Océane se retira de table et se réfugia prestement dans sa chambre boudoir. Comme elle aurait aimé claquer la porte absente de sa chambre et crier son indignation !

À son tour, troublé par la tournure du souper de fête, Grizzly se rendit dans la pièce où Charlemagne tentait de consoler la petite victime des propos désinvoltes de l'alcoolique :

— Je pense que je suis mieux de m'en aller au dépanneur, Charlot.

— Je vas rester avec Océane, elle a besoin de moi, répondit le pensionnaire, le visage compatissant.

L'ours retourna à la cuisine. Félix venait de reprendre une assiettée de spaghetti. Sonia s'était allumé une cigarette et divaguait sur ses amours de jeunesse :

— Reste un peu, Grizzly, c'est le temps du gâteau, se désola-t-elle.

— Le patron va m'attendre, merci pour votre invitation.

Les pas de l'employé du dépanneur croisèrent le seuil qui donnait sur la rue. Comme il ne restait plus qu'elle et son fils à table, Sonia se leva et se rendit à la chambre boudoir, cigarette et verre à la main :

— Oublie pas la vaisselle, ma cocotte. Félix pis moé, on a du travail à soir…

***

La semaine suivante, Félix frétillait d'impatience à son retour de l'école. Océane nettoyait les traces de pas dans le passage et ramassait les petits cailloux qui s'étaient logés sous les bottes avec une brosse et un porte-poussière.

— Sonia est-tu prête ? s'informa Félix à la servante.

— J'arrive ! s'écria la mégère, revêtant son manteau de lynx. Nettoie ça comme du monde, Océane ; j'ai pas envie que ça ait l'air d'une soue à cochons.

La bourgeoise n'en était pas à une contradiction près. Elle dut ravaler son orgueil pour monter dans la bruyante Chevrolet de Rosaire. Elle qui ne sortait jamais par la ruelle où s'entassaient les vidanges et les vieilleries, où les commères colportaient des ragots comme cette écornifleuse qui venait de faire poindre le bout de son nez fouineur en écartant son rideau de cuisine.

Dans la salle de démonstration, chez le concessionnaire, Sonia Bécotte entreprit d'user de ses attraits et de son pouvoir de conviction pour l'achat de la Mustang de son fils. Cependant, après une demi-heure de tentatives infructueuses pour obtenir un rabais, elle rejeta son manteau sur ses épaules et avança son buste sous les lunettes du grassouillet vendeur en complet-cravate :

— Mon fils est encore aux études, plaida-t-elle.

— Pauvre madame, on ne fait presque pas de profit sur les voitures neuves ! argumenta-t-il.

— De la façon que vous êtes habillé, monsieur, vous devez en vendre une de temps à autre, rétorqua Sonia.

— Ils se reprennent sur les usagées, m'man, coupa Félix.

— Avez-vous un échange ? demanda-t-il dans le langage du métier. Le fossile dans la cour, c'est à vous ?

— C'est à moi, et il n'est pas à vendre! s'insurgea Félix, montant sur ses ergots et rehaussant ses crêtes de coq.

Affichant sa moue de comptable, le vendeur tira de la poche intérieure de son veston une calculette qui l'absorba entièrement.

— Seulement 50 $ de rabais? s'exclama la cliente.

— Vous comprendrez que ce montant réduit d'autant ma commission, madame.

— Y a pas moyen de moyenner avec vous! s'exaspéra la mère de Félix.

***

Le surlendemain, en fin d'après-midi, Félix trépignait sur sa chaise d'école. Au bord de la rue, Grizzly et Sonia l'attendaient dans la voiture de livraison orange. La sangsue n'avait pas eu le temps de faire ventouse; déjà Félix atteignait son casier au moment où la dernière note claironnait encore.

Grizzly déposa ses deux passagers chez le concessionnaire Ford, pour que Félix et sa mère prennent possession de la nouvelle voiture, et retourna rue Jeanne-Mance. Il devait ramener Charlemagne au dépanneur. Natascha, la grande épingle, venait d'arriver au logement pour assurer le suivi scolaire de la petite qui se claustrait chez Sonia Bécotte.

— Ça brasse dans mon ventre, Natascha, lui confia Océane, debout devant la machine à laver. Je ressens une sorte de tapon humide qui s'agite dans mes entrailles comme le linge dans la laveuse.

— La fin décembre s'en vient, tu vas bientôt être délivrée et voir ton petit bébé.

— J'ai hâte à la période d'essorage et qu'on mette le linge dans la sécheuse, Natascha. Si tu savais à quel point j'ai hâte d'accoucher…

— Blague à part, Océane, c'est la mère de Félix qui t'a demandé de faire le lavage ?

— Oui, mais c'est pas tout ; je dois faire le souper et passer l'aspirateur. Félix et sa mère vont aller faire un tour avec la Mustang avant de revenir. Heureusement que Manuel vient seulement demain pour m'aider à préparer mes examens.

— Je trouve qu'elle est un peu dure avec toi, Océane ; avec ce que tu m'as raconté le lendemain de la fête de Félix, je te plains..., soupira la confidente.

— J'ai pas bien le choix ! Je pense te l'avoir déjà dit : la grand-mère de Charlot paye encore pour qu'on demeure ici. J'ai pas à chialer, où veux-tu que j'aille ?

— Je me demande comment réagirait la mère de Félix si elle savait que tu vas accoucher de l'enfant de son fils ? Elle te ménagerait peut-être...

— On voit bien que tu connais rien à l'amour, Natascha : quand tu t'éprends de quelqu'un, c'est lui seul qui compte et personne d'autre. C'est Charlot que j'aime, pas Félix.

Sur ces entrefaites, Charlemagne entra dans le logement et réalisa qu'Océane était en agréable compagnie. Il décocha une bise soufflée à son amoureuse, sortit et sauta dans la coccinelle pour ne pas faire attendre Grizzly.

Pendant ce temps, la Mustang s'engageait dans le dédale des allées du cimetière Notre-Dame-des Neiges. Avec une lippe de réticence, Sonia Bécotte avait accepté d'accompagner son fils dans sa balade.

— Ferme les yeux, m'man. Tu les ouvriras quand je te le dirai.

La Mustang s'immobilisa devant la pierre tombale de Rosaire Poitras.

— OK, m'man.

— J'aurais dû me douter que tu m'amènerais voir ton père…

L'air embarrassé, Sonia détourna le regard et s'alluma une cigarette. Félix descendit de voiture et, avec émotion, foula le sol qui pétrissait le corps de son père. Il se cambra, réprimant un chagrin qui lui embua les yeux : *Rosaire, je suis super content d'être venu pour te montrer mon char, mais je le suis encore plus de vous voir ensemble, m'man pis toi.*

Le lendemain, tel qu'il a été convenu, le professeur d'Océane se rendit rue Jeanne-Mance. Il était arrivé avec deux boîtes d'épicerie qu'il déposa sur le comptoir et que la cliente refusa de payer, en disant que cela ne lui adonnait pas et que le montant devait être porté à son compte. Le programme de révision était très chargé pour affronter les examens de décembre. Assis à la table de cuisine, Manuel Bourguignon donnait des explications à son élève qui se montrait particulièrement réceptive.

— J'aurais beaucoup aimé avoir des Océanes dans mes classes, confia Bourguignon à sa jeune élève, pour la complimenter.

— Merci, Manuel, vous êtes gentil.

— Je l'encourage à prendre ses études au sérieux, mentit la bourgeoise alors qu'elle déballait sa commande.

Jamais Bourguignon ne faisait allusion à la grossesse de celle qui poursuivait sa scolarité en marge des camarades de son âge. Le sujet lui apparaissait trop délicat pour l'aborder. Il se contentait de la faire progresser et de la soutenir dans son apprentissage. Cela n'était pas sans lui rappeler son implication bénévole auprès de Yann – que les résultats du fils éblouissaient, d'ailleurs – et les heures dépensées à l'extraire de son analphabétisme. Le pauvre paralytique était disparu, calciné dans une ignorance moins crasse. Il était entré dans l'éternité un peu gnochon, mais avec le temps, il comblerait certainement ses vides culturels auprès de savants esprits qui avaient trépassé avant lui.

Félix sautilla en franchissant le seuil, content de voir le professeur d'Océane :

— Manuel, as-tu vu ma Mustang en avant sur la rue ?

— Et comment ? C'est une vraie belle bagnole !

— Toi, au moins, ça t'intéresse, mais Océane et Charlot l'ont seulement regardée du châssis.

— Ça prend de grands moyens pour payer une voiture pareille ! reprit l'enseignant.

— C'est pas un problème ! assura la mère de Félix, décochant une œillade à son fils.

Ça doit aider quand on ne paye pas son épicerie, pensa Bourguignon.

— T'as pas peur aux égratignures des passants ? questionna-t-il.

— Pantoute ! Justement ! Si la Chevrolet de Rosaire et la remorque retournaient à la campagne…

— Dans mon hangar ou quelque part sur mon terrain, par exemple…, suggéra le résident de Rougemont.

— Ça me permettrait de mettre ma Mustang dans la cour.

— D'accord, si ça peut t'accommoder ! Il y a déjà Aristote qui est enterré chez moi, pourquoi pas la Chevrolet…

Entre-temps, Charlemagne était revenu de la polyvalente avec son sac d'école accroché au dos. Son travail scolaire n'était pas achevé et il devrait l'apporter au dépanneur. Il s'installa aux côtés d'Océane pour étudier en attendant qu'elle ait terminé et repartirait avec Bourguignon.

* * *

À l'école, la session d'examens s'écoulait comme un long supplice administré par des tortionnaires se délectant des grimaces de leurs victimes devant leur questionnaire. Plus que tout autre, le studieux Charlemagne affrontait chacune des évaluations avec sérénité, se moquant des attrape-nigauds et des rares questions à développement que leur imposaient quelques insatiables sadiques. En cette période des Fêtes, il se levait tôt pour étudier, quand son travail de commis au dépanneur ne lui avait pas donné de répit la veille au soir. Devant ses résultats enviables accumulés durant l'étape, plusieurs élèves avaient recherché sa compagnie et, presque avec galanterie, il les avait toutes éloignées, les unes après les autres. Même la grande épingle, qui avait essayé de lui mettre la main dessus pour contrer ses grandes faiblesses en mathématiques. « C'est pas parce que t'es l'amie d'Océane, Natascha Robidoux, que j'ai plus de temps à t'accorder qu'aux autres ! » avait dû lui répliquer Charlemagne, en haussant le ton d'un cran.

Natascha bûchait comme une forcenée. Parfois, elle s'attardait chez Océane pour bénéficier de la présence de Bourguignon, qui cherchait des moyens de faire comprendre à la grande épingle qu'elle devait s'ouvrir au lieu d'aborder les questions avec étroitesse d'esprit.

Le beau Félix se vautrait dans la fange de l'ignorance comme au temps de son enfance à Rougemont. Les examens bâclés s'accumulaient au rythme des évaluations quotidiennes. Il refusait de se relire, préférant poser ses crêtes de coq sur ses deux bras croisés jusqu'à la première heure de départ, au risque de les voir se rebiquer et qu'il se promène avec une chevelure encore plus drolatique. Sa popularité croissante, inversement proportionnelle à ses résultats, grandissait avec sa fierté de conducteur et de propriétaire de Mustang. Aussi, le plus souvent possible, s'exerçait-il à conduire la coccinelle, ce qui soulageait un peu Grizzly en ce temps fort de l'année au dépanneur.

La grande détermination de Félix à gagner de l'argent l'avait poussé à accepter de petits extras par la proxénète Cassandra Carreau. En effet, la ministre Chatillon, par l'entremise de son attachée de presse, l'avait rappelé dans son loft, pour se payer une gâterie du temps des Fêtes pendant son congé parlementaire. La somme ramassée, additionnée aux économies réalisées par sa mère – qui avait pris l'habitude de faire porter à son compte –, permettait de faire plus facilement les versements mensuels pour l'achat de la voiture sport. En ce sens, toujours égale à elle-même, Sonia Bécotte se livrait de plus en plus à des détournements de fonds avec les allocations qu'elle recevait de la veuve Sabourin. Du reste, la grand-mère avait temporairement délié les cordons de sa bourse en cette fin d'année et avec la naissance du petit, prévue pour la fin décembre.

Ce fut avec soulagement que Charlemagne accueillit les vacances de Noël. Il pourrait se consacrer davantage à son emploi au dépanneur et accorder plus de temps à Océane, dont le ventre était au seuil de l'éclatement, et la seconder, voire la remplacer dans ses corvées ménagères. À l'instigation de Mme Dutrisac, il avait rencontré le médecin de la clinique jeunesse à la polyvalente, qui lui avait prodigué quelques conseils pratiques. Dès lors, la naissance de son fils le préoccupa de plus en plus et il commença à se demander s'il ne serait pas un père incompétent. Pendant qu'Océane faisait la sieste, il en causa d'abord avec Natascha, qui passait à présent une partie de ses journées au logement. Au salon, ils s'apprêtaient à décorer le sapin :

— Me semble que je saurai pas quoi faire avec un petit dans les bras, murmura piteusement Charlemagne.

— Tu peux pas être pire que bien d'autres, Charlot, voulut-elle le rassurer.

— Le médecin de l'école m'a dit que c'était naturel…

— C'est peut-être naturel, mais j'en connais une maudite *gang* qui manquent leur coup, en tout cas.

Océane s'amena dans le salon, se plaignant d'un sévère mal de reins, de ses récurrents brassages de machine à laver et de l'effroyable tsunami appréhendé qui allait se déclarer bientôt et provoquer un raz-de-marée :

— Je donnerais gros pour être branchée à un sismographe, s'amusa-t-elle.

— Un sis… quoi ? questionna Natascha.

— Un SISMOGRAPHE, un appareil qui sert à mesurer l'amplitude des tremblements de terre. C'était une question d'examen la semaine dernière, l'informa Charlemagne.

— Une autre que j'ai ratée, se désola Natascha.

— Brillant, le petit Lamontagne ! commenta Océane.

— Penses-tu que le petit va retenir de son père ? demanda la confidente, qui partageait avec elle le secret de la paternité.

Sonia Bécotte fit irruption dans le salon :

— Ouan ! Ça grouille pas à grand-chose icitte, expira la mère de Félix, en exhalant la fumée de sa cigarette. Oubliez pas : après la décoration du sapin, vous préparerez le souper pour 5 h 30. Félix a des clientes chez Cassandra, à soir. Moé, j'ai une commande à faire au dépanneur, parce que je reçois dans quelques jours. D'ailleurs, vous débarrasserez la table pendant que je vas faire mes invitations.

***

Le 25 décembre, il régnait une grande fébrilité au logement de la rue Jeanne-Mance : la bourgeoise recevait à souper. Toute la journée, elle avait distribué des consignes sur un ton autoritaire dans une relative sobriété, en s'abstenant de consommer de l'alcool le plus possible. En remplacement, elle avait grillé un paquet de cigarettes et avalé cinq tasses de thé diurétique, qui la faisaient osciller entre son breuvage et la salle de toilette. Vers 17 h, le petit couple achevait les préparatifs lorsque Félix s'étira dans le passage et bâilla un «Joyeux Noël!» en allant prendre sa douche. La dernière nuit, il s'était affaibli avec trois clientes en même temps, puisqu'il avait fricoté avec des femmes qui voulaient bénéficier d'un tarif de groupe.

À 17 h 55, dans le vestibule enfumé par la cigarette retenue par son rouge à lèvres, l'hôtesse ouvrait la porte à la famille d'Alex et de Sarah. Alex retourna à son auto pour apporter la commande de sa cliente, qui constituerait le buffet que la bourgeoise avait décidé d'offrir à ses invités. En bon serviteur, Charlemagne transporta les manteaux dans sa chambre sur le lit encore défait, alors qu'Océane déposait les bottes enneigées dans le passage, sur un tapis de fortune fabriqué avec un rouleau de papier absorbant double épaisseur.

Le froid venait de se dissiper dans l'entrée. La porte s'ouvrit et Grizzly entra avec Angela qui tenait dans ses mains «un petit rien bordé en bleu». Finalement, Madeleine Sabourin arriva bras dessus, bras dessous avec Bourguignon, parce que le palier était glissant. Mélodie, la fille de l'enseignant, avait prétexté un gros rhume qu'elle ne souhaitait pas transmettre à la future maman. Le fait est qu'elle fréquentait la serre chaude de l'institution privée et ne voulait pas frayer avec la plèbe de l'école publique. Le petit Jérémie déposa les cadeaux apportés au pied de l'arbre et tout le monde se retrouva autour de la table.

La livraison en provenance du dépanneur fut disposée sur le meuble de travail de l'hôtesse, déménagé dans la cuisine pour le repas. Pas moins de sept bouteilles de vin dominaient les sous-marins, les sandwiches, la bûche et le gâteau aux fruits sur le serpentaire. On n'avait qu'à se servir et à s'asseoir où l'on pouvait. Rapidement, la voix entrecoupée de hoquets de la maîtresse de maison perça à travers les conversations. Sarah observait Charlemagne et Océane qui amusaient les enfants, comme s'ils s'entraînaient à exercer leur rôle de parents. Alex, Manuel et Grizzly devisaient ensemble sur le dépanneur alors que, entre deux gorgées de vin, Sonia Bécotte s'entretenait avec Angela et Madeleine Limoges sur le travail à temps partiel chez la femme, et sur les incontestables vertus du thé à la bergamote. À l'écart dans le salon, Félix tentait de se distraire en visionnant une énième fois les singeries de M. Bean avec sa dinde enfoncée sur la tête.

Ézékiel remorqua sa mère dans le salon comme on hale un bateau au bout d'un câble. Il avait décidé que c'était le temps des cadeaux. Peu après, la pièce était envahie et on procéda au dépouillement de l'arbre. Les enfants d'Alex et de Sarah reçurent chacun deux paquets offerts par la grand-mère de Charlemagne.

— C'est rien de bien coûteux ! De quoi les occuper pour le reste de la soirée, expliqua la future arrière-grand-mère, des étincelles dans les yeux. Charlot, prends la grosse boîte dans le coin, c'est pour le bébé.

— Le lit que t'avais promis, grand-maman ! s'exclama Charlemagne, en déchiquetant le papier d'emballage. Félix, viens m'aider pour l'assemblage.

Le fils de Sonia ne se fit pas prier. Il se contenterait de l'argent que sa mère lui donnait pour l'aider à payer son auto, argent qui provenait en bonne partie de ses épiceries non payées et de ce que fournissait la veuve pour loger les deux pensionnaires. Océane se précipita pour embrasser la généreuse grand-mère. La bourgeoise, qui présidait à la distribution des cadeaux, commença à tanguer dangereusement aux côtés du sapin, menaçant de le renverser à tout moment. Avec finesse, Angela l'invita à s'asseoir et prit la relève.

La future mère reçut de la lingerie pour le berceau et les chaussettes tricotées par Rodolphe. Angela remit au jeune père une boîte avec une enveloppe adressée à Océane et Charlot.

— Wow! s'extasia Océane, lisant la carte que Charlemagne venait d'ouvrir devant ses yeux. Regarde, Charlot: des billets d'avion pour aller en République dominicaine pendant la relâche et la clef de la villa!

— Super *cool*, j'suis jamais allé dans le Sud! C'est de la part de qui?

— De mes grands-parents Lamer, voyons.

Charlemagne s'empressa de déballer la boîte qui accompagnait la carte:

— Un appareil photo numérique!

Océane relut à voix haute la note au bas de la carte:

— «Pour immortaliser vos souvenirs...»

À présent, un seul cadeau, entouré de lambeaux de papier, reposait encore sous l'arbre. Angela se pencha pour le ramasser et le remit à celle qui devait enfanter. Océane prit le paquet qui portait l'inscription «De maman» sur une carte identifiant la destinataire. À l'intérieur, on pouvait lire:

Je ne sais pas ce qui m'arrive... Peut-être est-ce mon cœur de grand-mère qui a commencé à battre ou mon cœur de mère qui s'attendrit? En ce jour de Noël, je t'offre du sucre à la crème comme tu l'aimes, pas trop dur, j'espère...

Océane ne put résister à tant d'émotions. Les larmes aux yeux, elle se retira dans sa chambre boudoir.

Son départ précipité provoqua un remous dans le salon. Quelques jours auparavant, sa mère avait réussi à joindre Félix et à lui remettre le cadeau destiné à sa fille, même si elle ne lui avait pas encore pardonné sa grave étourderie. *Maman ne m'a peut-être pas reniée pour ma faute*, songea-t-elle. Charlemagne délaissa l'assemblage du berceau, pour retrouver celle qui l'aimait et la consoler en lui caressant le visage.

L'atmosphère s'alourdit soudainement. Les visiteurs se sentaient de trop ; on parlait de rentrer. Alex descendit pour réchauffer la voiture. Félix poursuivit le travail amorcé pour le berceau. Inquiète, pendant que la visite s'habillait et bloquait le vestibule, la grand-mère de Charlemagne jeta un regard maternel vers la chambre boudoir…

Au petit jour, la jeune femme sentit un filet de liquide chaud s'écouler doucement entre ses cuisses. Océane réalisa qu'elle perdait littéralement ses eaux… Elle s'assit sur le rebord de son lit, porta une main nerveuse à son visage. Des gouttes de sueur perlèrent sur son front. Elle se toucha le ventre et ressentit de petites secousses lui labourer les entrailles. Océane venait d'être prise des douleurs de l'enfantement.

Terrifiée, la pensionnaire fondit sur la porte de la chambre des garçons. Elle entra sans frapper et secoua Charlemagne :

— C'est le temps, Charlot, c'est le temps !

— Qu'est-ce qu'il y a ? se surprit Charlemagne, en écarquillant les yeux.

Félix tira sur lui les couvertures et se retourna en marmonnant.

— Les contractions sont commencées ; il faut se rendre à l'hôpital !

— C'est vrai ? Là ? Tout de suite ?

Empressée, sans prendre le temps de lui répondre, Océane atteignit la salle de bains pour éponger le liquide amniotique qui avait filtré entre ses jambes et mouillé son sous-vêtement. Dans sa chambre boudoir, elle s'habilla, sortit la valise qu'elle avait traînée avec elle dans l'avion. Charlemagne fit irruption dans la pièce, les yeux hagards, vêtu de ses vêtements de la veille.

— Félix est réveillé ? demanda Océane, fouillant dans les boîtes d'épicerie qui servaient de tiroirs en dessous de son lit.

— Non, pourquoi ?

— Parce qu'il va nous amener à l'hôpital !

— On peut appeler une ambulance, non ?

— Vite, Charlot ! J'y tiens ! C'est lui le…, grimaça la jeune mère en se tenant le ventre à deux mains. Puis, va réveiller Sonia pour qu'elle nous accompagne. Félix n'a pas son permis pour conduire seul, précisa Océane, refermant sa valise.

Quinze minutes plus tard, cigarette aux lèvres, le manteau de lynx à demi ouvert, Sonia Bécotte rechignait contre son réveil brutal, moulant son corps alangui sur la rampe de l'escalier en colimaçon qui descendait dans la cour arrière, et montait dans la Mustang avec les trois jeunes.

Chapitre 17

L'effroyable tsunami appréhendé venait d'expulser un adorable rejeton sur la côte… Moins de quarante-huit heures après, Océane Lamer était retournée au logement avec son poupon. À l'hôpital, elle avait reçu beaucoup de visite, ce qui avait fait dire à Grizzly «qu'il aurait été plus simple de mettre bas à la maison après le dépouillement de l'arbre de Noël, étant donné que tout le monde était là, la veille de l'accouchement». La grande épingle s'était également rendue à l'hôpital ainsi que les grands-parents Lamer auxquels Charlemagne avait appris la bonne nouvelle, à la demande de la parturiente elle-même.

Félix et Charlemagne étaient partis au dépanneur pour soulager Alex Desgranges de la bourrée du temps des Fêtes. En contemplation devant sa poupée vivante, Océane était assise dans le fauteuil du salon, son bébé dans les bras. Troublée par l'étonnante ressemblance de l'enfant avec Félix, et afin de ne pas gaspiller les trois quarts d'une bouteille de vin débouchée le soir de Noël, Sonia Bécotte caracolait, un verre à la main:

— Océane Lamer, c'est la mère à boire, gouailla la mégère, dans une tentative malgracieuse de pousser une blague.

— Félix-Antoine mérite ce qu'il y a de mieux, Sonia: l'allaitement maternel. Il paraît que ça donne des anticorps et que ça rend plus intelligent, rétorqua la jeune femme.

— Félix-Antoine? s'étonna l'alcoolique, de sa voix avinée et rauque.

— Oui, j'en ai parlé avec Charlemagne; on est d'accord pour qu'il porte ce nom-là. C'est une sorte d'hommage à votre hospitalité, toi et Félix, satirisa la jeune mère, se couvrant un sein pour aussitôt découvrir l'autre.

***

À la fin de la soirée, Alex aborda Charlemagne alors qu'il s'apprêtait à franchir le seuil du dépanneur. Grizzly et Félix patientaient dans la coccinelle.

— Ce que j'ai à te dire n'est pas tellement réjouissant, je m'en passerais bien, Charlot…

— Si j'ai fait quelque chose de pas correct, dis-le-moi, Alex; j'ai pas envie de perdre mon emploi…

— Ne crains rien, Charlot; il ne s'agit pas de toi, le rassura le patron en lui donnant un coup de poing amical sur l'épaule.

En posant son geste, Alex réalisa qu'il traitait maintenant d'égal à égal avec son employé qui était aussi un père de famille.

— De Félix, d'abord?

— Non, de sa mère.

Alex expliqua que Sonia Bécotte les avait reçus bien gentiment au souper de Noël, mais qu'elle avait accumulé depuis un certain temps des factures non réglées pour le montant total de 594,32 $ et que sa politique du « Mangez maintenant, payez plus tard » n'avait plus cours dans son commerce.

— Qu'est-ce que t'attends de moi, alors?

— Que tu lui en parles…

— Oublie ça, Alex, c'est impossible ! J'aime mieux tenir ça mort avec elle et payer à sa place. On est trois pensionnaires, asteure, chez Félix. Ça coûte cher, la nourriture.

Félix klaxonna d'impatience dans la coccinelle garée en avant du dépanneur. Charlemagne dut interrompre sa conversation et partir.

En arrivant rue Jeanne-Mance, Charlemagne posa discrètement le pied à la naissance de la chambre boudoir. Exténuée, Océane récupérait jusqu'au prochain boire qui la tirerait du sommeil bientôt. Dans le berceau, l'angelot dormait, le visage écrasé contre le matelas. Sur la porte de sa chambre, Félix lut le mot épinglé écrit avec un feutre qui lui était destiné :

Réveillez-moi pas ! Le petit chiard m'a assez énervée toute la soirée.

Appelle Cassandra avant de te coucher…

Ta mère qui veut dormir

Charlemagne s'enferma dans la salle de bains pour faire sa toilette. Félix appela chez l'entremetteuse qui avait à lui offrir un contrat alléchant. Elle ne voulut pas s'expliquer au téléphone, mais lui demandait de la rencontrer le lendemain s'il voulait faire un coup d'argent le soir du 31 décembre.

La veille du jour de l'An, assis sur le lit qui lui servait d'instrument de travail, le prostitué feuilletait des revues pornographiques qui présentaient des couples hétérosexuels dans des positions excitantes et variées. À cet égard, beaucoup de clientes demeuraient plutôt passives et attendaient que leur partenaire les soumette à une domination de mâle. Il importait d'adopter différentes postures, de manière à satisfaire les clientes les plus difficiles… qui reviendraient éventuellement. Et dans les circonstances, Félix devait se surpasser. « Il n'est pas toujours bon de rester sur ses positions, au propre comme au figuré », lui conseilla Cassandra Carreau.

L'heure du premier rendez-vous approchait. Félix déposa distraitement sa revue sur le couvre-lit. Il avait beau regarder partout autour de lui ; rien d'inhabituel n'attirait son regard. La tenancière l'avait prévenu que les caméras seraient d'une discrétion absolue et que le plaisir des dames ne devait en rien être affecté. « Toi, tu fais exactement comme à l'accoutumée. Tu restes naturel ; c'est encore ce qui donne de meilleurs résultats », lui avait-elle mentionné.

Le jour de l'An, Félix et sa mère ne s'étaient pas rendus à l'invitation de la grand-mère de Charlemagne pour le dîner. L'alcoolique cuvait son vin, tandis que son fils se remettait de ses performances d'acteur. La veuve Sabourin avait reçu la famille de son petit-fils, celle de Sarah et Alex, Manuel Bourguignon, Grizzly et Angela.

* * *

Les Rois mages venaient de se délester de leur précieuse cargaison : de l'or, qui, du reste, aurait pu servir à payer au moins une nuitée dans une auberge de jeunesse, de l'encens pour enrayer la senteur de l'étable, et de la myrrhe, cette résine aromatique destinée à éradiquer les poux de Joseph. Fidèles au calendrier chrétien traditionnel, les cours avaient repris peu après l'Épiphanie. Charlemagne avait bénéficié d'un congé parental qui lui avait permis de travailler et de largement contribuer à soustraire la jeune nourrice de certaines corvées que la bourgeoise persistait à lui imposer. La mère de Félix-Antoine s'égrugeait les méninges pour trouver une gardienne fiable qui lui permettrait de reprendre le chemin de l'école. Plus elle y songeait, plus la liste des noms à écarter s'allongeait. À commencer par sa mère, Sonia Bécotte, la nounou Bellehumeur – qui avait sans doute accroché ses patins –, et la grand-mère de Charlot – qui ne voudrait certainement pas les chausser.

À la polyvalente, dans les salles de classe aussi bien que dans les corridors, le bruit courait que le godelureau Félix Poitras avait participé comme acteur à la réalisation d'une vidéo pornographique le mettant en vedette sur le Web. D'ailleurs, la rumeur atteignit rapidement les oreilles scandalisées de la grande épingle qui voulut, comme bien d'autres, en vérifier l'authenticité. Malheureusement pour elle, le jour même, en rentrant à la maison, elle venait de déposer sur la table de cuisine une enveloppe contenant le bulletin qu'elle se devait de faire signer par ses parents et de rapporter deux jours plus tard. Sans frapper à la porte de la chambre de sa fille, Mme Robidoux entra en trombe, brandissant le relevé de notes :

— Que c'est ça, ces écœuranteries-là ? brama-t-elle.

Abasourdie, Lisette Robidoux regardait la vidéo se dérouler sous ses yeux :

— Tu peux bien avoir des résultats lamentables…

— Mais, maman ! implora Natascha, épinglée.

— Y a pas de « mais, maman », ma fille ! On voit que t'étudies le corps humain, poursuivit Lisette Robidoux.

Elle consulta le relevé :

— Cinquante-deux pour cent en biologie ! C'est pas vargeux ! Pour moi, tu dois pas étudier la bonne affaire, Natascha. Ton père pis moi, on va te couper ça, Internet…

Lisette Robidoux se pencha vers la barre qui alimentait en courant les périphériques de l'ordinateur et la débrancha en tirant sur le cordon.

* * *

Dans les jours qui suivirent, la sangsue se congratulait d'avoir lancé la primeur et de l'effet boule de neige qu'elle avait créé. À sa manière, Daphnée Sanguinet avait voulu contribuer à l'essor de la carrière de celui devant lequel elle était au seuil de l'évanouissement. Les retombées financières seraient d'autant plus grandes que les internautes devaient payer pour chaque visionnement effectué. À n'en pas douter, la sangsue avait agi efficacement, puisqu'une promenade en Mustang était assortie à son exceptionnelle collaboration.

L'ordinateur frappé d'un sévère interdit chez les Robidoux, Natascha voulut en discuter avec sa confidente, afin de connaître son avis sur le sujet en lui apportant ses travaux à domicile. La jeune nourrice allaitait son enfant :

— Coudonc, Océane, le nourris-tu vingt-quatre heures par jour, ton petit ? Chaque fois que je viens, il tète après toi. Je le sais pas, mais il me semble que j'haïrais ça, moi.

— Ben non, voyons ! Toi, Natascha, c'est pas pareil ! T'as de petits seins. Même enceinte, ça grossirait pas beaucoup. T'es tellement sèche ; pour moi, tu donnerais du lait en poudre… Tu ferais mieux d'acheter du lait en canne pour ton enfant. De toute façon, c'est pas demain la veille, lança Océane, en détaillant le duvet de poils foncés sur les bras de son amie.

— T'es pas mal insultante, tu sauras, rétorqua la grande épingle, en prenant une profonde inspiration pour se contenir. Est-ce que Charlot t'as mise au courant par rapport au cancan qui circule à l'école ?

— Non, j'en sais rien, fit Océane, en tentant de faire passer un rot à Félix-Antoine.

— Tu peux pas t'imaginer, ma chère… Ton Félix…

— Heille, c'est pas mon Félix ! s'offusqua Océane.

— Tu pourras pas toujours le cacher que c'est le père de ton enfant.

— Il fera bien ce qu'il voudra, répondit évasivement la nourrice.

— OK, grimpe pas dans les rideaux. On va dire qu'on peut voir le beau Félix sur Internet.

— Tu l'as vu, toi?

— C'est bien ça qui est le pire; ma mère est venue dans ma chambre pour discuter de mes résultats aux examens de décembre; elle m'a vue devant l'écran en train de visionner le film. J'ai même donné son numéro de carte de crédit pour payer… Mais ça, c'est pas grave, elle ne s'en apercevra même pas.

— Dis donc; ton bulletin, Natascha?

— Pas vargeux, comme le dit ma mère! Le tien, Océane? Je suppose que c'est mirobolant, malgré tes cours à distance?

La nourrice hocha silencieusement de la tête en signe d'approbation.

— Apprendre que Félix a obtenu de meilleures notes que moi, je saurais pas ce que je ferais, Océane. Je pense que je m'ouvrirais les veines…

— Voyons, Natascha! Je te l'ai déjà dit, je suis là pour t'écouter, je suis ta meilleure amie.

La grande épingle parut tristement refermée sur elle-même.

— T'es aussi bien de le savoir, Natascha. L'autre jour, quand tu m'as apporté mon bulletin, j'ai attendu que tu partes pour le regarder. Par délicatesse pour toi. Mais lorsque Félix est arrivé, il s'est vanté de ses scores dans plusieurs matières. Je ne sais pas si c'est vrai, mais…

— C'est pas juste, Océane! Tu le sais, je passe beaucoup de temps dans ma chambre. Pour revenir à Félix, il a dû copier, ça s'peut pas… Charlot, lui?

— C'est le meilleur de nous quatre, évidemment!

Deux jours plus tard, la Mustang ronronnait de tous ses tuyaux d'échappement au bord de la rue qui longeait la cour de l'école. L'air triomphant, appuyé sur l'aile avant de sa voiture, Félix avait *foxé* la dernière période pour se rendre chez lui et revenir pour cueillir la sangsue qui se mourait de le voir. Dans le flot d'élèves qui s'écoulait par les larges portes, deux mains s'agitèrent et s'amenèrent dans sa direction. Daphnée Sanguinet marcha lentement dans la neige foulée jusqu'à Félix, qui l'embrassa en la renversant théâtralement sur le capot. L'œil jaloux de Natascha Robidoux n'eut que le temps de percevoir la scène avant que la voiture sport démarre.

La grande épingle ne le prenait pas. Elle se refusait à accepter qu'un vulgaire bambochard puisse se tirer aussi bien d'affaire. L'argent, un certain succès académique, l'amour : c'en était trop ! Elle ne devait pas se rendre chez Océane ce jour-là, puisque Manuel Bourguignon rencontrait son élève. La Commission scolaire lui avait accordé encore quelques semaines de soutien à la maison, le temps que la jeune mère refile sa progéniture à une nounou de confiance. Mais à présent, on semblait se liguer contre elle, Natascha Robidoux : ses parents, sa meilleure amie, sa laideur qui la faisait tant souffrir, et maintenant ce Félix qui l'éclaboussait avec ses réussites. À cause de cela, elle élabora le plan d'une petite vengeance…

C'était un jeudi soir de février. L'ordinateur était toujours frappé du même interdit. Jusqu'à nouvel ordre ! Dans sa chambre, assise à son bureau, Natascha faisait miroiter la lame de son coupe-papier dans ses yeux vengeurs. D'une main fébrile, elle le glissa dans la poche de sa veste. Puis, elle retira toutes les feuilles vierges des cartables qu'elle avait apportés et les enfouit sous son lit. Très bientôt, elle se faufilerait hors de l'appartement et reviendrait un peu plus tard. Dans la salle de séjour, ses parents écoutaient une série américaine et avaient haussé le volume, pour couvrir la musique de la chambre de Natascha qui devait potasser au-dessus de ses livres et de ses cahiers, comme à l'accoutumée. Et si on l'interceptait au passage, elle prétexterait un besoin urgent de feuilles mobiles qu'elle trouverait à la pharmacie. Elle s'habilla, se couvrit de son capuchon et sortit.

Une lumière de nouvelle lune filtrait discrètement entre les immeubles. Elle marcha dans la rue, sans se retourner, le pas rapide et l'idée fixe. Elle s'engagea dans la ruelle derrière la rue Jeanne-Mance et progressa dans la demi-obscurité jusqu'à la Mustang de Félix. Son visage s'illumina. Il y avait peu de chances que son propriétaire soit enfermé dans le logement de Sonia Bécotte. Du reste, l'alcoolique la traitait comme une moins que rien, une imbécile, une niaise à temps plein à qui elle ne disait jamais bonjour et qui ne venait que pour entretenir sa pensionnaire ou lui fournir de menus travaux scolaires.

La grande épingle sortit le coupe-papier de la poche de sa veste. Le tenant comme un poignard qu'on s'apprête à enfoncer dans la proie, elle planta la lame de son instrument dans la toile de la décapotable en serrant les dents. Elle en éprouva un malin plaisir qu'elle voulut renouveler. Se déplaçant de l'autre côté de la voiture, elle entreprit de taillader le toit à plusieurs endroits d'une main ferme et décidée. Lorsqu'elle fut satisfaite des entailles qui en avaient échancré le bord, elle remisa son coupe-papier et s'enfuit en courant dans la ruelle jusqu'à Fairmount. Soulagée, Natascha Robidoux progressait maintenant sur le trottoir et s'arrêta à la pharmacie Jean Coutu du coin, pour l'achat d'un paquet de feuilles mobiles. Après sa commission, elle rentra et se retira dans sa chambre. Elle sortit les feuilles placées dessous son lit et les inséra dans ses cartables.

***

Les cieux s'étaient ébroués toute la nuit; il neigeotait encore. Le fils de la Bécotte était rentré par la rue Jeanne-Mance et n'avait pu se rendre compte des dommages infligés à sa décapotable. Au moment où Charlemagne se leva de table après son petit-déjeuner avec Océane, Félix surgit dans la cuisine, l'air fanfaron. Il avança vers la fenêtre en épluchant la dernière banane et remarqua une certaine anomalie en bas dans la cour. Visiblement, quelqu'un avait piétiné autour de son cabriolet et il en fut fortement agacé. Il chaussa ses bottes, revêtit son manteau et descendit sur le plancher des vaches. Il s'inclina vers l'intérieur de l'habitacle. De petits amoncellements de neige s'étaient immiscés ; ce qui l'intrigua. Il déverrouilla la portière du conducteur et s'assura que toutes les fenêtres avaient été bien fermées. Ses yeux se posèrent sous le toit ; de surprenants encorbellements de neige enjolivaient l'intérieur. Félix promena sa main nue sous la voûte. Des lambeaux de toile apparurent. Il regagna le logement en furie :

— C'est qui le maudit malade qui a déchiré mon *top* de char avec un couteau ?

— Comment veux-tu qu'on le sache, Félix ? J'étais pas ici, hier soir, se défendit Charlemagne.

— Pis toi, Océane ?

— Je passe pas mon temps à regarder dehors ; j'ai mes occupations en dedans : le petit, le ménage, les repas et mes études, expliqua-t-elle.

— Toi, Charlot, t'as rien vu ? T'es arrivé par la ruelle, hier soir…

— Je me suis aperçu de rien, Félix. À l'heure où je suis revenu du travail, j'ai rien remarqué d'anormal.

— Des bancs de neige dans mon char, patente à gosse ! fulmina Félix.

Sonia Bécotte fit irruption dans la cuisine, la tête décoiffée et s'allumant une cigarette :

— Bon… on… on…! Qu'est-ce qui se passe icitte à matin? marmonna-t-elle. Y a assez du p'tit qui a braillé toute la nuitte.

— Un maniaque au couteau a fendu mon *top* de char, m'man!

— Ça a pas de saint bon sens! s'indigna Sonia Bécote. De purs malfaisants qui t'envient parce que t'as une Mustang et qu'eux autres, y en ont pas! Océane, sers-moi un café, asteure que je suis deboute!

Félix bouda son tube de gel coiffant. Il redescendit dans la cour pour dégager la neige sur le toit de sa voiture et pour le recouvrir d'une vieille nappe de plastique elle-même un peu trouée, qu'il fixa avec des épingles à linge. Ensuite, il partit pour l'école.

La journée commençait mal. D'abord avec cette nébuleuse histoire de vandalisme, puis avec le retard qui s'ensuivrait, inévitablement. À la polyvalente, on connaissait bien le manque de ponctualité et les absences chroniques du grand Poitras. Il cumulait les avertissements répétés des professeurs et de la direction, et les retenues… auxquelles il ne se présentait pas. En fait, il courait tout droit vers la suspension qu'il souhaitait, sorte de récompense ultime pour le féliciter de son insoumission.

Pendant le premier cours, Daphnée Sanguinet se complaisait dans ses pensées de la veille. Elle avait essayé le bolide de Félix et bénéficié du siège rabattable du passager avant. À la récréation, en se rendant à son casier, elle fut consternée d'apprendre qu'on avait charcuté le toit de la Mustang. Félix vint la retrouver, la mine fortement contrariée.

— Sais-tu quoi, Félix? demanda la sangsue. Je veux pas t'informer d'une mauvaise nouvelle, mais…

— À propos de mon char? coupa Félix.

— Oui, mais c'est peut-être pas ce que tu penses?

— Qu'est-ce que tu veux dire ?

— Y a des cancans qui circulent...

— Quoi ? Tout le monde va être au courant ?

— Ç'a ben l'air à ça..., se désola la sangsue. As-tu une idée du coupable ?

— Oui, il y en a juste un qui pouvait me faire ça...

— Je sais à qui tu penses, Félix.

— Ça doit être Huot qui voulait prendre sa revanche. Il a pas dû aimer ça se faire *pitcher* dans la clôture, l'autre fois.

— Tes assurances vont payer, tu devrais pas t'en faire avec ça !

— Justement, si je leur déclare un remboursement, ma prime va augmenter. Non, je préfère payer de ma poche. En tout cas, Daphnée, attends que je l'attrape ; je donnerai pas grand-chose pour ce qui va en rester, patente à gosse !

— T'es capable de le battre, fit Daphnée Sanguinet en s'accolant à son héros. À quel cours tu t'en vas après la récré ?

— En éduc ! Ça tombe ben !

Natascha Robidoux déambulait dans les corridors de l'école, essayant de dissimuler son air victorieux. Elle avait croisé Charlemagne qui l'avait saluée avec civilité. Sans être son ami, il appréciait son dévouement indéfectible envers Océane, mais le lui avait rarement manifesté. Ce qui avait, du reste, contribué à accroître le sentiment de déception de Natascha. Pour le moment, elle ne lui en voulait pas trop. Mais advenant le cas où un sérieux différend les opposerait, elle utiliserait l'arme fatale pour le démolir : lui déclarer la paternité de Félix-Antoine. Mais la coupe de ses frustrations ne débordait pas encore.

La grande épingle était passée à son casier et se rendait à sa leçon de biologie. Elle avait constaté le visage défait du « coq de la basse-cour » qui ne portait pas de crêtes ce matin-là et s'en réjouit doublement. Elle ruminait le geste qu'elle avait posé sur la fameuse décapotable et qui illustrait sa haine. D'ordinaire plutôt effacée et affublée de son aura d'innocente, il ne lui avait suffi que de lancer la rumeur en abordant une mémère notoire, et le tour était joué.

Dans le vestiaire des garçons, Félix jetait des regards torves à Cédric Huot en chaussant ses baskets. Les yeux fuyants, le fumeur qui enfilait son maillot jaune désirait à tout prix éviter une confrontation. Il ne se souvenait que trop de s'être fait projeter contre la clôture *Frost* qui délimitait le terrain de l'école. Ses railleries au sujet de la minoune de son petit ami avaient provoqué une vive réaction de Félix dont il se souviendrait longtemps.

Vêtu de son maillot bleu, Félix sortit du vestiaire la mâchoire tendue. Debout au milieu du gymnase, un enseignant au profil sinueux rappela succinctement les règles du basket-ball. Il remit un sifflet à un élève qui lui avait présenté une dispense provenant de sa mère qui le surprotégeait. Le maigrelet avait les os cassants et ne pouvait se mesurer à plus gros que lui. L'enseignant, un adepte de courses de chevaux – surnommé M. Bureau par les élèves –, se retira dans son petit local qui avait une baie vitrée donnant sur l'enceinte, et s'installa devant son ordinateur pour s'adonner à sa passion.

Le maigrelet siffla la mise au jeu. L'engagement effectué, l'équipe des Jaunes s'empara du ballon. Rapidement, il fut passé à Huot qui franchit la ligne médiane, pénétra dans la zone adverse, contourna les défenseurs qui lui bloquaient la voie, monta au panier et lança le ballon qui percuta le panneau et bifurqua dans l'arceau. Humilié, Félix voulut freiner l'élan des Jaunes et mettre le basketteur hors d'état de nuire. Au cours du second engagement, dès qu'il le put, Félix esquissa un mouvement vers le dribleur pour saisir le rebond, mais se retourna brusquement pour faire un croc-en-jambe à Cédric Huot, qui trébucha sur le plancher du gymnase. Le maigrelet poussa un long sifflement.

Comme leur coéquipier ne se relevait pas, les Jaunes se rassemblèrent autour de lui pour le secourir. Les Bleus se retirèrent dans leur camp et Félix sortit en direction du vestiaire. Le maigrelet s'empressa vers l'enseignant :

— Monsieur Bizier, Cédric est tombé sur le plancher du gymnase !

— Vous êtes pas capables de vous amuser ensemble ? réagit l'amateur de courses, qui ne semblait pas décrocher de son ordinateur.

— Il est blessé, qu'est-ce qu'on fait ?

— C'est le temps de mettre à profit les cours de premiers soins que je vous ai donnés, les gars. Vous savez où est la trousse ? Sinon, amenez-le à l'infirmerie avec le brancard remisé dans le placard en arrière de moi.

Bizier s'absorba à nouveau. Le maigrelet aux os cassants retourna auprès des Jaunes. Huot ne s'était pas relevé :

— M. Bureau fait dire qu'on est supposés être capables de s'arranger avec…

Tous les Bleus avaient regagné le vestiaire à la suite de Félix qui se rhabillait.

— Reviens au jeu, Félix, fit le meneur. Ça peut arriver à tout le monde d'enfarger un autre joueur, même un des nôtres.

— T'as pas vu, l'arbitre est tout de suite allé voir M. Bureau pour me rapporter ? Vous voyez ben qu'il prend pour eux autres. J'en ai assez pour aujourd'hui ; je m'en vas.

Félix quitta le vestiaire et se rendit à son casier pour y déposer ses vêtements d'éducation physique. Il prit son porte-monnaie et se traîna les pieds jusqu'à la cafétéria, ressassant les dernières minutes au gymnase. Puisqu'il était trop tôt pour se faire servir un repas, il lorgna la rangée de machines distributrices. Rien ne l'intéressait. Dans la place encore déserte, il s'assit à une table, consulta sa montre et se releva aussitôt. *J'ai pu rien à faire icitte aujourd'hui*! pensa-t-il.

Au logement, Océane s'étonna de voir arriver le père de Félix-Antoine :

— Je te comprends pas, Félix. T'as la chance de t'instruire, puis tu reviens de l'école avant le dîner.

— C'est pas de tes affaires, Océane ! rétorqua-t-il.

— Dire que j'ai si hâte d'y retourner, moi !

— Maman est encore couchée ?

— Non, elle est partie chez la coiffeuse pour sa teinture. Elle dit que le petit la réveille de bonne heure et qu'elle ne peut plus dormir le reste de l'avant-midi comme avant.

— Elle va être là pour le dîner ?

— Non ! Elle va manger avec son amie : ta patronne !

— Ça veut dire qu'on est tout seuls ?

— Pas tout à fait ! Il y a toi, moi, et notre chérubin qui dort.

— As-tu l'intention de dévoiler notre secret à Charlot ?

— Pas le moins du monde, Félix ! C'est lui que j'aime, puis je voudrais pas lui faire de la peine.

Le garçon détailla la petite pensionnaire au corps désirable et au visage épanoui de maman heureuse :

— Penses-tu qu'on pourrait en faire un autre, Océane ? lui demanda-t-il en s'approchant d'elle, les yeux enjôleurs.

— Un autre dont Charlot et moi on s'occuperait ? Jamais ! Si tu veux un autre enfant, tu le feras avec quelqu'un d'autre…

Insulté, Félix s'enferma dans la chambre de sa mère en claquant la porte. Il téléphona au garage Ford pour commander un toit et en ressortit au bout d'une heure.

— Qu'est-ce qu'on mange pour dîner ?

— Pas grand-chose. Je voulais me faire chauffer une canne de soupe. Si t'en veux, y en a pour deux.

— Tu pourrais te forcer, Océane. Sonia fait de grosses commandes d'épicerie. A dépense beaucoup pour nous acheter de la nourriture.

— Ah, oui ? Tu penses ça, toi ? Charlot m'a dit que ta mère ne paye jamais ses factures. C'est lui-même qui les règle.

— Ça, c'est ce que tu dis ! Des fois, je me demande de quoi tu te plains ? Logée, nourrie ?

— Tu le sais bien que si je n'avais pas Félix-Antoine, je ne vivrais pas ici.

— Oui, mais d'un autre côté, c'est pas tous les jeunes de ton âge qui restent avec leur *chum*… En plus, ta mère veut rien savoir de toi…

La dernière phrase cinglante avait mis un terme à l'échange. La gorge nouée, Océane baissa la tête pour fuir le regard de celui qui la réduisait à un rôle de subalterne et chercha une boîte de soupe dans le garde-manger.

À l'heure du dîner, le père du rejeton reçut un appel de Daphnée Sanguinet qui le suppliait de la rencontrer près de la polyvalente.

Elle avait appris son départ précipité et était décidée à se payer un après-midi de congé avec lui. Cependant, elle fut refroidie un peu d'apprendre que la Mustang resterait dans la cour, cette fois. Il fut convenu qu'une promenade à la Place Versailles conviendrait.

La jeune mère fit une sieste et se plongea dans ses travaux scolaires. Ce jour-là, Natascha devait lui rendre visite et elle ne voulait pas prendre du retard. On frappa à la porte. *Un colporteur, je suppose*, s'impatienta Océane.

— Bonjour ! Je suis la voisine d'à côté. J'ai cogné au lieu de sonner parce que votre bébé dort peut-être.

— Qu'est-ce que je peux faire pour vous, madame ? Entrez donc une minute.

— Je suis un peu gênée, mais comme la maîtresse de maison est partie, ça me dérange moins. De toute façon, c'est à vous que j'ai affaire, mademoiselle.

La femme aux dents croches et au visage étroit avait cependant l'oreille fine et les yeux clairs. Malgré ses soixante-quatorze ans bien sonnés, elle se disait très active et surveillait tout ce qui se déroulait dans le voisinage. Plus que toute autre chose, elle entendait les vagissements du petit et les réactions d'impatience de Sonia Bécotte de l'autre côté de la cloison. Il lui semblait que la mégère s'exaspérait facilement. Églantine n'avait jamais eu d'enfant, mais elle avait élevé son neveu jusqu'à l'âge de douze ans. Elle s'occupait de sa sœur de quatre-vingt-trois ans qui vivait avec elle et dont les activités étaient, hélas, trop restreintes.

— Je pourrais garder le petit pendant les heures d'école, si vous le désirez. En tout cas, pensez-y, mademoiselle Océane. Je ne vous demanderais pas cher, juste pour dire. Acceptez, ça me ferait tellement plaisir…

— Je vous avoue que vous tombez pile. Donnez-moi un peu de temps pour sevrer Félix-Antoine. Dès demain, je vais le mettre au biberon un boire sur deux.

Océane referma la porte. Son opinion sur la voisine contrastait avec ce qu'elle avait entendu de la Bécotte et de son fils. Certes, Églantine avait un petit côté fouineur, mais elle était d'une telle gentillesse qu'Océane n'avait pu refuser sa proposition. L'élève se remit à ses livres avec une ardeur renouvelée, jusqu'à ce que Félix-Antoine demande le sein. Elle regarda son fils comme la plus belle merveille de la terre et songeait avec tristesse au moment où elle devrait le confier à la voisine.

Plus tôt que d'habitude, Natascha sonna à la porte, sac d'école en bandoulière. Océane trépignait de lui annoncer qu'elle n'avait plus de problème de gardienne, mais remarqua tout de suite l'air contrit de son amie :

— On dirait qu'il y a quelque chose qui va pas, Natascha ? Déshabille-toi et viens me raconter avant que les autres reviennent.

— Aujourd'hui, à l'école, tout le monde parlait de ce qui est arrivé à Félix : le vandalisme causé à sa Mustang et sa vengeance de Cédric Huot.

— Comme ça, c'est lui le responsable ?

— Non, justement !

— Comment peux-tu le savoir ?

— Parce que c'est moi, la coupable !

— Natascha !

— Ben oui ! Je pensais que je serais capable de garder mon secret, mais il m'a brûlé la langue toute la journée, avoua-t-elle.

— Mais comment as-tu fait ? Il fallait que tu sois vraiment fâchée contre lui !

La grande épingle expliqua comment elle s'y était prise, la veille, pour exécuter son plan et le plaisir qu'elle avait ressenti à lacérer le toit de la Mustang avec son coupe-papier.

— Ce qui me choque le plus avec Félix, c'est de le voir s'absenter de l'école, si peu étudier et réussir quand même. Je suis une bûcheuse, moi ! poursuivit-elle.

— Ça m'étonne quand même que tu t'en prennes à lui, Natascha.

— Je le regrette aussi !

— D'après moi, il y a sûrement une autre raison, sinon tu serais en chicane avec tout le monde.

— C'est ça, dis-moi donc que je suis la plus poire de la *gang*, tant qu'à y être !

— C'est pas ça que je voulais dire, Natascha ! S'il fallait se brouiller avec ceux qui réussissent mieux que nous, moi la première, je serais choquée contre Charlot.

— Peut-être !

— Si tu veux le fond de ma pensée, je vais te le dire : je comprends très bien que tu sois frustrée, mais je pense que tu es en amour avec Félix, que tu le voudrais pour toi toute seule, alors que toutes les filles aimeraient coucher avec lui. C'est ça qui te fatigue, Natascha ! Rappelle-toi quand tu m'as suggéré d'amadouer Charlot ; c'est parce que t'espérais que je lâche Félix. Maintenant qu'il n'est plus dans mon lit, tu devrais être contente. C'est sûr qu'un beau gars comme lui restera jamais tout seul. En plus, il gagne de l'argent avec son corps. Tu dois être jalouse, Natascha, terriblement jalouse.

— J'aurais aimé ça aussi qu'il me fasse un p'tit, avoua-t-elle, en pensant à Félix-Antoine qui ressemblait tant à son père.

Les mains au visage, Natascha se mit à sangloter, doucement. Elle regrettait amèrement de s'être livrée les mains liées à celle qui prétendait être son amie. Elle était venue chercher du réconfort et n'avait trouvé qu'un chapelet de contrariétés.

De retour de l'école, d'ordinaire peu sensible à elle, Charlemagne la trouva accablée, mais il ne fit rien. L'air interrogateur, il se tourna vers Océane qui lui confia Félix-Antoine. Océane se pencha vers son amie pour la soutenir, mais celle-ci se redressa et marcha vers le vestibule avec son sac d'école. Natascha partie, Charlemagne voulut savoir ce qu'il en était :

— Veux-tu bien me dire ce qui se passe avec elle ? s'informa-t-il, tenant maladroitement Félix-Antoine dans ses bras.

— Donne-moi le petit, Charlot. Tu vas l'échapper…

— Tu n'as pas répondu à ma question, Océane.

— Oh ! C'est une histoire de filles, rien de grave, rétorqua-t-elle. J'ai su pour Félix que tout le monde parlait de ce qui est arrivé à son auto et son accrochage avec Cédric Huot. Il est revenu pendant la deuxième période. Il a fait un téléphone dans la chambre de sa mère. J'ai cru que c'était à propos de son fameux toit. Pendant le dîner, il a reçu un appel puis il est parti ensuite.

— Ce doit être pour Daphnée Sanguinet ; elle est toujours pendue après lui. Sonia, elle ?

— Elle est sortie aujourd'hui. Ça devrait arriver plus souvent. Tu sais pas quoi, Charlot ? s'exclama Océane, qui se retenait depuis le départ de Natascha.

— Quoi donc ?

— J'ai trouvé une gardienne ! Ou plutôt, c'est la voisine Églantine qui est venue me proposer de garder Félix-Antoine chez elle pendant les heures d'école.

— La vieille qui a toujours le nez dans le châssis ?

— Oui ; elle est bien fine. Elle m'a dit qu'elle vivait avec sa sœur de quatre-vingt-trois ans.

— Tu vas pouvoir reprendre tes cours à la polyvalente…

— Après la semaine de relâche.

— Ça va coûter cher ?

— Beaucoup moins que si c'était la mère de Félix.

— Je dois partir pour le dépanneur, Océane.

Le jeune père de famille s'approcha de sa compagne, l'enlaça et l'embrassa passionnément :

— J'ai hâte de faire l'amour avec toi, Océane, ça me manque.

— Moi aussi, Charlot. On va bientôt partir ensemble pour une semaine en République.

Chapitre 18

Natascha Robidoux ne se remettait pas de sa rencontre avec Océane, dont les vagues de reproches avaient déferlé contre sa pauvre personne. C'est comme ça qu'elle le prenait dans sa petite tête d'épingle. Et pourtant, sa confidente avait vu clair dans son jeu et n'avait pas essayé de la démolir. Encore moins de lui adresser des remontrances qui l'auraient désemparée.

Océane craignait maintenant que leur amitié en souffre. Natascha ne se rendait plus sur la rue Jeanne-Mance. Elle avait cessé d'être le pigeon voyageur indispensable qui lui transmettait les directives de ses enseignants. Heureusement que, sous l'insistance de la psycho-éducatrice, Mme Dutrisac, l'école maintenait le mandat de Manuel Bourguignon. L'élève à domicile avait démontré que l'investissement était justifié et devait se poursuivre jusqu'à la semaine de relâche.

En se berçant avec Félix-Antoine dans le fauteuil du salon, Océane ruminait de sombres pensées sur les gestes que son amie pourrait poser. Si elle avait eu l'audace de taillader le toit de la Mustang plutôt que de se taillader les poignets, comme elle l'avait laissé entendre une fois qu'elle se comparait à Félix, elle pourrait aller plus loin. Jusqu'où une enragée profondément frustrée est-elle prête à aller pour démontrer qu'elle n'est pas une personne sans caractère, une baudruche ? Qu'elle est capable, elle aussi, de recevoir et de donner de l'amour ?

À l'école, les cours étaient suspendus pour une semaine, ce qui donnait neuf jours de congé consécutifs. Océane et Charlemagne devaient prendre l'avion le lendemain matin avec le petit. Les grands-parents Lamer les avaient assurés que la villa serait disponible pour eux, exclusivement. Aussi, l'occasion était belle pour certains parents fortunés voulant se doter d'une bonne conscience de resserrer les liens familiaux à peu près inexistants le reste de l'année, en amenant leur enfant en voyage. D'autres encore, jugeant que le temps de vacances était trop court, s'accordaient une deuxième semaine sans évaluer les conséquences sur le rendement scolaire de l'élève, prétextant que les billets étaient déjà achetés et que personne ne pouvait s'opposer à leur décision.

Fermement résolue à goûter le bonheur qui lui revenait comme s'il s'agissait d'un gâteau de noces à partager, Natascha emprunta la ruelle en se remémorant sa conduite récente. Elle avait dévalé les escaliers de l'école pour précéder Félix et l'intercepter, avant qu'il rentre au logement.

— Qu'est-ce que tu fais là, toi ? On dirait que tu m'attends ! D'habitude, c'est pour Océane que tu viens…

— Ben aujourd'hui, c'est pour toi, Félix ! J'ai des choses à t'apprendre et t'auras pas le choix de m'écouter, figure-toi donc !

— Les grandes révélations, asteure ! se moqua Félix, la lèvre méprisante. Dépêche, parce que j'ai pas juste ça à faire, moi, tendre l'oreille aux malheureuses qui viennent me relancer jusque chez nous pour brailler.

— Fais chauffer ton char, puis on va pouvoir se parler à la chaleur, rétorqua la grande épingle, sûre d'elle.

— À moins qu'on rentre en dedans ?

— Ce que j'ai à te dire est confidentiel.

— Pour moi, t'es fâchée contre Océane, ça fait un certain temps que tu viens pas ; ça doit être ça, l'affaire…

— Va chercher tes clefs, Félix, on gèle !

— Oh ! Madame a du caractère, quand elle veut !

Les pieds gourds, Natascha patientait à côté de la Mustang, délogeant la neige du sol avec le bout de sa botte. Elle observa le toit qui avait remplacé la passoire qu'elle avait créée et songeait à l'attitude de Félix qui avait senti qu'elle avait quelque chose d'important à lui dire. Il ne pourrait pas se défiler comme il s'était jusqu'ici défaussé de ses responsabilités de père. Elle le tenait et aimait cette sensation qui la grisait de puissance et qu'elle n'avait jamais éprouvée dans sa vie. Charlemagne apparut ; il l'interrompit dans ses pensées :

— Toi ?

— Oui, moi ! Qu'est-ce qu'il y a ?

— Ça fait un petit bout qu'on t'a pas vue ! Océane serait contente de te revoir avant notre départ, cette nuit.

— Félix m'a promis une promenade en auto, je l'attends.

Charlemagne monta au logement. Félix en descendit quelques minutes plus tard. Malaxant une bouchée de la collation qu'il tenait d'une main dans un petit emballage, il déverrouilla de l'autre et posa son séant pour faire démarrer le moteur. Natascha contourna la Mustang, ouvrit la portière, lança son sac d'école sur la banquette et s'assit. Elle contempla le tableau de bord, le luxe des sièges, et promena les yeux au plafond en se rappelant le toit précédent qui, à cause d'elle, avait pris le chemin des ordures et coûté un bras à son propriétaire :

— Comme c'est beau dans ton char ! minauda-t-elle.

— Ça va être plus chaud dans pas long… Qu'est-ce que t'as tant à me dire ? s'impatienta Félix, qui avait hâte d'en finir.

— Les vitres vont dégivrer, puis on partira.

— Comment ça : on partira ? Je croyais qu'on resterait ici pour parler. J'ai pas mon permis de conduire encore, c'est un temporaire.

— Comme c'est bizarre ! Pourtant tu l'avais quand t'es venu ramasser la Sanguinet à l'école, l'autre fois.

— C'était spécial avec elle.

— Ça va être du spécial avec moi, aujourd'hui, Félix.

— T'as l'air pas mal sûre de ton coup, Natascha.

— Plus que jamais... démarre, puis tu vas voir !

La Mustang quitta la ruelle et s'engagea sur la rue Laurier jusqu'à l'avenue du Parc.

— À droite ! insista la grande épingle.

— Ça va faire, la copilote ! Tu me diras pas où aller quand même !

— Pourquoi pas ?

— Bon, ben, accouche asteure, parce que je revire de bord ! s'impatienta Félix, au moment où la voiture s'immobilisait à un feu rouge.

Natascha déboucla rapidement sa ceinture de sécurité, se projeta sur le conducteur et lui prit la tête à deux mains pour l'embrasser sur la bouche.

— Es-tu après capoter, patente à gosse ? réagit Félix, en appuyant malencontreusement sur l'accélérateur.

— Oui, je capote, Félix, je capote sur toi !

— C'est pour me dire ça que...

— Je t'ai toujours trouvé attirant, Félix ; depuis que je t'ai vu sur Internet, je te désire encore plus.

— J'peux-tu te dire que moi, j'ai pas le goût de te voir sur Internet, Natascha ?

— J'pense que t'auras pu le goût de me voir pantoute après la nuit qu'on va passer ensemble, Félix !

— Comment ça ? se révolta Félix.

— Félix-Antoine, ça te dit quelque chose ?

— Épaisse ! C'est mon... C'est l'enfant d'Océane, répondit-il en se raclant la gorge.

— C'est aussi TON enfant, Félix !

— Comment ça ?

— Veux-tu que je te fasse un dessin ? Océane m'a tout dit depuis le début.

— Pis, ça change quoi entre nous deux ?

— Ça change que ta mère le sait pas, pis quand elle va l'apprendre, elle va te foutre à la porte, mon Félix.

— Jamais de la vie !

— Pis, c'est pas juste ça ! C'est elle qui va être obligée de l'élever, si elle te met pas dehors. Comme elle a pas l'air d'aimer le p'tit ben fort, tu vas sacrer ton camp avec et il y aura personne pour s'en occuper.

— Tu penses !

— Non seulement je le pense, mais il y a aussi un autre élément, mon amour.

— Lequel?

— C'est simple! Le temps qu'elle pense que Félix-Antoine est l'enfant de Charlot, elle reçoit de l'argent pour lui. De l'argent que t'aurais pas si je te déclarais à ta mère, mon petit cœur. Qu'est-ce que t'en dis? Pas pire pour une épaisse, hein?

— J'avoue que tu me surprends, Natascha! En pratique, ça veut dire qu'on couche ensemble à soir, sinon tu me dénonces?

— Exactement! Dans ta chambre, à part ça! À moins que tu payes pour un motel? Ça serait plus romantique! J'ai fait des recherches sur Internet; on pourrait s'arrêter à La Courtisane en montant dans les Laurentides.

— As-tu oublié que ma patronne va s'inquiéter de mon absence?

— Tu l'appelleras du restaurant où on va faire une halte pour le souper.

— Tes parents! Ils sont prévenus, je suppose?

— Je leur ai raconté que Charlot et Océane partaient au cours de la nuit et que je couchais chez vous pour garder le petit, en attendant que ta mère se lève pour s'en occuper. C'est pas beau, ça?

La grande épingle sortit d'un compartiment de son sac d'école la trousse de maquillage de sa grande sœur et abaissa le pare-soleil. Le tube de rouge à lèvres et le rimmel qu'elle appliquait généreusement la vieillissaient d'au moins deux ans:

— Comment tu me trouves, Félix?

— Une vraie beauté fatale! ricana Félix, en remarquant le duvet foncé qui surlignait affreusement sa bouche.

— Tu te moques de moi, encore!

— On est pris pour passer la nuit ensemble, aussi bien en rire…

Natascha détourna la tête vers le paysage qui défilait sous ses yeux ombragés jusqu'à ce que le conducteur la tire de son silence :

— À quel restaurant veux-tu qu'on s'arrête ? Je gage que t'en as déjà trouvé un sur Internet ?

— J'aime ben gros les pâtes. Ça fait qu'on va aller chez Pacini.

— Hé ! J'paye déjà pour le gaz, la nuit au motel, pis il faut que je paye la bouffe en plus ! ragea Félix. Pour ce que ça rapporte…

La voiture s'immobilisa à Saint-Jérôme. Natascha attendit que Félix descende de l'auto pour mettre le pied à terre, de crainte qu'il se sauve. Auquel cas elle aurait dénoncé sans vergogne celui qui n'avait rien de la galanterie d'un chevalier servant, mais tout de l'allure morose et sinistre du Chevalier à la Triste Figure.

Souveraine, la grande épingle battait patiemment des cils, le temps que l'hôtesse vienne les accueillir. L'employée au teint d'albâtre détailla de pied en cap le couple mal assorti, surtout la fillasse qui accompagnait le bel adolescent, et leur assigna une place en leur remettant un menu. Assise face à Félix, Natascha pouvait à présent contempler le visage de celui auquel elle avait tant rêvé et qui soutenait évasivement son regard. La nuit qui l'attendait le tracassait. Sous le chemisier de sa passagère, il devinait le corps peu désirable et les petits renflements qui lui tenaient lieu de seins. Il en avait vu bien d'autres qu'il n'avait pas désirées, et il avait réussi à les combler de plaisir ; mais celle-là avait de quoi lui faire dresser de déception les cheveux sur la tête.

Une demi-heure plus tard, Félix n'avait déchiqueté qu'une pointe de pizza, et Natascha engloutit une succulente linguine aux fruits de mer en songeant à Océane, qui devait mettre la main à ses derniers préparatifs de voyage. Mais elle préféra se délecter des regards que les clients posaient sur elle et sur son compagnon.

Félix se leva pour régler l'addition. De peur qu'il se sauve, Natascha le suivit. Après, il repéra un téléphone.

— Bonsoir, Cassandra ! C'est Félix !

— Oui ! fit l'entremetteuse.

— Je pourrai pas travailler à soir, je suis au lit.

— Avec qui ? Y en a un qui t'attend icitte…

— C'est pas des blagues, Cassandra, je suis malade ; j'ai un vilain mal de bloc ! inventa-t-il.

— Tu m'appelles, comme ça, à la dernière minute !

— Je pensais me rendre au travail, mais Sonia a insisté pour que je reste à la maison. Ça me fait de quoi de pas rentrer parce que je perds de l'argent. Demain je devrais être mieux, assura-t-il, en regardant la grande épingle de travers.

— Dans ce cas, soigne-toé ben. À demain !

Félix raccrocha et sortit prestement du restaurant, talonné par Natascha.

La Mustang démarra. Maintenant, il était trop tard pour rebrousser chemin. Félix alluma la radio pour alléger le poids du silence qui lui pesait. Il se remémora sa brève escapade avec Daphnée Sanguinet, collante, mais beaucoup plus jolie et avec laquelle il avait passé, somme toute, de bons moments. Cependant, l'amie d'Océane était là, envahissante, bien pire que la sangsue et pour laquelle il n'éprouvait que de la répulsion. Une image de corps décharné s'empara de son esprit. Natascha, elle, ondoyait au son de la musique en replaçant sa coiffure et en rafraîchissant sans cesse son maquillage.

— C'est encore loin, La Courtisane ? s'informa Félix, comme un enfant qui trouvait la route longue.

— On dirait que t'es pressé, asteure, ironisa-t-elle ; on est presque arrivés à Sainte-Adèle.

Le motel La Courtisane se trouvait à l'entrée du village. Natascha devina le nom écrit en grosses lettres décolorées sur un panneau de bois éclairé par deux projecteurs.

— C'est ici, Félix !

— Il était temps parce que je démissionnais !

La Mustang se gara. Félix descendit et se présenta à la réception. Un homme de stature moyenne affublé d'une moustache s'approcha du comptoir lorsqu'il entendit le grelottement de la clochette d'entrée.

— Un motel pour la nuit !

— Pour deux personnes ? demanda l'homme au teint basané, qui contrastait étonnamment avec le blanc éclatant de ses dentiers.

— Remplissez ça, fit-il en poussant un formulaire sous les yeux de Félix.

L'homme contourna le comptoir, s'avança vers la fenêtre, écarta le rideau de sa main pour regarder dans la Mustang et se retourna vers son client :

— Icitte, c'est comme au cinéma : 13 ans et plus ! gouailla-t-il.

Le voyageur baissa les paupières et sortit son porte-monnaie pour payer. Celui qui semblait être le propriétaire lui remit la clef et Félix quitta la réception. La grande épingle agrippa son sac, s'extirpa de la voiture et rejoignit Félix qui ouvrait la porte du 17. En entrant, il actionna l'interrupteur. Une lumière pâle jaillit et lui déplut. Il alluma la lampe de la table de chevet qui éclaira un coin de la chambrette et éteignit le plafonnier. On aurait dit que le tapis sombre crapoteux recouvrait le grand lit et le plancher du même matériel épais, tellement l'unité visuelle était frappante. Des toiles d'une grande laideur ornaient les murs de papier peint dont les laizes décollaient par endroits. Avec retenue, Natascha déposa son sac sur la commode, en extirpa son pyjama. Elle enleva son manteau et ses bottes.

— Il fait froid ! se plaignit-elle, en marchant vers la salle de bains.

— Ça sent la cigarette à plein nez ! commenta Félix, qui avait toujours subi la mauvaise habitude de sa mère.

Félix monta le chauffage, alluma le téléviseur et s'assit sur le pied du lit.

La grande épingle revint dans la chambre. Elle avait revêtu un pyjama dont les rayures l'étiraient davantage. Ses yeux papillotaient d'énervement. Crispé, Félix s'était dissimulé sous les couvertures pour éviter de subir une séance de déshabillage comme certaines clientes l'exigeaient. Natascha se mit à respirer bruyamment comme si elle s'apprêtait à sauter du quatrième étage d'un immeuble en feu. D'un geste décidé, elle se glissa sous les couvertures à côté de Félix qui fixait l'écran du téléviseur et craignait un assaut de sa partenaire. Avec ses doigts longs et effilés, elle effleura son visage tendu, ses larges épaules, son torse nu bien musclé. Elle retira lentement sa chemise de pyjama.

Félix fut très étonné de découvrir de longs bras fluets et velus que les garçons ne voyaient jamais et qui la gênaient devant ses compagnes en éducation physique, mais qu'elle s'empressait de camoufler sous des gilets à manches longues avant d'affronter les corridors de l'école. Sa repoussante poitrine osseuse offrant des seins d'une ridicule petitesse et, surtout, cette lettre F majuscule sur son ventre plat qui le fit sursauter d'horreur et se lever à côté du lit, face à elle !

***

Très tôt le lendemain matin, Grizzly se garait devant le logement de Sonia Bécotte. À la demande de Charlemagne, même si cela lui coupait du sommeil, l'ours avait accepté de reconduire la petite famille à l'aéroport avec la jeep de Yann. Charlemagne avait eu la bénédiction de son patron pour prendre des vacances bien méritées, et Sarah avait prêté le porte-bébé dont elle ne se servirait plus pour Annabelle.

Il régnait une grande fébrilité à l'aéroport Pierre-Elliott-Trudeau en ce début de semaine de relâche. Les volées de canards qui mettaient le cap au sud se succédaient à un rythme ininterrompu. Un véritable fourmillement de voyageurs empressés circulaient dans tous les sens avec leurs bagages, cherchant aléatoirement le comptoir auquel ils devaient s'adresser. Avec les valises, Charlemagne suivait Océane qui essayait de se frayer un chemin, sous le regard de paires d'yeux étonnés qui se tournaient vers le jeune couple avec un enfant accroché à sa mère…

* * *

À part quelques zones de turbulences qui secouèrent les passagers, le voyage en avion fut particulièrement réjouissant pour Charlemagne.

— C'est ton baptême de l'air, Charlot !

— Pour Félix-Antoine aussi.

La maison des Lamer offrait le charme et la beauté des villas espagnoles avec ses murs de crépi blanc et son toit de tuiles ondulées. Océane entra dans la maison et coucha le bébé endormi au milieu du lit de la chambre de visite – qu'elle occupait lors de ses voyages habituels en été – et le borda d'oreillers. Dans le salon, elle leva le store sur une vue magnifique de la mer et ouvrit une fenêtre pour aérer. Une brise s'infiltra et caressa le visage des adolescents, dont les yeux riaient du bonheur de se retrouver ensemble.

— Enfin seuls ! Déshabille-moi, Charlot !

— Là ? Tout de suite ?

— Pourquoi pas ? Félix-Antoine dort.

Il sourit de désir. Avec la plus grande application, il déboutonna la blouse d'Océane.

— Caresse mes seins avec tes mains, puis avec ta bouche.

Elle frémissait déjà du plaisir d'une douceur exquise qui la parcourait.

— Continue, enlève mon short et glisse ton doigt entre mes cuisses chaudes.

Charlemagne exécutait à la lettre tout ce qu'elle lui dictait.

Elle lui retira son t-shirt, se pressa contre lui et l'embrassa partout, humant l'odeur musquée qui se mêlait à la moiteur de son corps. Hâtivement, elle déboucla sa ceinture, descendit sa braguette. Dégageant ses hanches, elle laissa couler son pantalon qui s'évanouit sur le sol. Muet, il la regarda palper le gonflement de son caleçon avec tendresse et concupiscence. Elle le prit par la main et s'allongea langoureusement sur la carpette.

Charlemagne n'eut pas le temps de se dévêtir complètement ; plusieurs jets de sperme maculèrent le tapis. Il remonta son caleçon, honteux et mécontent de son échec.

— On se reprendra, mon amour ! T'en fais pas, tu vas prendre de l'expérience, affirma-t-elle pour le rassurer.

— Félix doit être mieux que moi ! se désola Charlemagne.

— Félix est un prostitué, Charlot ; c'est pas la même chose. Pourquoi te comparer à lui ?

Océane se rhabilla et fouilla dans les armoires de cuisine.

— Pendant que je nourris Félix-Antoine, tu devrais te rendre au village pour faire quelques achats. Je te prépare une liste.

— À pied, c'est combien de temps ?

— Trente, trente-cinq minutes ! Mais tu peux prendre une des deux bicyclettes sous la véranda. Ça va aller plus vite.

— Ça dérange pas si je parle pas espagnol ?

— T'as juste à te faire servir par une Dominicaine. Elle va te donner tout ce que tu veux...

— Ha ! ha ! Océane. Tu te penses drôle, peut-être ? riposta Charlemagne, en remettant son t-shirt.

Océane avait fricoté un plat avec la volaille rapportée à la villa. Dans l'avion, on leur avait servi un repas qui leur était resté un peu sur l'estomac et ils avaient faim. Félix-Antoine avait été un peu maussade, mais s'était rendormi après son boire. Charlemagne regardait son fils avec la fierté d'avoir accompli la plus belle œuvre de sa vie. Dans une certaine mesure, à présent il se comparait à Alex avec ses trois enfants. En fait, il le considérait comme un modèle de père aimant et attentionné, très dévoué auprès des siens. Il se remémorait aussi Rosaire, le père de Félix, qui avait mené une vie de marginal, mais qui avait tout de même élevé le fils rejeté par Sonia.

Après le souper, Océane proposa une marche sur la plage avec le bébé, mais la famille dut rebrousser chemin parce que le ciel se faisait menaçant. De retour à la villa, juste à temps pour éviter l'averse, Océane eut envie d'écrire à la grande épingle et de lui partager son bonheur. Une inscription en caractères gras lui était destinée : De ta grande amie. Et le message se lisait comme suit :

Océane Lamer,

Je viens de vivre la plus belle nuit d'amour avec le plus ravissant mâle de Montréal. Il m'a proposé un petit voyage d'amoureux dans les Laurentides. Tu comprends que je ne pouvais décliner (cherche à ton tour dans le dictionnaire, moi aussi j'en connais des beaux mots) son invitation. Un refus aurait été trop pénible pour son image…

En arrivant à l'hôtel cinq étoiles, un garçon m'a ouvert la portière de l'auto. Il m'a appelée «madame». Il s'est ensuite chargé de nos bagages, pendant que Félix stationnait le char. Dans la chambre très vaste meublée d'un grand lit double comme tu n'en as jamais vu, une bouteille de champagne nous attendait. T'imagines bien que j'ai connu des moments d'extase comme tu n'en connaîtras probablement jamais avec Charlot… Il m'a dit que je l'excitais beaucoup parce que j'étais tellement différente des autres. Même que mon duvet foncé me donnait un petit côté d'animal sauvage qui se traduisait par des comportements un peu bestiaux au lit…

Tu peux me croire qu'il n'a pas été déçu. Il a trouvé que j'avais des aptitudes pour le sexe bien au dessus de la moyenne, et que les gars en général auraient avantage à me découvrir en particulier et à enfiler la grande épingle que je suis. Que c'était mon petit côté gêné qui les indisposait. Je ne sais pas si lui et moi on va se revoir, parce que je ne veux pas être une fille imprudente et qu'il me fasse un petit que je vais élever toute seule ensuite… Pour le moment, il attend mon appel. Mais je lui ai dit que je ne voulais pas qu'il m'arrive la même chose qu'à toi, du temps où t'étais ma meilleure amie.

C'est vrai qu'à l'école j'ai un peu de misère, mais vois-tu, quand la motivation n'y est pas, c'est ce que ça donne. Pour être franche, je n'ai jamais fourni ma pleine mesure et les profs de l'école ont un préjugé défavorable envers moi. Ils disent que je souffre d'un manque de confiance et que c'est ça qui me fait couler. Ça explique aussi pourquoi ils me font une évaluation trop subjective, comme ma grande sœur me l'a dit. Tu verras, quand j'irai étudier aux adultes, tout le monde va s'apercevoir que je suis capable de réussir!

P.-S. J'espère que le petit froid entre nous va se dissiper. Après tout, je sais que t'as encore besoin de moi…

Natascha

Choquée par le ton et les propos de la grande épingle, Océane se promit de lui écrire le plus tôt possible, comme elle avait d'abord eu l'intention de le faire. Elle attendrait au lendemain : peut-être qu'une bonne nuit de sommeil la refroidirait et lui permettrait d'endiguer un flot d'injures qui avaient jailli à la lecture du courriel. Et que dire de ces fabulations, de son récit truffé de mensonges ?

La chambre des grands-parents était vaste. Assurément plus luxueuse aussi que celle du motel minable dans lequel Natascha avait niché. Elle en était certaine. D'ailleurs, ce voyage dans les Laurentides était-il vraisemblable ? Elle en doutait et se promit qu'elle lui en mettrait plein la vue avec les photos de son appareil numérique.

Charlemagne dormait déjà. Elle s'étendit sur le lit en souhaitant que Félix-Antoine ne la réveille pas avant l'aube.

Chapitre 19

Au matin du deuxième jour, profitant du calme apaisant de la maisonnée, Charlemagne quitta la chambre et s'achemina sur la véranda, songeant à la nuit fort agréable qu'il venait de traverser. Après le boire de Félix-Antoine, qui prenait le biberon deux fois sur trois, il avait caressé Océane avec une ardeur débordante avant de se rendormir. Les cheveux lui voilant un peu le visage, son regard parcourut l'horizon. Puis, il s'étira en bâillant et rentra. Ensuite, il prépara deux assiettes de fruits de la passion, d'oranges, de bananes et de mangues qu'il apporta sur la terrasse, avant de s'absorber dans le livret d'instructions de l'appareil photo reçu aux Fêtes.

En se réveillant, Océane constata qu'elle était seule dans le lit; elle se leva. Rien ne bougeait dans la maison. Elle regarda sur la véranda puis vers le patio:

— Le petit-déjeuner sur la terrasse, quelle bonne idée!

Vêtue très légèrement, elle s'inclina vers lui pour qu'il l'embrasse. Océane n'eut que le temps d'offrir sa joue, elle entendit un appel pressant…

Une heure plus tard, elle ressortit sur la terrasse avec Félix-Antoine, rassasié. Elle lui avait donné son bain et l'avait saupoudré de talc parfumé:

— Explique-moi comment faire pour déverser des photos de l'appareil dans l'ordinateur. Tiens, j'ai une idée : je vais en prendre quelques-unes de toi avec le petit, puis tu me montreras comment.

— En caleçon ?

— Le père et l'enfant presque nus, c'est pas beau, ça ?

— Si tu veux ; on peut les détruire facilement après…

Océane joua à la photographe pendant un long moment. Elle s'ingénia à prendre l'enfant et « son père » dehors, sur la terrasse et sur la véranda, puis à l'intérieur. Après chacune des prises, elle s'approchait d'eux en riant pour lui montrer la photo. Ensuite, ils s'échangèrent les rôles et se retrouvèrent devant l'ordinateur.

Au cours de l'après-midi, le porte-bébé accroché à Charlemagne, ils enfourchèrent chacun une bicyclette et empruntèrent la route des villas qui longeait la côte. L'appareil en bandoulière, Océane s'arrêtait çà et là aux abords des plus belles places pour les photographier, parfois avec audace en franchissant une haie ou une clôture qui délimitait une propriété. Charlemagne se prêta volontiers à cette activité, jusqu'à ce qu'il en éprouve une certaine lassitude :

— Ça fait au moins une vingtaine de fois qu'on s'arrête, Océane. Finalement, les maisons se ressemblent toutes, tu trouves pas ? J'ai l'impression de faire de la livraison en triporteur avec un panier suspendu au cou.

— Encore quatre ou cinq, et on s'en retourne, OK ?

Charlemagne acquiesça sans conviction. Ils franchirent encore deux longs kilomètres puis rebroussèrent chemin en se reposant parfois à l'ombre, sous le feuillage des arbres.

Le soir, avec empressement, Océane confia Félix-Antoine à son père et s'assit devant l'ordinateur. La grande épingle attendait toujours sa réaction :

Natascha Robidoux,

Excuse mon retard à te répondre. Avec ma besogne, ça me laisse moins de temps pour penser à ma personne, même si Charlot est formidable pour moi et pour le petit. Les domestiques de la maison sont en vacances à ce temps-ci de l'année, que veux-tu ? Je sais que je ne t'en avais pas parlé l'été dernier, mais c'était pour pas te faire suer. Je suis certaine que mes grands-parents Lamer ont pensé à notre intimité de jeune couple en voyage de noces…

Charlot est un amant extraordinaire. Depuis notre arrivée, nous avons vécu comme des naturistes, dans un dénuement complet. Tu comprends, les limites de la propriété de mes grands-parents Lamer sont tellement éloignées que ça nous donne beaucoup de latitude pour batifoler dans le paysage environnant avec une entière liberté. Je rêve du jour où toi et Félix viendrez vous exposer au grand air, dans notre piscine ou sur notre plage privée…

P.-S. 1. Je suis contente que tu aies trouvé l'amour, Natascha. Par contre, dis-toi que des amours éphémères (dictionnaire…), ça existe. Je ne voudrais surtout pas que ça t'arrive, parce que j'aurais de la peine à consoler ma meilleure amie…

P.-S. 2. En pièces jointes, des photos que j'ai copiées dans un fichier. Tu peux les regarder si ça t'intéresse…

Océane achevait de relire son texte lorsqu'elle entendit un bruissement de pas croître derrière elle. Elle s'empressa d'expédier son message. Charlemagne fit irruption derrière elle.

— Ah ! C'est toi ! sursauta-t-elle. Tu m'as fait peur !

— Qui veux-tu que ce soit ? Je peux lire ?

— Ça t'intéressera pas ; des affaires entre filles !

— Qui c'est ta correspondante ?

— Natascha.

— Me semblait que vous étiez en chicane !

— C'est parce que je lui ai dit ses quatre vérités et elle l'a pas pris. Justement, elle m'a écrit hier pour s'excuser et me dire qu'elle ne voulait pas perdre sa confidente. Avec tous ses complexes, elle a besoin d'être écoutée et rassurée, tu comprends ?

— Quand je l'ai croisée dans la cour, vendredi, la veille de notre départ, elle m'a dit que Félix lui avait promis une balade en auto.

— Il avait parlé contre elle à l'école et elle voulait lui dire sa façon de penser. Il se passe rien entre eux, si tu veux savoir !

— T'as joint un fichier avec ton texte, on dirait…

— Oh ! Je lui envoie une photo de moi avec Félix-Antoine sur la terrasse.

— Je peux voir ?

— Tu me les as montrées à mesure en les prenant.

— Je veux juste savoir laquelle tu as choisie, c'est tout…, insista-t-il.

En fait, il y avait deux photos. Une première illustrant Charlemagne à son insu, dans toute sa nudité, alors qu'il venait de prendre sa douche. Une seconde provenant d'une majestueuse villa qui avait fasciné l'œil d'Océane.

— Une photo de moi, tout seul. Je t'avais dit de l'effacer celle-là ! s'opposa Charlemagne, en haussant le ton.

— As-tu honte de toi ?

— Je m'appelle pas Félix, moi, pour mettre mon corps sur le Web ! Tu m'avais promis…

— Il s'agit pas de ça, Charlot !

— La deuxième photo, c'est la maison de tes grands-parents, peut-être ?

— Natascha m'avait demandé de lui en envoyer une de la plus riche propriété des environs pour la faire rêver, c'est pas défendu !

Océane éteignit l'ordinateur et commença à se dévêtir. Succombant à ses charmes, Charlemagne perdit contenance, et ils se ruèrent dans la chambre des maîtres.

***

Au matin du troisième jour, Océane se réveilla tôt, mais paressa au lit pendant que Charlemagne donnait le biberon à Félix-Antoine. Il se remémora la scène au sujet de l'ordinateur, les étonnantes photos qu'Océane avait choisies pour éclabousser la grande épingle et ses minauderies qui l'avaient séduit malgré sa frustration.

Après le petit-déjeuner, Océane prit une douche et s'allongea sur la terrasse avec un livre que Natascha lui avait prêté et qu'elle avait réservé pour la semaine de relâche. Une histoire à l'eau de rose qui avait captivé la grande épingle pendant ses longues soirées de rêverie et qu'elle avait recommandée à son amie. Elle avait presque oublié son état de mère et confié les besognes ménagères à Charlemagne qui, pensait-elle, lui démontrerait ainsi son réel attachement.

Après le lit et la vaisselle, Charlemagne s'employa à donner le bain au bébé et à préparer le dîner. Une seule fois au cours de la matinée, Océane s'était levée de sa chaise longue pour aller aux toilettes, faire des mamours à Félix-Antoine et retourner sur la terrasse avec un grand verre de jus de pamplemousse. À la fin de l'avant-midi, Charlemagne appela Océane pour prendre le repas à l'intérieur, parce qu'il refusait de s'échiner à mettre la table dehors.

— T'es en vacances, Océane ? taquina-t-il.

— Hier, c'était la dernière fois que je donnais le sein à Félix-Antoine ; je fête ça aujourd'hui.

— T'as décidé ça sans m'en parler... D'après ce que je peux voir, ça me concerne aussi, non ?

— C'est pas fini ! Après le dîner, je pars seule et je reviendrai pour le souper. Ce soir, on va se coucher tôt parce que demain ce sera un autre grand jour...

— Qu'est-ce que tu manigances, Océane ?

— Que de belles choses, tu vas voir !

Havresac au dos, elle s'éloigna de la villa. Sa robe couleur soleil gonflée par les alizés, elle déambula sur le rivage pieds nus dans le sable blanc parfois si chaud qu'elle avait la sensation de marcher sur un lit de braises. Elle ne savait pas exactement jusqu'où ses pas la mèneraient, mais elle cherchait un endroit qui ressemblerait à ce qu'elle avait imaginé : une petite plage solitaire, bordée de palmiers nonchalants courbant l'échine vers la mer, où la lumière matinale fuserait discrètement à travers leur ramure agitée par la brise. Un lieu d'une grande beauté où l'on pouvait s'allonger paisiblement, jusqu'à ce que les vagues s'amortissent et taquinent les orteils.

De temps à autre, elle s'arrêtait pour observer des voiles blanches qui semblaient émerger de la surface des flots. Elle se figura la flotte du navigateur Christophe Colomb, dont un sarcophage de marbre blanc abritant la dépouille reposait dans l'île et qu'elle avait visité avec ses grands-parents à Saint-Domingue, ou quelque flibustier lorgnant des galions espagnols qui rapportaient les marchandises précieuses des colonies du Nouveau Monde. Plus près, quelques bateaux de pêcheurs de la côte qui revenaient avec un maigre chargement de poissons arrachés à la mer pour assurer leur subsistance.

Elle déambula ainsi jusqu'à ce qu'elle atteigne une anse minuscule, à proximité d'un petit escarpement rocheux. Elle ferma les yeux, contempla le visage de Charlemagne et lui sourit. L'endroit lui parut d'autant plus singulier que des pêcheurs y avaient abandonné leur barque à l'étrave abîmée. Elle s'en souviendrait et la retrouverait dès l'aube, le lendemain. Elle consulta sa montre ; elle avait le temps de déguster la mangue apportée dans son havresac. Sans tarder, elle mettrait ensuite ses sandales et repartirait par la route de terre qui longeait la côte jusqu'au village. Là, elle achèterait des joncs à prix dérisoire chez un marchand de pacotille et regagnerait la maison.

Sur le chemin qui la ramenait aux villas, la vacancière s'arrêta à l'ombre d'un cocotier, aux abords d'une plantation de canne à sucre. Un gamin de sept ou huit ans aux yeux rieurs et à la dentition incomplète s'en approcha pieds nus et lui offrit de cueillir une noix de coco. Il grimpa dans l'arbre et en redescendit rapidement avec le fruit. Océane lui donna quelques pesos, enfouit la noix de coco dans son havresac et repartit. L'enfant courut et s'enfonça dans un hameau de quelques huttes champêtres au toit de chaume. Elle eût aimé le suivre et voir si, par un heureux hasard, le Ricardo qui l'avait tant fascinée l'été précédent pouvait y habiter, mais elle poursuivit son chemin.

En arrivant à la villa, Océane raconta son après-midi d'exploration sans dévoiler le dessein secret qui l'animait. Elle narra sa brève rencontre avec un gamin qui lui dénicha une noix de coco et tout le bonheur qui l'avait envahie lors de sa randonnée. Cependant, Charlemagne l'écoutait d'une oreille distraite :

— Il y a quelque chose qui ne va pas, Charlot ?

— Non, c'est rien. Je pense qu'on ferait mieux de souper si tu veux qu'on se couche tôt pour se lever avant l'aube demain matin.

Après le repas, Océane confia les soins du bébé au père :

— J'ai besoin de la soirée.

— Encore ! réagit Charlemagne. Tu me fais des cachotteries…

— Tu vas voir demain matin… Aussi bien te dire tout de suite que Félix-Antoine va dormir avec toi dans notre chambre et que je vais dormir seule dans son lit.

— Oui, mais on avait hâte d'être ensemble !

Océane lui tourna le dos, fouilla dans un placard du passage et sortit sur la véranda. Charlemagne nageait en pleine confusion. Il n'appréciait pas beaucoup la manière d'Océane de le tenir à l'écart et de l'intriguer. Autant il s'était apitoyé sur son sort de servante rue Jeanne-Mance, autant elle le reléguait à présent à des tâches normalement dévolues à un gardien ou à un domestique.

Un panier à la main, la vacancière fourrageait maintenant dans le jardin parmi les plants de bougainvilliers, d'hibiscus et d'orchidées, et se retira sur la véranda. De ses doigts de fée, elle confectionna ce qui pour elle représentait beaucoup plus qu'un accessoire décoratif, le symbole de leur union éternelle.

La nuit enveloppait doucettement la côte lorsqu'Océane s'endormit.

Bien avant l'aube, le réveille-matin fit sursauter Océane qui se leva, prit une douche et tira tendrement Charlemagne de son sommeil en lui donnant un baiser sur la bouche. Pendant qu'il se douchait à son tour, elle prépara le havresac puis ils déjeunèrent ensemble.

— Voilà ce que j'ai fabriqué hier soir, mon amour, dévoila-t-elle, en lui présentant un collier de fleurs. Un pour moi et un pour toi…

— C'est très beau, mais pour quoi faire? questionna Charlemagne, lassé de tant d'intrigues qui n'aboutissaient pas.

— T'as juste à me suivre, lui répondit-elle, en lui passant le collier autour du cou.

Peu après, ils s'éloignèrent de la villa, Félix-Antoine ensaché dans le porte-bébé sur le ventre de Charlemagne et le havresac transporté par Océane. D'abord ils empruntèrent la route qu'elle avait suivie la veille à son retour. Un peu plus loin que le hameau près duquel elle s'était attardée, ils bifurquèrent vers le rivage et atteignirent sans difficulté la petite crique sur laquelle les vagues venaient se briser en léchant les flancs de la barque abandonnée.

— C'est l'heure, annonça-t-elle solennellement.

— L'heure de quoi?

— Suis-moi en haut de la falaise et tout s'éclairera, livra-t-elle pour toute réponse.

La jeune famille accéda au cap par un sentier empierré et passablement escarpé. Dominant la falaise, victorieuse, Océane scruta l'horizon d'où pointaient quelques rayons matinaux. Elle se retourna vers son amoureux:

— Dépose Félix-Antoine sur le roc.

À cette hauteur, le vent du large persistant, Charlemagne se sentit très vulnérable, proche du gouffre, la mer bouillonnant d'écume dix mètres plus bas. Océane, elle, semblait animée d'un sang-froid inaltérable. Elle se délesta de son sac à dos et se dévêtit complètement.

— Fais comme moi! lui commanda-t-elle.

Incrédule, il s'exécuta, la mine conciliante.

— Regarde comme c'est beau, Charlot; le soleil se lève et illumine le ciel de toutes ses couleurs!

Elle fouilla ensuite dans le fond d'une pochette, en ressortit les deux anneaux achetés la veille. Elle le fixa dans les yeux, sans broncher, lui prit la main et lui enfila un jonc dans l'annulaire gauche.

— Fais comme moi! poursuivit-elle. Maintenant, répète après moi les vers que j'ai composés pour notre mariage.

Main dans la main, les corps tournés vers l'immensité, elle récita ces quelques lignes qu'il reprit deux à deux à chacune de ses pauses, suivant le rythme de ses mots, avec les mêmes intonations:

Tu me caresses comme la mer le rivage
Tu viens en moi et te retires, inlassablement
Ton corps en sueur a le goût de la mer
Ton regard se noie dans l'Océane
Tes lèvres se posent sur ma bouche offerte
Tes mains frémissantes caressent mes seins
Tu es en moi, je te reçois
Tu es à moi, je suis à toi

Et elle termina par cette ligne lourde de sens qu'il répéta gravement, comme pour apposer le cachet sur leur alliance affective et charnelle:

Mon cœur et mon corps t'appartiennent à jamais!

Elle l'embrassa avec passion.

L'étreinte dura un long moment entre les deux êtres sobrement décorés d'un collier de fleurs et d'un anneau au doigt.

— On est mari et femme, maintenant! déclara-t-elle. Faut fêter ça dans la mer.

Elle lui retira son collier de fleurs et il lui enleva le sien. Ensemble, ils les lancèrent dans l'eau tumultueuse, au bas de la falaise. Nus, ils ramassèrent leurs vêtements, redescendirent par le sentier qu'ils avaient emprunté et déposèrent le porte-bébé près de la barque. Puis, elle se pencha vers son havresac et en extirpa une bouteille de rhum.

— Où t'as pris ça, Océane ?

— Chez mes grands-parents, voyons ! On en boira pas beaucoup ; ça paraîtra pas quand je remettrai la bouteille dans le cabinet de boisson de mon grand-père.

Océane prit une grande gorgée de rhum et tendit la bouteille à Charlemagne qui but à son tour.

— Suis-moi, l'obligea-t-elle, l'entraînant par la main.

— Une minute ! On peut pas laisser le petit comme ça et s'éloigner. La marée monte et il faut le surveiller de près.

— C'est le contraire, mon amour, l'eau se retire. Fais-moi confiance, je suis une habituée des îles.

Souriants, ils coururent vers la mer jusqu'à ce que le roulement des vagues les fasse trébucher et que, dans un vif tourbillonnement, l'eau engloutisse leur corps endiablé. Ballottés par les flots, ils s'épousèrent du regard, s'approchant l'un de l'autre puis s'éloignant comme pour attiser le désir, Océane plongeant avec la grâce et la féminité d'une sirène, Charlemagne nageant avec l'aisance du dauphin qui glisse vers le fond et remonte en surface. Ivres de liberté, ils s'enlacèrent férocement ; elle lui griffa les épaules de jouissance, chercha la chaleur de sa bouche et il se coula en elle avec volupté. Ils demeurèrent ainsi, debout, jusqu'à ce que le perpétuel ressac les bouscule et les renverse comme la tempête fait chavirer le voilier.

Amortis par leurs efforts, ils reprirent leur souffle et marchèrent lentement, main dans la main vers le rivage, savourant ces instants de bonheur que la vie venait de leur offrir.

— Félix-Antoine ! s'époumona Charlemagne, revenant subitement à une réalité oubliée.

La tête effarée, il délaissa Océane, encore affaiblie par ses ébats, et courut vers la barque, cherchant de ses yeux effrayés où était passé le petit. L'eau avait envahi les flancs de l'embarcation et recouvrait entièrement l'endroit où ils avaient placé l'enfant, le porte-bébé, le havresac et leurs vêtements.

— Océane ! Le p'tit !

Malgré le mugissement des flots, alertée par le cri désespéré, elle sortit précipitamment de l'onde et s'approcha de lui. Pétrifié, il tomba à genoux et fouilla le rivage de sa main fébrile pendant qu'elle, encore plongée dans un triste état d'hébétude, piétinait le sable comme on cherche un objet égaré ou une épave. Il pleurait de rage et de remords. Elle continua de remuer le fond d'un pied négligent et distrait. Soudain, on entendit des pleurs qui semblaient provenir de la barque.

— *¡ Buenos días !* fit une voix.

— Ricardo ! s'écria Océane, se couvrant les seins en apercevant celui qui tenait fièrement Félix-Antoine dans ses bras.

Le Dominicain remit l'enfant à son père, qui s'empressa de le remercier et de lui tourner le dos pour cacher un peu sa nudité. Il leur expliqua que, pressentant le danger, il avait placé l'enfant et leurs effets en lieu sûr et qu'il avait joué à la gardienne pendant que ses parents s'émoustillaient dans la mer. Les voyant mal à l'aise, il leur remit leurs vêtements et ils s'habillèrent sur le sable sec.

— Que faisais-tu, embusqué dans la barque? Tu nous épiais? interrogea Océane, prenant un ton affecté abritant son manque de pudeur.

— Le jour, je travaille à la plantation et je passe mes nuits ici à dormir dans la barque, à la belle étoile. C'est encore mieux que de s'entasser à treize dans une hutte minuscule, beaucoup trop petite pour notre famille, raconta-t-il dans un français très convenable, coloré de son charmant accent espagnol.

Encore sous les effluves du rhum qu'elle avait ingurgité, Océane l'écoutait, fascinée par le grand adolescent métissé qui paraissait plus mature que Charlemagne. Elle le détaillait, reluquant sa carrure de jeune homme, son torse nu, sa chevelure noire abondante et ses cuisses chocolat qui luisaient au soleil du matin.

— On s'en va, décida Charlemagne, qui remarqua le grand intérêt qu'Océane semblait lui porter.

Elle détacha son regard du Dominicain et les nouveaux mariés reprirent la route qui longeait le hameau. Ils durent s'arrêter pour le boire de Félix-Antoine sauvé des eaux et qui manifestait sa présence.

Par la suite, Océane revint à elle-même, quittant peu à peu son état d'ébriété. En silence, Charlemagne gardait la mâchoire serrée. Elle s'adressa à lui, mais elle comprit qu'il retenait des reproches.

À la villa, chacun s'enferma dans son mutisme, vaquant à des tâches futiles et s'évitant toute la journée, même à l'heure des repas. Comme elle se sentait coupable, Océane prit soin du bébé et occupa ses temps libres à lire dans le livre que la grande épingle lui avait prêté et à rafraîchir son espagnol dans les bandes dessinées de la maison.

Entêté, Charlemagne s'était promis de ne pas parler le premier. Après tout, c'est elle qui avait mis la vie du petit en péril. Il attendait des «excuse-moi» et des «pardonne-moi» qui ne viendraient peut-être jamais, du reste. De surcroît, elle avait semé le doute dans son esprit de jeune marié quant à son amour pour lui ou, à tout le moins, quant à sa préférence pour l'autre, le beau Dominicain. Il formula le désir qu'elle ne revoie plus ce Ricardo jusqu'à la fin de la semaine et qu'elle lui revienne sans discuter.

Au soir, après avoir ressassé les lignes du poème qu'elle lui avait dictées lors de leur engagement sur la falaise et qu'il avait répétées béatement, le jeune marié s'enferma dans la chambre avec le bébé où il avait dormi la nuit précédente. Océane avait pris Félix-Antoine en charge toute la journée et il jugea qu'elle méritait une nuit reposante. Elle décida alors d'écrire un mot à sa confidente, mais sans savoir ce qu'elle lui dirait exactement.

Buenas noches Natascha,

J'éprouve le besoin de te parler. Je ne sais pas trop comment ça va sortir, mais je me suis dit qu'une amie, fallait que ça serve à quelque chose.

Aujourd'hui, moi et Charlot on s'est mariés. Ben oui, il m'a fait une demande en mariage et je n'ai pu la décliner. Fallait faire vite, avant la fin de la relâche. Je t'assure que je ne pouvais imaginer que je partais en voyage de noces en m'en venant ici. Bien sûr, on a fait ça dans l'intimité, sur un cap dominant la mer, à l'aube ce matin. En fait, il y avait notre enfant qui assistait à la cérémonie. C'est certain que j'aurais aimé t'inviter, mais tu comprends, je n'ai pas eu le temps d'envoyer des faire-part… (Hi! hi!) Charlot est un petit cachottier, parfois. Il voulait me faire une surprise et ça a été une réussite sur toute la ligne. Jusque-là, en tout cas!

Nous avons fait l'amour dans la mer. Il n'y a pas une chambre d'hôtel qui peut arriver avec ça! Pas même dans un établissement cinq étoiles… Je recommencerais n'importe quand. Cependant, je dois te dire qu'un étrange événement s'est produit pendant notre bain de noces. Quelqu'un nous épiait: des touristes nous filmaient. Ils se sont sauvés quand on les a aperçus. Évidemment qu'on était de beaux modèles pour leurs souvenirs de voyage, mais j'ai trouvé ça pas mal insolent de leur part. En tout cas…

Là où les choses ont commencé à se gâcher, c'est au retour à la villa. J'ai dû m'occuper du petit et faire les repas, comme sur la rue Jeanne-Mance. J'ai dit à Charlot qu'une mère en voyage de noces a droit à un peu de considération, que c'est pas à elle à tout ramasser et que, dans un couple, il faut partager les responsabilités. Je comprends qu'il est habitué à aller travailler pour nous faire vivre, mais là, je ne suis pas pour l'envoyer pêcher notre dîner tous les jours. Ça fait qu'il se sent un peu inutile et que je ne me sens pas en vacances. D'autant plus que j'entrevois la fin de la relâche et le retour à l'école avec les tâches routinières au logis…

Natascha, ma grande épingle, j'ai un peu peur de craquer ; un vent de panique se lève. Je ne sais pas si je vais tenir le coup, mais ma nouvelle vie m'inquiète.

Celle qui attend les conseils de son amie.

Pas désespérée, mais pas loin,

Océane

Ce soir-là, Natascha naviguait sur Internet et, avant d'éteindre son ordinateur, elle ouvrit sa boîte de réception et lut avec grand intérêt le message qui attendait que des yeux compatissants et avisés le lisent. Comme il n'y avait pas de classe le lendemain, elle composa sa réponse :

Allô Océane,

Quand je te disais que t'aurais encore besoin de moi, je me trompais pas. C'est facile de péter de la broue, mais quand ça se met à aller mal, c'est ça qui arrive…

J'ai l'impression de répondre à un courrier du cœur, Océane. Me v'là en train de régler des problèmes de couple. Qui aurait dit ça ? Cependant, je suis en mesure de te conseiller parce qu'entre Félix et moi, ça va super bien. Pas plus tard que la nuit passée, j'ai couché dans son lit. Je t'avoue qu'on a pas ben ben dormi parce que ça a été assez rock'n'roll, si tu veux savoir…

Pour en revenir à toi, je pense que c'est une question de dialogue, Océane. Il faut que tu lui dises, à Charlot, que tu te sens pas bien de tout prendre sur ton dos. Que c'est pas tout de faire des petits, encore faut-il s'en occuper et répartir les tâches, surtout la vaisselle, le ménage, les toilettes et les ordures ménagères.

Je te souhaite d'être heureuse en mariage.

En passant, j'aurais aimé ça être là pour attraper le bouquet de la mariée. Quoique…

Si t'as encore besoin de conseils, gêne-toi pas… Entre amies, on peut s'entraider, mais, qu'est-ce que tu veux, c'est pas nécessaire d'être marié pour être heureux. On dirait que c'est le mariage qui amène la discorde dans un couple. C'est ce que ma grande sœur m'a dit et elle parle en connaissance de cause, puisqu'elle s'est divorcée après un mois et demi de mariage, alors que ça faisait deux ans et huit mois qu'elle vivait avec son chum.

Natascha, la conseillère

P.-S. Je t'ai déjà dit de ne pas m'appeler ta «grande épingle», j'haïs ça.

La jeune mariée ne s'endormait pas. Elle entrouvrit la porte de la chambre des maîtres. Charlemagne dormait avec le petit et il n'y avait rien à espérer d'un quelconque rapprochement ce soir-là. Plus tard, il serait toujours temps de calfater leurs amours comme on radoube la carène d'un navire endommagé. Encore vêtue de sa robe de noces, elle s'étendit sur son lit. Son corps immobile baigna dans la lumière de la lune qui se répandait dans sa chambre. Elle ferma les yeux. L'image de Ricardo lui revenait, persistante comme l'appel du large pour le marin; elle soupira. Elle aurait aimé l'avoir là, à l'instant, dans son lit, et se réfugier en lui comme lui-même devait se blottir et se morfondre dans le creux de sa barque. Dans quelques jours, il serait trop tard. Elle se devait de satisfaire ses instincts; elle se leva.

La vacancière enfouit une couverture et une lampe de poche dans son havresac et se couvrit les épaules avec un gilet de coton. Elle enfourcha une bicyclette appuyée sous la véranda et prit la route du village.

La lune veillait sur le hameau endormi. Océane se réjouit à la pensée que Ricardo ne devait pas s'y trouver et que c'était peut-être son petit frère qui, la veille, avait grimpé dans un palmier pour lui offrir une noix de coco. Un peu plus loin, elle abandonna sa monture dans l'herbe longue, s'empara de sa lampe de poche et s'aventura dans le sentier qui menait à l'anse. Plus elle progressait, plus elle frémissait de retrouver cette chair brunâtre qui la désirait autant qu'elle. Sur le rivage, elle s'approcha de la barque, sans faire de bruit, le faisceau de sa lampe parcourant la carène. Elle éteignit la lampe, agrippa le rebord de ses mains, et, ployant la poitrine vers l'intérieur de l'embarcation, se repoussa aussitôt brusquement. Sous la lumière bienveillante de la lune, deux corps assouvis reposaient, entrelacés sur un lit de chaume. Décontenancée, elle se porta les mains au visage et s'enfuit en courant vers le sentier.

Comme j'ai été sotte et naïve, réfléchit-elle, *ça m'apprendra ! Comment ai-je pu penser que Ricardo m'attendait dans son refuge insolite au bord de la mer ?* Elle avait rêvé qu'il se languissait, qu'il s'engouffrerait en elle et la recouvrirait de ses muscles puissants. Il n'y avait plus rien à espérer de ce Dominicain qui se satisfaisait avec une élue de sa race. La nuit précédente, peut-être la dormeuse chocolat s'était-elle recroquevillée à ses pieds lorsqu'il se manifesta avec Félix-Antoine vagissant dans ses bras, surgissant des entrailles de la barque ? Elle enfourcha sa bicyclette et reprit la route des villas. Elle regrettait son geste, en essayant de se convaincre que tout ça n'avait été qu'un mauvais rêve et qu'elle n'y était pour rien. Qu'on ne peut toujours contenir les pulsions qui jaillissent des profondeurs de notre chair.

À la villa, Charlemagne ne dormait plus. Sur la véranda, il attendait la jeune mariée, les yeux plissés de reproches.

— Où étais-tu passée, Océane ?

— Je ne m'endormais pas, je suis allée prendre l'air.

— Comme ça, en pleine nuit, sans m'avertir… Félix-Antoine s'est réveillé en pleurs, je ne savais plus quoi faire. J'ai couru dans ta chambre… personne. J'ai regardé partout dans la maison. Pendant tout ce temps-là, le bébé braillait, lui qui fait pourtant ses nuits, asteure. Sans que je sache pourquoi, il a fini par se taire. Je t'avoue que ça m'a soulagé les nerfs. Je me suis recouché en pensant à ce qui avait pu t'arriver. Là, j'étais incapable de me rendormir. Alors, je suis sorti sur la véranda… Coudonc, qu'est-ce que t'as mis dans ton sac à dos ?

— Ah ! Une simple couverture…

— Tu découches, asteure…

— Je suis allé m'étendre sur la plage, pas loin d'ici.

— En vélo, un peu avant le village, je suppose ? Avant de partir, tu m'as vanté la villa de tes grands-parents et son accès à la mer…

— On a le goût de faire changement, des fois…

La jeune mariée remisa sa bicyclette et monta sur la véranda. Elle voulut prendre Charlemagne par la main, mais il s'en dégagea brusquement. Elle avait remarqué que celle-ci était lisse, qu'elle ne portait plus l'anneau et s'en attrista :

— Viens te coucher, maintenant, exprima-t-elle d'une voix dolente. J'ai mal partout. Après ma toilette, j'irai vous donner des becs, à toi et à Félix-Antoine.

Chapitre 20

Le cinquième jour, Océane jugea bon de rétablir les ponts entre elle et son époux. C'est alors qu'elle entreprit de remettre la villa dans un état impeccable, comme une bonne petite mère au foyer. Depuis leur arrivée, la maisonnée s'était un peu répandue et Océane avait décidé qu'elle n'attendrait pas la veille du départ pour s'y mettre. Elle avait suggéré à Charlemagne de faire une promenade sur la route avec le petit en direction des somptueuses villas. En replaçant les bandes d'étoffe du porte-bébé sur lui, elle s'aperçut qu'il ne portait toujours pas l'alliance. Elle les embrassa et il sortit.

Le reste de la matinée, Océane lutta pour effacer l'image du Dominicain dans sa mémoire sans y parvenir, toutefois. D'un côté, elle se reprochait sa crédulité et, de l'autre, se mourait d'envie de s'en rapprocher. Non, il ne fallait pas chercher à revoir ce Ricardo ! La journée même, elle tenterait d'honorer son mari pour ne pas s'enfoncer davantage dans l'infidélité, comme tant d'autres couples qui font naufrage aux premières difficultés.

Charlemagne était revenu de meilleure humeur, un peu avant le dîner. En chemin, il s'était arrêté pour nourrir le petit et avait délibérément pris son temps pour ne pas revenir trop tôt. Des touristes curieux lui avaient demandé s'il promenait souvent son petit frère, s'il demeurait dans le secteur et s'il souhaitait être ramené chez lui. Il avait eu amplement le temps de réfléchir à sa nouvelle vie de couple et à l'attitude qu'il adopterait au retour. Les explications oiseuses et embarrassées d'Océane l'avaient laissé perplexe.

Mais loin de lui l'idée d'entretenir une chicane, de s'emporter dans une scène fracassante ou de lancer un ultimatum. D'ailleurs, Alex et Sarah lui fournissaient un bel exemple de couple qui avait connu des épisodes raboteux et qui vivait à présent une existence harmonieuse.

Après le dîner, la ménagère suggéra de se rendre au village une dernière fois avant la fin du séjour. Là, ils pourraient fureter à loisir dans les boutiques en plein air et rapporteraient ensuite quelques victuailles. Aussi, ils achèteraient de quoi se concocter un petit souper d'amoureux. Comme à l'accoutumée, Charlemagne ne proposa rien qui s'inscrivait à l'encontre de ce programme ; Océane avait de bonnes idées. Bien sûr, ils iraient à bicyclette, ce qui le changerait de son avant-midi.

En passant près de l'anse à la barque échancrée et de la falaise qui avait été le théâtre de leur mariage, Océane eut un serrement dans la gorge. C'est là, sur le cap, qu'elle s'était unie à celui qui se croyait le père de l'enfant sauvé des eaux par un autre qu'elle s'efforçait d'oublier. Elle détourna le regard et vit que Charlemagne avait baissé la tête.

Au village, ils appuyèrent leur bicyclette contre un arbre devant un entassement de boutiques et s'absorbèrent dans des babioles qui rappelèrent vaguement à Charlemagne le marché aux puces de Carignan. Océane ondoyait entre les éventaires des commerces. Elle paraissait heureuse, tâtant la marchandise, comparant les prix et remettant chaque fois l'article sur l'étal. Elle s'arrêta ensuite devant un petit magasin de vêtements. Elle prit *una camisa* sur un cintre, plaça le morceau de linge avec ravissement sur elle en le lissant avec la main, et demanda à son mari s'il lui convenait. Une vendeuse qui les observait s'en approcha et recommanda un modèle un peu plus ample qui lui siérait. Océane acquiesça, débours les pesos nécessaires et ils retournèrent à leur bicyclette.

— Il en manque une ! se récria Charlemagne.

— C'est la mienne ! s'exclama Océane, on me l'a volée.

Ils jetèrent un coup d'œil circulaire et ne virent que les yeux étonnés de villageois, de marchands ou de touristes qui les regardaient sans trop comprendre ce qui leur arrivait.

— La *bicicletta* ! fulmina Océane à qui voulait l'entendre. Comment on va faire pour s'en retourner, Charlot ? exprima-t-elle, désemparée.

— Je marcherai avec le petit à côté de la bicyclette pendant que tu la conduiras avec l'épicerie dans ton sac à dos, suggéra Charlemagne, pragmatique.

— Non, t'es pas pour marcher jusqu'à la villa avec Félix-Antoine ! s'opposa-t-elle.

— À moins que je la conduise avec le sac à dos et que tu t'assoies sur les guidons avec Félix-Antoine sur le ventre…

— Ouan… J'suis pas certaine que c'est une bonne idée…

Charlemagne surveillait la monture devant l'épicerie en attendant qu'Océane revienne. Il était choqué par le vol qui les privait de leur moyen de transport, mais se ravisa en songeant à tous ces gamins guenilleux convoitant leurs richesses qui mettraient un peu de baume sur leur misère. Aussi, il se remémora les vols perpétrés avec la bénédiction et la complicité de Rosaire ou de son fils. Du reste, qu'adviendrait-il de Félix, qui continuait de mener une vie de débauche et de prendre l'existence à la légère ? Peut-être ferait-il un petit à l'une de ses soupirantes ou peut-être était-ce déjà chose faite et que l'incident avait été tenu secret ?

Une auto était garée à la villa. Océane descendit du vélo avec un mal de cou, le dos cambré et les doigts encore repliés sur des guidons imaginaires. Elle monta sur la véranda avec le petit pendant que Charlemagne remisait la monture.

— Fabrice ! tonna une voix de femme.

— Qu'y a-t-il ? réagit placidement l'homme qui se trouvait derrière elle.

Fabrice Lamer venait de déposer des valises près de l'entrée.

— Papa !

— Océane ! Qu'est-ce que tu fais ici ? Avec un enfant accroché au cou !

Lamer considéra l'enfant, s'approcha de sa fille, et lui donna une brève accolade tiède et protocolaire.

— Grand-maman et grand-papa ne t'ont pas dit que j'avais planifié de passer la semaine de relâche ici ? s'étonna Océane, confuse.

— Absolument pas ! Ils ne m'en ont pas glissé mot parce qu'ils ont dû penser qu'on ne viendrait pas pendant la même semaine, je ne sais pas trop…

La dame qui se tenait aux côtés du père d'Océane tentait de suivre la conversation comme une pure étrangère. Charlemagne entra :

— Tu ne m'avais pas dit que quelqu'un d'autre serait là en même temps que nous, Océane…

— Je l'ignorais, tout simplement. Charlot, je te présente mon père.

— Qui est ce jeune garçon qui vous accompagne, mademoiselle ?

— Vous, d'abord, qui êtes-vous ?

— Kristina, la nouvelle conjointe de ton père, affirma-t-elle.

— Et cet enfant que tu tiens sur toi, qui est-il, reprit Lamer ? Un voisin t'a demandé de le garder ?

— C'est notre enfant ! répondit Océane, remettant le petit dans les bras de Charlemagne.

Lamer, d'un naturel plutôt froid, accusa la réponse avec un air agacé, s'étonnant de la maternité de sa propre fille et de son mutisme à ce sujet. Le visage renfrogné, il baissa la tête et entraîna les autres sur la terrasse, sous le parasol. Il expliqua qu'il se trouvait en République à des fins professionnelles et pour prendre un peu de vacances en même temps. En effet, le biologiste se rendait fréquemment dans le pays pour étudier les récifs de corail, des barrières d'éponges ou encore pour explorer des cavernes sous l'eau, au large de Playa Sosúa. Bien qu'elle n'appréciait pas beaucoup le soleil des îles à cause d'un cancer de peau qui la rendait maintenant craintive, sa compagne l'avait suivi et s'exerçait à la flûte pendant que lui s'adonnait à la plongée sous-marine.

Se considérant d'abord comme un enfant pris en défaut, Charlemagne reprit peu à peu confiance en lui et s'intéressa au savoir de l'universitaire. Il le questionna longuement sur les coraux, la faune marine et le danger que représentaient ses explorations en eaux profondes. Kristina en eut bientôt assez. Son bras baignait maintenant au soleil. Félix-Antoine réclama son biberon et les deux femmes entrèrent. Les bagages de Lamer et de sa conjointe rangés, Océane céda la chambre des maîtres à son père, par politesse. Elle coucherait avec Charlemagne dans la chambre qu'elle occupait lors de ses visites annuelles. Avec le petit qui dormirait au sol sur des épaisseurs de couvertures.

Pendant le boire, Kristina, une grande Russe, très élégante, posa des yeux maternels sur Félix-Antoine :

— Comme il est beau, cet enfant ! commenta-t-elle, avec un accent qui la rendait encore plus sympathique. Cependant, il ne ressemble pas à son père…

— Vous croyez ? exprima Océane, qui était persuadée de l'absence de malice dans les paroles de son interlocutrice.

La musicienne expliqua qu'elle s'était consacrée à sa carrière, mais qu'elle adorait les enfants. Elle avait rencontré Lamer à un concert donné à la faculté en l'honneur d'un professeur émérite qui recevait un prix fort convoité pour ses recherches.

Ensemble, les deux femmes préparèrent le souper comme si elles se connaissaient depuis longtemps. Kristina s'excusa pour sa réaction lorsqu'elle avait vu surgir Océane sur la véranda. Elle la félicita pour sa tenue de maison, pour l'ordre et la propreté qui régnaient lors de son arrivée :

— On voit que vous êtes une jeune femme organisée, affirma-t-elle.

— Merci, vous êtes bien gentille.

Rapidement, la jeune mère apprécia la présence de l'étrangère dans la villa. Elle lui relata les faits marquants de sa dernière année, ses mois de réclusion, le poids de ses tâches au logis de Sonia Bécotte, ses lourdes responsabilités de mère et ses études à domicile.

Le soleil ne représentait plus de menace pour Kristina. On prit le repas du soir sur la terrasse avec, comme fond sonore, le gazouillement de Félix-Antoine. Océane, qui avait beaucoup échangé avec la nouvelle venue, sentit le besoin de se rapprocher de son père. Lamer avait quitté la mère d'Océane depuis longtemps. Il ne voyait que rarement sa fille et elle ne semblait pas lui avoir manqué ; elle le déplora. Il lui avait préféré Charlemagne, avec qui il agissait comme un père avec un fils attirant toutes ses complaisances :

— Demain, j'emmènerai Charlemagne faire du surf et de la plongée, annonça-t-il.

— Mais, chéri, les enfants repartent bientôt…, intervint la flûtiste, comme pour rappeler l'existence d'Océane.

— Justement, Kristina, nous devons en profiter.

Océane s'aperçut qu'il ne lui servait à rien d'insister. Elle s'en désola. Connaissant bien les oiseaux des Antilles, Lamer avait glissé des grains de sucre dans une mangeoire qui bordait la terrasse. Un petit oiseau gris foncé et jaune se posa sur la mangeoire et s'en délecta :

— Regardez, les amis, c'est un sucrier à ventre jaune ; c'est un oiseau gourmand. On le rencontre souvent aux tables des terrasses de restaurants. Mais en temps ordinaire, le nectar et le jus de fruits de banane ou de papaye lui servent de nourriture.

Décidément, l'homme plaisait au garçon et Charlot appréciait son savoir. Charlemagne avait découvert quelqu'un qui s'intéressait à lui et le considérait. En revanche, Lamer se faisait un plaisir de répondre aux questions d'un adolescent éveillé et intelligent.

Dans la chambre de visite faiblement éclairée, le bébé s'endormit sur le plancher. L'ombre d'Océane s'étira sur l'enfant et le voila complètement. Elle se déshabilla, le dos tourné à son jeune amant, ses vêtements dégoulinant à ses pieds. Frémissant de tout son être, Charlemagne s'approcha d'elle et allongea le bras pour la caresser, mais elle se dégagea brusquement. Après le petit carême qu'elle lui avait imposé, il aurait été si bon que leurs corps s'unissent dans le même lit étroit. Océane s'était refermée comme une huître. Tant pis ! Ce n'était pas sa faute si Lamer l'avait préféré à sa fille. Emballé par le projet de son beau-père, Charlemagne se coucha et s'endormit en rêvassant au lendemain.

***

Le matin du sixième jour, les planches à surfer de la remise chargées sur le toit, la voiture s'éloigna de la villa en direction de

Cabarete alors que la maisonnée était encore ensommeillée. La journée s'annonçait ensoleillée. Le temps était clair, l'humidité réduite et la chaleur très supportable, comme c'était habituellement le cas en saison sèche où les pluies se faisaient rares. En route, Charlemagne se chagrina en songeant à sa tentative ratée de faire l'amour la nuit précédente, mais décida de diriger ses pensées vers cette avant-dernière journée de vacances sous le soleil radieux qui inondait déjà la côte. Aussi, il y avait de quoi se réjouir de se retrouver avec un gentleman qui s'intéressait à un adolescent. De temps à autre, Lamer se tournait vers lui comme pour s'assurer qu'il avait saisi ses explications et voulait en savoir davantage. Il lui souriait alors et poursuivait de plus belle.

En route vers Cabarete, ils s'arrêtèrent à Sosúa, au Northern Coast Diving, où l'on initiait les débutants à la plongée sous-marine. Les cours ne se donnant qu'à dix heures, le temps leur permettait de se rendre à la plage du village voisin avec leur planche à surfer. Les vagues n'étant pas trop hautes en avant-midi, cela conviendrait à Charlemagne. Lamer se rappellerait des souvenirs de jeunesse, alors qu'il se joignait aux riches des villas pour s'adonner à cette activité devenue si populaire.

Avec la patience du professeur attentionné, Lamer inculqua les rudiments techniques à son élève et quelques consignes de sécurité. Charlemagne écoutait avec curiosité et admiration. Après quelques minutes, ils s'éloignèrent du rivage et atteignirent une certaine profondeur pour que Charlemagne puisse encore manœuvrer avec ses mains en dehors de l'eau. Sous les embruns provoqués par l'écrêtement des ondulations, ils se hissèrent sur leur planche et glissèrent sur les flots jusqu'à ce que les vagues faiblissent et qu'ils perdent l'équilibre. Ils demeurèrent ainsi dans la mer, défiant le mouvement de l'eau et le dominant comme on apprivoise un animal d'un abord indocile. Un peu fatigués, mais le visage exhalant un indéfinissable ravissement, les surfeurs chargèrent les planches sur le toit de l'auto et gagnèrent le centre de plongée.

Après l'inscription de Charlemagne au Northern Coast Diving, Lamer s'assit en bordure de la piscine avec un verre de rhum et regarda évoluer les amateurs de tous âges qui se familiarisaient avec les notions élémentaires de la plongée, activité qui était devenue essentielle à son travail de biologiste. Il observa Charlemagne qui semblait démontrer des dispositions particulières. Un moment, il songea à cet adolescent qu'il aurait aimé avoir comme fils, mais se ravisa. Il savait qu'il n'avait pas été un bon père pour Océane – qu'il trouvait un tantinet prétentieuse – et se le reprochait. Son propre père n'avait-il pas été absent pour lui ? Un homme froid et distant qui ne laissait transparaître aucune émotion. Mais n'était-il pas en train de reproduire avec sa fille cette attitude qui l'avait tant rebuté de la part de son père ?

Avant de gagner les eaux miroitantes et cristallines de la baie de Sosúa avec le groupe de plongeurs, Lamer et son « gendre » s'arrêtèrent dans un des nombreux petits restaurants qui perlaient le long de la plage avec des bars et des échoppes de souvenirs. Ensuite, ils fouinèrent dans les étals pour acheter un appareil photo utilisable sous l'eau. L'endroit étant cependant bondé de touristes et de commerçants parfois un peu trop insistants, ils se hâtèrent de retourner au centre pour le départ de l'excursion.

Sur le bateau qui s'éloignait du rivage, le plongeur chevronné rappela à Charlemagne comment rétablir la pression dans les poumons et comment vider l'eau qui peut s'infiltrer dans le masque. Au large de la côte, l'embarcation s'arrêta, légèrement ballottée par une mer calme. Lorsque le guide en donna l'autorisation, tous les plongeurs s'enfoncèrent sous les flots. Lamer, qui se déplaçait avec une aisance remarquable, attira le regard de Charlemagne sur l'indispensable *diadema* dont il lui avait parlé, cet oursin noir se nourrissant d'algues qui menacent le développement des récifs de corail en les étouffant. Également, ils observèrent et photographièrent des bancs de poissons multicolores et d'étonnantes plantes aquatiques.

Charlemagne retourna à la villa, la tête remplie de scènes et d'images fascinantes. La journée qu'il venait de passer en compagnie du père d'Océane effaçait, du moins temporairement, toutes traces d'amertume encore gravées depuis le début de son séjour en République dominicaine. Il écoutait l'homme souriant qui conduisait en gesticulant d'une main. Parfois, c'était le biologiste qui déversait quelques gouttes de son savoir dans sa jeune intelligence avide de connaissances. Parfois, c'était aussi le père qui lui parlait, comme jamais un adulte ne l'avait fait auparavant. Pas même Rosaire, le père de Félix, ne l'avait atteint avec une telle intensité. Et personne ne lui avait consacré autant d'attention, manifesté autant d'égards. Aussi, Lamer le questionna-t-il longuement sur ses ambitions, ses projets d'avenir, et l'encouragea à poursuivre ses études malgré les responsabilités familiales qui lui incombaient.

— Tu es content de ta journée, Charlemagne ? demanda Lamer, en actionnant le frein de sécurité de la voiture.

— Grâce à vous, Fabrice, c'est le plus beau jour de ma vie…

Les hommes remisèrent les planches de surf. Les couverts étaient dressés sur la terrasse de la villa. Sous le parasol, Kristina s'amusait à faire sourire Félix-Antoine pendant qu'Océane préparait la salade de fruits de mer.

— J'ai plein de photos sous-marines à faire développer, Océane. Qu'est-ce que vous avez fait ? s'enquit Charlemagne.

— On a parlé entre femmes, mon cher, répondit-elle, se tournant pour chercher l'approbation de sa belle-mère.

— Il y a aussi Félix-Antoine qui nous réclame de temps à autre, ajouta Kristina. Il est adorable, cet enfant !

— Kristina a pratiqué sa flûte. D'ailleurs, elle a consenti à nous donner un petit récital avant le dessert, se réjouit Océane.

En soirée, il fut convenu que tout le monde ferait une promenade sur la route des villas, sous le feuillage des arbres qui se rafraîchissaient à la tombée du jour. Pour faire plaisir à sa fille et montrer qu'il acceptait de jouer son rôle de grand-père, Lamer sangla sur lui le porte-bébé. Océane marchait à ses côtés. Elle lui raconta sa vie avec sa mère, le désaveu, voire le reniement qu'elle avait subi en lui apprenant sa maternité et le besoin manifeste qu'elle ressentait à présent de se rapprocher de ses parents. Mais l'homme paraissait imperturbable.

Devant, Kristina et Charlemagne conversaient sur la famille et les enfants.

— Toi et moi, on a des choses en commun, Charlemagne : on aime les enfants. Mais, la différence, c'est que pour moi il est trop tard alors que pour toi, comme tu as commencé bien jeune, tu as le temps de voir grandir Félix-Antoine. Maintenant que je vous connais, Océane et toi, j'espère qu'on se reverra.

— Je veux bien, Kristina, surtout que je m'entends très bien avec Fabrice.

— C'est un homme merveilleux, tu sais. Mais je sens qu'Océane et lui ont besoin d'un peu de temps pour se découvrir davantage et s'apprécier.

— Je crois que vous avez raison, Kristina.

La noirceur se faisant menaçante, les marcheurs rentrèrent. Dès qu'elle le put, Océane écrivit un message à Natascha. Elle avait des choses importantes à lui communiquer :

Chère amie,

Je pense souvent à toi ; je ne voudrais pas que tu croies que je te néglige.

Ces derniers jours, j'ai vécu des moments inoubliables. Mon mariage tient toujours. Tes conseils y sont assurément pour quelque chose. J'ai eu une bonne conversation avec Charlot et chacun sait maintenant à quoi s'en tenir. La vie est belle, la villa magnifique. Je regrette de partir, mais qu'est-ce que tu veux que je te dise, c'est la vie!…

Hier, en revenant de notre magasinage, il y avait quelqu'un à la villa : c'était mon père avec sa blonde. Ils ne s'y attendaient pas du tout, et nous non plus. Il y a eu confusion chez mes grands-parents Lamer à propos de la date à laquelle nous devions occuper la maison. En tout cas…

Mon père, un éminent biologiste, était fou comme un balai de revoir sa fille. Ma mère lui avait caché ma maternité et avait tout fait pour l'éloigner de moi et de mon enfant. Mais tu vois comme le hasard arrange parfois bien les choses. Fabrice était en admiration devant son petit-fils et souhaite nous revoir tous les trois, Félix-Antoine, Charlemagne et moi.

Kristina, c'est le nom de ma belle-mère, une Russe de Russie (je ne pensais pas qu'on mangeait beaucoup de poutines dans ce pays, ça doit être leur mets national) qui a quitté sa première chaise à l'orchestre symphonique de Moscou pour gagner sa vie à Montréal, désire aussi nous revoir. C'est une femme extraordinaire, une musicienne accomplie qui a un sens de l'écoute peu commun. Même si elle n'a jamais eu d'enfant, elle est capable de m'aider, beaucoup plus qu'une adolescente de mon âge qui manque de jugement et qui est juste bonne pour rapporter ce que sa grande sœur lui a dit. Évidemment, je ne parle pas de toi, que j'estime au plus haut point, en dépit de ton manque d'expérience…

J'aurais autre chose à te raconter, mais Charlot se morfond de m'attendre au lit…

P.-S. L'avion atterrit vers 21 h demain soir. J'aimerais que Félix et toi veniez nous chercher à l'aéroport, si votre couple tient encore, évidemment… Si c'est impossible pour Félix, demande à Grizzly ; il est toujours disponible pour ses amis, lui.

Hasta luego,

Océane

La chambre du jeune couple baignait dans une demi-obscurité. Broyé par la fatigue de la journée, Charlemagne s'était allongé tout habillé par-dessus les couvertures et dormait déjà. Océane regretta le temps consacré à son courriel et promit de se reprendre au logement de la rue Jeanne-Mance. Elle proposerait à Sonia Bécotte un réaménagement des chambres pour loger plus convenablement le couple de nouveaux mariés et son enfant.

À son réveil, Océane se laissa guider par un air de flûte. Le bébé dans les bras, elle sortit sur la véranda. Debout derrière son lutrin, Kristina peaufinait son interprétation du solo qu'elle devait donner quelques jours après son retour au Québec. Affalé sur une chaise en rotin, ses lunettes sur le bout du nez, Lamer parcourait d'un air ennuyé les lignes du quotidien *El Nacional*. Océane s'approcha de lui :

— *¡ Buenos días !* fit-elle.

— *¡ Holà !* répondit laconiquement son père. Bien dormi ?

Kristina s'aperçut que la présence d'Océane incommodait Lamer. Elle déposa son instrument sur le lutrin, s'avança vers sa belle-fille et prit l'enfant dans ses bras.

— Allons déjeuner, intima-t-elle, l'invitant à la suivre.

— Justement, Charlemagne sort de la douche, proféra Océane.

Kristina sentit que la fille de Lamer ravalait sa colère, même si elle ne voulut rien laisser paraître de sa rebuffade. D'ailleurs, il ne restait pas beaucoup de temps pour conquérir le cœur de Lamer avant le départ, et Océane y renonça.

Décidément, Fabrice Lamer ne déployait pas beaucoup d'efforts pour pallier les années d'éloignement qui l'avaient tenu à l'écart de sa fille. Il parcourut son journal, et, dans un geste d'impatience, posa ses lunettes sur la petite table devant lui et se leva pour déjeuner.

— Charlemagne m'a raconté l'incident de la bicyclette volée, mentionna Lamer en s'assoyant à table sur la terrasse. Lui et moi irons à Puerto Plata ce matin, informa-t-il. C'est le meilleur endroit pour acheter une bicyclette.

— Ce serait dommage de partir sans la remplacer, renchérit Charlemagne qui tenait le petit sur lui.

La décision venait de tomber comme un couperet. Océane abaissa les paupières en se mordillant les lèvres. Elle devrait se résoudre à ramasser, à faire leur valise et à s'occuper de Félix-Antoine qui passait de plus en plus de temps à gazouiller et à lui rendre ses sourires.

Fabrice Lamer déposa sa serviette de table et se leva en s'excusant. Il revint après quelques minutes avec un chèque qu'il tendit à sa fille. Océane le déchiqueta et se retira sans ménagement. Voyant que Charlemagne amorçait le mouvement de se lever, Kristina prit le petit sur elle :

— Océane a besoin de toi, Fabrice, pas de ton argent, affirma la musicienne. Elle m'a confié que tu lui avais beaucoup manqué déjà, qu'elle s'était habituée à ne plus te voir souvent et que ces retrouvailles l'avaient secouée ; surtout que sa mère l'a mise à la porte. Mets-toi à sa place, Fabrice…

— Je fais mon possible, Kristina. Océane me fait tellement penser à Lucette avec ses airs de princesse et ses petits caprices. Ça m'agace au superlatif…

Dans la maison, Océane ratissait les pièces pour faire les valises en reniflant et maugréant contre l'attitude de son père :

— Allez-vous-en tous les deux ! ragea-t-elle en apercevant Charlemagne ; vous ne comprenez rien ! Va-t'en avec Fabrice, je vais rester avec Kristina : elle me comprend, elle !

Dérouté par le comportement agressif d'Océane, Charlemagne préféra sortir de la maison et attendre dans la voiture.

En revenant de Puerto Plata pour le dîner, la bicyclette neuve fut remisée avec sa consœur. Un mot bref sur la table dans la maison :

Sur la plage avec notre lunch.

Bon appétit !

Océane

Interloqués, Fabrice et Charlemagne crurent bon de demeurer à la villa. Lamer fouilla dans le réfrigérateur et trouva de quoi dîner. Debout à ses côtés, Charlemagne écoutait avec ferveur le biologiste qui rédigeait un article sur la faune marine, destiné à une publication dans une revue spécialisée.

Pendant le repas sur la terrasse, le savant délaissa subitement son propos scientifique, déposa ses ustensiles :

— Tu es le fils que je n'ai jamais eu, Charlot, exprima-t-il, la voix altérée.

— Mais, vous avez une fille, Fabrice…

— Ce n'est pas la même chose. Je pense que j'agis avec toi comme j'aurais souhaité que mon père agisse envers moi.

La dernière phrase de Lamer s'engouffra dans le silence de la villa. La réponse que Charlemagne venait d'entendre ne le satisfaisait pas complètement. Certes, il avait ressenti le climat de froideur entourant les relations d'Océane avec son père, mais il ne voyait pas ce qui pouvait justifier une attitude aussi distante.

— Sais-tu jouer aux échecs, Charlot ? s'informa Fabrice, s'apercevant que son interlocuteur était devenu lunatique.

— Non, je suis désolé.

— Ça t'intéresse ?

— Certainement !

— Dans ce cas, si tu veux débarrasser la table, je vais prélever mes messages et je te reviens, s'enthousiasma l'homme.

Vers la fin de l'après-midi, Océane et Kristina rentrèrent, la mine joyeuse. Tandis que l'une s'était occupée de Félix-Antoine à l'ombre des palmiers, l'autre s'était baignée dans la mer. Ensuite, après le dîner, elles s'étaient amusées avec un frisbee.

— Tu joues aux échecs, Charlot ? se surprit Océane.

— J'essaie, répondit-il.

— Charlemagne est très futé, mesdames, se réjouit Fabrice. Encore quelques jours et il battrait son maître…

— Nous irons souper à l'aéroport, annonça Kristina. Nous avons pris la décision, ajouta-t-elle en observant Océane avec un regard affidé.

— Échec à la reine ! déclara Charlemagne, déplaçant un fou du roi.

— Oh ! L'heure est grave, je suis sauvé par la cloche, admit-il, démontrant ainsi sa fierté à l'égard de son élève.

À l'aéroport international de Puerto Plata, on eut amplement le temps de souper dans un restaurant et de fureter dans quelques boutiques.

— J'ai quelque chose pour toi, fit Lamer en remettant un chèque à Charlemagne pendant que les femmes étaient parties aux toilettes. Accepte-le, je t'en prie, je sais que vous en aurez besoin.

— Je vais continuer de travailler fort pour ma famille, Fabrice, ce n'est pas nécessaire…

— C'est pour mieux te consacrer à tes études, Charlemagne. C'est ton avenir que tu prépares maintenant.

Devant l'homme qui le considérait avec tant de sérieux et de confiance, Charlemagne abaissa le regard et s'empressa de cacher le chèque dans son portefeuille.

… Rue Jeanne-Mance, Félix dormait dans le boudoir, rompu par une semaine de relâche exténuante.

Chapitre 21

Avec le consentement de son fils, Sonia Bécotte avait procédé à une redistribution des chambres : le boudoir, dorénavant fermé par une porte, serait le refuge de Félix, et la grande chambre des garçons deviendrait celle de la petite famille. Par le fait même, la mégère reconnaissait l'existence du couple et son droit à l'intimité. Confinée pendant des mois à une pièce trop exiguë, contre toute attente, Océane s'était réjouie du changement et Charlemagne considérait que des époux devaient partager le même lit.

Il va sans dire que la nouvelle attribution des chambres représentait un double avantage pour Sonia Bécotte : moins de dérangements occasionnés par les pleurs plus éloignés de Félix-Antoine et une hausse du coût de la pension. Dès que le jeune couple se pointa dans la cuisine au début de l'après-midi, elle ne devait pas tarder à les apostropher : « Après tout, des élèves qui ont les moyens de partir en vacances ! » leur avait-elle lancé platement au visage, sur un ton qui n'acceptait aucune riposte. Et elle avait ajouté, avec une intonation plus mielleuse : « La voisine vous attend au début de la soirée avec le petit. » Elle avait songé à un petit stratagème pour garder Félix-Antoine à son logement en engageant une gardienne qu'elle paierait moins cher que ce qu'elle aurait réclamé aux parents, mais s'était ravisée : le logis ne serait pas converti en garderie.

Églantine Dumouchel tendit les bras vers Félix-Antoine. Elle le prit dans ses mains osseuses comme un présent qu'on lui offrait, souriant de ses dents croches :

— Regarde le bel enfant, Imelda ! s'exclama-t-elle, se dirigeant vers la chaise berçante qui couinait dans le fond de la cuisine.

Océane et Charlemagne s'approchèrent de la fenêtre où la vieille dame grasse berçait avec tendresse une poupée à la robe défraîchie. Elle la resserra outrageusement contre elle.

— N'aie pas peur, Imelda, ils ne t'enlèveront pas ton bébé.

Les sœurs Dumouchel vivaient ensemble depuis toujours. L'aînée avait l'habitude de prendre soin de la petite Églantine, plus fragile, plus vulnérable, surtout depuis que sa vie avait chaviré. En fait, Imelda ne s'était jamais remise de la fermeture de l'usine où elle travaillait comme journalière depuis que, sans prévenir, une entreprise américaine l'avait achetée pour mettre la clef sous la porte. C'est donc Églantine qui s'occupait maintenant de sa grande sœur, au lieu de se déployer à travers des activités de bénévolat auprès d'organismes paroissiaux, comme elle l'avait fait pendant des années.

Imelda passait presque ses journées à bercer sa poupée. De temps à autre, Églantine tirait une petite table sur laquelle la malade alignait des dominos pendant des heures. Dans les moments de grande accalmie où Imelda avait mis sa poupée en pénitence dans son berceau, Églantine s'assoyait avec elle et s'adonnait à une partie de paquet voleur. Parfois, la langue sortie et les yeux écarquillés, la vieille femme tentait d'échafauder un château de cartes qui s'écroulait aussitôt le deuxième étage atteint. Chaque fois, elle s'esclaffait. Curieusement, elle semblait ressentir plus de plaisir à voir s'effondrer sa construction qu'à l'édifier.

Jusque-là, Églantine avait consacré ses années de retraite à Imelda, mais il lui semblait que l'arrivée d'un poupon dans la maison constituerait une sorte de renaissance et l'empêcherait de basculer elle-même dans une sénilité prématurée. Plus encore, elle considérait comme un signe du ciel l'occasion qui lui était donnée d'élever un petit être tout neuf qui méritait mieux, selon ses dires, que l'éducation de n'importe qui.

Le soir, en se couchant, Océane s'inquiéta des ressources financières qui lui serviraient à payer la gardienne et la hausse exigée par Sonia Bécotte. « On va s'en sortir », la rassura Charlemagne, qui s'était bien gardé de jeter le blâme sur son attitude au sujet du chèque qu'elle avait déchiqueté. D'ailleurs, la petite réserve qu'Océane avait refusée de son père et qu'il avait acceptée lui enlevait une épine du pied. Après tout, c'était lui le gagne-pain de la famille…

La semaine de relâche terminée, Océane déambulait dans les corridors de l'école avec un sentiment de plénitude. D'une certaine façon, elle revenait à sa vie normale d'élève. Elle avait confié Félix-Antoine à Églantine Dumouchel pour la journée. À l'heure du dîner, elle s'informerait brièvement du petit avant d'entreprendre l'après-midi. Éventuellement, comme Charlemagne lui avait conseillé, ils dîneraient à l'école et en profiteraient pour se dégager de certaines obligations scolaires afin d'être plus libres à la maison.

Le retour d'Océane à la polyvalente ne devait pas se faire sans heurt. Une brassée de livres et de cartables contre sa poitrine, elle se dirigeait vers son local de cours avec Charlemagne. La voyant s'éloigner, Natascha Robidoux s'empressa de la retrouver pour lui dire à quel point elle se désolait de n'être pas allée la cueillir à l'aéroport avec Félix. « Lui et moi, on a décidé de prendre un *break* dans nos relations, expliqua-t-elle pour se justifier. »

Arrivé pendant la récréation, Félix se pavanait avec Daphnée Sanguinet à la place publique. Quand elle aperçut Océane flanquée de Charlemagne et de Natascha, la sangsue aspira Félix vers elle et le remorqua vers le petit groupe :

— Ton congé de maternité est fini ? gouailla-t-elle, s'adressant à Océane.

— Ça te regarde pas, Daphnée Sanguinet! répartit-elle, les yeux agrandis par l'inconvenance de son interlocutrice.

— T'es pas mal effrontée, la Sanguinet, mêle-toi de tes affaires! la défendit Natascha.

— Toi, l'échalote, je t'ai rien demandé! rétorqua la sangsue.

— Vous allez pas vous chicaner, les filles, s'interposa pacifiquement Charlemagne, pour désamorcer le début de querelle.

La place publique commençait à régurgiter ses élèves. Lui-même surpris par l'audace de la sangsue à laquelle il avait livré l'information sur le congé d'Océane, Félix demeura muet et décida de suivre le mouvement de masse vers les casiers.

La sangsue avait démontré un certain toupet, certes, mais elle n'était pas la seule à être au courant du véritable motif de l'absence d'Océane. Si le départ de l'élève enceinte avait suscité des interrogations chez ses camarades de classe, son retour en provoquait tout autant. En quête de popularité et pour atténuer la reprise des cours, le matin même à la première période, le professeur de géographie – un homme au visage viril qui avait l'aspect d'un papier sablé – avait clairement mentionné qu'Océane Lamer revenait après la semaine de relâche, à la suite d'un accouchement. Ce qui l'avait amené à patauger allègrement dans une digression sur les relations sexuelles non protégées et à l'éloigner de son propos. Comme l'enseignant désirait faire progresser ses élèves au même rythme, il répéta le même cours à la deuxième période. Mal lui en prit, car il avait omis que Charlemagne Lamontagne se trouvait dans sa classe à ce moment. Lorsque M. Ravenelle s'en aperçut, il réalisa qu'il avait commis une bévue, mais il était trop tard. À la fin de la période, un murmure de commentaires se propagea dans le groupe se déversant dans le corridor. Charlemagne attendit d'être seul avec le prof. Il s'en approcha.

— On a perdu notre temps, aujourd'hui, protesta Charlemagne.

— Il est essentiel que les jeunes soient prévenus pour ne pas qu'il leur arrive ce qui t'est arrivé, rétorqua Ravenelle.

— À cause de vous, tout le monde va savoir que je suis le père de l'enfant d'Océane.

— Y en a un sacré paquet qui le savent déjà et ça dépend pas de moi, se défendit l'enseignant.

Pour l'instant, il était difficile de faire la part des choses. De qui provenait réellement la rumeur importait peu. Mais à compter de ce moment-là, la crédibilité de Ravenelle pour les affaires dites personnelles se réduisit à néant.

Pendant ce temps, Océane avait repris le chemin de la rue Jeanne-Mance avec la grande épingle, qui voulait à tout prix revoir le petit. Natascha sauterait le dîner parce qu'elle se trouvait trop grosse :

— Me semble que j'ai pris du poids pendant la relâche, confia-t-elle à son amie.

— À ta place, je m'inquiéterais pas, Natascha. C'est pas une once de plus qui va faire fuir les garçons… Je t'avoue que je suis davantage préoccupée par ma réputation à l'école. Avant longtemps, tout le monde va savoir que j'ai un enfant et que son père est Charlot. On va nous traiter comme de vrais extraterrestres, te rends-tu compte ?

— C'est pas correct pour Charlot, il n'y est pour rien, lui !…

À ces mots un peu durs, Océane ne réagit pas. Elles entrèrent chez les sœurs Dumouchel. Églantine reconnut Natascha qu'elle avait vu franchir si souvent le seuil de la porte voisine. Le petit dormait sur le tapis, dans un coin du salon. La gardienne avait tenté de le coucher dans le berceau de la poupée d'Imelda qui avait protesté vivement. Près de la fenêtre, un grand tablier sale noué derrière la nuque, la malade mangeait avec ses mains des doigts de poulet – qu'elle trempait dans une sauce brun clair – et des patates frites copieusement arrosées de ketchup. «Ne vous surprenez pas», avisa la gardienne, constatant que les deux élèves observaient la vieille Imelda.

Ce midi-là, Charlemagne fit presque un aller-retour au logement, le temps d'avaler une bouchée et de ramasser la vaisselle d'Océane afin d'éviter à la mégère de bougonner. Sa discussion avec Ravenelle s'était éternisée au point où l'un et l'autre n'avaient plus de temps pour dîner. L'élève avait tenu tête à l'enseignant, qui avait persisté à se défendre pour ne pas perdre la face. «De toute façon, vous avez toujours raison!» avait lancé le jeune père, claquant la porte de la classe. Sur le coup, le geste pouvait paraître un banal incident, mais Charlemagne ne devait pas tarder à s'en repentir. Ravenelle l'attendait à l'évaluation…

Deux semaines plus tard, un certain vendredi après-midi, Ravenelle remettait les copies de l'examen administré à la période de géographie précédente, par ordre décroissant de résultats. Les élèves étaient invités à se lever et à s'avancer pour récupérer leur feuille, ce qui lui permettait d'étirer le temps et de soutenir l'attention jusqu'à la dernière minute. Chaque fois, Ravenelle livrait des commentaires – drôles la plupart du temps – sur le rendement de chacun. Charlemagne fut d'abord étonné de ne pas être nommé dans les premiers, comme à l'accoutumée. Plus il attendait, plus il se persuadait qu'il y avait erreur. Lorsque les résultats tombèrent sous le seuil des 80, son visage s'obscurcit. Comme il s'apprêtait à crier au malentendu, l'enseignant le nomma. En fait, il fut l'avant-dernier à recevoir sa feuille. Sa note surnageait à la ligne du 60, un point au-dessus de celle du fainéant le plus notoire.

Il ne restait que quelques minutes avant la fin du cours, le temps de rougir de honte et de faire monter la pression dans la marmite de son orgueil. Ravenelle ne le regardait pas, mais savourait sa petite victoire sur la tête forte. Il savait que Charlemagne occupait un emploi dans l'est de la ville et qu'il déguerpirait au timbre.

— C'est une réussite votre examen, monsieur Ravenelle ! persifla Charlemagne, s'approchant de l'instituteur alors que la classe s'était vidée de ses élèves.

— Vous vous négligez ces temps-ci, monsieur Lamontagne, railla à son tour Ravenelle, devinant la déception de son élève.

— Au lieu de nous faire languir après notre résultat comme vous le faites d'habitude, vous devriez repasser l'examen avec nous ; ça serait plus profitable.

— Tiens ! Le pédagogue qui parle... Tu vas me montrer comment enseigner maintenant !

— Il s'agit pas de ça, monsieur. Je reconnais que vous avez du succès avec vos élèves, mais c'est pas tout : il faut être juste aussi.

— Monsieur s'insurge contre ma façon de corriger ! s'opposa l'enseignant, haussant le ton de deux crans.

— Je suis persuadé que je mérite plus de points et que vous avez voulu me faire suer devant les autres parce que j'ai osé protester contre vos révélations en revenant de la relâche. C'est ça la vérité...

— Ce qui te fatigue le plus, c'est d'avoir perdu ta place, rétorqua l'enseignant qui ne s'attendait pas à autant de résistance.

Ravenelle rassembla rageusement les effets sur son bureau et commença à les insérer dans sa serviette.

— Est-ce que je peux voir votre corrigé, monsieur ?

Excédé, Ravenelle tira le document et le jeta sur son bureau. Charlemagne le saisit et confronta ses réponses. Effectivement, la plupart d'entre elles ne correspondaient pas.

— Avez-vous un questionnaire ? demanda-t-il gentiment.

Poussant un long soupir d'impatience, l'enseignant consulta sa montre, se dirigea vers le classeur en avant du local. Il en sortit un cartable qu'il lança sur le bureau devant son interlocuteur, et l'ouvrit. Il le parcourut jusqu'à ce qu'il tombe sur le bon questionnaire et le glissa sous les yeux de son élève récalcitrant. Tenant sa feuille de réponses d'une main et en y regardant de près, Charlemagne parcourut les questions et clama ses connaissances de la matière :

— Le fleuve qui passe à Montréal, tout le monde sait ça ! Même le plus poche de la classe le sait ! Vous avez trafiqué mes réponses, monsieur Ravenelle. C'est évident !

— Impertinent ! ragea l'enseignant, arrachant le document de la main de son élève.

L'enseignant amorça un mouvement vers la porte, s'en écarta légèrement et croisa les bras sur son ventre. Charlemagne retourna à son bureau, agrippa le manuel de géographie et le cartable dans lequel il inséra sa copie d'examen avant de passer devant le maître ronchonnant, et sortit du local.

Persuadé d'avoir réussi à marquer un point sur l'inattaquable Ravenelle, il n'en demeurait pas moins que Charlemagne n'avait pas gagné la partie. Tête baissée, il entra au logis et referma la porte sans ménagement :

— Les nerfs ! grogna Sonia, émergeant avec sa chevelure colorée dans l'embrasure de la porte, téléphone à la main.

Alerté par le bruit inhabituel, Félix sortit de sa chambre :

— Qu'est-ce qui se passe, Charlot ? T'as pas l'air dans ton assiette.

— Pantoute !

— Ça va pas bien à l'école ? Dis-moi pas que t'as de mauvaises notes, je te croirai pas.

— Océane est encore chez la voisine ?

— Oui. T'as pas répondu à ma question…

— Qu'est-ce qui te prend tout d'un coup, Félix, de t'intéresser à mon sort ?

— C'est pas à cause de l'école ? À moins que ce soit Océane qui…

Reprenant son rôle de grand frère depuis longtemps délaissé, le fils de Sonia Bécotte mit la main sur l'épaule de son protégé :

— Viens, je t'emmène faire un tour avant de nous rendre au dépanneur ; moi aussi, je travaille à 5 h. Si jamais on prévoit être en retard, je téléphonerai à Alex avec mon cellulaire.

Encore un peu abasourdi, Charlemagne accepta la proposition sans connaître les intentions exactes de Félix. Qu'était-il advenu, au juste, pour qu'il mérite soudainement une certaine considération de la part de son ancien compagnon d'armes ? Par ailleurs, une promenade en auto lui ferait grand bien. Charlemagne traversa chez les sœurs Dumouchel. Il prit le temps d'embrasser le petit et de saluer Océane, qui ne s'aperçut pas de l'humeur de son mari.

Peu après, la Mustang quitta la rue Jeanne-Mance. Se retrouver seul avec Félix le réjouissait, mais cela ne le disposait pas pour autant à se confier à lui.

— Tu te rappelles, Charlot, avec Rosaire, y avait pas vraiment de problèmes ? Ça m'est arrivé de le visiter pour le consulter, tout simplement lui parler, ou quand je me sentais perdu et que j'avais besoin de quelqu'un pour m'écouter, patente à gosse !

Le passager comprit que le conducteur l'entraînait au cimetière Côte-des-Neiges.

La voiture sport emprunta l'allée principale et s'immobilisa devant la pierre tombale de Poitras. Charlemagne descendit, avança timidement de quelques pas vers le monument et se retourna vers son compagnon. Félix éteignit le moteur et attendit.

« Salut Rosaire,

J'admets que c'est Félix qui m'a emmené ici cet après-midi, mais je pense à toi souvent, je te le jure…

Quand j'étais plus jeune, il veillait sur moi. Il remplaçait le frère que Florence et Yann ne m'ont jamais donné. Avant, on s'amusait beaucoup ensemble, mais là, ça fait un bon bout de temps qu'il me néglige, qu'il se fout de moi. Mais je l'aime toujours quand même…

Nos existences ne se ressemblent pas beaucoup : il a choisi la débauche et la vie facile, tandis que moi, j'ai maintenant des responsabilités de père. Qui aurait dit ça ? Océane – on s'est mariés dans le Sud pendant la relâche – est étudiante elle aussi. J'ai parfois l'impression que ça ne durera pas, elle et moi. On est trop jeunes. Puis elle a des défauts qui m'énervent. C'est vrai que ton ex la malmène aussi. En attendant, je travaille fort pour faire vivre ma famille. Tu dois me comprendre, toi qui as pris Félix en charge dès son enfance.

Actuellement, je dois dire que c'est pas ça qui me chicote le plus. J'ai un désaccord avec un prof. Il a répandu que j'étais le père d'un enfant et il prend plaisir à me faire niaiser parce que je lui ai dit que c'était une affaire personnelle. Il voulait se montrer intéressant auprès de ses élèves. Je pense qu'il n'a pas aimé que je conteste son autorité et que j'ébranle sa popularité. Imagine ton fils avec un petit ! Tu pourrais être grand-père ! Mais, non ! Le monde à l'envers : c'est lui qui couraille et c'est moi le père. Des fois, j'aimerais mieux être libre comme lui, mener ma vie comme je l'entends, mais je me suis laissé prendre au jeu de l'amour, comme me l'a reproché ma grand-mère…

Au risque de te décevoir, j'ai pris la décision d'aller à l'université. C'est bien simple, je n'ai pas l'intention de ramasser des guenilles toute ma vie, que veux-tu ? Avec le temps, j'ai développé un goût pour les études. Tu dois bien te demander pourquoi j'y tiens tant, toi qui n'avais pas d'instruction, mais depuis que j'ai rencontré le père d'Océane, un biologiste de grande réputation, je suis encouragé à poursuivre. En fin de compte, tu vas être fier de moi. Tu dois comprendre qu'un père veut le bonheur de son enfant même si cela le contrarie. Rassure-toi : Félix-Antoine ne suivra pas nécessairement les traces de son père, je me suis déjà fait à l'idée…

Bon ! Félix m'attend dans l'auto. On s'en va travailler tous les deux. Merci de m'avoir écouté. À la prochaine… »

La Mustang fit entendre son ronronnement de voiture sport. De quoi troubler la quiétude des morts. Félix se tourna vers son passager et se mit à rire :

— Te souviens-tu de la scène avec un allume-cigare ?

— Et celle de la glacière du dépanneur ? s'esclaffa Charlemagne, qui s'était réconcilié avec une humeur plus agréable.

Le conducteur venait de joindre Alex pour signaler leur retard. Il subodorait quelque problème avec Océane.

— T'es pas obligé de m'en parler, mais si ça dépend d'elle, je pourrais comprendre…

Charlemagne demeura muet. Il jugea que le temps de causer de ses rapports avec Océane n'était pas venu et décida de lui exposer la situation conflictuelle avec le prof de géographie. Félix prit alors la défense de Charlemagne et jura que Ravenelle le paierait cher.

— Il n'y a rien à faire avec lui. D'ailleurs, toi avec tes retards et tes absences non motivées, t'es plutôt mal placé pour aller revendiquer quoi que ce soit. Par contre, entre toi et moi, Félix, ta colleuse aurait pu se taire au sujet du congé de maternité d'Océane.

— Je sais, je trouve qu'elle a une tête de linotte, jugea Félix.

— Ça a pris du temps avant que tu t'en aperçoives… Pourquoi tu te tiens encore avec elle, d'abord ?

— Justement, elle et moi, c'est fini ! confia Félix. De toute manière, des filles, je peux en avoir tant que je veux, s'empressa-t-il d'ajouter, se bombant le torse avec orgueil.

***

Parfois, les choses surviennent de curieuse manière et semblent se conjuguer pour que l'événement souhaité se réalise. Félix avait abandonné l'idée d'intervenir dans l'affaire qui opposait Charlemagne à Ravenelle lorsqu'une circonstance inattendue et inespérée se présenta.

Tard, en soirée, alors que Charlemagne avait réussi à oublier son altercation avec l'enseignant de géographie, Félix arriva comme une tornade au dépanneur :

— Charlot, savais-tu que Ravenelle habitait dans le quartier ? l'interpella-t-il, alors qu'il achevait de vider une caisse de conserves sur une tablette.

— Non, mais c'est pas parce que tu l'as aperçu que…

— C'est pas ça ! coupa-t-il. Tu me croiras pas, mais j'ai rencontré une petite *gang* de l'école en faisant une livraison sur la rue Leclaire. Je leur ai demandé ce qu'ils faisaient dans les parages. Ils m'ont dit qu'ils avaient un *party* chez le prof de géo et ils m'ont invité à y aller après mon travail.

— Qu'est-ce que tu leur as dit?

— Que j'y réfléchirais, mais que ça m'intéressait pas mal...

— Comment ça se fait qu'on n'en a pas entendu parler à l'école?

— Parce que je me tiens pas avec eux, d'habitude. Daphnée était là, en plus.

— Tu feras bien ce que tu voudras, Félix, mais à ta place, j'éviterais ce genre de piège...

La soirée de travail terminée, Grizzly ramena Charlemagne rue Jeanne-Mance et Félix se rendit sur la rue Leclaire avec sa Mustang. Il gara fièrement son bolide en souhaitant que quelques camarades de classe le reconnaissent, assis au volant de sa voiture. Mais il n'en fut rien. Un clochard à la démarche flageolante zigzaguait sur le trottoir et s'arrêtait çà et là, comme s'il buvait un sac de papier. Devant l'escalier qu'il s'apprêtait à gravir, Félix lui céda le passage et monta au deuxième étage. D'une main, il actionna un dispositif à ressort qui déclencha une sonnerie à la voix enrouée. Après trois essais, comme personne ne répondait, il entra et se laissa guider par une musique douce et envoûtante qui le conduisit au salon. Une lumière tamisée éclaira les visages de trois de ses camarades affalés sur un futon. Des scènes graveleuses aussi salées que les croustilles qu'ils grignotaient et aussi enivrantes que les boissons qu'ils consommaient semblaient les captiver. D'autres, allongés sur le ventre, la tête appuyée sur la paume des mains, demeurèrent stigmatisés par le film qui se déroulait sous leurs yeux pétillants d'excitation.

— J'viens de comprendre ce que le prof veut dire quand il parle de géographie humaine, badina Félix devant qui voulait l'entendre.

— Si ça fait pas ton affaire, le *sex-symbol*, tu peux aller voir ailleurs, lança Cédric Huot, lui dardant un regard oblique.

— Daphnée est pas là ? se renseigna celui qui se considéra dès lors comme un intrus.

— Elle suit des cours de rattrapage, précisa un second cinéphile, en désignant du menton une porte de l'appartement.

Félix se retira lestement de la pièce et dévala l'escalier.

Il se faisait tard. L'information qu'il détenait lui servirait dorénavant à rétablir un certain rapport de force dans les relations entre Charlemagne et Ravenelle. Il gara sa voiture près de l'immeuble où habitait la grande épingle. C'est Lisette Robidoux qui l'accueillit :

— Oui ? demanda-t-elle, sur un ton glacial.

— Natascha est là ?

— Pas à cette heure-ci ! rétorqua la femme robuste avec qui sa fille devait se tenir le grain serré.

— J'aimerais lui parler deux minutes, si vous le permettez, madame Robidoux ; c'est important.

— Natascha est déjà au lit ; inutile de la réveiller.

Lisette Robidoux allait refermer la porte lorsque sa fille surgit :

— Comment ça se fait que t'es pas encore en pyjama, Natascha ?

— Allô Félix, souria-t-elle à son visiteur, négligeant de répondre à sa mère. Il va rentrer pas longtemps, maman. OK ?

Devant l'insistance de sa fille, Lisette Robidoux fit volte-face. Le visage du jeune homme affublé d'une curieuse houppette lui rappela confusément quelqu'un. Elle s'absorba dans ses pensées et retourna à son émission de télévision.

Félix rapporta ce qu'il avait vu et entendu au domicile de Ravenelle.

— Pourquoi tu viens me voir pour me dire ça, Félix ?

— J'ai besoin de toi, Natascha.

— J'ai rien à voir là-dedans.

— Tu peux aider Océane et Charlot, si tu veux...

Debout, dans l'entrée de l'appartement, Félix exposa son plan pour dénoncer Ravenelle. Pour cela, il avait besoin de la collaboration de Mme Robidoux, qui était particulièrement prude et fière d'avoir conservé sa fille dans son état virginal...

La conversation avec le visiteur s'éternisait. Lisette Robidoux rappliqua pour lui signifier que les quelques minutes accordées étaient écoulées.

— Félix a quelque chose d'important à t'apprendre, maman, implora Natascha.

La mère parut agacée par la requête de sa fille, mais sa curiosité l'emporta. Elle invita Félix à passer au salon. Il pourrait déballer ses révélations en toute quiétude, son mari étant au lit à cette heure avancée, après une dure semaine de travail. Consternée, la mère de la grande épingle saisit tout de suite l'importance pour que des parents interviennent dans cette affaire de mœurs dissolues mettant en cause des mineurs. Persuadée que le jeune homme était digne de confiance, que ce visage ne pouvait définitivement lui rappeler quelqu'un, Lisette Robidoux promit d'agir.

Rue Jeanne-Mance, Félix tourna la clef dans la serrure avec empressement. Il frappa à la chambre de Charlemagne. Le jeune époux musela son sexe dans un caleçon qu'il pointa vers la porte, en se précipitant pour ne pas réveiller Félix-Antoine.

— Je te dérange ?

— Qu'est-ce que tu veux, Félix ?

— T'avais raison, Charlot ! Il se passe des affaires louches chez Ravenelle.

* * *

Dès le lundi matin, la grande épingle était porteuse d'une missive, bien insérée dans son agenda, à une page où elle avait écrit des « Je t'aime Félix » entourés de cœurs aussi affreux que sa calligraphie. En écrivant de la sorte, elle prétendait se mettre à l'abri des foudres du professeur de français qui ne verrait pas toutes ses fautes d'orthographe. D'ailleurs, la lettre qu'elle fit remettre secrètement dans le pigeonnier du directeur en comportait un grand nombre que celui-ci, ex-enseignant en la matière, s'empressa de corriger à l'encre rouge aussitôt qu'il prit connaissance du texte :

Monsieur le directeur,

J'ai appris personnellement d'un ouï-dire qu'un de vos professeurs (M. Ravenelle, pour ne pas le nommer) montre des vues cochonnes à ses élèves par les soirs, les fins de semaine, dans son appartement.

Où c'est qu'on est rendus, monsieur le directeur ? Il y a des ni queue ni tête là-dedans à se faire remplir la cervelle d'images folichonnes.

Une chance qu'il y a des jeunes qui usent de la rétention. C'est encore le meilleur moyen de bâtir une société distincte, monsieur le directeur. Mon mari a coutume de dire que, depuis que le gouvernement a sorti la religion des écoles, la morale tire le diable par la queue. Pis c'est vrai en tabarnouche !

D'une mère implorée qui pratique la vertu et veut la transmettre à sa fille de génération en génération.

Je vous donne ici-bas mon numéro de téléphone.

514-…

Lisette Robidoux

M. Gonthier enfila sa troisième tasse de café de la matinée et décrocha le téléphone. Il expliqua à Mme Robidoux que l'établissement ne pouvait se porter garant des agissements de son personnel en dehors de ses murs. Que les parents devaient prendre leurs responsabilités plutôt que de toujours s'en remettre à l'école.

Les propos du directeur refroidirent Lisette Robidoux, qui résolut d'exercer une surveillance accrue chez son adolescente, sans plus. Par la suite, Natascha rapporta la réaction de Gonthier à Félix, qui promit de réagir à sa façon. Ce que Charlemagne et Océane devaient supporter de regards et de paroles malveillantes l'atteignait, et la cohabitation avec Félix-Antoine commençait à faire des pas dans le sable de sa paternité. Aussi, le récent coup de cœur de Daphnée Sanguinet pour le professeur de géographie chatouillait son orgueil. Même s'il la trouvait un peu bêtasse, elle avait grandement contribué à entretenir l'image qui l'avait maintenu au sommet d'une gloire, mais qui ternirait éventuellement…

Chapitre 22

Depuis le passage de Félix sur la rue Leclaire et la démarche avortée de Lisette Robidoux, pour apaiser sa petite inquiétude, le directeur Gonthier avait rencontré l'enseignant concerné et s'était borné à lui recommander d'agir avec prudence en lui donnant une tape sur l'épaule. Ce n'est que deux leçons de géographie plus tard que l'affaire Ravenelle connut un certain dénouement pour Félix. L'enseignant manquait parfois de discernement et finit par se mettre sérieusement les pieds dans les plats.

Son intérêt déjà rampant pour l'école s'amenuisant, Félix entrevoyait la fin de l'année scolaire comme une étape de plus en plus infranchissable dans sa carrière d'étudiant. Il s'était replié dans ses quartiers et tentait de se fondre dans les groupes, songeant à ses promenades en Mustang ou encore l'esprit occupé par des pensées vagabondes sur les plaisirs des sens qui gonflaient son blue-jean pendant les cours.

— La géo ne t'intéresse pas, Poitras, tu dois songer à tes activités nocturnes ? se moqua le prof, espérant ainsi rallier son auditoire et soigner sa popularité.

Tous les élèves pouffèrent de rire, sauf Félix lui-même, qui inclina la tête.

— C'est rien, ça, renchérit Huot, il se montre le cul sur Internet !

La boutade disgracieuse de Cédric Huot provoqua une onde de ricanements qui déferla à travers toute la classe. Révolté, Félix empoigna le bord de son pupitre et le renversa brusquement. Il se rua sur le délateur et lui asséna un solide coup de pied dans les couilles. Personne n'eut le temps ni le courage de défendre Huot, qui se plia en deux et s'effondra sur son bureau. Félix courait déjà dans le passage et se dirigeait vers la porte de l'établissement. Habité par une sorte de rage et de dérèglement, le déserteur fonça vers la rue Jeanne-Mance et sauta dans la Mustang qui broutait paisiblement dans la cour arrière. En peu de temps, il quitta la ruelle et atteignit l'entrée du cimetière où reposait Rosaire. Debout devant le monument funéraire, il se recueillit quelques instants et repartit vers la rue Leclaire.

Or, la sangsue avait rapidement propagé la nouvelle du départ fracassant de Félix, à la suite d'un esclandre avec Huot en plein cours de géographie. Au sortir de l'école, la grande épingle discutait de l'événement avec ses deux amis de la rue Jeanne-Mance, qui crurent à une provocation pure et simple de Ravenelle et de Cédric Huot. Connaissant le caractère impétueux de Félix, Océane et Natascha craignirent un autre débordement de sa part et continuèrent à discuter. Voyant l'heure passer, Charlemagne décida de se rendre chez les sœurs Dumouchel pour ramener le petit au logis, même si, d'ordinaire, Océane s'en chargeait.

Insouciante, Églantine avait commis une double imprudence. En effet, le logis était déverrouillé et elle avait confié Félix-Antoine à sa sœur Imelda, le temps d'une petite commission. Charlemagne sonda la porte du logement, en tourna lentement la poignée et entra. Assise à une table d'enfant, le dos courbé au-dessus d'un album de coloriage, la malade s'efforçait de se claustrer à l'intérieur des lignes avec un crayon mal dégrossi. Églantine lui avait recommandé une activité calme pour ne pas réveiller le petit pendant son absence. Lorsque Imelda aperçut le jeune homme s'approchant du berceau, soudainement prise de frayeur, elle se précipita vers l'intrus et lui saisit brutalement le bras pour le mordre. Charlemagne hurla de douleur. Couché aux côtés de la poupée de la malade, Félix-Antoine ne fit que sursauter et se rendormit.

Persuadé que l'aînée des Dumouchel ne le reconnaissait pas, il tenta de la rassurer en lui disant qu'il demeurait à côté, dans la même maison qu'Océane et qu'elle lui avait demandé de ramener leur petit. Mais la vieille femme au visage effaré ne semblait pas très bien comprendre. Charlemagne crut bon de ne pas insister. Il se retira chez lui, prit une bouchée et sauta dans la coccinelle qui l'attendait.

À son arrivée, Océane constata d'abord que la Mustang ne se trouvait pas dans son enclos. Elle monta ensuite au logis. Le petit n'était pas là et Charlemagne était sans doute parti au dépanneur sans avoir eu le temps de le ramener. Sonia Bécotte semblait d'humeur maussade et elle ne voulut pas la déranger.

Entre-temps, Églantine Dumouchel était retournée à son logement. Sa sœur Imelda avait tenté de lui expliquer dans ses mots qu'un jeune homme était venu pour prendre le bébé pendant son dodo et qu'elle l'avait mordu. Églantine décida alors de passer sous silence sa brève sortie et éviter ainsi de raconter le délire de sa sœur laissée toute seule avec le petit. Océane s'excusa pour son retard. Félix-Antoine lui adressa des sourires, elle le prit dans ses bras et traversa chez elle.

Voilà une bonne demi-heure que la Mustang s'était immobilisée sur la rue Leclaire lorsque Ravenelle descendit de sa voiture avec deux jeunes filles. Félix reconnut Daphnée Sanguinet et une autre élève du même groupe de géographie. Il attendit que la porte du logement se referme pour gravir l'escalier et actionner la sonnerie. Ravenelle entrouvrit :

— Qu'est-ce que tu veux ? fit-il, la voix tremblante.

— Parler à Daphnée, répondit Félix, laconiquement.

— Je suis seul, rétorqua le résident.

— Menteur ! répartit Félix, en forçant la porte pour entrer. Toi aussi, tu mènes une drôle de vie, poursuivit-il.

Avec la même fureur qui l'avait fait bondir de son banc d'école un peu plus tôt, Félix asséna un coup de poing au visage de l'enseignant et déguerpit. Il dévala l'escalier et s'enfuit :

— Il m'a frappé, l'imbécile ! se lamenta l'enseignant qui se plaignait de vives douleurs.

Les deux jeunes filles s'étaient terrées dans les toilettes, aux confins du logis. Dès qu'elles entendirent les mugissements de Ravenelle, elles accoururent vers lui et constatèrent que l'œil gauche de l'enseignant était disparu sous un renflement sévère. La victime s'étendit sur le sofa du salon, fulminant contre le grand Poitras et ses manières rustres :

— Vite, de l'eau froide !

Daphnée et sa copine lui appliquèrent des débarbouillettes mouillées, se relayant toutes les dix minutes à son chevet.

Les dernières cloches avaient sonné pour Félix, en même temps que la fin de la récréation pour Ravenelle. Désireux de mener à bien son année scolaire – il avait déjà perdu bien assez de temps avec ses égarements –, sans gaspiller une seule journée, l'enseignant s'était présenté à son travail avec une énorme paire de lunettes fumées pour cacher son œil tuméfié. La sangsue et sa copine avaient appliqué des compresses jusque tard dans la soirée. Ravenelle avait profité du dévouement des deux jeunes filles pour faire corriger des examens, en toute objectivité…

Félix avait donné sa version des faits à Océane et à Charlemagne concernant son dernier cours à l'école et ce qui s'ensuivit chez l'enseignant :

— C'est pour ça qu'il porte des lunettes de soleil ! s'exclama Océane. Il nous a dit que l'ophtalmologiste lui en avait recommandé à cause d'une infection à un œil.

— J'espère qu'il en tirera une leçon, souhaita Charlemagne. Mais l'année scolaire n'est pas terminée. Pourvu qu'il ne s'en prenne pas à nous deux, asteure, soupira-t-il.

* * *

Le fils de la mégère pouvait s'adonner à ses petits plaisirs. À présent, rien ne l'obligeait à se lever de bon matin pour aller s'instruire. Désormais, il n'aurait plus besoin de la sangsue pour flatter son ego, et la pauvre conne pouvait s'accoler à une autre peau que la sienne, fût-elle la peau d'un enseignant.

Pour ménager dans les dépenses, Océane avait fait valoir à Félix que sa mère et lui pourraient s'occuper de leur fils pendant le jour. Que c'était l'occasion ou jamais de démontrer de la bonne volonté et ainsi rétablir un certain équilibre dans toute cette machination. Elle lui avait rapporté la morsure qu'avait subie Charlemagne et son inquiétude que la maladie ne consume davantage la santé mentale d'Imelda et qu'elle s'en prenne un jour à Félix-Antoine. Mais Félix préféra ne pas s'engager dans cette galère et clama son droit à la liberté absolue puisqu'il n'était pas son mari… D'ailleurs, une fois le petit rendu chez les sœurs Dumouchel le matin, il pourrait dormir en paix le reste de la matinée. Comme sa mère.

Par beau temps, le toit de la décapotable replié, Félix conduisait sans accompagnateur dans les rues de Montréal. Sauf les fois où il emmenait sa mère pour faire une promenade, ou du magasinage, et durant ses séances d'entraînement à bord de la coccinelle avec Grizzly. Sonia Bécotte appréciait la nouvelle existence de son fils. Elle avait l'impression de revivre et de redécouvrir la lumière du jour. Surtout lorsque la Mustang s'engageait sur les routes de campagne pour pique-niquer à 3 h de l'après-midi, en bordure de la route, en regardant les vaches et en buvant un thermos de thé à la bergamote. Car Sonia Bécotte adorait les vaches. Du reste, elle ne comprenait pas qu'on leur fasse une mauvaise réputation de paresseuses, malaxant le fourrage des heures durant et si généreuses de leur lait ; on était loin de la vénération de leurs cousines sacrées de l'Inde. Et ce qui la peinait encore plus, c'est la séquestration à laquelle on les soumettait indûment dans des espaces réduits sans qu'un seul petit meuglement attendrisse qui que ce soit.

Le bonheur que son fils lui procurait n'était pas sans soulever la poussière de certains regrets accumulée avec le temps. Ainsi, au cours d'une balade dans le rang de La Grande-Caroline à Rougemont, alors que soufflait l'haleine parfumée de la douce fragrance des fleurs de pommiers, elle lui déclara : « Je n'aurais jamais dû t'abandonner, Félix. » La Mustang s'immobilisa devant la barrière de l'ancienne fermette de Rosaire où Félix avait vécu une bonne partie de son enfance, et elle repartit lorsque Félix ressentit un serrement dans la gorge. La voiture sport fit ensuite un arrêt à la maison voisine, propriété de Manuel Bourguignon qui travaillait toujours au dépanneur de la rue Ontario, à Montréal, et qu'il côtoyait souvent. Au fond de la cour, la vieille Chevrolet et sa remorque s'encroûtaient dans des souvenirs que jamais la Mustang ne réussirait à remplacer.

Cette fois fut mémorable, car en revenant de sa promenade à Rougemont, habitée par des sentiments maternels refoulés, la mégère exigea de prendre Félix-Antoine dans ses bras. Océane en fut étonnée, mais consentit à déposer l'enfant dans ses mains tremblantes sous les yeux de Félix et de Charlemagne :

— Dire que tu ressemblais à ça..., exprima-t-elle à son fils, subjuguée par le visage de l'enfant.

— J'ai pas de mal à te croire, m'man...

Et, comme réagissant à cet égarement passager :

— Prenez-le, quelqu'un, avant que je l'échappe, dit-elle, la voix altérée.

Inévitablement, la joie de vivre qui l'avait fait renaître avait rejailli sur son entourage. Le grand air et le soleil lui avaient redonné un certain éclat de jeunesse. Elle s'assoyait sur le balcon et s'amusait à regarder virevolter les guirlandes de vêtements. Plus agréable, elle était devenue moins exigeante envers la jeune mère, qui la trouvait beaucoup moins grincheuse. Elle se contentait d'un souper plus ordinaire et fermait plus facilement les yeux sur le ménage. Sa consommation d'alcool avait aussi sensiblement diminué. Parfois, on l'entendait rire en observant les finesses du petit. Bref, dans le logis de la rue Jeanne-Mance, la vie avait changé en mieux.

Malheureusement pour Sonia Bécotte et pour la maisonnée, ce bonheur si friable devait s'émietter avec les événements qui s'ensuivirent. Aux premiers jours de juin, vers deux heures de la nuit, elle reçut un appel affolé de Cassandra Carreau :

— Sonia ! J'te réveille ?

— Qu'est-ce que t'en penses ? Depuis que je mène une vie normale, je me couche de bonne heure.

— La police a fait une descente, l'escouade de la moralité...

— Félix s'est fait embarquer !

— Non, il s'est sauvé à temps par la porte d'en arrière. Mais j'en connais qui se sont fait prendre les culottes à terre...

— Toé, ils t'ont prise pour une religieuse qui récitait ses prières dans sa chambre, peut-être ?

— Ils m'ont embarquée aussi. Il faut que je me tienne tranquille pour un boutte…

— M'appeler pour m'annoncer ça ! Ça aurait pu attendre, non ? Tu le sais pourtant que c'est pas très légal, ton affaire…

La proxénète avait raccroché. Par sa fenêtre ouverte, Sonia entendit quelqu'un monter l'escalier. La lumière de sa chambre était restée allumée. L'air exténué, Félix entra dans le logis :

— Tu dors pas, m'man ?

— Cassandra vient d'appeler.

— T'es au courant d'abord pour la police. Je suis revenu à pied. J'avais peur qu'on me demande mon permis de conduire…

— Tu aurais pu te ramasser en prison, toé aussi, Félix. Pas juste pour ton char… Va falloir que tu trouves un emploi aussi payant. Tu peux pas rester à rien faire.

Le changement de train de vie qui s'annonçait pour elle et son fils la faisait rugir. Pendant sa bonne période, la harpie n'avait rien retranché des sommes qu'elle exigeait de Charlemagne pour loger et nourrir sa famille. Maintenant que sa sécurité financière était menacée, elle poussa l'odieux jusqu'à presser le citron. Elle jugeait que le travail de Félix au dépanneur était dégradant et qu'avant qu'il trouve mieux, Charlemagne pourrait leur apporter du renfort. À la fin d'une journée de classe, elle était aux aguets sur le balcon pour l'intercepter, avant qu'il reparte au commerce. La Mustang était partie. Elle attendit qu'il monte. Les mains appuyées sur la rampe, elle prit un ton suppliant en lui adressant un sourire :

— Pourrais-tu faire un petit effort pour aider Félix ? Depuis qu'il a perdu son emploi, je le reconnais plus. Tu devrais demander à Alex d'augmenter tes heures. De toute façon, tôt ou tard, tu vas aboutir au dépanneur pour gagner ton pain.

— Je peux pas faire plus, Sonia! Je veux pas lâcher l'école comme ton fils. Tu lui as déjà dit que l'instruction valait pas le cul, asteure on voit ce que ça donne…

— Tu méprises ceux qui ont pas de diplôme?

— C'est pas ce que je veux dire, loin de là!

— Rappelle-toi une chose, Charlot: c'est par charité que je vous garde, certainement pas pour l'argent que tu me rapportes!

— Félix pourrait vendre son auto et prendre celle de Rosaire.

— Jamais! Jamais, tu m'entends?

Furieuse, la mégère entra sans refermer la porte et se retira dans sa chambre.

Charlemagne commençait à en avoir marre des demandes incessantes et déraisonnables de Sonia Bécotte. Quoi qu'il en soit, il continua de croire que mieux valait tenir Océane loin de ses préoccupations financières. Elle ne semblait pas faite pour administrer les finances du couple. En parler à sa grand-mère ne donnerait rien de plus, elle qui contribuait déjà selon ses moyens. D'ailleurs, c'était payer bien cher pour un écart de conduite. Dans les circonstances, un déménagement n'était pas envisageable non plus. Trop tard pour se mettre à la recherche d'un logement au mois de juin. Et qui louerait à un jeune de son âge? Charlemagne s'abîmait dans ces pensées lorsqu'il vit arriver Océane et Natascha qui placotaient dans la ruelle. La coccinelle se rangea le long de la clôture. Grizzly l'attendait pour se rendre au travail.

À la demande de son fils, la logeuse évita toute forme de harcèlement auprès de Charlemagne afin qu'il augmente ses revenus. Il avait fait valoir que Charlot était jeune pour cumuler deux emplois et qu'on ne pouvait exiger davantage de lui. «Avec tes connexions, tu pourrais me trouver quelque chose d'intéressant», lui avait-il proposé. Les affaires avec Cassandra Carreau étaient suspendues pour un temps indéterminé. Mais Sonia Bécotte demeurait persuadée que son fils pouvait explorer d'autres avenues payantes dans la voie du sexe. Il y avait sans doute moyen de trouver un compromis entre les maisons closes de la rue Saint-Laurent qu'elle avait bien connues et les bars chics du centre-ville où elle ne connaissait personne. *Mon fils ne fréquentera pas les maisons mal famées!* songea-t-elle. Assise sur le balcon, elle sirotait une boisson gazeuse pendant qu'Océane préparait un plat avec des nouilles. Elle s'était creusé les méninges tout l'après-midi et avait fini par fouiller dans l'annuaire téléphonique pour repérer le nom et l'adresse d'un bar. Félix descendait de son cheval sauvage. Sans attendre qu'il monte au logis, elle s'écria: « Lave ton char! On sort à soir, mon homme! »

Vers 23 h, la Mustang s'engagea vers l'est, sur la rue Sainte-Catherine, et s'arrêta dans un secteur de la ville où s'animait une faune nocturne jusqu'à l'aube. Accrochée au-dessus de la devanture d'un restaurant, une marquise entourée d'ampoules blanches dont la moitié n'éclairaient plus:

Bar des Antilles

Danseurs nus

Entrée libre

Depuis longtemps, l'immeuble à la façade défigurée par des vitrines sales entourées de carreaux de céramique noirs et jaunes effrités conservait une âme, puisqu'il avait abrité successivement une taverne, une succursale de la SAQ, une brasserie et enfin un bar. Félix et sa mère montèrent à l'étage au son d'une musique à percer les tympans. L'espace mal éclairé obligea Sonia Bécotte à tenir la rampe. En haut de l'escalier, un portier aux dents blanchies au bicarbonate de soude accueillit les deux clients, les biceps croisés dans un t-shirt moulé portant l'inscription *Bar des Antilles* et illustré par un cocotier:

— Pas lui ! somma-t-il, en brandissant la main sur l'épaule de Félix.

— Pourquoi ? rétorqua sa mère, avec déception.

— Femmes seulement ! Les couples, c'est le dimanche, assura-t-il, détaillant la belle allure du jeune homme qu'il aurait laissé entrer volontiers.

— Attends-moi, Félix, je reviens.

Sonia Bécotte jeta un coup d'œil circulaire sur le décor de sous-sol lavallois conçu avec des parasols et des bananes gonflées suspendues au-dessus de la scène et de la piste de danse. Des clientes ficelées dans des vêtements serrés se déchaînaient sur un plancher de marqueterie. Un danseur s'exécutait à une table. Elle contourna le bar et fonça vers un coin VIP plus sombre :

— Carmen ! s'exclama-t-elle, en reconnaissant son ancienne collègue de travail dont le visage encadré par une chevelure boudinée débordait de la largeur de ses épaules.

— Sonia ! s'étonna la femme dans la quarantaine, en se levant vers celle qui s'approchait. Depuis le temps… Viens t'asseoir, fit-elle en déposant son verre.

Après des années à draguer, Carmen D. Voyer avait rencontré un client qui l'avait rescapée du trottoir et qui désirait s'ouvrir un débit de boissons dans l'est de la ville. La prostituée deviendrait la gérante de son établissement. Au travail comme à la maison, les affaires prospérèrent et ils eurent deux enfants dont elle avait toujours la garde. Fidèle à ses anciennes habitudes, le prospecteur était retourné faire du *casting* et passait plus de temps sur la rue Saint-Laurent que dans son établissement sur Sainte-Catherine.

Un serveur torse nu, portant un short vert écourté exhibant une mousse de poils foncés au nombril, s'approcha aussitôt et la tenancière lui offrit un *drink*. Sonia Bécotte expliqua qu'elle cherchait un emploi pour son fils.

— Félix a l'habitude d'exciter les femmes de tous les âges, livra-t-elle avec fierté. Tu vas voir, ça va pogner; même la clientèle du bar d'en face va traverser de ce bord-citte.

— Faudrait qu'il se présente à la prochaine audition.

— Il attend à la porte, Carmen, insista Sonia.

Quelques minutes plus tard, Félix s'engouffrait dans un des salons réservés aux clientes qui payaient pour un danseur en privé. Pendant que sa mère se croisait les doigts sur une banquette du coin VIP, la tenancière lui demanda de montrer ce qu'il savait faire au rythme de la musique qui parvenait jusqu'au salon.

Trois quarts d'heure après, Carmen sortit de sa retraite:

— Tu commences demain soir, proféra-t-elle.

***

Une certaine sérénité régnait dans le logement de la gribiche dont le tempérament bilieux s'atténuait, pour le grand bonheur de la maisonnée. De plus en plus, elle s'accordait des sorties avec son fils, s'absentait pour le souper et ne rentrait qu'en début de soirée pour faire du bureau. Le fait est que, à cette période de l'année, l'offre de programmes d'entretien des pelouses la retenait beaucoup moins au téléphone.

Les devoirs accomplis et les leçons bien apprises, quelques travaux domestiques exécutés, il ne restait qu'à donner le bain à Félix-Antoine avant de le coucher. Ensuite, Océane s'enfermait dans la chambre conjugale et s'assoupissait avec un livre. Charlemagne arrivait tard. Après un brin de toilette, il embrassait son fils et se déshabillait avant de s'allonger aux côtés de sa femme endormie, en lui souhaitant une bonne nuit d'une voix ensommeillée.

L'atmosphère devint cependant irrespirable pour la jeune épouse et mère. La vie de couple l'étouffait. Seulement quelques cajoleries furtives les retenaient affectueusement l'un à l'autre, et elle se désintéressait peu à peu de son fils, qu'elle n'entourait plus de la même attention. Loin de céder à la mélancolie, Océane tenta de combler son manque d'affection en regardant par-dessus la clôture.

Depuis peu, elle s'attardait après les cours avec Natascha et rentrait à la maison juste avant que son conjoint parte. Quelquefois, Charlemagne dut faire patienter l'ours dans la cour en attendant Océane. « Tu pourrais pas revenir plus tôt ! » lui avait-il déjà mentionné, sèchement. Elle n'avait qu'abaissé les paupières, persuadée qu'aucune excuse ne serait suffisante. Cette fois, elle supplia Églantine Dumouchel de garder le petit à l'avenir un peu plus longtemps avant son retour, le temps de terminer l'année scolaire sur une bonne note. La gardienne y consentit, malgré le dérangement que cela occasionnait dans la préparation de son souper.

À la première occasion, Océane prit soin de mettre à l'épreuve un petit stratagème. Accompagnée de Natascha, elle arriva au logement avec Pierre-Luc, un garçon doué, redoutable émule de Charlemagne, sauf en géographie, où il le déclassait à cause de la correction suspecte de Ravenelle envers l'élève Lamontagne. Tout en acceptant, la grande épingle avait rappelé à Océane qu'elle n'était pas là pour la chaperonner et qu'elle trouvait tout à fait inconvenant son comportement de femme mariée avec un enfant.

Sur la table de cuisine, ils éparpillèrent leurs documents pour étudier à trois. Comme les deux autres, Natascha travaillait sérieusement à défaut de musique qui, disait-elle, l'aurait aidée à se concentrer. De temps en temps, elle levait les yeux vers Pierre-Luc. Elle le trouvait attirant, mais beaucoup trop intelligent pour elle, la grande épingle. Elle comprenait que son amie tente sa chance sur l'adolescent, elle qui était très bonne à l'école et qui «avait déjà vu passer les gros chars», comme aimait lui rappeler sa mère, dans une de ses mises en garde contre les dangers continuels que représente la fréquentation des garçons. Lisette Robidoux l'en avait prévenue et tolérait une telle relation, parce qu'Océane était sa seule véritable amie et qu'elle n'était pas «une si mauvaise personne, finalement».

Natascha en eut bientôt assez de parcourir ses tableaux de conjugaison. Elle sentait sa petite tête d'épingle grossir à vue d'œil et sur le point d'éclater. Incapable de se concentrer davantage, elle mélangeait tout, ne retenait rien. En avance sur elle, les deux autres élèves apprenaient des règles de grammaire et se transmettaient des trucs pour mémoriser les plus difficiles. Elle repoussa son recueil et se leva.

— On a pas fini d'étudier, Nat..., l'avertit Océane. Tu devrais t'asseoir et continuer.

— La tête va me péter. Je vas ramener le petit et m'en occuper.

La grande épingle cogna à la porte voisine. Affairée devant la cuisinière, Églantine Dumouchel baissa la température du poêlon et s'empressa de répondre.

— Ah, c'est vous! se surprit-elle.

— Je viens pour le petit. Océane étudie.

Natascha s'avança dans la cuisine. La vieille Imelda berçait vigoureusement Félix-Antoine, comme elle le faisait parfois avec sa poupée. L'amie d'Océane tendit les bras pour prendre le petit, mais la malade refusa d'un signe de tête en poussant une espèce de grognement sourd. Églantine s'approcha de la chaise et insista pour qu'elle lui donne l'enfant. Imelda ouvrit la bouche toute grande, refoula la manche longue du gilet de Natascha et enfonça ses dentiers dans le radius poilu de la grande épingle qui recula de douleur. Églantine voulut arracher le petit des mains de sa sœur. La malade se leva de sa chaise avec le bébé, fonça vers sa chambre, referma la porte et la verrouilla.

— Pas fine ! lui dit sa sœur, ouvre !

Pas un mot ni un bruit n'émergeaient de la chambre de la malade.

— Qu'est-ce qu'on va faire ? demanda Natascha, qui se frottait le bras en grimaçant.

Églantine éteignit son rond de cuisinière : la cuisson des filets de sole attendrait. Elle tira une chaise près de la porte de chambre et, à cet instant, débuta une longue vigile d'une heure et demie, pendant laquelle la gardienne susurra des douceurs et des promesses à la folle du logis : «J'ai fait des carrés aux Rice Krispies», lui dit-elle, pour l'amadouer. Ce furent les cris affamés de Félix-Antoine et ses propres crampes d'estomac qui la persuadèrent d'obtempérer.

Natascha n'avait pas cessé de geindre et de parler de vaccin contre le tétanos, en évaluant la profondeur des marques de dentiers imprimées sur son avant-bras. Dès qu'elle entendit la poignée de la porte de chambre tourner, et que les yeux hostiles de la folle se dardèrent sur elle, Natascha sortit précipitamment. Les deux élèves studieux n'avaient plus la tête dans leurs livres. Vu le silence suspect qui régnait au logis, Natascha en déduisit qu'ils s'étaient retranchés dans la chambre conjugale.

— Tu me déranges, l'épingle, l'assomma Océane, les bras croisés sur sa poitrine dénudée.

— Tu iras ramasser ton petit ; regarde ce que la vieille folle m'a fait, se plaignit-elle, en lui montrant les empreintes de la morsure.

La grande épingle s'était retirée du jeu. Sa mère la gronda parce qu'elle ne l'avait pas prévenue de son retard. Au surplus, elle refusait de servir de chaperon souffre-douleur. Toujours à l'insu du principal intéressé, Pierre-Luc continuait de fréquenter le logis et travaillait jusqu'au moment de ramener Félix-Antoine. D'ailleurs, Océane l'avait complimenté en blaguant : « Avec toi, la matière rentre bien facilement », ce qui l'avait encouragé à poursuivre.

Le petit manège dura quelques semaines et cessa lorsque Félix revint plus tôt qu'à l'accoutumée avec sa mère. Désappointée, Sonia Bécotte avait demandé à Félix de replier le toit de sa décapotable et de rentrer au bercail. En arrivant, elle empoigna une bouteille de gin et se retira dans sa chambre. Pierre-Luc s'apprêtait à partir.

— Ouan ! Faudrait pas que Charlot sache ça, Océane ! fit remarquer Félix.

— On n'a pas décroché de l'école, nous autres, se moqua-t-elle.

Félix accusa muettement la réaction d'Océane. Il passa sous la douche. Pieds nus et les hanches enrobées dans une grande serviette, il s'appuya l'oreille contre le refuge de sa mère. Il crut qu'elle se défoulait au téléphone avec Cassandra Carreau, et s'en désola. Plus rien ne le retenait au logis ; il repartit au bar pour travailler.

La nuit close, tout le monde avait réussi à s'endormir, malgré le bruit qui émanait encore de la chambre de Sonia, un peu plus tapageuse que d'habitude. Vers trois heures du matin, vêtue d'un déshabillé vaporeux, l'alcoolique émergea dans le boudoir où dormait Félix. Il avait dansé sur la scène devant une assistance subjuguée et s'était aussi trémoussé dans un salon privé du Bar des Antilles pour deux dames qui s'étaient cotisées. Abasourdi de fatigue et les oreilles pleines de la musique du bar, il cherchait encore le sommeil. Il entendit ses pas dans le passage. Elle ouvrit toute grande la porte, alluma le plafonnier :

— Va-t'en, déménage ! cria-t-elle, une lueur de malice dans les yeux.

La mégère commença à vider les tiroirs et à en jeter le contenu sur le corps dénudé de son fils. Il se redressa dans son lit :

— Qu'est-ce que tu fais, m'man ?

— Va-t'en, que je te dis ! Sans-cœur ! vociféra-t-elle.

Elle rapailla quelques vêtements en une brassée et, soulevée par une terrible colère, comme encouragée par le geste qu'elle venait de poser, elle quitta le boudoir et atteignit la porte qui donnait sur le balcon arrière en baragouinant des blasphèmes.

Sur ces entrefaites, Félix avait revêtu son *G-string* en vitesse et rejoint Océane et Charlemagne qui étaient accourus dans la cuisine. Félix sortit sur le balcon :

— Voyons, m'man, calme-toi ! supplia Félix, encerclant de ses longs bras musclés la taille de sa mère devant l'incompréhension et l'étonnement des deux autres.

Sur le balcon, Sonia Bécotte avait déversé sa brassée de linge en bas dans la cour. Un chien errant jappait à présent dans la ruelle. Églantine Dumouchel lorgnait de son œil vif à la fenêtre : *En v'là une qui est plus folle qu'Imelda !* réfléchit-elle.

Même si elle se débattait farouchement, Félix parvint à ramener la bête enragée dans sa cage. D'une main, il alluma la lampe à col de cygne de son bureau, repoussa la porte qui demeura entrebâillée :

— Allez vous coucher, vous deux ! intima-t-il, peu rassurant.

— Oui, oui ! murmura Charlemagne, flanqué d'Océane qui se pressait contre lui.

Dodelinant de sa chevelure colorée, la pauvre femme se déboutonna en expliquant entre des hoquets de gin et de pleurs qu'elle refusait de perdre son fils et qu'elle s'en voulait de l'avoir jeté dans les bras de Carmen D. Voyer. Sa vie ne serait plus la même, à présent. Adieu les promenades et les pique-niques à la campagne, ainsi que le magasinage et les sorties au restaurant !

Les propos de la logeuse ne rassurèrent pas Océane et Charlemagne. Loin de là ! Ils glissèrent jusqu'à leur lit et commencèrent à entrevoir des éventualités, à élaborer des scénarios tout aussi inquiétants les uns que les autres. « C'est toi le chef de famille, parles-en à ta grand-mère. De mon côté, il n'y a rien à espérer ; il faut que tu fasses un homme de toi ! » avait conclu Océane.

Félix avait bordé sa mère, puis il était descendu dans la cour humide pour rassembler ses vêtements éparpillés. Le chien vagabond rôdait toujours dans les parages et jappait comme un perdu. Les mains jointes sous la nuque, Félix soupesait maintenant les arguments de sa mère et sa peine de le voir quitter le nid familial.

Chapitre 23

Après une nuit écourtée, Charlemagne et Océane s'étaient tirés du lit très tôt pour étudier, avant de déjeuner et de conduire le petit chez la voisine. La concentration avait été difficile. Dans le logis, il régnait une lourdeur très suspecte qui n'augurait rien de réconfortant. En plus, ils devraient affronter deux examens le jour même. En mathématiques, pas de problèmes pour Charlemagne, mais il craignait celui de géographie. Il avait beau repasser ses notes et scruter les cartes, Ravenelle pouvait toujours tripoter les résultats…

Bien sûr, Églantine Dumouchel avait questionné Océane sur le tumulte de la nuit précédente. Elle avait réussi à lui faire dire que Sonia avait mal réagi à l'annonce du départ de son fils, qui devait déserter incessamment le logis pour vivre avec la tenancière du bar de danseurs où il travaillait. *On l'entendra plus arriver à des heures impossibles, celui-là*, se réjouit la vieille femme aux dents croches et à l'œil clair. Puis, Océane avait dû s'excuser parce qu'elle devait partir en remettant Félix-Antoine dans les bras de la gardienne.

Sa mère était encore plongée dans le sommeil lorsque Félix fit sa toilette matinale et rassembla ses effets personnels. Il entra doucement dans la chambre de la dormeuse. Elle écarquilla les yeux.

— J'm'en vas, m'man.

— Non, pars pas, Félix ! gémit-elle, enserrant son oreiller.

Il posa affectueusement un baiser sur son front, sortit sur le balcon et s'arrêta dans son ancien atelier-gymnase. Avant de descendre, il promena un dernier regard sur ce qui encombrait le hangar. Quelques instants après, la Mustang grondait dans la ruelle.

L'examen de géographie terminé, Océane bifurqua chez la grande épingle – un peu découragée de sa journée d'évaluation –, à qui elle avait tout rapporté des événements de la rue Jeanne-Mance.

— Ce soir, tu couches ici, lui offrit-elle. Demain matin, on va se lever de bonne heure pour étudier et tu iras mener Félix-Antoine chez les deux vieilles filles avant d'aller à l'école.

— Ta mère, elle…, riposta Océane.

— Je m'arrange avec… Ça va marcher, tu vas voir.

Lisette Robidoux ne fut pas difficile à convaincre. « Pour préparer la dernière journée d'examens, je suis prête à bien des concessions… », déclara-t-elle. Ensuite, songeant au lendemain, Océane résolut d'appeler chez elle.

— Maman ! C'est moi… ta fille…

Il y eut un long silence pendant lequel Lucette Bluteau demeura interloquée, la bouche béante. Puis :

— C'est toi, Océane !

Sans exposer les détails à sa mère, Océane mentionna qu'elle s'ennuyait d'elle et voulait enfin lui présenter Félix-Antoine, son petit-fils. Avec une certaine réticence et des trémolos dans la voix, Lucette Bluteau accepta et lui donna rendez-vous à un restaurant situé à une bonne demi-heure de marche pour chacune. Comme ça, personne de l'entourage ne pourrait apercevoir sa fille avec un petit.

Dans l'ordre des choses, Océane devait faire un crochet par la rue Jeanne-Mance et récupérer quelques effets. Dès qu'elle entendit des pas dans le logis, Sonia Bécotte poussa des cris : « Dehors, se récria-t-elle, je veux voir personne ! » Océane prit quelques dollars, un sous-vêtement de rechange, des couches et un biberon qu'elle enfouit dans un compartiment du porte-bébé et se pressa chez les sœurs Dumouchel.

En cette fin juin, le soleil persistant réchauffait l'asphalte des rues, la brique des bâtisses, le ciment des trottoirs. Il asphyxiait la ville et ses occupants, rendant la marche un peu suffocante, surtout lorsqu'un autobus exhalait effrontément son crachin après s'être arrêté à un coin de rue. Revoir sa mère tracassait beaucoup Océane. Au téléphone, elle l'avait sentie fragile et peu communicative. Comme si elle avait mis une croix sur son passé. Les pieds endoloris, Océane entra dans un casse-croûte. Une forte odeur de friture l'assaillit et provoqua quelques nausées. La seule vue d'un homme corpulent mal rasé dont le cou plissé retenait une serviette et qui avalait goulûment des frites sauce avec ses gros doigts lui retourna le cœur. Elle jeta un rapide coup d'œil sur les lieux ; Lucette Bluteau n'était pas arrivée. Un appareil d'air conditionné très bruyant dégouttait sur une table vacante. La plupart des places étant occupées ou l'espace pour s'asseoir trop restreint, elle se détela de son porte-bébé. Un menu sous le bras, une serveuse sanglée d'un tablier malpropre approcha une chaise haute et un verre d'eau. Océane installa Félix-Antoine et se glissa sur la banquette parsemée de miettes de gâteau.

— Oh, le beau petit bébé ! s'exclama la serveuse, qui formulait la même remarque chaque fois que l'occasion se présentait. Une gardienne peut bien se payer un bon repas au restaurant de temps en temps…

— J'attends quelqu'un, déclara Océane, pour détourner le sujet.

Quinze minutes plus tard, Lucette Bluteau entra et se traîna jusqu'à la table. Elle paraissait nerveuse et préoccupée, le front plissé, l'air vieilli. Elle s'assit en face de sa fille et lui adressa un sourire tiède. Félix-Antoine gazouilla. Elle le regarda puis baissa la tête. La serveuse lui apporta un menu et un verre d'eau.

— Maman, j'aimerais vivre avec toi, déclara Océane.

— C'est pas possible ; il y a toi, ton enfant et ce Charlemagne…

— Il y a seulement moi, maman.

— Comment ça ?

— Je ne suis pas tout à fait certaine d'aimer encore Charlot, confia-t-elle. Quant à Félix-Antoine, il irait vivre avec son père…

La serveuse l'interrompit. Elle était là avec son petit calepin, prête à noter.

— On n'a pas encore choisi, fit Lucette Bluteau. Revenez plus tard.

L'employée s'éloigna, un brin contrariée.

— Tu disais, poursuivit Lucette Bluteau, que tu veux tout effacer, reprendre à zéro…

— Ce n'est plus vivable chez la Bécotte, avoua Océane.

— Tu étais bien à la maison. Et pourtant, regarde ce qui est arrivé, morigéna Lucette Bluteau. Donne-moi un peu de temps pour y penser, veux-tu ? s'insurgea-t-elle. J'ai pas encore avalé le petit que tu m'as fait, affirma-t-elle, la mâchoire tremblante, en observant Félix-Antoine qui commençait à se manifester.

La serveuse revint, décidée à prendre la commande ; d'autres clients surgiraient bientôt. Ne pouvant plus contenir ses émotions, sans prévenir, Lucette Bluteau se leva et sortit du casse-croûte.

* * *

À lui voir la mine abattue, Grizzly avait deviné tout de suite que le problème qui préoccupait Charlemagne ne dépendait pas de ses examens de la journée. Quelque chose de plus grave l'affectait et le passager n'avait rien voulu dévoiler à bord de la coccinelle pendant son déplacement vers le dépanneur. Au travail, il retourna la question dans tous les sens : où reloger sa petite famille ? Il avait interverti deux commandes et obligé le livreur à repasser chez les clientes. Après quelques livraisons, voyant que l'air accablé de Charlemagne persistait, l'ours s'approcha de lui :

— Qu'est-ce qui va pas, mon Charlot ? demanda-t-il, sur un ton compatissant.

— Je cherche un logement.

— Pourquoi ? La mère Bécotte te met dehors ?

— Pas encore, mais je sens que ça s'en vient.

Toujours aussi avenant, Grizzly proposa de recueillir Charlemagne et sa famille pour l'été. Son chambreur retournerait sous peu dans sa lointaine Gaspésie jusqu'à l'automne.

Alex s'était bien aperçu de la mine tourmentée de son employé, mais n'avait pas réagi. Charlemagne monta au logis. Sa grand-mère l'avait prévenu qu'elle lui offrirait à souper, pour le soutenir pendant sa session d'examens. Elle lui servit une bonne portion et s'assit à ses côtés. Sans parler, il la regarda avec reconnaissance. Ustensiles en main, il hésitait à attaquer son assiettée :

— Quelque chose te tracasse, mon Charlot…

— C'est grave, grand-maman !

Charlemagne déballa son sac de problèmes. Elle savait bien qu'un jour ou l'autre, l'inévitable émergerait, qu'elle devrait assurer le relais de Sonia Bécotte qui, somme toute, était une bien drôle de créature. Elle se voyait maintenant contrainte de réexaminer son emploi du temps ; elle devrait reconsidérer les heures qu'elle passait gracieusement au dépanneur pour aider Alex. Avec le temps, elle avait manifesté un profond attachement à Sarah et à leurs trois enfants. Mais le moment de se consacrer à son petit-fils, de lui accorder le soutien qu'il méritait n'était-il pas venu ? *Charité bien ordonnée*, pensa-t-elle.

— Je t'en reparle demain, je vais voir ce que je peux faire pour t'aider !

Il n'avait pas encore pris une bouchée. Il se leva et l'embrassa sur la joue pour la remercier. Touchée par ce débordement de tendresse, elle se rappela que celui qui la réclamait n'était nul autre que le fils de Florence. Elle prit l'assiette refroidie, la passa au micro-ondes et la déposa devant lui.

***

La Mustang n'était pas dans la cour. Félix était-il simplement rentré au travail ou était-il passé aux actes ? Charlemagne gravit les marches de l'escalier en colimaçon.

Que le ronron du réfrigérateur pour l'accueillir. Le logement était vide de ses occupants. En quelque sorte, il fut soulagé de ne pas croiser la mégère, mais s'inquiéta pour sa femme et son fils. Il traversa chez les sœurs Dumouchel. Devant la porte, il voulut frapper, mais retint son geste ; il se faisait tard et la folle pourrait mal réagir. Il retourna chez lui. Après un moment d'hésitation, il composa le numéro de la grande épingle et demanda à lui parler. Mme Robidoux répondit qu'elle était couchée avec Océane et le petit, et que les filles devaient se lever tôt le lendemain matin pour affronter les deux derniers examens de l'année. *De toute manière*, songea-t-il, *j'ai rien à lui apprendre ; grand-mère m'a pas rendu sa réponse.*

***

La mère de Félix valsait sur le plancher de danse encombré avec Cassandra Carreau. À la suite de son appel désespéré, la proxénète l'avait convaincue d'aller voir son fils au Bar des Antilles. Des femmes curieusement accoutrées de vêtements de plage se déhanchaient sur la piste en se caressant les seins. D'autres, figées sur place, regardaient les jeunes hommes à moitié dénudés évoluer lascivement sur la scène, au rythme d'une musique des îles. Une grosse dame se brassait comme un agitateur de machine à laver en se parlant. Probablement ivre morte, une autre encore tentait de se relever, le corps amorti sur une chaise.

Les danseurs sortirent de scène, le temps d'une pause. Carmen D. Voyer invita ses deux anciennes compagnes de la rue à se joindre à elle dans la section VIP du bar. La tenancière fit un signe de la main. Aussitôt, un serveur vêtu d'un pagne se présenta à sa table, se dirigea vers le bar et revint avec trois consommations. Elles trinquèrent à leurs retrouvailles et au succès de Félix, qui devait s'exécuter dans la seconde partie de la soirée. D'ailleurs, depuis qu'il se produisait sur la rue Sainte-Catherine, la clientèle du bar avait augmenté. Même le dimanche, où les messieurs pouvaient accompagner leur blonde.

Après la pause, la partie la plus relevée de la soirée débutait. Des numéros d'effeuillage furent annoncés par un présentateur en smoking qui s'exprimait particulièrement mal. Ses belles années de danseur étaient derrière lui et Carmen, qui ne se souvenait que trop bien de s'être retrouvée à la rue après sa carrière sur le trottoir, lui avait promis un second souffle.

— J'ai choisi de présenter mon poulain à la fin du programme, chuchota Carmen D. Voyer à la mère de Félix, en se penchant vers elle.

Comme des moniales contemplatives, l'assistance s'était retirée en silence aux tables, ou sur les banquettes, pour le début du spectacle. Un danseur en costume d'esquimau s'avança sur la scène avec ses mitaines en peau de phoque, et se dévêtit avec la lenteur interminable d'une vieille fille pudique qui se déshabille devant le docteur pour montrer ses bobos. Un autre, un maigrichon gêné, progressa sur la scène en boxer et en camisole rose bonbon, pour se dénuder rapidement le dos tourné et s'éclipser derrière le rideau. Le présentateur revint pour annoncer le clou de la soirée, la découverte du mois de Carmen : le Superbe Félix ! La vedette très sobrement habillée prit place avec un mannequin élégamment vêtu qui représentait le corps d'une femme. D'abord par des effleurements, Félix caressa « la forme » du bout des doigts. Puis, au changement de rythme, son corps se frôla contre la matière inerte. Des sifflements jaillirent de l'assistance. On n'avait encore rien vu. Le strip-teaseur commença alors sa séance de déshabillage. À mesure qu'il se dévêtait, des commentaires grossiers fusaient, tout aussi orduriers les uns que les autres. Des buveuses conquises s'approchèrent. L'une d'entre elles, plus hardie et plus soûle que les autres, tenta de se hisser sur la scène. Soudainement, Sonia Bécotte se leva de son fauteuil et se précipita tant bien que mal vers elle et essaya de la retenir :

— Non ! hurla-t-elle. Personne va toucher à mon fils !

Désireuse d'intervenir pour ne pas arrêter le spectacle, la tenancière quitta promptement son fauteuil en faisant signe au portier, qui accourut aussitôt. Mais avec toute la force dont elle était encore capable, la mère de Félix avait déjà repoussé l'audacieuse cliente qui s'était effondrée sur le plancher de danse. La musique cessa.

Cassandra Carreau n'avait pas perdu de temps. Voyant que les événements tournaient au vinaigre, elle avait appelé un taxi.

La malheureuse eut toutes les misères du monde à gravir l'escalier de la rue Jeanne-Mance, avec le secours de Cassandra Carreau et du taximan. Indignée par l'état lamentable de sa voisine – qu'elle avait vue et entendue sur le trottoir –, Églantine Dumouchel s'était pointé le nez sur le palier en demandant si elle pouvait faire quelque chose.

La porte refermée, l'alcoolique lança sa sacoche sur le canapé du salon et se traîna jusqu'à la chambre de Charlemagne en s'appuyant sur les murs :

— Tout le monde dehors ! s'égosilla-t-elle, écartant la porte, le visage menaçant. Personne va remplacer mon fils dans maison !

La démarche titubante de fatigue et d'alcool, la mégère s'approcha du lit conjugal et s'écrasa lourdement sur les draps sans remarquer l'absence d'Océane et de Félix-Antoine. Effaré, Charlemagne se déplia et se tira du lit. Il enfila son linge de la veille, rassembla quelques vêtements dans son sac d'école. Pas de doute, Grizzly viendrait à sa rescousse.

Dérangé dans ses rêves aux côtés d'Angela, l'ours sauta dans la coccinelle :

— Amène-moi chez ma grand-mère, l'implora Charlemagne.

***

Depuis quelques semaines, Félix demeurait chez la tenancière du Bar des Antilles. À des nuits d'amour torrides dans le lit de la patronne se succédaient des journées plutôt ordinaires pour un banlieusard. Félix n'avait jamais poussé une tondeuse ni tenu le boyau d'un aspirateur de maison ou de piscine, encore moins planté des fleurs ou pioché dans les plates-bandes. Dans le voisinage, on avait remarqué la Mustang garée dans la cour chez Mme Voyer et le jeune homme qui la conduisait. On avait d'abord cru à un grand cousin des deux enfants en vacances chez sa tante Carmen, mais on s'était vite détrompé en surprenant le couple s'enlacer en plein jour, au bord de la piscine creusée : la Voyer entretenait un gigolo !

L'ordinaire de la maison était une chose, mais la surveillance des deux enfants représentait à elle seule une occupation à temps plein. Les deux garçons de neuf et dix ans avaient refusé les terrains de jeux. L'aîné prenait du poids devant l'écran de l'ordinateur ; Eugène s'enfermait à longueur de journée dans sa chambre et se gavait de biscuits à l'érable. Durant sa brève existence, il en avait essayé plusieurs sortes et ne jurait que par ceux qui portaient fièrement l'emblème du drapeau canadien. Il fuyait le soleil qui, disait-il, lui « donnait de vilaines plaques rouges et n'était pas bon pour sa santé ». Par temps clair, lorsqu'il devait sortir, il se couvrait d'une casquette et recherchait l'ombre. À l'inverse de son frère, Cristobal ne tenait pas beaucoup en place. Il préférait s'amuser avec le *chum* de maman, qui l'amenait au parc en auto sport pour jouer au baseball ou qui le conduisait chez des amis. Et comme si ce n'était pas assez, lorsque Carmen réalisa que Félix avait des talents manuels, elle entreprit de lui faire repeindre la cuisine et la salle à manger. Elle dépensa un temps fou à feuilleter des catalogues dans des magasins de décoration, et revenait pour le souper avec du poulet cuit ou de la pizza.

Au travail, Félix était incontestablement la vedette. Sur la rue Sainte-Catherine, on faisait la file, on se bousculait à l'entrée du bar. Carmen, qui avait du métier, lui avait donné des conseils et préparait de nouveaux numéros chaque semaine. Chaque soir, c'était l'apothéose. Après le spectacle, des clientes se disputaient pour le rencontrer dans un salon privé, tant et si bien que certaines d'entre elles, voulant éviter l'engorgement, réservaient leur place par téléphone. En l'espace d'un mois, le chiffre d'affaires du bar avait pratiquement doublé.

Tout le monde s'était rendu compte que la patronne avait son préféré. Elle lui accordait tous les soirs qu'il demandait et le plaçait toujours à la fin de son programme. De nombreux danseurs se plaignirent de son manque de considération et menacèrent de faire rentrer le syndicat. À certains d'entre eux qui se montrèrent plus contestataires, elle rétorqua, en secouant sa grosse tête boudinée et en pointant un ongle rapporté, « que Félix attirait à lui seul les trois quarts de la clientèle et, qu'en cas de mécontentement, ils n'avaient qu'à aller faire *shaker* leur paquet d'os au bar d'en face, parce que la liste d'attente était longue pour être engagé comme danseur au désormais célèbre Bar des Antilles ». Le coup de semonce devait porter ses fruits, puisque deux d'entre eux traversèrent la rue et furent remplacés facilement.

Rejoindre Charlemagne avec son fils demeurait la seule issue possible pour Océane. Lisette Robidoux, la mère de la grande épingle, s'était montrée très compréhensive, sachant que sa maison servirait d'auberge pour une nuit, mais elle avait clairement déclaré qu'il ne fallait pas abuser de l'hospitalité des gens. Lucette Bluteau ne s'était pas manifestée. Même si elle n'avait pas encore « avalé le petit », elle n'aimait pas beaucoup l'idée que sa fille abandonne Félix-Antoine à son père. Elle souhaitait que le jeune couple ne connaisse pas de séparation, parce que ce n'était « pas très bon pour l'enfant », prétendait-elle. La grand-mère Madeleine avait été secouée dans son sommeil par l'arrivée intempestive de Charlemagne. Par la force des choses, devant la détresse de son petit-fils, elle avait consenti à héberger la petite famille. Charlemagne et les siens logeraient dans une chambre, comme chez Sonia Bécotte. Pendant l'été, il occuperait son emploi habituel et Océane travaillerait à temps partiel comme caissière au dépanneur, ce qui ferait l'affaire d'Alex.

Il n'y avait pas une semaine de vacances d'écoulée qu'Océane s'ennuyait rue Ontario. Voyant qu'elle ne démontrait que très peu d'intérêt au travail de caissière, pour la ménager, Alex ne lui avait proposé que deux heures par jour en après-midi. Elle passait nonchalamment le lecteur sur les codes zébrés, consultait fréquemment la grande horloge du magasin et s'assoyait dès qu'elle le pouvait sur le tabouret derrière le comptoir, rêvassant à on ne savait trop quoi. « Océane n'a aucune initiative ; en plus, elle a un air de bœuf avec les clients», s'était plaint Alex à Madeleine Limoges et à Sarah. Le reste du temps, au logement, elle se brossait les cheveux devant le miroir de la commode de sa chambre, parlait longuement au téléphone avec Natascha et Pierre-Luc, et ne répondait qu'aux besoins pressants de Félix-Antoine. Le soir, elle se mettait au lit de bonne heure. Elle lisait à la lumière d'une petite lampe posée sur une table de chevet et s'endormait tard avec des romans-photos fleur bleue empruntés au dépanneur. Elle se substituait à l'héroïne dans les bras d'un jeune homme qui prenait la carrure et les traits de Pierre-Luc. Fatigué de sa longue journée de travail et de ses soirées à s'occuper du petit, Charlemagne s'endormait rapidement.

Le jeudi après-midi de la même semaine, Océane s'était levée très tard et avait traînassé dans ses pantoufles jusqu'au dîner. Elle n'avait pas réagi aux appels lancinants de Félix-Antoine qui la réclamait. Ce matin-là, Madeleine Limoges avait affaire à sortir et, exaspérée, elle avait conduit le petit chez Sarah. En après-midi, Océane se montra au dépanneur avec peu d'enthousiasme pour «faire son chiffre». Charlemagne prenait les commandes au téléphone et les remplissait en parcourant les allées avec un chariot. Chaque fois qu'il raccrochait le combiné, avant qu'il reparte pour sillonner les rangées, elle se demandait si c'était le bon moment pour lui parler. Pourtant, elle n'avait rien à lui reprocher. Songeuse, elle se mordillait les lèvres; elle savait qu'elle lui ferait mal lorsqu'il apprendrait la vérité. Qu'il s'était prêté sans le savoir à un jeu qui ne l'amusait plus. Non, elle ne devait pas lui apprendre maintenant, selon le conseil de Natascha. Seulement l'informer qu'elle avait besoin de s'éloigner de lui pendant un certain temps.

— Charlot, je prends des vacances en République, déclara-t-elle crûment, un peu avant la fin de son quart de travail.

— Quoi? Des vacances? Tu vas t'en aller et je vais être obligé de me démener pour deux, riposta-t-il.

— Un mois, c'est vite passé, Charlot. Tu paniques pour rien ! J'ai besoin de respirer.

— Dans un vrai couple, Océane, les deux travaillent, pas juste le père !

— De toute façon, ma décision est prise.

Elle prit une profonde inspiration :

— Puis, c'est pas tout ! Je pars avec la grande épingle..., ajouta-t-elle.

— Mais qui va garder le petit ? s'insurgea Charlemagne.

— Ta grand-mère et toi ! assura-t-elle. Si ça suffit pas, il y a toujours Sarah pour dépanner...

— Tu aurais pu nous consulter, non ?

— Ça sert à rien d'insister, Charlot ! Tout est organisé !

Charlemagne donna un coup de pied sur un sac de bouteilles vides posé à côté du comptoir. Alertées par le fracas, des clientes se pressèrent vers l'avant du magasin pour s'enquérir de ce qui se passait. Deux d'entre elles s'alignèrent au comptoir avec leur chariot. Le téléphone résonna pour une commande. Charlemagne empoigna rageusement l'appareil. Altière, Océane abandonna son poste de caissière et remonta au logis en refermant la porte sans ménagement. Alex délaissa le camionneur qui déchargeait sa cargaison et réalisa que la caissière s'était éclipsée en plein travail. Il demanda à Manuel, occupé à remplir les tablettes, de le remplacer auprès du camionneur, et se précipita à la caisse pour assurer l'intérim.

Au logis, Océane s'était réfugiée dans la chambre conjugale sous le regard désapprobateur de Madeleine, qui changeait la couche de Félix-Antoine.

— T'aurais pu attendre que je descende pour prendre ta place, Océane, maugréa-t-elle. C'est pas trop bon pour le commerce de faire niaiser la clientèle…

Océane ne réagit pas. Pour ne pas être tout à fait impolie, elle avait entrebâillé la porte et attendait que la grand-mère se calme et disparaisse.

— Tiens, arrange-toi avec ton p'tit, asteure que j'ai changé sa couche !

Madeleine assit Félix-Antoine dans sa petite chaise inclinée. L'enfant lui arracha un sourire et elle descendit au dépanneur.

* * *

Dès lors, Océane refusa de poursuivre son travail au commerce. De plus en plus fréquemment, elle confiait Félix-Antoine aux bons soins de Sarah qui ne demandait pas mieux que de s'en occuper parce que, disait-elle, « il ne faut pas lui enlever toute sa jeunesse : Océane est encore une enfant ! » Ou encore, elle louait la chance d'avoir des grands-parents en moyens : « Si j'étais à sa place, tu peux être sûr que j'en profiterais ! » Madeleine trouvait que la mère des trois jeunes en avait bien assez sur le dos. Alex voyait en Océane une petite fille gâtée qui ne manifestait aucune reconnaissance, et il attendait avec une joie peu dissimulée qu'elle parte dans le Sud pour engager une nièce travaillante et fiable. De surcroît, il s'indignait contre la lâcheté de la caissière qui, selon ses termes, « crachait sur du bon pain et faisait la vie dure à Charlot… ».

Quelques jours avant son départ, un soir qu'il pleuvinait, Océane se rendit chez Pierre-Luc avec Natascha. Elle se sentait moins coupable d'être accompagnée par sa confidente. Ils firent une longue promenade dans un parc en s'agglutinant sous un parapluie. À tout moment, Océane et Pierre-Luc s'arrêtaient pour s'embrasser, ne se souciant pas de la grande épingle qui trottinait dans leur dos et qui se faisait humecter benoîtement. Profitant d'une accalmie du mauvais temps et de la quiétude des lieux, Pierre-Luc lui remit le parapluie et le couple rieur se retira dans un bosquet, duquel il émergea après une demi-heure de plaisirs consommés.

Tous les soirs qui s'ensuivirent, Océane servait les mêmes paroles captieuses à Charlemagne :

— La grande épingle et moi, on prépare notre voyage.

— Quant à moi, c'est comme si t'étais déjà partie, Océane, lui rétorqua-t-il la dernière fois qu'il en fut question.

Bien sûr, Charlemagne aurait aimé être du voyage, d'autant plus que Fabrice serait content de le revoir et de l'amener en excursion sous-marine. Il en avait été question à la fin de la session universitaire du savant, lors d'une brève conversation au téléphone. Charlemagne se désolait maintenant de la tournure des événements. De toute façon, il n'était plus certain lui-même que le voyage soit une bonne chose. Depuis quelque temps, Océane fuyait ses responsabilités de mère et se distanciait de son mari. Pour l'occasion, Natascha prendrait sa place aux côtés d'elle, tout simplement, et advienne que pourra au retour des vacances.

Moins de trois jours après son arrivée en République dominicaine, la voyageuse écrivait :

Natascha, ma grande,

Ces derniers temps, j'ai beaucoup rêvé à ces nuits avec Pierre-Luc. Je t'assure que, avant lui, je ne connaissais pas vraiment l'amour. Tu as dû t'en douter lorsqu'on s'est retirés dans le bosquet du parc, l'autre jour. Je m'imaginais avoir été heureuse avec Charlot, mais ce n'était qu'une passade. Natascha, si j'ai un conseil à te donner dans le choix de ton amoureux – si jamais ça se présente –, c'est de laisser ton cœur te guider, ma grande.

Actuellement, nous sommes seuls à la villa. Fabrice et Kristina vont se pointer dans quelques jours, ce qui nous donne le temps de nous connaître en profondeur, moi et Pierre-Luc. C'est un amour ; il fait tout ce que je veux et ne bougonne jamais quand je lui impose quelque chose qui pourrait le contrarier normalement. Charlot, lui, devenait de plus en plus irritable et ne comprenait pas les besoins d'une femme qui veut s'épanouir. Parfois, je pense à Félix et à la vie qu'il mène. Il reniait son enfant et se retrouve bizarrement aux prises avec deux autres qu'il n'a pas désirés non plus. Des fois, comme c'est curieux ce que la vie nous réserve de surprises ! Justement, à ce sujet, le gros nounours attachant qui fait de la livraison au commerce m'a raconté l'autre jour que Félix était arrivé en trombe au dépanneur, l'air débiné, disant qu'il s'ennuyait et qu'il souhaitait recevoir de la visite. Aussi, il aurait demandé à voir Alex. J'ai l'impression qu'il en a assez de sa vie de famille reconstituée avec sa patronne, peut-être aussi de son métier de danseur, et qu'il voulait revenir à temps plein, rue Ontario. Ceci étant dit sous toute réserve : je ne suis pas la fille à partir des cancans et à me réjouir du malheur des autres…

Je sais, comme je te connais, tu vas me dire que je m'apprête à larguer mon fils comme Félix l'avait fait avant moi, que je nage dans le mensonge, que je suis mariée et que, comme le dirait ta mère, je vis « en dehors des lois du mariage ». Mais, que veux-tu, à mon âge, il est encore possible de me faire une meilleure idée de l'homme avec qui j'aimerais traverser les affres (un beau mot pour toi…) de l'existence qui m'attend.

Comme tu le devines, je suis prête à m'engager avec Pierre-Luc. Ma décision est prise et irrévocable (un autre terme à ajouter à ton vocabulaire). Par contre, nous avons décidé d'attendre avant qu'il me fasse un enfant. On envisage chacun de faire carrière. Bien entendu, il a été question de Félix-Antoine et de ce qui va survenir quand je vais quitter Charlot. Tout compte fait, les choses s'arrangent ; le petit est tombé dans un bon milieu, bien entouré d'une grand-mère affectueuse qui ne ménagera rien pour le bonheur de son petit-fils. Excuse l'expression vulgaire, mais c'est mauditement mieux que d'être restés avec la Bécotte et son humeur exécrable, et plus sain pour le petit que d'être élevé par deux vieilles, une qui s'ennuie et l'autre qui passe son temps à colorier, à faire des châteaux de cartes et à rire toute seule !

Maintenant, il y a juste une affaire qui me turlupine, Natascha : c'est que je ne sais pas où je vais aboutir en partant d'ici. Peut-être ma mère va-t-elle accepter de me reprendre sans Félix-Antoine ? Peut-être Kristina (la blonde de mon père) va-t-elle m'offrir une place sous son toit ? D'ailleurs, j'ai la ferme intention de lui en parler bientôt, même si cela m'humilie au possible, parce que je ne m'entends pas si bien que ça avec Fabrice. Il nous manque des atomes crochus ! (C'est une expression que Fabrice emploie dans ses conversations de scientifique, tu vois. Si tu veux, je t'expliquerai...) J'aime moins cette idée, cependant, parce que je devrais changer d'école et m'éloigner de toi. Soit dit en passant, je ne sais pas comment Fabrice et Kristina vont réagir quand ils vont réaliser que Pierre-Luc remplace Charlot. Cela risque d'être orageux...

Il y a toujours la possibilité de demander à ta mère de me faire une petite place... (Je ne sais pas si tu vois ce que je veux dire, je tends une perche, Natascha.) Dans le pire des cas, je resterais avec Charlot et lui apprendrais que j'ai un autre homme dans ma vie. J'essaie d'écarter ce scénario qui ne me réjouit pas du tout. Quant à la possibilité de résider chez Pierre-Luc, il faudrait qu'il en parle d'abord à ses parents. Ils sont ouverts et assez permissifs ; mais ça, je ne suis pas sûre que ça marche parce que son père a quand même des principes, si j'en crois Pierre-Luc.

Un frémissement parcourt mon corps de femme ; il suinte de désir. Une autre nuit tropicale m'attend.

Je te souhaite de beaux rêves de jeune fille.

Bonne nuit !

Ta meilleure amie,

Océane

Chapitre 24

En ce dimanche de juillet, le soleil ruisselait de ses rayons d'or. Les cloches de l'église sonnaient l'angélus. Après sa messe hebdomadaire, Grizzly avait découvert son âme souillée au curé Philibert, qui s'était délecté des fautes de l'une de ses ouailles préférées par la nature de ses manquements. Le cœur allégé, il sortit de l'église avec le ferme propos de se rendre le soir même au Bar des Antilles pour assister au numéro de Félix. Angela avait flairé les secrets désirs de son homme et manifesté quelque réticence, mais s'était finalement résolue à l'accompagner.

En après-midi, une balade en *side-car* était prévue avec Charlemagne, Félix-Antoine et Angela. De cette manière, Grizzly se réjouissait de remplacer Yann et de demeurer fidèle à sa mémoire. Plaignant son petit-fils parce qu'il travaillait sans relâche, contrairement à la capricieuse Océane qui se la coulait douce dans les îles, Madeleine avait suggéré la chose et avait offert de prendre la relève au dépanneur. Elle noterait les commandes au téléphone, passerait les articles à la caisse, et tant pis pour les livraisons : elles attendraient au lendemain. Charlemagne appréciait le geste de sa grand-mère, car il ne s'était pas octroyé un seul jour de congé depuis la fin des classes.

Charlot ne s'ennuyait pas d'Océane, finalement. Depuis un bon bout de temps, il l'avait sentie de plus en plus distante. Elle vivait comme une chambreuse, indépendamment de lui. Ils partageaient le même lit comme un vieux couple fatigué qui n'a plus rien en commun que ce passé dont ils ne parlaient plus, et ils n'entrevoyaient pas le jour où leurs corps se fondraient à nouveau l'un dans l'autre. Avant de partir, Océane avait passé beaucoup de temps au téléphone avec la grande épingle. Mais elle conversait alors davantage avec Pierre-Luc. Charlemagne ne se doutait de rien. Il accomplissait son travail du mieux qu'il le pouvait, était adoré du patron, et sa grand-mère ne le regardait plus comme l'odieux petit-fils qui a commis une gaffe monumentale et hypothéqué le reste de ses jours. Elle appréciait en lui le bon père, un garçon exceptionnel, un être affectueux et reconnaissant. Cela lui suffisait.

Par ailleurs, Félix avait connu une nuit mouvementée dans les draps de sa patronne, après une soirée où des clientes l'avaient réclamé derrière les portes closes des petites loges feutrées du Bar des Antilles. L'insatiable Carmen avait exigé de lui des prouesses comme nulle autre avant elle. À côté de cela, même les fantasmes de la ministre Chatillon voisinaient avec la pudibonderie. Il avait donné tout ce qu'il pouvait de sa fougue pour satisfaire la patronne et l'amante. Mais le cœur n'y était plus. Du reste, l'avait-il jamais été avec elle ? Il commençait à être exténué de s'exposer le soir au grand jour et de faire l'amour sur demande, pour finalement servir de valet de nuit à une nymphomane.

À sept heures du matin, le corps broyé de fatigue, Félix se défroissa sous une douche froide. Il revêtit son corsaire orange et sa chemise blanche. Carmen dormait comme une marmotte repue de sexe comme une lapine assouvie. Elle n'avait pas entendu Cristobal pénétrer dans la chambre et secouer Félix pour qu'il le conduise chez son ami. Eugène était déjà ressoudé à sa chaise d'ordinateur et pigeait dans son sac de « feuilles d'érable ». Chaque fois qu'il retirait sa main potelée avec un biscuit, il s'adonnait au même rituel : il enlevait un des deux morceaux qui formaient le sandwich, s'empressait de le mâcher grossièrement, grugeait de ses dents jaunes la pâte onctueuse qui recouvrait l'autre partie et croquait le dernier morceau.

Avoir été tiré de son sommeil par Cristobal lui fournissait une excellente raison pour ne pas regagner sa couche. Carmen pourrait réclamer sa première dose quotidienne de jouissance et lui arracher encore un peu de sa jeunesse et de sa beauté. Il décida plutôt de procéder au nettoyage de la piscine. En sortant les accessoires du cabanon au fond du jardin, il se rappela les paroles annonciatrices de Sonia qui présageaient une vie sexuelle remplie: «Au fond, mon homme, t'es comme ta mère: t'as le diable au corps!»

Il se pencha et inséra l'embout du boyau de l'aspirateur dans l'écumoire et se releva. Un long moment, sous la brise du matin, il promena un regard désabusé sur le friselis de l'eau et songea à celle qui lui avait donné la vie et transmis ce curieux goût marqué pour les délices de la chair. *Je pourrais me faire disparaître, là, maintenant. Sauter, ne pas me débattre, laisser l'eau s'infiltrer dans mes poumons, mourir. Me débarrasser de moi-même et libérer la terre de ma personne. Moi, la gloire de ma mère et celle du Bar des Antilles! Abandonner cette famille bizarre, ces enfants dont je ne suis pas le père: Eugène, le gros tas dégoûtant assis sur son steak; Cristobal, le perpétuel quémandeur. Leur mère, cette suceuse, cette profiteuse qui abuse de moi, au travail, à la maison. Retrouver Rosaire qui doit bricoler quelque chose... quelque part Dieu sait où! Et Sonia, ma mère alcoolique, la désespérée qui doit se morfondre à m'attendre...*

La tête embrouillée, Félix se dirigea vers l'échelle. Il enleva ses sandales, posa les pieds sur la première marche, inclina la tête et observa le frémissement de l'eau autour de ses chevilles. Il referma les yeux sur cette image, comme pour l'emprisonner et l'amener avec lui tout au fond. Il entreprit de descendre, lentement. Bientôt, son corsaire fut mouillé et il atteignit la troisième marche, les jointures serrées sur les montants de l'échelle. Il s'arrêta, hésitant, effrayé, les genoux tremblotants. Ses pieds ne reposaient plus à présent que dans le néant de l'onde à la fois claire et ténébreuse. Les manches bouffantes de sa chemise blanche le retenaient comme de petits flotteurs. L'eau encercla insidieusement son cou comme une étreinte. Il relâcha progressivement les montants de l'échelle.

La bouche à demi ouverte, il laissa l'eau le pénétrer goulûment et envahir sa gorge nouée. Il dessilla les yeux, eut peur, les referma, grimaçant d'effroi. Les bras et les jambes déployées, le corps en suspension tournoyant sur lui-même comme un parachutiste en chute libre, il commença à se débattre.

La maîtresse écarta le rideau de sa chambre. Au bord de la piscine, près de l'échelle, des sandales. Son regard parcourut la surface de l'onde. Une masse orange stagnait, au milieu. Elle se sentit défaillir.

— Féliiix! s'époumona-t-elle.

Complètement nue, elle sortit en catastrophe et se précipita vers la grande perche accrochée à la clôture qui entourait le bassin. Désespérément, elle la saisit et la tendit vers le corps maintenant inanimé, l'agrippant avec l'arceau et le ramenant vers elle. Rapidement, elle hissa le corps sur la bordure bétonnée, le roula sur le ventre. Elle lui plaça la tête sur les bras croisés, la bouche dégagée et pressa avec rythme sur ses omoplates sans se rappeler avec exactitude les recommandations d'usage. Aucun mouvement, aucun signe de vie. La tête effarée, elle se récria de désespoir en pleurant:

— Eugène! Eugène!

Au milieu d'une grande agitation, sachant à l'avance que son obèse n'interviendrait pas et qu'il ne serait de toute façon d'aucune utilité, avec acharnement, elle reprit cette fois sa manœuvre en effectuant des pressions brusques et irrégulières sur l'être qu'elle voulait arracher à la mort.

Un filet d'eau coula de la bouche du misérable, puis une goulée. Puis une autre. Estomaquée, mais farouchement déterminée, elle épuisa le reste de ses forces, accéléra la cadence.

Soudainement, les épaules de Félix hoquetèrent à petits coups. Elle poussa un grand soupir. Affolée, elle le retourna sur le dos, prit une grande inspiration, s'inclina vers lui et lui insuffla de l'air dans les poumons. D'abord saccadé, le souffle se rétablit peu à peu. Alors qu'elle était penchée au-dessus de lui, ses larmes ruisselèrent sur le torse si désirable et sur le visage si angélique qui s'éveillait. Elle s'effondra, réchauffant de ses seins flasques ce long corps aux vêtements mouillés. Ses yeux s'entrouvrirent, redécouvrant la lumière du jour. Livide, il balbutia quelques mots inintelligibles. La main fébrile de l'amante caressa la joue, comme pour rassurer l'enfant qu'on a sauvé de la noyade et en remercier le ciel.

Elle accourut vers la maison et ressortit avec de grandes serviettes de plage. Le corps gourd, il s'était relevé, avait franchi de quelques pas la distance qui le séparait de la chaise de jardin et s'était allongé pesamment. Elle lui retira ses vêtements et le couvrit. Il s'endormit. Le visage attristé, elle l'observa dans son sommeil, le corps en proie à des tressaillements. Un peu plus tard, comme il avait les paupières à demi ouvertes, elle le conduisit dans son lit.

* * *

Félix-Antoine avait complété son petit somme après le dîner. Le *side-car* attendait devant le dépanneur, l'ours et sa conjointe sur la selle. Affairée avec une cliente, Madeleine Limoges interrompit son travail et embrassa son petit-fils avec tendresse lorsqu'il passa devant le comptoir :

— Soyez prudents ! recommanda-t-elle, soupirant d'inquiétude.

— Oui, grand-maman, assura Charlemagne.

Il prit place dans le panier du *side-car* avec le petit et un sac contenant un biberon, des couches, quelques jouets pour l'amuser, un maillot de bain et une serviette de plage pour lui. Grizzly avait proposé une visite improvisée chez Carmen étant donné que Félix les avait invités, lui et Charlemagne, lors de son récent passage en trombe au dépanneur. Il n'attendrait pas le spectacle du Bar des Antilles pour le découvrir dans toute sa nudité. Avec un peu de chance, il se contenterait de le voir en tenue de plage chez sa maîtresse.

— Qui êtes-vous ? demanda-t-elle, l'air soupçonneux, apercevant le curieux groupe souriant qui se tenait devant sa porte avec un bébé.

— Des amis de Félix, répondit Charlemagne.

— Ah, c'est vous ! réagit-elle ; excusez-moi, j'aurais dû m'en douter.

— Il n'y a pas de quoi, madame, tempéra Charlemagne.

La maîtresse de Félix semblait dans un grand état d'accablement, elle que peu d'événements ébranlaient en temps ordinaire. Elle les invita sous le parasol. Angela, qui se découvrait une vocation de mère, coucha Félix-Antoine dans la chambre de Cristobal et rejoignit les autres.

— Félix dort. Après l'accident, il s'est allongé dehors pour récupérer, exprima la tenancière, énigmatique.

— De quel accident parlez-vous ? s'inquiéta Grizzly, qui avait hâte d'en savoir plus long.

— Il est arrivé quelque chose de grave ce matin, expliqua-t-elle : j'ai sauvé Félix d'une noyade, dévoila-t-elle, la voix altérée.

Les trois visiteurs se regardèrent et se retournèrent vers l'hôtesse qui baissa la tête, réprimant un accès de larmes.

— Avec cette chaleur, vous prendrez bien un petit *drink*, offrit-elle, retirant sa chaise.

Elle disparut dans la maison et ressortit, quelques instants plus tard, avec un plateau sur lequel reposaient des boissons et des verres. Elle reconstitua péniblement la scène tragique, s'arrêtant pour déglutir à tout moment. Charlemagne l'écoutait, observant les sandales en bordure de la piscine. *Un accident!* avait-elle dit, des sanglots dans la voix. Il en doutait. Félix avait l'air tellement désemparé lors de son passage au dépanneur. Il se serait departi de ses sandales et serait tombé à l'eau tout habillé. Par mégarde ? Sans pouvoir se débattre et atteindre le bord ? Peut-être ! Mais il épousait plutôt la thèse de la tentative de suicide. D'ailleurs, ce ne serait pas la première fois. Charlemagne se rappela leur essai avorté de s'enlever la vie, à la suite de l'attentat mortel des frères Bournival contre Rosaire. Comment expliquer que Félix pouvait se vautrer dans la débauche sans en subir de fâcheuses conséquences sur sa santé physique et sur sa santé mentale ? Charlemagne retournait toutes ces questions dans sa tête. Plus il pensait à lui, plus il voyait la nécessité de lui parler. Impérativement ! Il aurait besoin de son aide, c'est certain.

Félix s'était relevé, comme après une nuit d'un sommeil agité, avec l'étrange sensation d'avoir été ballotté sur un radeau à la dérive. Les yeux mi-clos, il revêtit sa chemise et son corsaire. Des paroles lui parvenaient de la terrasse. *Ah, non!* réfléchit-il, jetant un coup d'œil à la fenêtre. Il se remémora vaguement ce qui lui était arrivé. Sa descente morbide de l'échelle, ses mains craintives qui s'agrippaient aux montants, son désir de disparaître. Il secoua la tête pour effacer ce souvenir persistant, encore si chaud dans sa mémoire. Fumant de colère, il serra les dents. Le malheureux n'en avait pas fini de jouer avec la vie, de provoquer la mort. Il voulut fuir.

Troublé, l'amant de Carmen entreprit donc de rassembler ses affaires. Des babils provenaient de la chambre de Cristobal. Il acheva son ramassage et s'y précipita. Félix-Antoine lui adressa un sourire. Instinctivement, comme on emporte une boîte parmi d'autres lors d'un déménagement, il le prit dans ses bras et le coucha sur la banquette de sa décapotable. Par la suite, il s'empressa de retourner dans la maison et en ressortit avec une bonne brassée de vêtements, qu'il jeta négligemment sur la banquette. Quelques instants plus tard, la Mustang grondait de son moteur puissant dans les rues de Laval.

Bouteille à la main, très légèrement vêtue à cause de la moiteur qui régnait dans son logis, Sonia Bécotte chancelait d'une pièce à l'autre, ergotant des paroles insignifiantes sur tout et sur rien. Se retrouver seule l'avait rendue neurasthénique et solitaire. Elle était persuadée que son fils l'avait abandonnée pour vivre avec une femme qui aurait pu être sa mère et que le ciel lui faisait subir le retour du balancier, parce qu'elle-même avait largué son enfant dès sa naissance.

Un grondement sourd l'attira à la fenêtre de la cuisine donnant sur la ruelle. La voiture sport stationnait dans la cour. Elle se sentit défaillir. « Félix ! » s'écria-t-elle, en laissant échapper la bouteille de rhum qui se fracassa sur le plancher. Elle se hâta vers la porte, l'entrouvrit d'une main, buta contre le seuil et s'appuya sur le chambranle. « Félix, mon fils ! » s'exclama-t-elle, de sa voix éraillée. Elle sortit et s'agrippa à la rampe. En descendant de voiture, il l'avait aperçue et ne la quittait pas des yeux. Elle le regarda, heureuse, empressée de le serrer dans ses bras. Il monta.

— T'es venu me chercher pour une promenade, dit-elle, retrouvant une certaine cohérence dans les idées et dans les gestes.

— Je suis là pour rester, m'man, déclara-t-il, des émotions dans la voix. Mais si tu veux, je t'amène faire un tour.

— T'es pas dans ton état normal, me semble, Félix. Regarde-moi ; t'as les yeux à l'envers, tu m'as l'air tout chaviré.

— J'ai besoin d'un peu de repos, c'est tout, m'man, j'te jure... Oublie ça, je t'emmène en décapotable.

Églantine Dumouchel n'avait rien manqué de la conversation. « Tiens ! Le beau Félix a encore besoin de sa mère ! Peut-être qu'il est seulement de passage ? » avait-elle murmuré à sa sœur Imelda, en voyant le retour du fils. Elle observa sa voisine descendre comme une larve dans l'escalier en tire-bouchon et s'engouffrer dans la Mustang maintenant décapitée de son toit. Les doutes de l'alcoolique sur le retour de Félix se dissipèrent complètement lorsqu'elle aperçut les monceaux de vêtements qui jonchaient la banquette.

Dans la maison de la tenancière, on s'affolait. Pour entrevoir le sommeil de Félix et prendre plaisir à le regarder dormir, l'ours avait donné comme excuse un appel pressant pour se vidanger la vessie. Par acquit de conscience, il était passé par la chambre de Cristobal. Félix-Antoine ne s'y trouvait pas. Un bruissement de sac de biscuits l'attira dans la chambre de l'obèse, mais il fit demi-tour. Il entrebâilla alors la porte de la chambre où devait reposer Félix pour ne découvrir que des draps chiffonnés. Il se pressa vers l'avant de la maison. Pas de Mustang. Alarmé, il se retrouva sous le parasol pour annoncer la disparition de Félix et du petit.

Que Félix-Antoine aussi ne soit plus dans la maison apparut à tout le monde bien étrange. Charlemagne s'en inquiéta. Il téléphona d'abord chez Sonia, puis proposa de s'y rendre avec Grizzly et Angela, pendant que Carmen se tourmenterait sur le sort de son amant.

Le soleil gaillard en matinée paraissait à présent par intermittence. Le *side-car* atteignit la ruelle chez Sonia Bécotte.

— Attendez-moi ! ordonna Charlemagne.

Il toqua impérieusement à son ancien logis.

— Mme Bécotte est partie en promenade avec son fils il y a à peu près une demi-heure, l'informa la vieille fille Dumouchel.

— Et Félix-Antoine ?

— Il devait être dans l'auto, je ne sais pas…

Charlemagne redescendit l'escalier en catastrophe :

— Au cimetière ! décida-t-il. Comme je connais Félix, c'est là qu'il se rend dans ses moments de crise.

Grizzly et Angela ne comprirent pas, mais l'ours obtempéra tout de même : le *side-car* repartit aussitôt.

Au cimetière Côte-des-Neiges, il faisait un temps d'enterrement. Le ciel s'était chagriné et les visiteurs se dispersaient vers leur voiture. Recueilli devant le monument de Rosaire, Félix ressassait les heures dramatiques qu'il venait de traverser. Dans la Mustang, la tête renversée et les yeux clos, sa mère se remettait lentement de son état d'ébriété. Elle se laissait envahir par le calme des lieux et savourait la présence de son fils.

Le mercure fléchit subitement et des bourrasques secouèrent des gerbes de fleurs. Certaines se soulevèrent et atterrirent sur des tombes voisines. Félix demeura de marbre, le regard figé sur la tombe de son père.

— Il va mouiller ! s'écria sa mère. Viens fermer le toit au plus vite…

Sonia Bécotte farfouilla dans le tas de vêtements amoncelés sur la banquette. Elle dénicha une chemise dont elle se couvrit les épaules.

— Quoi ? Le p'tit est couché là ! s'étonna-t-elle.

— Félix-Antoine ! J'ai oublié qu'il était là, lui, proféra Félix, se retournant vers la décapotable…

Félix se projeta vers la voiture et se pencha vers la banquette pour déterrer le petit sous le tas de vêtements.

— Il ne bouge plus ! Il est mort ! pleura Félix, en prenant le petit corps.

Il se mit à pleuvoir des clous. D'un pas funèbre, Félix marcha solennellement et déposa l'enfant sur la tombe de Rosaire comme une offrande à la douce mémoire d'un disparu.

— Le petit est mort! se désola mollement Sonia, s'extirpant de la voiture.

Elle déambula sous la pluie à la suite de son fils, incliné à présent sur le petit défunt. On entendit un ronronnement. Le *side-car* s'immobilisa à proximité de la Mustang. Affolé par l'invraisemblance de la scène, Charlemagne descendit du véhicule à trois roues et courut vers le monument. Désemparés, Grizzly et Angela s'empressèrent de rejoindre les autres.

— L'enfant d'Océane et de Félix est mort, reprit béatement Sonia.

— Mon enfant! s'écria Charlemagne. Qu'est-ce que tu lui as fait, Félix? Explique! exprima-t-il, touchant le corps inanimé.

Atterré, Félix raconta son avant-midi trouble, sa tentative de noyade, son linge couvrant le petit sur la banquette et son départ furtif de la maison de Carmen avec son enfant. Bouleversée, Sonia reconstituait dans sa tête la tentative de suicide ratée, mais s'attacha rapidement à l'identité du petit disparu.

— Comme ça, c'était l'enfant de mon fils! raisonna Sonia à voix haute.

— C'était mon enfant! insista rageusement Charlemagne.

— Tu te trompes, Charlot, rétablit Félix! Sonia dit la vérité. Elle vient de l'apprendre, elle aussi. Océane et moi, on avait décidé que tu serais le père de Félix-Antoine. J'te le jure sur la tête de Rosaire…

— Océane! Ah! Celle-là! Et toi, Félix, pourquoi m'avoir caché tout ça?

— Océane t'aimait et on a jugé que tu ferais un meilleur père que moi, Charlot !

— J'ai deux mots à lui dire à celle-là… Elle va avoir de mes nouvelles plus vite qu'elle pense…

Le visage défait, Charlemagne regagna le *side-car* sous la pluie torrentielle qui s'intensifiait. L'ours et sa compagne le suivirent.

— Chez la grande épingle, Grizzly ! lui intima-t-il comme à un chauffeur de taxi. Je t'indique le chemin.

— Elle n'est pas en République, comme Océane nous l'avait dit au dépanneur ? questionna Grizzly.

— Un mensonge de plus ou de moins ! répliqua Charlemagne. Allez, on y va !

— Par un temps pareil ? se désespéra Angela.

— Il faut absolument que je parle à l'amie d'Océane ! insista Charlemagne.

* * *

Lisette Robidoux hésita avant de répondre à la porte.

— Oui ? fit-elle devant l'étrange assemblage de trois personnes qu'elle détaillait sous la pluie qui n'avait pas cessé.

Les motocyclistes enlevèrent leur casque.

— J'aimerais parler à Natascha, madame, dit Charlemagne.

— Tu es sûrement l'ami d'Océane ?

— Si on veut…

— Tu serais pas le père du petit Félix-Antoine qu'Océane a amené ici ? s'enquit-elle.

Charlemagne fit mine de ne pas comprendre. Il détourna la tête. Ce n'était pas le temps de se soumettre à un interrogatoire.

— Natascha ! appela-t-elle. Il y a quelqu'un pour toi.

La grande épingle apparut avec un air coupable et s'avança vers les trois motocyclistes détrempés qui se pressaient dehors sous l'étroite corniche. Devant les yeux insistants de sa fille, Lisette Robidoux comprit qu'elle devait se retirer.

— Me semblait que t'étais pas en République, ma grande épingle !

— J'suis déjà revenue, Charlot ; c'est ça l'histoire…

— Inutile de mentir, Natascha. T'es pas partie avec Océane, tout simplement !

— Tu peux entrer, mais je préférerais te parler seule, murmura Natascha, craintive.

— C'est bon ! accepta Charlemagne.

Avec l'élégance affectée de l'ours, Grizzly remit son casque embué et regagna le *side-car* avec Angela.

— Toi et moi, on a des choses à se dire ! Qu'en penses-tu ? débuta Charlemagne, en suivant Natascha au salon.

La lèvre tremblante, la grande épingle reconnut qu'Océane avait organisé son voyage avec Pierre-Luc. Que ce n'était pas la première fois qu'elle était consciente de ses manigances. Océane ne l'avait pas écoutée, en dépit de ses avertissements répétés sur l'infidélité qui mène invariablement à la discorde. Elle l'avait prévenue qu'un jour ses petits mensonges pourraient lui coûter cher.

— Tu savais aussi pour le petit ? demanda naïvement Charlemagne.

— Quoi, le petit ?

— Fais pas l'innocente, Natascha! fit Charlemagne, durcissant le ton. Océane te racontait tout.

L'amie d'Océane abaissa les yeux vers le sol, détestant les questions trop directes de Charlemagne.

— Félix-Antoine n'est pas mon fils, mais bien celui de Félix…

— Comment tu l'as su?

— Il l'a déclaré à sa mère cet après-midi même et elle nous l'a répété. D'ailleurs, il l'a admis devant nous.

Natascha leva les paupières vers la porte entrebâillée du salon, pour voir si sa mère épiait leur conversation. Elle se leva et la referma doucement. Puis, sur un ton de confidence:

— J'ai déjà couché avec lui, tu sais. Je voulais me venger d'Océane et lui prouver que j'étais capable moi aussi d'attirer un garçon dans mon lit. En fait, on est allés dans les Laurentides.

— Tu l'avais sûrement menacé…

— Si c'est pas de la méchanceté, ça! le rabroua-t-elle. Je lui avais dit que je le dénoncerais à sa mère qui recevait de l'argent de toi et de ta grand-mère pour garder le petit.

— Toi aussi, t'es capable de manigancer… Qui se ressemble…

— Océane est mon amie, mais elle m'a souvent fait suer…

— Ça m'étonne pas… Mais réalises-tu qu'à cause de ta complicité, j'ai dû m'occuper de leur enfant… et…

Charlemagne haussa la voix. D'un signe de la main, Natascha lui recommanda de parler plus bas.

— Et ce n'est pas tout!

— Quoi donc? Tu veux m'accuser d'autres choses?

— T'informer de la mort du petit...

— Qu'est-ce que tu dis là? Félix-Antoine est mort? s'étonna la grande épingle, se portant les doigts repliés au bord des lèvres. C'est pas possible...

— Mort! répéta Charlemagne, jetant un coup d'œil à la porte du salon. C'est arrivé...

Le visage attristé, la gorge nouée, Charlemagne relata la suite des événements, à partir de la tentative de suicide de Félix jusqu'à la dernière scène au cimetière en passant par l'atroce disparition de Félix-Antoine oublié sous un amas de vêtements.

— Qu'est-ce qu'on fait maintenant? s'enquit la grande épingle, désemparée. Océane a le droit de savoir à propos de son enfant.

— Avec ta permission, Natascha, je lui envoie un courriel.

Charlemagne suivit la grande épingle dans sa chambre. Elle laissa la porte grande ouverte pour rassurer sa mère. Il s'assit à l'ordinateur.

Très chère ex,

J'ai appris avec consternation ta fabuleuse supercherie pour t'offrir des vacances au soleil avec ton beau Pierre-Luc. J'aurais dû m'en douter, mais pour être franc, j'étais content de te voir partir en voyage. En effet, depuis un bon bout de temps, je te sentais malheureuse avec moi. Au fond, c'est aussi bien que tu rencontres quelqu'un d'autre à qui raconter tes mensonges et à qui faire subir tes quatre volontés. Quelqu'un qui, un jour, sera pris à débroussailler ce que tu auras tricoté pour parvenir à tes fins. Parce que, faut bien le dire, tu possèdes un talent remarquable pour embobiner tes amis et ceux que tu aimes...

Ce que je viens de te dire n'est rien à côté du reste. À commencer par ton arnaque de paternité par personne interposée. Dire que tu as réussi à me faire accroire que j'étais le père de Félix-Antoine. Pendant tout ce temps, j'ai agi dans son intérêt comme s'il avait été mon propre fils. Je l'ai aimé. Longtemps, ma grand-mère a eu honte de moi et j'ai travaillé pour vous faire vivre, toi et le petit. Imagine ce qu'il serait devenu s'il avait été élevé par toi et Félix. D'ailleurs, tu t'en détachais peu à peu et je me serais retrouvé avec, de toute façon.

Heureusement pour moi, les événements ont bien tourné. Je vis des heures douloureuses, mais libératrices. Le sort a fait que VOTRE enfant a perdu la vie… Il est arrivé un accident, Océane ; Félix te racontera quand il en aura la force. Je suis profondément attristé, crois-moi. Félix ne vit plus avec sa patronne et il est retourné chez sa mère.

Je ne sais pas si j'aurai le courage de te revoir. Chose certaine, je suis incapable de blâmer Félix ; je lui pardonne. Jusqu'ici, il a eu une existence difficile. Mais toi, petite capricieuse ! Je comprends que Sonia t'ait fait la vie dure, mais au moins, tu avais un toit et quelqu'un pour s'occuper de VOTRE enfant. J'aurais tellement aimé plus de franchise, plus d'honnêteté de ta part. Tu as volé une partie de ma jeunesse. De quel droit peux-tu prétendre à la destinée des autres ? Si jamais tu trouves réponse à cette question, qu'elle serve à la conduite de ta vie.

Sincères condoléances Buenos días,

Charlemagne

P.-S. 1. Je t'écris de chez la grande épingle.

P.-S. 2. Tu trouveras mon anneau de mariage chez ta mère.

Épilogue

Au milieu de son effarement, Carmen D. Voyer avait agressé le téléphone lorsqu'elle apprit la disparition de Félix de son domicile. Chez Sonia, la sonnerie de l'appareil s'égosilla de longues secondes avant que la tenancière abandonne, désespérée. Elle était persuadée que le malheureux épisode de la piscine n'avait été qu'un fâcheux accident. Que son jeune amant avait quitté la maison parce qu'il était encore sous le choc de la noyade à laquelle il avait échappé *in extremis* et qu'une fois les émotions contenues, il lui reviendrait. Mais elle se trompait souverainement.

Sonia Bécotte avait reçu un solide coup de massue sur la tête. Dès lors, elle commença à réfléchir à son existence de dévergondée, qui avait entraîné son fils dans le tourbillon de la dépravation. Félix se culpabilisa amèrement de son étourderie : il n'avait pas réussi à s'enlever la vie, mais un innocent était mort dans son violent emportement. L'enquête policière démontrerait l'homicide involontaire. Désormais, il se départirait de sa Mustang et retournerait à l'emploi du dépanneur avec la ferme intention de reprendre ses études, éventuellement. Quant à la capricieuse Océane, extrêmement peinée, elle s'accusait de tous les torts, se promettait d'être franche et s'efforcerait de ne plus embobiner personne…

Malgré ses expériences douloureuses, Charlemagne n'avait pas récriminé longtemps sur son passé. Son regard était résolument tourné vers l'avenir. Pour l'heure, il vivait bien entouré d'amis et d'une grand-mère bienveillante, la première à reconnaître qu'elle s'était trompée sur le détestable petit bonhomme que tous avaient condamné à la médiocrité. Ses frasques n'avaient manifesté que la détresse, il avait été victime d'une mère trop faible et d'un père irresponsable durement éprouvé.

Félix et Charlemagne continuèrent de se fréquenter, liés par une indéfectible amitié. Et lorsqu'ils se débattaient avec les affres du doute, ils se réfugiaient dans les pensées de Rosaire. Jamais ils ne sombraient dans le désespoir. Et un jour, chacun connaîtrait l'amour véritable…